68, MON AMOUR

DU MÊME AUTEUR

Romans

La Lumière des fous, Le Rocher, 1992 ; J'ai lu.
Nec, Gallimard, Série Noire, 1993.
Les Larmes du chef, Gallimard, Série Noire, 1994.
Le Champ de personne, Flammarion, 1995 (Prix des lectrices de *Elle*) ; J'ai lu.
Fort de l'eau, Flammarion, 1997 ; J'ai lu.
L'Enfant léopard, Grasset, 1999 (Prix Renaudot) ; Livre de Poche.
Paulette et Roger, Grasset, 2001 (Prix Populiste) ; Livre de Poche.
La Treizième Mort du Chevalier, Grasset, 2003 ; Livre de Poche.
Le Cœur à la craie, Grasset, 2004 ; Livre de Poche.
Un beau jeudi pour tuer Kennedy, Grasset, 2005 ; Livre de Poche.

Albums

Vivement Noël, Hoëbeke, 1996.
Le 13e But, Hoëbeke, 1998.
Lumière d'enfance, Michel Lafon, 2005.
Les Colonies de vacances, Michel, Lafon, 2006.

Livres pour la jeunesse

Cauchemar pirate, Castor poche, 1995.
Le Lutteur de sumo, Castor poche, 1996.
La Coupe du Monde n'aura pas lieu, Castor poche, 1998.
On lit trop dans ce pays, Rue du Monde, 2000.
Lulu Vroumette, Magnard, 2002.
L'Arche de Lulu, Magnard, 2003.
Lulu et le loup bleu, Magnard, 2004.
Lulu et le sapin orphelin, Magnard, 2004.
Lulu a un amoureux, Magnard, 2005.
Poucette de Toulaba, Rue du Monde, 2005.
Le Cirque de Lulu, Magnard, 2006.
La maîtresse de Lulu a disparu, Magnard, 2007.
Lulu, présidente !, Magnard, 2007.
Lulu et la cigogne étourdie, Magnard, 2007.
Lulu et l'ours pyjama, Magnard, 2008.

Divers

Tête de nègre, Librio, 1998.
Mali secret, Gallimard, 2005.

Bandes dessinées

Tête de nègre, vol. I et II, Emmanuel Proust, 2002.
Retour de flammes, Casterman, 2002.

DANIEL PICOULY

68, MON AMOUR

roman

BERNARD GRASSET
PARIS

L'extrait de la lettre du général de Gaulle à sa fille Anne est tiré des *Lettres, notes et carnets : 8 mai 1945-18 juin 1951*, Plon, 1984.

Parmi les nombreux ouvrages consultés pour ce livre, il faut plus particulièrement citer Jacques Massu, *Baden 68 : souvenirs d'une fidélité gaulliste*, Plon, 1983.

ISBN 978-2-246-71261-9

Avoir vingt ans en 68,
c'est surtout avoir vingt ans.

pour Alain...

CHAPITRE 1

29 mai 1968, sept heures

Le général de Gaulle a disparu.

Personne encore ne le sait. Pas même lui.

A cette heure, il se recueille dans la petite chapelle de l'Elysée, au rez-de-chaussée de l'aile Est. Le Général est seul. Il se tient à sa place habituelle agenouillé sur un prie-dieu. Il est immobile, la tête inclinée. Sa silhouette de pénitent se découpe sur le vitrage bleuté de la fenêtre en ogive. Le motif est parfaitement centré, le contour net et plutôt fidèle. Il n'y aurait rien à redire à la composition édifiante qui nous est proposée : un Charles de Gaulle en saint Sauveur. Rien à redire, si ce n'était le nez qui offusque la légèreté du trait, mais surtout cette haute carcasse qui s'entête à ne pas respecter les proportions du lieu. Il y a là un conflit de représentations. La masse du Général emplit la chapelle comme un fruit prisonnier de sa bouteille. Elle l'engonce aux épaules, se bute le haut du crâne à la voûte et finit de guerre lasse par dévorer tout l'espace. Si bien que, dans ce petit jour qui peine à devenir, le général de Gaulle ressemble à un vitrail cannibale.

Sur le velours rouge du prie-dieu, un éclat de lumière facétieux perce son alliance à la main droite et tente de le distraire de son recueillement. De Gaulle grogne. Il est mécontent. Ce n'est pas le moment de l'importuner. Il décroise ses mains et retourne à la conversation qu'il menait avec sa fille... Anne, c'est à croire qu'on ne veut pas nous laisser en tête à tête ce matin. De quoi parlions-nous ? Des événements du dehors, bien sûr. De ce mois de mai. J'espère que tu n'en es pas lassée. Déjà trois semaines de désordres. Une éternité. Où en sommes-nous, aujourd'hui ? Au plus mal, je te l'avoue. Cet après-midi, les communistes organisent une manifestation qui peut mener à l'insurrection et au renversement du pouvoir. Le mien. Je comprends ton étonnement, Anne. Lundi matin, je t'avais quittée confiant, les accords de Grenelle signés, les travailleurs allaient retourner à leur travail et les étudiants à leurs études, mais tout cela a basculé si vite. J'ai une part de responsabilité. Ma dernière intervention à la télévision a été une catastrophe. J'ai mis à côté de la plaque... La participation... Quelle erreur ! Ce n'était pas ce que les Français attendaient de moi. Ils aspiraient à de l'embrasement, de la hauteur de vues et je leur ai servi une bassinoire de ménage dans des draps humides... 10 mai 58, 10 mai 68 : dix ans, ça suffit !... Ceux qui le crient dans les rues ont peut-être raison. Ils ont vingt ans. L'âge auquel tu as disparu, Anne. Ton âge à jamais. Tu as vingt ans depuis vingt ans. Je ne peux m'empêcher d'y songer. De revoir le moment où j'ai écrit à ta sœur Elisabeth cette lettre pour lui annoncer que tu étais entrée dans un repos éternel.

... Votre pauvre petite sœur est morte vendredi 6 février à 10 heures et demie du soir. Elle est morte dans mes bras, avec sa maman à côté d'elle, pendant que le médecin lui faisait une piqûre in extremis. M. le curé est accouru pour la bénir. C'est une âme libérée...

*

De mon lit, j'aperçois la lueur verdâtre de la Sainte Vierge fluorescente qui flotte dans l'obscurité de ma chambre. La Vierge est floue. J'ai du mal à ouvrir les yeux. Pas assez de sommeil. On a encore discuté tard dans la nuit. Discuté de tout. C'était la Sorbonne dans l'entrée, Nanterre au milieu du salon, et l'Odéon à la cuisine. Une assemblée générale permanente avec la famille, des voisins, des amis et des éléments non identifiés. Ne manquait que mon grand frère Serge. Faute d'essence, il est resté bloqué à La Baule avec ses copains de club pour un tournoi de football... *Pas de problème, on est comme des rois. On a trouvé des filles, des tentes et même un endroit pour suivre la finale de la Coupe d'Europe, mercredi soir...* Pour Serge, mai 68 s'était transformé en week-end prolongé au bord de la mer... *Vous avez les pavés, on a la plage...* Il riait dans sa cabine téléphonique sur fond de mouettes. On se relayait pour lui raconter ce qui se passait ici... *Et Charlot, il est toujours vivant?* Depuis une semaine, Serge vivait mai 68 au téléphone... *Dépêchez-vous, j'ai plus de pièces.* Alors on lui racontait un mai 68 pas trop cher. Un mai 68 dans nos moyens.

*

Anne, j'ai failli à ma tâche ces dernières semaines. Je le concède. J'ai déçu les Français, trahi leurs attentes et pire, réveillé les ambitions. Autour de moi elles ne dorment jamais que d'un œil. Pompidou, Mitterrand, Mendès France... Je sais! Ces histoires de politique t'ennuient. Tu préférais celles que je te lisais sur la plage de Bénodet. Tu as six ans. Te souviens-tu de la couleur de ta robe? Jaune ou blanche, j'ai oublié. On dit que j'ai une mémoire phénoménale. Mais aujourd'hui, je te l'avoue, je dois l'entretenir. Je me récite des poèmes... *Qu'importe si je meure, avant que se dessine/Le visage sacré s'il doit renaître un jour ?* De qui est-ce, mademoiselle ?... Louis Aragon, parfaitement. Je te le récitais souvent pour graver ton visage dans ma mémoire. J'avais peur qu'il ne s'en efface. Je t'appelais « ma petite Tonkinoise », à cause de *La Tribu arc-en-ciel.* Tu te souviens, ce livre de Joséphine Baker. Elle me l'avait envoyé à ton nom... « Mademoiselle Anne de Gaulle »... J'étais troublé par ce « mademoiselle ». Tu étais une demoiselle pourtant. Aujourd'hui, quand j'entends Joséphine Baker chanter cette *Tonkinoise*, je pense à toi. Tes yeux, ta frange, tes doigts infinis. Je crois qu'on a perdu ce livre dans le sable, un été. Tu avais voulu enfouir ces enfants. Les protéger... Caché !... Tu avais ri et battu des mains...

*

Le Gorille s'inquiète. Du fond du couloir il surveille la porte de la chapelle. Le Général tarde à sortir. Avec lui, une messe c'est vingt-trois minutes montre en main. Pas une de plus. Ce matin, le Général déborde. Ça ne lui ressemble pas. Le Gorille n'a vu entrer personne d'autre que le Général dans la chapelle. Pour l'office du dimanche, il vient au moins un père blanc. Le Gorille consulte un morceau de papier... « Liste des officiants habilités. Couvent de la rue Verlomme : révérend père Saclier, père de Montclos, révérend père Louis de la Trinité. » Le dernier nom est souligné et le Gorille a ajouté « Faire gaffe ! » Louis de la Trinité, c'est François, le neveu du Général. Avec ce nez de famille on ne peut pas se tromper, mais tout de même « faire gaffe ! ». Il manquerait plus qu'il contrôle ses papiers. Ce n'est pas le moment. Son chef est nerveux. Très nerveux. Une idée se promène dans le service : le Vieux va mal, il est déprimé et pourrait « nous faire une bêtise ». C'est vite parti, un coup de pistolet dans la bouche.

*

De Gaulle se racle la gorge bruyamment pour rassurer le garde qui ne manque certainement pas de veiller sur lui malgré son interdiction. Il toussote par précaution. Le Gorille serait capable d'entrer en fracassant la porte comme au temps où Vincent Auriol avait transformé cette chapelle en buvette pour ses chauffeurs. Là où le Général prie en ce moment, on trinquait, on jouait aux cartes, on pinçait les filles. De Gaulle se redresse sur son prie-dieu et hume l'air de la chapelle. Au-delà d'un relent d'encens, il sent rôder dans l'air, l'odeur délicieusement mécréante de l'absinthe.

*

Par le hublot arrière de son sous-marin, le Physionomiste surveille l'entrée du 24, quai de Béthune, le domicile privé du Premier ministre, Georges Pompidou sur l'île Saint-Louis. Le « sous-marin » que le Physionomiste a récupéré ce matin pour assurer sa planque est une 2CV fourgonnette de poissonnier. L'odeur n'est pas raccord avec le chic des hôtels particuliers. D'après les plaques des façades au numéro 22 avait habité Baudelaire et au numéro 18 Francis Carco. Il le note à part sur son carnet où il consigne les horaires et les mouvements d'entrée et de sortie au numéro 24. Le nom des visiteurs du couple Pompidou est codé sommairement. (GR n° 1) pour Guy de

Rothschild, (SF) pour Françoise Sagan, (GB) pour Guy Béart, (Placard B) pour Bernard Buffet ou (5-0) pour Maurice Rheims. Le Physionomiste aime le football, mais pas le stade de Reims. 5-0 c'est la raclée qu'il mérite. Le Physionomiste se sert du café dans la timbale de son thermos... *Au Racing!* Il relit ses notes. Vu de l'arrière de sa fourgonnette tout ce beau linge ne fait que sentir le poisson.

*

Le Général fixe le crucifix posé sur la tablette recouverte d'un simple linge blanc... *Courbe la tête, fier Sicambre!* Pourquoi cette phrase lui revient-elle alors qu'il converse avec sa fille? Dans la collection de soldats de plomb de son enfance, il y avait un Zoulou qu'il avait baptisé « Fier Sicambre ». Sa collection avait été volée à La Boisserie pendant l'Occupation... *Courbe la tête, fier Sicambre, adore ce que tu as brûlé et brûle ce que tu as adoré...* Il revoit la vignette du baptême de Clovis par saint Remi dans son manuel d'histoire... Qu'on ne compte pas sur moi, Anne. Ni pour courber, ni pour brûler.

*

La Sainte Vierge qui flotte dans l'obscurité de ma chambre est toujours aussi floue. C'est une Vierge nomade que ma mère déplace de chambre en chambre, au gré des protections qu'elle juge nécessaires. Si la Vierge nomade est dans la mienne c'est que ma mère pense que j'ai besoin d'être protégé. Peut-être à cause des discussions un peu vives d'hier soir à la maison. Pourtant, ce n'était que l'ordinaire de ces derniers jours, avec engueulades, prises de bec, colères, emballements, mauvaise foi, fous rires et café noir. Beaucoup de café et trop de fumée de cigarette... *Arrêtez avec vos lacrymos on se croirait sur le Boul' Mich...* Les sujets avaient défilé dans la brume et le désordre... *Camarades! un peu de discipline!... Hé! là J.-C. tu confonds : la réunion de cellule c'est au quatrième...* Le type des Jeunesses communistes était resté... *Qui vient à la manifestation de demain?... Nous! on y sera avec le drapeau noir... Provocateurs!... Moi, je vais pas défiler pour masquer le fiasco des accords de Grenelle... T'as vu comment il s'est fait recevoir le Séguy à Billancourt?... Normal, ta CGT c'est la « Centrale Girouette des Travailleurs ». Le matin, c'est « oui » avec le gouvernement et l'après-midi « non » avec les grévistes... Un peu de respect pour les camarades en lutte chez Renault, Citroën, Berliet... BERLIET! avec ton nom j'écris le mot « LIBERTÉ »... Couché! le poète... Un peu de sérieux, merde!... On est pas sérieux quand on a dix-huit ans. Rimbaud! tu dégages si tu continues... Rigolez, mais 10 % d'augmentation des salaires, et le Smig à 3 F c'est pas rien... Parlons-en des 3 F. On a failli se faire blouser, Séguy et Chirac s'étaient mis d'accord avant pour 2 F 70 et c'est le patronat qui a proposé 3 F, d'entrée tellement ils avaient la trouille... Séguy, trahison!... Syndicat-Patronat même combat!... Vous êtes jamais contente. Ils finiront par rien nous donner... Ils n'ont rien à nous donner, camarade, nous avons tout à leur prendre...* Je me dis que notre Sainte Vierge a du mouron à se faire.

*

... Ne cours pas!... Xavier de La Chevalerie, le directeur de cabinet du Général, un paquet de journaux sous le bras, essaie de ne pas courir dans l'escalier qui grimpe à son bureau... Un étage, ce n'est rien... Il salue un huissier... Ne cours pas!... Au téléphone, le Général lui avait dit... Je vous attends à 7 h 30 au petit salon... Un horaire inhabituel. Le Général ne sort de ses appartements qu'à 9 heures après la lecture de la presse. Pas fameuse ce matin. *Le Figaro*, *L'Aurore*, *La Croix*, pas un pour rattraper l'autre. Il n'y en a que pour Pompidou, Mitterrand et Mendès France. Ils se mettent tous sur les rangs, ces charognards. On croirait que la page est déjà tournée. Il s'arrête net et vérifie s'il n'a pas emporté par mégarde *Le Monde* d'hier... Vous savez bien, La Chevalerie, que je ne le lis que quand j'ai envie de rire... Souffle!... Qu'est-ce que de Gaulle peut lui vouloir, si tôt?... Ne cours pas!... Eponge-toi. Tu dégoulines. Le Général n'aime pas ce genre de « dégorgements »... La Chevalerie, si j'avais voulu des escargots, j'en aurais fait demander à la cuisine...

*

Anne, j'ai peur d'avoir inquiété ta mère, ce matin, en me levant si tôt, pour venir te voir. Elle ne m'a rien demandé. D'ordinaire, elle m'accompagne. Surtout pour l'office du dimanche matin. Nous aimons tant quand c'est ton oncle François qui célèbre la messe... Avec lui, du latin, que du latin. Pas une de ces messes de piroguier!... Tu sais, François est père blanc en Afrique. Je t'ai montré, un jour, sur la carte, le Cameroun, le Gabon, le Congo... C'est une belle vocation que la sienne. Elle aurait pu me venir. Tu m'imagines en sandales et longue robe blanche? Tu aurais beaucoup ri. Non! Je ne t'aurais jamais connue. Je n'aurais jamais serré ta petite main. C'est bien ainsi. Je crois que j'aurais été un prêtre très médiocre, un cardinal juste convenable, mais un grand pape. Tu ris, Anne.

Tu as raison. En voilà une vanité. Heureusement que nous sommes seuls dans la chapelle.

*

Le Gorille est certain d'avoir entendu le Général parler de l'autre côté de la porte. Le Vieux a même ri, il en mettrait sa main au feu. Le général de Gaulle rit tout seul ! Personne ne le croira. Peut-être qu'il perd la tête. C'est le rire avant le coup de feu. On perd la tête et on se brûle la cervelle... De Gaulle se suicide dans la chapelle de l'Elysée... Ne dis pas de bêtises. Ecoute ! Le Général parle à quelqu'un.

*

Anne, tu sais ce qui me soucie en ce moment ? Ce n'est pas la France qui fait ma valise pour me jeter dehors, mais ta mère qui prépare nos bagages. Tu ris encore ? Toi aussi tu te souviens de nos départs en vacances. On aurait dit la famille Fenouillard ! Je me demande où elle en est de ses préparatifs.

Yvonne de Gaulle est assise à la table de jeu du salon. Elle recense ce qu'il ne faudra surtout pas oublier... Les uniformes, bien sûr, le costume gris, des gants chauds... Elle avait compris qu'il se préparait quelque chose de sérieux quand Charles s'était levé ce matin sans même que leur réveil ait eu à sonner. Et bien avant 7 h 10. Lui qui était capable de s'endormir sous les bombardements de Londres dormait mal ces derniers temps. Dormait peu. Il écoutait la radio. Hier soir, il était resté éveillé encore plus tard, s'était agité pendant la nuit. A son lever, elle ne lui avait pas posé de question, et s'était simplement enquise de sa santé. Il allait « Au mieux » selon sa formule... Il s'habillerait sans son valet de chambre. Hennequin serait vexé.

Elle lui expliquerait. Yvonne avait besoin de lui et de sa femme de chambre pour préparer les bagages. Elle ne savait pas la durée de ce voyage, ni où il les mènerait, alors elle prévoirait large. Charles grognera. Trop de bagages... C'est la fuite du Grand Turc à Varennes !... Mais il faut ce qu'il faut et Charles sera bien content de trouver une canne de marche « au cas où », un gilet molletonné « au cas où »... Yvonne s'occupera elle-même de la valisette. Il s'agira d'être discret. Et si c'était l'heure du vrai départ vers La Boisserie ? Etre chez elle, enfin. Quitter ce palais de courants d'air et d'intrigants qu'elle n'aimait pas et n'aimerait jamais. Trop prétentieux, mal commode, impossible à chauffer correctement et dévoyé. A quelques bureaux d'ici, Félix Faure était mort dans les bras de sa maîtresse... L'Elysée sent la femme !... Qui s'était permis de dire ça devant elle ? C'était déjà assez de ces sculptures et peintures de mauvais goût. Elle avait hâte de laisser tout ça à d'autres. Yvonne s'était surprise à oser croire à un départ définitif quand Charles, hier, lui avait demandé de faire reconduire sa femme de chambre chez elle près de Lille, « pour plus de sécurité ». Jeanne avait les larmes aux yeux... Madame, prenez soin de vous et dites à Monsieur que la France ne le mérite pas !...

« Pour plus de sécurité. » C'est donc de ça dont il s'agit. Charles est inquiet. Leur fils Philippe ne peut rester à Paris. Il doit mettre sa famille à l'abri. Quatre enfants, c'est une responsabilité. La ville est devenue trop dangereuse pour eux. Elle-même, au Bon Marché, avait été prise à partie. Cette femme, quelle grossièreté ! Parler ainsi à l'épouse du Président de la République ! Et cet homme, hier après-midi, dans sa voiture à un feu rouge. Il l'avait insultée. Une belle voiture, pourtant. Une DS 19 ! La même que la leur. Dès qu'il avait eu connaissance de l'incident, Charles avait téléphoné à Alain de Boissieu, leur gendre, pour qu'il vienne de Mulhouse les rejoindre. Charles savait qu'avec lui, Yvonne se sentait en sécurité surtout depuis l'attentat du Petit-Clamart. Elle avait apprécié son calme pendant le mitraillage. Une centaine de projectiles, tout de même... « Père, baissez-vous ! Madame, je vous en prie, prenez garde ! »... En privé, de Boissieu s'excusait encore auprès d'elle d'avoir contrevenu ce jour-là aux règles de la politesse... Mais, Alain, ce n'est pas l'homme que vous avez fait passer devant moi, mais le Président...

*

La m'am s'inquiète pour moi, en ce moment. Elle a peur que je prenne un « mauvais coup » dans une manifestation. J'avais essayé de lui expliquer que les choses paraissent plus dangereuses quand on les raconte que quand on les vit... *Quand je regarde le Quartier latin dans « Paris-Match », j'ai peur. Pas quand j'y suis... N'essaie pas de me rassurer... Tu pourrais au moins avoir confiance dans mes jambes. C'est toi qui me les as faites... Personne court plus vite qu'une balle !...*

On avait eu tort hier soir, dans nos discussions, d'en rajouter sur les Katangais de la Sorbonne et les caches d'armes... *Comment tu veux faire la révolution sans flingues, toi ?... C'est la prise de conscience des masses notre meilleure arme... Il faut constituer une avant-garde !... L'avant-garde, c'est qui ? Séguy ? Krasucki ?... Johnny !... Rigolez, les jeunes. Vous avez qui comme leaders ? Geismar, Sauvageot et Cohn-Bendit : Le Rond, le Mou et le Roux : Les Pieds Nickelés à la Sorbonne. Plus souvent sur Europe 1 et RTL que sur les barricades... Ça change des vieux cons de gaullistes à la télé !... Hé ! y'en a que pour les étudiants ! Faudrait pas oublier les lycéens et les CAL. Les quoi ?... Les Comités d'Action Lycéens, ignare... C'était eux, les premiers. Avant Nanterre ! Et eux les derniers quand les flics ont nettoyé les barricades de la rue Gay-Lussac dans la nuit du 10 mai... Bravo, camarade ! Pas encore vingt ans et déjà ancien combattant... C'est mieux que nouveau planqué !... Tu veux ma main sur la gueule ?... Tu te trompes de CRS, mon pote !... Gauchiste ! Stalinien !... Et comme d'habitude on a encore oublié les Comités Anti-Vietnam... Camarade ! Il faut réécrire l'Histoire avant de la faire...*

*

Le Gorille décolle son oreille de la porte de la chapelle. Il a cru entendre des voix à l'autre bout du couloir. Prudence. Il n'est pas seul à patrouiller dans le secteur. Le PC Jupiter de la force de frappe nucléaire n'est pas loin, sous le palais. Une affaire d'espionnage en ce moment, ce serait plutôt bon. Menace étrangère, sécurité intérieure, guerre froide, complot communiste, appel à l'union nationale et le tour est joué. Tout le monde rentre à la maison. Le Gorille est étonné qu'on n'ait pas encore mouillé un de ces petits gauchos mal peignés. Arme, argent, fille : la République oublie les bonnes vieilles recettes. Pourtant il n'y a rien de tel que la tambouille de barbouzes.

*

Pour l'instant, ça ne bouge pas chez les Pompidou. Il est encore tôt. A l'arrière de la 2CV fourgonnette, le Physionomiste remonte dans son carnet de planque pour consulter ses notes. Il fait défiler les pages comme pour animer les images d'un film. Un film de série B. L'histoire commence par des noms de lieux qui défilent dans la nuit comme surpris dans la lueur des phares d'une automobile... Montfort-l'Amaury, Byblos, Saint-Tropez, La Belle Ferronnière, boulevard de Messine. Puis entrent dans le cadre des couples de personnages aux noms codés qu'il sous-titre dans sa tête... (SM-MM) Stephan et Milos Markovic, (AD+ND) Alain et Nathalie Delon, (MM-MR) Milos Markovic et Mickey Rooney. Qu'est-ce qu'il fout là l'ancien enfant star d'Hollywood ? Milos était son secrétaire en Amérique. Il est parti avec sa femme. On l'a retrouvé suicidé. Delon a fait rapatrier son corps. Ils étaient amis. (SM+ND). Stefan Markovic et Nathalie Delon. Eux deux c'est sans commentaire. Le film patine jusqu'au moment où entre en scène celle qu'on attend : l'héroïne mystérieuse : « La femme blonde ». Elle rôde, apparaît, disparaît. Des images en noir et blanc défilent, troubles, poisseuses. La pellicule s'emballe, se déchire et casse brusquement. Le Physionomiste referme son carnet d'un coup sec. Il ne sait quoi penser de cette histoire dans laquelle on l'a embarqué pour surveiller le domicile des Pompidou, mais il est certain d'une chose : ça pue !

*

Hier soir, dans l'assemblée générale au salon la parole était mise au pot commun. A force on ne savait plus qui disait quoi mais ça n'avait aucune importance... *Paraît que de Gaulle appelle Pompidou « Marie Cantal »... Au moins, Pompidou il est clair : c'est la Banque Rothschild depuis le début... T'as vu où il crèche ?... Dans l'île Saint-Louis. Une vraie « porscherie » : l'endroit où on gare sa Porsche... Comment tu veux qu'ils comprennent les ouvriers ?... Ils ont raison les anars, faut les faire sauter, c'est la seule solution... C'est quoi la différence entre « anar » et « situ » ? L'anar c'est ni Dieu ni maître, le situ c'est l'inverse. Et entre « mao » et « Mao-Spontex » ? Un Mao-Spontex, c'est un Mao qui fait la vaisselle... Justement, les petits mecs, il faudrait penser à aider à la cuisine... Et Cohn-Bendit, il est quoi ?... Tampon-Jex. Il récure le cul des bourgeois... Tu parles ! Il est allé le planquer en Allemagne son cul, dans sa petite voiture de sport... C'est pas lui qui a un cabriolet rouge, c'est Geismar... Le Rond ?... Il a failli se faire écharper à une pompe à essence... Et le troisième, Sauvageot, il roule en quoi ?... En charentaises ! Tous des bourges, ces gauchos... Et ton Mendès, le sauveur national, tu crois que c'est mieux ?... Quoi, Mendès France ? Au moins, lui il était à Charléty avec l'UNEF et le PSU, pas comme ton Mitterrand... Et pour quoi faire, ton Mendès ? Il monte à la tribune et se dégonfle... Il ne s'est pas dégonflé, il a gardé le silence, nuance... Nuance, mon cul ! Depuis qu'il est maqué avec une aristo de la haute, il s'en fout du petit peuple ton Mendès de France. C'est facile d'être de gauche quand tu rentres le soir dans les beaux quartiers chez bobonne... Hé ! les petits mecs, on est des femmes pas des « bobonnes ». Si on parlait de nous, un peu ? De l'avortement, du remboursement de la pilule... La pilule ? C'est demain, camarade que Benfica la prend contre Manchester en finale de la Coupe d'Europe... Très drôle... Qui veut du café ?... Café noir pour les anars, café chaud pour les cocos !... Rigolez, heureusement qu'il est là, le Parti. Vous verrez, ça va péter pour de bon avec la manif du Parti demain... Tu parles ! Comme si le Parti voulait que ça pète. Il a trop peur d'être débordé par les gauchos. Les cocos ce sont les meilleurs alliés de Charlot... Fasciste !... Si on veut que ça pète vraiment, il faut tirer dans le tas !...*

*

Il y avait eu un silence. Un vrai. Le premier de la soirée. Celui qui veut « tirer dans le tas » c'est Saint-Mexan, une tête brûlée de la cité. Lui, le costaud, le bagarreur est dans un fauteuil roulant depuis qu'il est tombé du toit de notre immeuble, il y a cinq ans. J'étais avec lui. Ce jour-là, il voulait assassiner Kennedy pour la deuxième fois, être le nouveau Lee Harvey Oswald. A l'époque, Saint-Mexan était dingue, aujourd'hui, il l'est toujours, mais n'a plus l'usage de ses jambes. Et ça, il compte ne le pardonner à personne.

*

Une DS 19 noire à cocarde tricolore s'arrête devant le 24, quai de Béthune. Le chauffeur reste au volant. Personne aux places arrière. Le Physionomiste note le numéro d'immatriculation et l'heure. Il compare. C'est plus tôt que d'habitude, mais ce mercredi n'est pas un jour comme les autres pour les Pompidou.

*

Hier soir, on avait transbahuté Saint-Mexan dans son fauteuil roulant, jusqu'au milieu du salon...*GIG. Place réservée!* Comme d'habitude, il avait pris sa Nanette sur les genoux... *Tu es mon plaid préféré...* Saint-Mexan est un rude débatteur qui n'hésite pas à jouer de son fauteuil quand ses arguments flanchent. *Hé! c'est pas parce que t'es infirme que t'as raison... Et toi, c'est pas parce que tu as tort que t'es pas infirme.* Nanette en rajoutait... *Attention, les brailleurs, moi, je connais les vrais infirmes, ici.* Nanette avait déniaisé une moitié de la cité en solitaire et l'autre en compagnie de Saint-Mexan. Ils forment un couple rouge. On admire leur passion. On craint leur dinguerie. On les croit capables de tout sans savoir ce que ça veut dire. Hier soir, en pleine empoignade sur les négociations salariales, ils avaient quitté l'assemblée à minuit pile... *Camarades! 12 coups au lit, c'est ça le vrai Smig, du travailleur!*

Le départ de Nanette et Saint-Mexan avait soudain débondé la soirée. Chacun s'était découvert fatigué. On s'était égrainés vers la sortie, ou les couchages divers. Je ne sais pas comment je m'étais retrouvé dans la cuisine avec mon père. Je ne sais pas quand nous avons commencé à discuter. Ni de quoi. Ni pourquoi nous nous sommes disputés. Pas disputés. Engueulés. Pour la première fois. La première fois depuis toujours. Il avait fallu que j'attende d'avoir près de vingt ans pour que ça arrive. Alors, ma mère avait transporté notre Vierge nomade dans ma chambre. Pour me protéger. Mais elle était comme Grouchy à Waterloo, notre Vierge, elle arrivait trop tard.

*

Est-ce que c'est là que de Gaulle est mort?... Xavier de La Chevalerie éponge la sueur sur son cou. Cette phrase résonne dans sa tête chaque fois qu'il entre dans le bureau du Général pour vérifier si tout est en ordre... Est-ce que c'est là?... Il ne sait plus qui lui avait posé cette question en lui montrant le tapis comme si une silhouette à la craie y était dessinée. Oui, c'était là que Pierre de Gaulle était mort dans les bras de son frère. Un malaise cardiaque ou une rupture d'anévrisme. Charles n'avait rien pu faire pour le ranimer. C'était il y a près de dix ans, juste avant Noël. Comment le Général fait-il pour travailler dans ce même bureau? La Chevalerie n'a pas la réponse.

De Gaulle est d'un autre métal. Même si, en ce moment, ça bat la breloque. Cette convocation ce matin, par exemple : l'horaire est surprenant. 7 h 30. Mais c'est surtout la voix du Général qui l'avait alerté. *7 h 30, au petit salon, mon cher.* « Mon cher »... Quand on travaille auprès du Général, s'il est bien une chose à laquelle il faut veiller, c'est sa voix. Ses intonations. Ses inflexions. Son grain. Travailler auprès du Général donne l'ouïe fine. C'est utile aujourd'hui, pour distinguer dans ce silence de ministère le bruit le plus subreptice du moment : le pas de fuite ! ce pas feutré de cabinet, caractérisé par un grincement au point de Hongrie des parquets d'antichambre et un piétinement vers la sortie de souliers cirés à bouts fleuris. Le pas de fuite est un sauve-qui-peut à reculons de bernard-l'hermite. On protège ses fesses. Ce n'est pas le moment de relever les pans de sa queue-de-pie. Souffle, Xavier ! Souffle. Tu dois être rouge comme un cégétiste.

*

Le Général ferme les yeux. Anne, j'ai envie de te dire cette prière que j'avais écrite à Londres pendant la guerre. Tu te rappelles. Tu m'avais rejoint en Angleterre avec ta mère. Tu avais si peur des bombardements. Je te lisais des histoires pour t'apaiser. Il faut que je te fasse un aveu. Une nuit, nous avons été surpris par l'alerte, je n'avais pas de livre sous la main, alors je t'ai récité l'Appel du 18 juin. Je sais, Anne, ce n'est pas un texte pour les petits enfants. Mais, à cette occasion, je me suis aperçu qu'en y mettant le ton et en faisant la grosse voix, cela pouvait passer pour un conte.

*

Xavier de La Chevalerie s'éponge le visage. Il s'interroge. Ces derniers jours, le mouvement semble s'accélérer. Est-ce qu'il ne devrait pas lui aussi songer à sauver ses fesses ? Suivre l'exemple des « oreilles rouges », cette tribu de collaborateurs fébriles qui ont le pavillon enflammé à force de téléphoner pour chercher un nouveau maître à servir. Ils rêvent de Conseil d'Etat ou de pantouflage. Qu'importe pourvu qu'ils aient une voiture de fonction... *Ne cours pas!* Les « oreilles rouges » ont peut-être raison, le Vieux est foutu. Aujourd'hui, c'est Grimaud et Pompidou qui tiennent la baraque... *Xavier, parle correctement.* Avec un autre préfet de police que Grimaud c'était le bain de sang. Bien sûr il a un fils sur les barricades, mais tout de même. Quant à Pompidou, même le Général avait été impressionné pendant les négociations de Grenelle. Lui, avait dû gérer Michel Debré, fou cramoisi qu'on l'ait tenu à l'écart. *Je suis quand même le ministre de l'Economie et des Finances, bordel!* Débarrassés de « l'agité imprévisible », Pompidou et Jacques Chirac avaient bien manœuvré avec les syndicats. De Gaulle avait même félicité Chirac en Conseil des ministres. Un chanceux, celui-là : trente-six ans et « secrétaire d'Etat aux Affaires sociales chargé des problèmes d'emploi ». En mai 68 !

Mon Général, les syndicats nous ont demandé la lune, nous avons lâché un quartier... Tout de même, Chirac, 7 % d'augmentation des salaires au 1er juin, c'est un beau quartier!... Une pelure, mon Général, si l'on songe à ce que l'inflation en laissera. Si ça ne suffit pas, une bonne dévaluation mangera le reste... Et la réduction du temps de travail à 40 heures?... Elle sera « progressive », mon

Général. Autant dire que les 46 heures ont encore de beaux jours devant elles...

Rien à redire. De la belle ouvrage. Ce Chirac est jeune, beau et adroit. Il y en a d'autres. Mais il a un talent rare : il raconte aux hommes comme on parle aux femmes. On ne se lasse pas, dans les ministères, du récit canaille de ses entrevues secrètes avec Krasucki, dans des bouges de Pigalle, le pistolet à la ceinture et encadré par des gros bras de la CGT. Pour ne rien gâcher, Chirac est bien marié. Il a épousé une Chodron de Courcel, la nièce de Geoffroy de Courcel, fidèle parmi les fidèles du Général. Impossible de faire plus gaulliste. Pas mal pour un type qui vendait *L'Huma.*

*

De La Chevalerie trouve que l'Histoire a de l'humour. Cet après-midi, les manifestants communistes vont peut-être prendre l'Elysée et y croiser Jacques Chirac... *Salut, Jacquot! Qu'est-ce que tu fous là, camarade?... Secrétaire d'Etat! Ça paie bien comme boulot?... Combien de fois le Smig?... Où est Charlot qu'on le pende à la lanterne?* Xavier de La Chevalerie sourit. Il aime jouer de ces saynettes qui le vident de son trop-plein d'inquiétude. Dans un instant, au petit salon, de Gaulle peut tout aussi bien lui annoncer qu'il démissionne, reporte le Conseil des ministres de demain et part à Colombey, ou lui signaler qu'il a trouvé une faute d'orthographe dans sa dernière note de synthèse... *Ne cours pas!* Faire des fautes d'orthographe et courir dans les couloirs de l'Elysée sont les deux moyens les plus sûrs d'abréger sa carrière.

Cette nuit, il s'était réveillé en sursaut à cause d'un accord de participe. Il avait secoué son épouse. *On écrit : Le peu de fonds qu'il a reçu... « u » ou Le peu de fonds qu'il a reçus... « u-s » ? Tout dépend si la quantité est suffisante. Si c'est une subvention, mon chéri, ça ne s'accorde jamais, si c'est de la corruption, ça s'accorde toujours. Rendors-toi...*

*

Pardonne-moi, Anne. Je t'avais promis cette prière que j'avais écrite à Londres et à la place, je te récitais l'Appel du 18 juin. Ecoute, le début est pour toi... *O mon Dieu donne à chacun sa propre mort. A ceux qui ont choisi de mourir pour la France, sans que nulle loi humaine ne les y ait contraints...*

*

Ça bouge chez les Pompidou ! Au 24, quai de Béthune, le portail à tête de bélier s'ouvre. Le Physionomiste vide sa timbale de café. Georges Pompidou apparaît, la cigarette goguenarde aux lèvres. Un porte-documents noir sous le bras. Au moment de monter dans la voiture, Georges Pompidou lève la tête vers les fenêtres de son domicile... *Superbe quatre pièces, sis en l'île Saint-Louis ayant appartenu à la princesse de Brinon et donnant sur la Seine...* Le Physionomiste essaie de ne pas penser à sa prochaine partie de pêche... *Les Pompidou sont locataires. L'immeuble possède une piscine privée sur le toit...* Le Physionomiste se souvient d'un groupe de jeunes gens de retour de manif. Ils s'étaient présentés au numéro 24 samedi dernier, en fin d'après-midi. Un grand brun portait un drapeau noir sur l'épaule comme une serviette de bain. Le groupe s'était heurté poliment aux hommes de la sécurité. Une fille du groupe semblait les connaître... *Je vous en prie, mademoiselle.* On les avait laissés entrer et même salués.

Franchement, le salut au drapeau noir, faut oser ! Le Physionomiste avait imaginé les jeunes gens barbotant sur le toit tandis qu'il dégoulinait de sueur à l'arrière de sa camionnette. Le Physionomiste se demandait pourquoi ces mômes manifestaient. Pour avoir un plongeoir ?

*

Si c'est pour ça qu'on t'a payé des études ! La phrase du p'pa a tourné dans ma tête toute la nuit. Je ne sais même plus comment a commencé notre dispute. Ni pourquoi. Je voulais avoir raison. Coûte que coûte. Et ça m'avait coûté. Bien plus qu'une nuit. Je le savais déjà hier soir. Je le savais même une fraction de seconde avant que ça arrive. Avant même que le p'pa ne la prononce, cette saloperie de phrase... *Si c'est pour ça qu'on t'a payé des études !* Voilà, c'était dit. On ne pouvait plus la reprendre.

Le p'pa était allé se coucher en me laissant planté devant l'évier... *Laisse !* La m'am m'avait empêché de le rattraper. Pour lui dire quoi ? M'excuser ? En rajouter ? Je n'avais plus de jambes... *Laisse, il va aller marcher un peu pour se calmer. Ça va passer. Tu devrais te coucher. Faut que tu sois en forme demain pour ton devoir à l'école.*

« L'école », le mot réussit à me faire sourire. Pour la m'am « l'école » c'est tout ce qui va de la maternelle à l'université. Sans hiérarchie ni distinction. Une sorte de terrain vague. La m'am n'a jamais su où j'en étais dans mes études, moi non plus d'ailleurs.

Avec la m'am, réussir son année d'école vaut un chemisier aux filles et une chemise aux garçons de type bûcheron canadien qu'elle achète trop grande au déballage du marché. Un modèle dit « chemise de fakir » car il y a plus d'épingles que de chemise.

A la date du 29 mai 1968, je suis étudiant à la faculté de droit et sciences économiques de Paris, rue d'Assas. J'ai compté qu'arrivé en doctorat j'aurai gagné une douzaine de modèles canadiens trop larges au cou. La m'am est prévenue : à 13 j'arrête mes études. Et après ? La m'am croit que je serai juge, puisque je fais du droit. C'est ce qu'elle raconte aux voisines. A l'heure du café, dans la cité, les mères sont emplies de rêves et les fils pleins d'avenir... *Fais plutôt avocat, au moins ce sera utile pour nous.* Je comprends les copains de ma cité. Quand je vais à Paris au Palais de justice, pour assister aux flagrants délits, j'ai l'impression d'en reconnaître certains dans le box. Vivi, Gros Lulu, Saïd... *Par application de la loi!* Pan! un coup de maillet d'enchères et les voilà adjugés à six mois ferme en moins de deux minutes. Un bon temps sur huit cents mètres.

J'avais emprunté un chronomètre à mon entraîneur d'athlétisme pour évaluer la durée des comparutions en flagrant délit... Top! ... *Je vous assure monsieur le Président...* Top!... De belles performances. Les juges étaient des champions. Je comprenais mieux pourquoi certains portaient des médailles.

Désolé, m'am, je ne serai jamais juge, encore moins avocat. Trop peur de devenir un de ces bavards commis d'office qui hantent les prétoires. De gros rats noirs passant de prévenu en prévenu pour quémander un maigre dossier qu'ils compulsent à l'écart comme une antisèche, avant de balancer de la manche pour faire admirer le tissu. Les mères d'avocats ne devraient pas offrir à leurs fils des robes trop grandes pour eux.

Je me demandais pourquoi on occupait la Sorbonne et le théâtre de l'Odéon au lieu de prendre le Palais de justice comme un palais d'Hiver. C'est là que tout se passait. Se passait mal. Il n'y avait que le pont Saint-Michel à traverser... *Tu rigoles, toi. Tu voudrais que tes copains manifestants croisent leurs pères en tenue de travail...*

Saint-Mexan n'aime pas les juges. Ils l'ont rendu radical à l'extrême des extrêmes. Avec lui, c'est simple : on tire dans le tas, et on voit ce qui se passe ! Paraît qu'il prépare un « coup explosif » avec Nanette. Ils m'inquiètent, les amoureux. Ils ont décidé d'être les Bonnie et Clyde du Quartier latin. Ils ont créé le « Mouvement du 23 mars » en mémoire du 23 mars 1934, date du « massacre » de Bonnie Parker et Clyde Barrow, mais surtout pour se payer la tête du « Mouvement du 22 mars » de Cohn-Bendit. *Qui veut absolument faire la révolution, un jour avant les autres...*

Je m'inquiète aussi pour moi. Car avant de m'offrir le luxe de refuser une carrière de juge ou d'avocat (que personne ne me propose), il faudrait d'abord que je réussisse à « l'école ». Je suis en première année de licence. L'examen approche. Et il aura lieu. Les fachos d'Occident ont prévenu... *Assas ne fermera pas !* Ils tiennent l'entrée, le hall et les étages. Le restaurant universitaire ne craint rien. Personne ne prendra le risque de l'occuper. On y mange trop mal. Les amphithéâtres se tiennent tout seuls avec quelques arrachages de micros, lancés de tracts et cavalcades d'appariteurs... *Ne touchez pas au piano, c'est un Pleyel !... Les fachos hors la fac !... Les bolchos au Bolchoï !*

*

Anne, je dois partir. Non ! ne sois ni triste, ni inquiète. Je vais seulement m'absenter. J'ai besoin de m'extraire de toute cette confusion. De recouvrer mes esprits. Je ne sais si je reviendrai en ce lieu précisément. Cela n'a pas d'importance. Ces apparences ne nous concernent pas. Ici ou ailleurs, pour nous deux, c'est égal. Nous serons toujours l'un près de l'autre. Notre prochain rendez-vous sera certainement en cet endroit où nous aimons faire retraite avec ta mère, au mont Saint-Odile. Ou bien ailleurs. Je m'en remets pour le jour qui vient à la Providence et au Destin. De bien grands mots, Anne, pour dire que je ne sais pas trop.

*

— Tu veux ton chocolat ?

La m'am est plantée près de mon lit, le bol fumant dans les mains.

— Je t'ai mis deux sucres.

Dans sa voix, il reste des traces de notre dispute avec le p'pa. Elle a certainement essayé de lui parler. Pas facile. Il se tait quand il est contrarié ou quand il a « un problème de boulot ». Le dernier c'est une « moustache » : une énorme pièce métallique en forme de bacchante dont il a punaisé le plan dans sa chambre. Le p'pa n'a pas voulu révéler de quoi il s'agit. Comme d'habitude, il fait le mystérieux... *C'est du top secret. Ça monte très haut.* Comme toujours, il suffit d'attendre. On finira bien par savoir. Pas cette fois. D'après la m'am, le plan de la moustache a disparu du mur de la chambre, juste après notre dispute, sans un mot d'explication du p'pa.

— C'est trop sucré ?

J'ai envie de vomir. C'est le crochet du gauche au foie que le p'pa ne m'a pas donné hier soir. J'aurais préféré ça à son silence, à ses épaules qui se voûtent de fatigue tout à coup. J'avais déçu mon père.

— Je veux bien un autre sucre, m'am.
— Toi, ça va vraiment pas, ce matin.

*

Le Général se relève du prie-dieu, se dresse et se signe d'un mouvement ample et fervent qui lui sabre le corps avec une brutalité surprenante... Anne, je vais maintenant aller faire ce que j'ai à faire. Nous nous reverrons bientôt, « ma petite Tonkinoise ». Je t'aime.

Le général de Gaulle quitte la chapelle.

Il porte un costume croisé bleu marine.

*

Le Gorille respire. Le Vieux est ressorti de la chapelle vivant. Une balle dans la tête ce n'est pas son genre. Son chef avait exagéré... *T'es le mameluk du Général. Tu dors en travers de sa porte. Comme à Djibouti! Comme à Alger!* C'était quand même autre chose, Djibouti et Alger. Même les premiers meetings du RPF étaient plus sportifs que ces guignolades du Quartier latin. Le Rassemblement du Peuple Français, tu parles! personne n'en voulait. Et on en est là aujourd'hui. Comment on avait pu laisser ces « petits branleurs » mettre un tel bordel dans les rues? On ne regarde pas monter une barricade les bras croisés. On la balaie à la base. A croire que ça en arrangeait certains. Le Gorille étire son gabarit. Ça craque. Il va aller se détendre au gymnase du rez-de-chaussée. A cette heure, les gars du quartier des Célestins ne doivent pas encore y pousser de la fonte. Franchement à quoi ça ressemble de cacher deux escadrons de gardes républicains dans les sous-sols? Autant les enterrer. Le Gorille débloque ses cervicales, fait jouer ses maxillaires. Au gymnase, il commencera par une centaine de pompes. Il faut se garder disponible en ce moment. On ne sait jamais.

*

— Je t'ai apporté *Le Parisien.* Ça va mal ! C'est en première page. Ecoute ça : « *Cri d'alarme des agriculteurs :*

La m'am ressemble à un garde champêtre sur la place du village.

— ... *bientôt nous ne pourrons plus approvisionner Paris !* » Tu vas voir qu'on va ressortir les tickets de rationnement. C'est le retour du marché noir et des profiteurs. Aujourd'hui, il n'y a plus que dans les journaux qu'on trouve des pommes de terre à 1 franc le kilo, la botte de poireaux à 2,40 et du faux-filet à 19,60. Je ne te parle même pas des haricots verts à 3,95 !

La m'am relève des listes de prix qu'elle brandit au marché sous le nez des affameurs... *Vous voyez bien que c'est écrit dans le journal !... Eh ben, la petite dame, si c'est moins cher dans le journal, mangez-le !*

— C'est pas une honte quand on voit ce qui se passe au Biafra, avec tous ces gosses qui meurent de faim.

Comme d'habitude, les guerres nous avaient appris la géographie. Le Biafra était donc une province orientale du Nigeria qui avait fait sécession et qu'on affamait. Alors on poussait devant les caméras de « Cinq Colonnes à la une » des enfants au ventre gonflé et aux yeux vides pour obtenir une aide internationale qui serait détournée par les affameurs. Le scénario était bien rodé... *Ils n'ont qu'à nous en donner un gosse du Biafra, on trouvera bien à le nourrir...* La m'am avait eu treize enfants et la misère du monde lui en proposait régulièrement un quatorzième à adopter.

— Heureusement, j'ai fait des provisions.

La m'am parle des paquets de sucre, de café, de pâtes, de haricots secs, de bougies, des litres d'huile, du savon, lames de rasoir, lait concentré et autres qui débordent des placards jusque sous les lits... *Paulette tu vas nous attirer les bestioles !* La m'am s'en fiche, elle entasse.

— Désolé, mais il n'y avait plus de pain. Vous avez tout liquidé hier soir. Je t'ai mis des madeleines et j'ai récupéré un reste de Banania. Ton chocolat est un peu clair. Pourquoi tu ris ? Qu'est-ce qu'il y a de drôle ?

— C'est le journal. Ecoute : « *Daniel Cohn-Bendit a parlé hier au soir à la Sorbonne. Interdit de séjour, il est rentré clandestinement en France.* »

— Et alors ?

— Ils ajoutent. *Les cheveux teints en noir.* Il paraît qu'on contrôlait tous les rouquins à la frontière.

— Heureusement qu'il est pas noir, ton Cohn-Bendit, il aurait eu du mal à rentrer incognito.

*

— En parlant de rouquin. Ton copain en fauteuil roulant et sa rouquine ont demandé après toi.

Saint-Mexan et Nanette ! J'espérais qu'ils m'avaient oublié.

— T'as rendez-vous avec eux ? Je croyais que tu avais cours, ce matin.

J'ai ! Et même une séance de travaux dirigés de droit constitutionnel et un devoir à rendre. Il est sur mon bureau : « L'article 11 ». Il se dit que le professeur pourrait faire une apparition dans notre groupe. M. Hauriou ? On n'y croyait pas trop. Un professeur dans une salle de TD ce serait un peu comme Jean XXIII à une caisse de Monoprix. Même si le droit constitutionnel n'était pas une des grandes messes comme le droit civil avec Flour ou l'économie avec Lecaillon. On était tellement peu dans l'amphithéâtre du samedi après-midi que M. Hauriou commençait son cours par... *Mes fidèles !...* Avec des accents gaulliens qui convenaient parfaitement à son allure de patricien.

Les samedis de tournoi des Cinq Nations, M. Hauriou aurait pu m'appeler par mon prénom. J'avais les mille huit cents places du grand amphithéâtre pour moi seul, ou presque. Il avait réussi à me faire manquer un France-Angleterre avec Roger Couderc et Walter Spanghero. Sur l'estrade, il réussissait l'exploit de porter la toge comme un All Black... *Tout bien considéré, chers fidèles, dans la Constitution de 1958, le Premier ministre joue à l'ouverture, et le Président de la République à l'arrière.* Son chef-d'œuvre avait été l'interprétation de la fameuse caricature de Jacques Faizant dans *Le Figaro*, au moment de la débâcle de la France aux jeux Olympiques de Rome en 1960. Elle montre un général de Gaulle en survêtement, une valise à la main lançant à Marianne : « Dans ce Pays, si je ne fais pas Tout Moi-même »... *Chers fidèles, si nous considérons ce dessin sous un angle constitutionnel, on peut y voir l'affirmation d'une pratique présidentielle de nos institutions qui fait écho aux errements de la IVe République et à son impuissance. Aujourd'hui, nous pourrions dire, pour filer la métaphore sportive, qu'il serait peut-être temps pour le Général de rechausser ses crampons.*

*

— Tu vas à la manifestation, cet après-midi ?

La m'am sait bien que non. Elle voudrait me parler de notre dispute avec le p'pa, mais elle ne sait pas comment faire. Moi non plus. Avec le p'pa et la m'am, on forme un sacré triangle des Bermudes d'empotés dès qu'il s'agit de se parler de « ces choses-là ».

— J'aime pas trop que tu traînes dans les manifs en ce moment. Il y a eu un mort l'autre jour à Lyon.

— Il a été écrasé par un camion. C'était un commissaire de police.

— C'est quand même un mort.

*

... *Merde!* Le Physionomiste vient de se renverser du café sur les genoux. La DS noire à cocarde a filé vers le pont de Sully. Il n'a pas eu le temps de voir si Mme Pompidou avait répondu au signe de son mari au moment où il est entré dans la voiture... *Claude Pompidou née Claude Cahour, à Château-Gontier le 13 novembre 1912, fille de médecin, études de droit, blonde, 1 m 74, aime la poésie, les romans russes, l'art moderne et l'équitation...* Dommage. Ce genre de petit signe en dit souvent plus long sur un couple qu'une fiche des Renseignements généraux.

*

Une maquette de Spoutnik en cuivre! Suzanne Massu se demande où elle va pouvoir ranger ce cadeau que les Russes ont fait à son mari hier soir. Et en plus il clignote. Elle avait cru y échapper quand, à peine arrivé à la résidence pour la réception, le maréchal Kochevoï s'était jeté sur les apéritifs et les zakouskis. La prise du salon d'hiver par le chef de la délégation permanente des forces soviétiques en Allemagne! Mais le maréchal avait été rappelé aux usages par un colonel. On avait satisfait aux échanges de cadeaux et discours, porté les toasts et lancé une soirée de libations, agapes, danses et conversations politiques... *Vos étudiants, vous n'avez qu'à les écraser ! Il ne faut pas discuter avec les anarchistes... Vous devriez être content, Maréchal, ils veulent la révolution socialiste... La révolution ! C'est nous qui leur dirons quand ce sera le moment de la faire. En attendant : écrasez-moi tous ces gauchistes petits-bourgeois ! Et vive le Grand Président Charles de Gaulle !...* A une heure du matin les Russes avaient levé le camp et laissé un champ de bataille. Une soirée étrange. Un instant, on en avait oublié ce qui se passait en France au même moment. On avait abandonné la radio pour le tourne-disque.

Ce matin, la maisonnée dort encore. Suzanne Massu en profite pour travailler au calme sur le manuscrit de son livre « Quand j'étais Rochambelle ». Elle n'est pas certaine du titre. Personne ne se souvient qui étaient les Rochambelles. Elle voudrait ajouter « De New York à Berchtesgaden » mais sa directrice littéraire n'y est pas favorable. *Ma chérie, on se souvient encore moins de Berchtesgaden que des Rochambelles.* Suzanne Massu a horreur qu'on l'appelle « Ma chérie ».

*

Georges Pompidou se cale à l'arrière de la DS 19, son porte-documents sur les genoux. Le visage soucieux. Ce n'est pas le Conseil des ministres d'aujourd'hui qui l'inquiète mais l'enveloppe blanche marquée « Confidentiel » qu'il tient à la main. La voiture traverse la Seine par le pont de Sully. « *Au secours !* » Georges Pompidou est interpellé par une plaque bleue apposée sur le parapet. « *Au secours... Demandez.* » Il n'a pas le temps de lire le reste. C'est la première fois qu'il remarque cette inscription. Peut-être à cause de l'enveloppe blanche. « *Au secours !* » Il en aurait besoin en ce moment. Il se sent parfois un peu seul au milieu de cette chienlit. Il a l'impression que le Général le teste jusqu'à la rupture. Allons, Georges ! admire plutôt Notre-Dame. A chaque fois, cela t'apaise. Le pont de Sully est le plus beau des points de vue sur l'arrière de la cathédrale. Il descend sa vitre et respire. Ce matin Notre-Dame sent l'iode. Son abside arc-boutée lui fait penser à la lanterne d'Aristote, ce trésor qu'il aime aller dénicher au cœur des oursins... *Deux douzaines de violets, et un pichet de bandol !* Avec Claude, ils allaient en déguster sur le port de Cassis quand il était professeur à Marseille... *Voilà une journée bien trop belle pour la donner à l'Education nationale !* Ils partaient tous les deux en amoureux... *Si on allait à l'abbaye du Thoronet pour changer de Sénanque ?* Un bain dans les calanques pour elle, un paquet de versions latines pour lui, et un verre ensemble à la terrasse d'un café de Saint-Tropez. Les 3e A du lycée Saint-Charles ne pouvaient imaginer ce que leurs notes devaient au bandol.

Est-ce que Claude le suit des yeux par la fenêtre ? Elle utilise parfois ses jumelles de théâtre. Ils n'ont plus beaucoup le temps d'y aller. Heureusement, il y a les soirées cinéma à Matignon, avec le premier cercle des amis, mais il sait que Claude regrette le temps des calanques. Lui aussi, parfois.

Georges Pompidou tourne l'enveloppe blanche entre ses doigts. Qu'a-t-il gagné depuis le temps des calanques ? Il est Premier ministre, peut-être un jour sera-t-il Président. Et alors ? Est-ce que tout cela vaut la peine de mettre en danger son bonheur ?... *Son amour...* Pourquoi n'aurait-il plus le droit de prononcer ce mot ? Georges Pompidou repose l'enveloppe sur son porte-documents. Il ne l'ouvrira pas. Pas tout de suite. Notre-Dame a disparu, l'odeur d'iode avec elle. Il remonte sa vitre.

*

Ce que le Physionomiste déteste le plus dans son métier, c'est la paperasse : rédiger des fiches, des notes, des rapports. C'est pas l'Allemagne de l'Est, ici. On n'est pas la Stasi, tout de même. En plus personne ne les lit.

*

— La Chevaleric, vous m'avez bien compris. Je pars en fin de matinée me reposer à La Boisserie avec madame de Gaulle. Vous donnez les instructions en conséquence.

— Et votre déjeuner avec Geoffroy de Courcel ?

— Vous l'annulez et vous l'informez : je suis à Colombey. Je me repose.

— Je préviens M. le Secrétaire général ?

— Tricot ? Je le verrai à 9 heures dans mon cabinet. Avant, il faut que je m'entretienne avec Lalande.

— Le général attend déjà au salon des aides de camp.

— Parfait, vous ferez entrer Lalande à 8 heures précises. Ce sera tout, La Chevalerie, merci.

*

La m'am examine mon TD de droit constitutionnel posé sur le bureau. Elle s'est essuyé les mains sur sa blouse, avant de prendre mon devoir.

— L'article 11 ! C'est tout ce qu'ils vous donnent ? Même pas de questions ? Tu vas me dire « 11 » c'est bien, c'est ton chiffre. Tu es le onzième. Ça te portera chance.

J'aurais eu l'article 16, la m'am aurait trouvé que c'était bien aussi. Parce que 16 c'est 1 + 6, que ça fait 7 et que « 7 » c'est le numéro du maillot de mon frère Serge qui a marqué un but dimanche avec Villemomble. Pas un chiffre ne peut échapper à son talent de numérologue contorsionniste.

— Ben, dis donc ! il y a de ces phrases dans ton devoir. J'y comprends rien...

— Rassure-toi, moi non plus.

— Pourquoi il y a un autre nom ?

— On l'a rédigé à deux. En binôme comme ils disent. C'est nouveau.

— Je voyais bien que ça pouvait pas être de toi. C'est trop bien écrit. Dommage que t'aies pas hérité de l'écriture de ton père.

Me concernant, la m'am a deux regrets : je ne porte pas le costume comme mon père et je n'ai pas son écriture « d'instituteur martiniquais ».

— T'as fait ton devoir avec une fille !

Peut-être pas la plus forte, mais certainement la plus laide. Des qualités reposantes dans le travail.

— C'est une fille de la haute ?

La m'am vient de remarquer la particule de « Mademoiselle de ». J'avais décidé de l'appeler ainsi car son prénom était une sorte de relique médiévale tombée en désuétude pile sur elle. Quant à la particule, je lui avais demandé de s'en dispenser sur nos devoirs. Refus net, au prétexte que notre chargé de TD en portait une « achetée au décrochez-moi-ça »... *La particule n'est pas comme la monnaie : la mauvaise ne chasse pas la bonne.*

*

Le Physionomiste note sur son carnet que Mme Pompidou est restée longtemps à sa fenêtre. Plus que d'habitude.

*

La m'am est tracassée. Elle se pose des questions à propos de « Mademoiselle de ». Un soir, je l'avais entendu interroger mon père, dans la cuisine... *Roger, des fois, tu te demandes pas quelle fille il va nous ramener de là-bas ?* Pour ma mère, « là-bas » est une contrée étrange et mystérieuse. Régulièrement elle me pose des questions sur les mœurs de la peuplade qui vit « là-bas »... *Comment ils s'habillent ? De quoi vous parlez ?* La m'am a un rêve d'ethnologue. Je la déçois en lui expliquant que le p'pa avait raison... *Dans la vie, il n'y a que deux sortes de personnes : ceux avec qui tu as envie d'aller boire un coup, et les autres.* Elle trouvait que ce n'était pas la peine de faire tant d'études pour finir au bistrot. *Les filles, c'est pas pareil, quand même ?* J'admets qu'il y en a de jolies « quand même » mais pas plus que dans la galerie marchande de Belle-Epine.

Côté fille de « là-bas » mes parents n'ont rien à craindre. J'ai fait un serment... *Jamais avec une bourge de la fac !* Un serment avec bougie et pièce dans le tronc, à l'église d'Orly et celle de Saint-Sulpice. Inutile de raviver la lutte des classes chez les saints.

— Tiens, Gaston Monnerville ! Qu'est-ce qu'il fait dans ton devoir ?

— Il rouspète, m'am.

— Ça m'étonne pas. Tu sais que ton père le connaît. Il est martiniquais.

— Guyanais, m'am. Guyanais comme Henri Salvador.

Je précise, sinon, avec la m'am, tous les Noirs connus ont une fâcheuse tendance à être martiniquais.

— N'empêche que sa famille est de Case Pilote à la Martinique, ça j'en suis certaine. Ils se connaissaient avec la famille de ton père. Ils étaient pas bien riches à l'époque, les Monnerville. Leur gamin travaillait bien à l'école. Il a réussi grâce aux bourses.

Je pense à la mienne. Je dois réussir les examens pour la conserver. Sinon, cet été, je travaillerai un mois de plus aux bars de l'aéroport d'Orly. Je prendrai le service de nuit, c'est mieux payé.

— Qu'est-ce qu'il fait maintenant comme travail, Monnerville ?

— Président du Sénat.

— Ça doit être tranquille.

— C'est quand même le deuxième personnage de l'Etat.

— T'es sûr, c'est pas Pompidou ?

— Quatrième alinéa de l'article 7 de la Constitution, m'am. « *En cas de vacances de la Présidence de la République pour quelque cause que ce soit...* »

— Ça va ! je te crois...

La m'am reste songeuse, le regard perdu dans ma copie.

— C'est quoi « forfaiture » ?

— Un crime commis par un fonctionnaire dans l'exercice de ses fonctions.

— Une saloperie ?

— Si tu veux.

— Dis donc, t'en sais des trucs, quand même ! T'épates ta mère... Au fait, comment tu vas aller à ton école ce matin ?

— J'ai retapé mon vélo du certificat d'études. Je peux pas me permettre de rater ce TD.

— Attends ! Serge, le mari de Josette passe avec son camion, pour nous apporter un jerrican d'essence. Si tu veux, il t'emmène.

— Dans son camion-poubelles !
— Et alors ? Tu vas pas voyager avec les ordures ?

*

Le Physionomiste n'aime pas ce qu'on lui demande de faire en ce moment. Plus de son âge. Pourtant, des coups tordus, il en a plié ces dernières années. Le hasard lui avait épargné « l'affaire Ben Barka ». Pas brillant, l'enlèvement de l'opposant marocain devant la brasserie Lipp. 1965. En ce temps-là, la DST et le SDECE travaillaient ensemble, mais surtout chacun pour soi. Les politiques avaient joué les vierges effarouchées. De Gaulle s'était fendu d'une ou deux formules sur « le vulgaire et le subalterne », « l'honneur du navire ». Et Pompidou avait piqué une grosse colère de théâtre... *De quoi on a l'air, à l'étranger !* Il avait donné un coup de balai dans les services du contre-espionnage et s'était fait des ennemis à vie. Surtout au SDECE... *Si un jour Pompidou est Président, on est foutus ! Il faut s'en occuper avant.* Le Physionomiste pense à l'affaire Ben Barka. Il craint d'avoir mis le doigt dans un coup du même genre, avec les mêmes couples d'ingrédients : ambitions et frustrations, hommes politiques et hommes de main, voyous et célébrités. Pour Ben Barka, il y avait eu Marguerite Duras (MD) et Georges Franju (GF) cette fois, il s'agit d'autres initiales (AD), (SM), les Yougoslaves remplacent les Marocains, mais rien ne change.

*

Arriver à la fac en camion-poubelles ! Je trouve l'idée amusante. La benne en question est celle de Serge, le mari de ma sœur. Je l'appelle Sergio pour le différencier de mon frère. Il est chauffeur à la Ville de

Paris, au service du nettoyage urbain... Et rital !... C'est lui qui le dit. Sergio est surtout un débrouillard de première. Il ne manque jamais d'essence, ni de rien d'ailleurs. Avant les événements, il était précieux, aujourd'hui il est indispensable. Au gré des besoins, il utilise sa benne comme camionnette de livraison ou taxi. Je m'imagine débarquant à Assas de son camion-poubelles, devant les fachos d'Occident en Pataugas et nunchaku... *Quand je pense que mon père a quitté l'Italie de Mussolini à cause de ceux-là et que je les retrouve ici. Ils te cherchent des noises ?...* Pas vraiment. Avec eux, j'ai seulement découvert que j'avais un accent. Un accent « parigot », « titi parisien », « faubourien » ou « prolo ». Tout dépendait de l'humeur. Leurs imitations étaient ridicules. Pourtant, cela m'avait rappelé le soir où j'avais entendu pour la première fois la voix de ma mère au téléphone. J'étais sidéré : la m'am roulait les « r » ! Je ne m'en étais jamais aperçu. J'avais raconté l'anecdote à « Mademoiselle de »... *C'est merveilleux, ta mère roule les « r » comme Colette !* La m'am venait d'entrer dans le Lagarde et Michard.

*

Affalé sur une bergère de son bureau, Xavier de La Chevalerie se perd dans la contemplation de la pendule posée sur la cheminée. Trois cent quarante ! Il paraît qu'il y a trois cent quarante pendules à l'Elysée. Autant que de membres du personnel. Toutes fonctionnent. Elles ont un « remonteur » attitré dont c'est le seul travail. Les employés, aussi, auraient besoin de quelques tours de clé en ce moment. Mais le titulaire en charge est défaillant. « De Gaulle, le Remonteur mou ! » Un quart d'heure tinte avec une pointe d'ironie. La Chevalerie grimace. Il a l'impression que son rôle est déjà terminé. A peine la journée est-elle entamée que c'en est fini pour lui. Il fait le point. Si le de Gaulle part à Colombey, c'est pour se reposer. Peut-être. Mais plus sûrement parce que le Général ne veut pas « *se laisser faire aux pattes* », comme il dit. Une note des Renseignements généraux évoque un « risque non négligeable » que la manifestation de cet après-midi soit détournée vers l'Elysée. Ce sera comme à l'Hôtel de Ville de Paris en 1870. On incendiera, on pillera, on violera les lingères. Les services de la Présidence avaient étudié l'éventualité d'une évacuation par hélicoptère. Pour le Président, seulement. *Trop acrobatique.* Le Général avait également refusé les égouts... *Ce n'est pas que je trouve cela dégradant pour ma personne. Pendant la Première Guerre, je me suis évadé de camps à cinq reprises et dans de pires conditions. Mais, regardez-moi ! A l'époque je mesurais déjà un mètre quatre-vingt-douze, mais je n'avais pas cent vingt centimètres de tour de taille. Cela dit, d'après Vauclair. Je lui fais confiance. Mon tailleur est le seul à me voir ni plus petit ni plus grand que je suis.*

*

— Madame, je vous en prie, n'emportons avec nous que le strict nécessaire.

Yvonne de Gaulle ne l'envisage pas autrement. Si ce n'est sa définition du « strict nécessaire » qui diffère de celle, plus spartiate, de son mari. Le Général essaie de ne pas évaluer l'ampleur du chargement qui défile devant lui. L'hélicoptère n'y suffira pas, il faudra un transport de troupes. Les mains dans le dos, il observe la chorégraphie feutrée des femmes de chambre qui fait penser à un départ « à la cloche de bois »... *Non, mademoiselle, laissez cette valisette, j'en disposerai moi-même.*

— Charles, puis-je prévenir notre fils des dispositions que vous avez prises ?

— Philippe sera informé par Lalande, madame. Je le reçois à 8 heures.

La main encore sur la poignée de porte, le Général se retourne vers sa femme.

— Le strict nécessaire, madame. Le strict nécessaire...

Mme de Gaulle sourit. La remarque de Charles vient de lui faire souvenir qu'elle a oublié sa toque d'astrakan.

*

— Tu es d'accord pour le camion-poubelles avec Serge ?

— Pourquoi pas.

— Je voudrais te demander...

La m'am semble embarrassée. Elle va peut-être enfin se décider à me parler de notre dispute avec mon père.

— Tes copains allemands... Ceux qui sont venus l'autre soir à la maison... Ils sont avec Cohn-Bendit ?...

Etonnant, elle n'a pas écorché son nom. La m'am m'a transmis cette incapacité à retenir les noms propres qui empêche d'avoir l'air cultivé en société.

— Non, m'am. Ils n'ont rien à voir avec lui.

Hans et Willy avaient plutôt été des compagnons de Rudi Dutschke, « Rudi le Rouge » qui venait d'être assassiné.

— Faudrait pas que tes copains croient que c'est pour ça que j'ai pas pu les coucher.

Je comprends, à sa mine, que ma mère s'en veut de ne pas avoir « couché » mes copains allemands quand ils sont passés à la maison dimanche soir, sans prévenir. Ils arrivaient en Coccinelle de Betigheim, près de Stuttgart. Fatigués, barbus. Deux colosses blonds qui rétrécissaient notre F5, même assis. Hans le discobole et Willy le lanceur de marteau. Nos deux clubs d'athlétisme sont jumelés... *Tu sais que Rudi Dutschke courait le 100 mètres en 11 s. 5 ?* Dans nos rencontres, il y avait plus de chants, de bière, et d'amourettes que de performances. Pourtant, il avait été décidé que je serais champion olympique de décathlon. Pas à Mexico l'été prochain, j'étais encore un peu juste mais à Munich en 1972 avec 8 031 points et que Hans et Willy remporteraient le concours des buveurs de bière. En attendant, Hans et Willy avaient eu envie de « faire mai 68 à Paris ». Alors, ils avaient chargé leur Coccinelle et avaient taillé la route d'une traite, mon adresse calée sur le tableau de bord. Un peu surpris en arrivant à Orly, dans ma Cité Million. Eux habitaient des maisons de magazine où on servait le café dans des tasses dépareillées. Chez nous, c'était l'inverse. La m'am avait sorti son Limoges et Hans et Willy leur éducation en pur Saxe. La m'am évita de dire « les Boches » et le p'pa de suggérer que les pères de mes copains avaient failli le fusiller en 43 à Vauzelles. On reprit du café et du clafoutis. Le mot leur avait plu. Ils le répétèrent comme un exercice de diction... *Cla-foutis.* Dans leur bouche le mot finissait par sonner comme un slogan... *Cla ! Fou ! Tis !... Cla ! Fou ! Tis !...* C'est à ce moment-là qu'on avait senti l'odeur de brûlé dans l'appartement. Quelque chose d'oublié manifestait dans le four de la cuisinière.

*

Le Physionomiste se dit qu'il y a au moins un avantage à travailler sur les Pompidou : ça le dispense d'un boulot d'infiltration et noyautage de je ne sais quel groupuscule de rigolos qui pullulent en ce moment. Un boulot qui lui rappelle trop les scouts en plus débraillé : se laisser pousser les cheveux, prendre un pseudonyme, discuter en rond, boire, tirer sur des joints, distribuer des tracts, lancer des boulons sur les copains en tenue, faire la vaisselle en espérant se faire les filles et les confesser dans le duvet. Pour ce genre de mission d'infiltration, on se sert surtout de nanas. Le cul reste la meilleure source d'information.

*

Xavier de La Chevalerie va à la fenêtre de son bureau qui donne sur l'appartement du Général. Les rideaux sont encore tirés. Le soleil pointe côté jardin. Il ne reste plus qu'à frapper les trois coups. Mon pauvre Xavier, je crains que tu ne restes en coulisse de ce qui se prépare. Rassure-toi. Tu n'es pas le seul. Il est où Malraux ? Celui-là, pas foutu d'avoir le bac, il va en plus rater 68 !

*

Avant de repartir de chez nous, Hans et Willy m'annoncèrent qu'ils m'avaient choisi pour être leur « Guide de Mai ». Expression Mao-touristique signifiant qu'ils voulaient en voir un maximum en un minimum de temps dans le cadre d'un forfait « Mai 68 All Included ». Tôt le matin, on débarquait à l'écart du Quartier latin, près de Notre-Dame. Réveil musculaire : Hans et Willy garaient la Coccinelle à la main en la faisant ripper contre le trottoir avec des ahanements de bûcheron. Puis on entamait le circuit classique à partir d'un tract ronéoté qu'on m'avait distribué rue de l'Ecole-de-Médecine. « SOS barricades. » Il indiquait le trajet des manifestations, les stationnements de CRS et de gendarmes mobiles, les lieux occupés agrémentés de une, deux ou trois matraques en fonction de l'intensité de la mobilisation. « SOS barricades » en main, on assurait les visites obligées, Sorbonne, théâtre de l'Odéon, les Beaux-Arts... Mais ce que préféraient Hans et Willy, c'étaient « aller au contact ». Faire face au cordon de CRS. Etre au plus près et les provoquer avec des moues d'entraîneuses. *Viens ! Viens !... Mon amour !... CRS je t'aime !* Ce à quoi il leur était répondu... *Messieurs, nous allons charger.* La formule ne devait pas avoir le même sens en allemand et en français. Elle me donnait des envies de départ canon, tandis qu'elle les plantait dans le bitume. J'étais un sprinteur, ils étaient des lanceurs. Leur gabarit les faisait rivaliser en altitude avec les CRS... *Chargez !* Là, le sprinteur que j'étais reprenait l'avantage sur les lanceurs. Même si, une fois lancés, Hans et Willy étaient impressionnants. Des Panzers fonçant de front. De Gaulle avait raison à propos de la « nécessaire et urgente création d'un corps d'intervention mécanisé ». Après chaque reflux de charge des CRS, Hans et Willy sautaient de joie, au milieu de la rue, se congratulaient avec des cris de primates et des rires de gosses. Ils défiaient les escadrons sagement repliés et leur envoyaient des baisers claqués... *68, mon amour !*

CHAPITRE 2

Huit heures

De Gaulle est assis sec et droit derrière son bureau. Face à lui, le général Lalande s'applique à paraître détendu mais le deuxième fauteuil à côté de lui donne l'impression désagréable que le Général attend quelqu'un d'autre. Lalande cale son assiette et affermit sa prise sur les accoudoirs comme pour mieux saisir la véritable nature de la mission que de Gaulle vient de lui confier : l'inspection des armées de l'Est ! Sonder l'état d'esprit des généraux Beauvalet à Metz, Hublot à Nancy et Massu à Baden-Baden. Ce n'était pas très précis. Depuis un quart d'heure, de Gaulle lui fournit des détails sans intérêt, avec des gestes outrés de conférence de presse. Tout à coup, il s'interrompt pour prendre des notes sur une feuille du sous-main. Déjà, pendant l'entretien, Lalande avait eu l'impression que de temps en temps de Gaulle décrochait. Il lui parlait, mais son regard semblait se porter dans son dos, sur la tapisserie du mur *Don Quichotte soigné de sa folie par la Sagesse.* Est-ce que le Général se sent concerné ? Lalande préfère ne pas y réfléchir et laisser fureter son regard sur le décor du bureau. Trop chargé. Du Louis XV plus du Napoléon III, ça ne fait jamais que du Charles XI.

Au-dessus de sa tête, un lustre suspendu en congère est prêt à l'ensevelir pour lui faire payer cette insolence. Les pendeloques cachent à peine les angelots et nymphettes dénudés du plafond. Tante Yvonne avait songé à faire couvrir leur pudeur. Mme de Gaulle, « La Braghettera de l'Elysée » dans ce cas, il faudrait aussi masquer les tapisseries et les guerrières antiques en bronze doré sur les pieds du bureau. Lalande croise ceux du Général. Il chausse du combien ? Lalande fait glisser son regard vers le globe terrestre. C'est ce qu'il préfère dans le bureau du Général... *Lalande, où situez-vous le détroit de Wilchtröm ?* C'est le risque. De Gaulle affectionne ce genre de colle pour ses visiteurs. Le soleil en provenance du jardin éclaire le globe d'une lumière changeante qui redessine les frontières. Lalande soupçonne de Gaulle de l'avoir disposé près de la fenêtre pour jouer de cette lumière de vainqueur. Une sorte de Yalta solaire en forme de revanche. L'idée le fait sourire.

— Je comprends votre amusement, Lalande. Aller visiter ce brave Massu est toujours une expérience... réjouissante.

Ce n'est pas le terme que Lalande aurait utilisé. « Visiter ce brave Massu », c'est aller titiller l'ours dans sa tanière. Un ours chatouilleux et rogue. Lalande a beau être chef d'état-major particulier du Président : Massu, c'est Massu.

— Général, je dois vous entretenir d'un aspect de votre mission qui me tient tout particulièrement à cœur.

Lalande se demande si ce n'est pas maintenant que le lustre de cristal va lui dégringoler sur la tête.

— Il s'agit de ma famille, Lalande. Ma famille que je vous mets personnellement en devoir de protéger.

*

Georges Pompidou s'aperçoit que c'est la deuxième fois qu'il lit cette note sur la Politique agricole commune sans rien en retenir. Il comprend pourquoi Edgar Faure le harcèle et veut le ministère de l'Education. Pour se sentir bien à l'Agriculture, il faut aimer flatter le cul des vaches et patauger dans les excédents. Il relit la note encore une fois. La viande, le lait, le beurre, les subventions et la taxation de la margarine se mélangent dans sa tête... *Concentre-toi. C'est 50 NF ou 150 NF de subvention par vache laitière ? Attention ! le Général n'aime pas ce genre d'approximation... Ça ne fait jamais que 200 millions de différence. Une paille !... Décidément, tu es trop préoccupé. Laisse cette note, tu y reviendras.* Georges Pompidou referme son dossier « Conseil des ministres, 29 mai 1968, 15 heures ». Il prend l'enveloppe blanche marquée « Confidentiel » la tapote comme pour l'ausculter... *Ouvre-la ! De toutes les façons, il faudra bien que tu saches un jour.* Georges Pompidou se décide. Il décachette l'enveloppe et en sort une feuille dactylographiée. Pas très courageuse, cette feuille, elle tremble dans sa main.

*

Le p'pa n'est pas rentré ! La m'am m'annonce ça, comme si de rien n'était, en rinçant mon bol dans l'évier. Depuis qu'il est sorti marcher hier au soir, après notre dispute, le p'pa n'était remonté à la maison que pour récupérer le plan de la moustache punaisé dans sa chambre. Et il était reparti. Dans la nuit, il avait appelé ma mère d'une cabine. Tout allait bien. Il ne fallait pas qu'elle s'inquiète. Il avait un

« truc important » à faire. Il serait certainement là ce soir ou demain matin au pire. Non, il n'avait rien dit à propos de nous deux. Rien au sujet de notre dispute.

Je pense au plan de la moustache. Je ne comprends pas. Quand j'avais dix ans, les choses étaient plus simples. Si le p'pa disparaissait pour faire « un truc important » c'était obligatoirement pour sauver le pays. Son emploi à mi-temps. Le jour chaudronnier à Air France, la nuit sauveur de la France. Aussitôt, il devenait Chaudrake, un héros qui fendait les airs et les flots en cote de bleu et se lançait dans une aventure au bout de laquelle, immanquablement, il arrachait le général de Gaulle à la mort. Car sauver de Gaulle c'était sauver la France et réciproquement... *Merci, Roger!* Pas d'honneurs, pas de chichis de la part du Général, seulement... *Merci, Roger!* A dix ans on a un père héros et à vingt ans, on se dispute avec. La m'am pose son index entre mes sourcils.

— Défronce! Quand tu fais ça, on dirait ton père quand ça ne va pas pour le travail ou quand il est malade. Tu sais, le greffé du cœur, l'Anglais, il tient le coup. Je l'ai lu dans le journal, ce matin.

Ma mère suit les tentatives de greffes du cœur en pensant à celui du p'pa. Son cœur l'inquiète. Il bat si vite, parfois!... *Il doit être amoureux, m'am... Je préférerais...* Les médicaments n'y font rien. La m'am a foi dans les chirurgiens. Elle collectionne les coupures de presse. Du professeur Barnard en Afrique du Sud, qui a osé avant les autres en décembre dernier jusqu'au professeur Cabrol au début du mois, à Paris. « Son second cœur n'a battu que 56 heures. » La m'am m'avait montré dans le journal la photo de

Clovis Roblain avec son chien... *J'ai confiance, ils y arriveront, ce sont des as, ces gars-là...* Peut-être qu'un jour le p'pa aura le cœur d'un autre. Plus lent. Moins amoureux. Peut-être un cœur blanc... *Le cœur du premier greffé était bien celui d'un Noir...* Quand elle pense au p'pa, la m'am voit même les cœurs en noir. Pour elle, c'est bon signe.

*

Gaston Monnerville écarte le rideau de la fenêtre en ogive au premier étage du Sénat. Il admire la perspective que lui offre le jardin du Luxembourg vers l'Observatoire. La fenêtre où il est posté est au centre de la façade, juste sous l'horloge du palais. Au-dessus de lui, le drapeau tricolore doit déjà être réveillé et flotter mollement. Le temps est calme et doux. Les palmiers dolents. Gaston Monnerville se laisse aspirer par la perspective jusqu'aux deux lions de pierre au-delà du bassin. Le Lion de l'Est et le Lion de l'Ouest. Deux lions inquiets qui surveillent dans leur dos, Diane chasseresse, la main au carquois. A son arrivée au Sénat, Gaston Monnerville s'était souvenu de la parole d'un de ses maîtres en Guyane, M. Sophie... *La trahison est du côté de l'homme, la protection de l'animal.* Il avait confié la sienne à ces deux lions inquiets... *Mes ancêtres étaient peut-être des guerriers yoruba farouches. Ils vous chassaient sans haine mais sans pitié sur les terres du glorieux royaume du Bénin. Mais ce temps est révolu. Je viens humblement me placer sous votre haute protection, vous qui connaissez bien mieux que moi cette jungle de pierre aux mille statues.* Les lions inquiets s'étaient longuement concertés. Ils avaient accepté l'allégeance du petit guerrier à cravate-pochette et décidé de le protéger.

En échange, ils lui demandaient de surveiller cette femme crayeuse au regard aigu et à la main gracile.

Depuis, chacun montait bonne garde pour l'autre.

Gaston, j'espère que jamais tu ne te lasseras de cette vue. Ce serait le signe que l'âge te prend, et que tu oublies d'où tu viens.

Gaston Monnerville observe un jeune garde devant le bassin. Il s'assouplit en exécutant des fentes d'escrimeur. On dirait qu'il essaie d'embrocher la procession de canards impassibles qui minaudent sur le plan d'eau. L'homme est souple et vif. La lumière le découpe comme du fer-blanc. Lui aussi était souple et vif au même âge. Rageur, même. Le fleuret était son arme d'excellence. Sa *stoccata lunga* à la Saint-Georges en avait terrassé plus d'un. La trentaine venue, il s'était consacré à la flûte et avait abandonné l'escrime avec un chapelet de faux prétextes. Trop petit. Trop scrupuleux. Trop de travail... *Mettez plus de politique dans votre poignet.* Son maître d'armes avait raison. Il disait « politique » pour dire « vice » et lui signifier que l'escrime et la politique se ressemblaient jusqu'au port des masques.

Alors, pourquoi ne pas vider quelques querelles sur le pré avec le chef de l'Etat et le Premier ministre ? Le mépris dans lequel ils tiennent le Sénat en général et lui en particulier donne à Gaston Monnerville des envies de taille et d'estoc. Il sourit. De Gaulle avait fait de l'escrime en militaire. Il devait avoir du bras et de la fente, mais Pompidou ! Il imagine le Premier ministre en tenue de duel, la cigarette aux lèvres et le ventre en plastron.

— Monsieur le Président ! Monsieur le Président !

Son secrétaire apparaît avec ce regard fiévreux qui donne toujours l'impression qu'il va lui annoncer une catastrophe. Une catastrophe, enfin ! Un de ces accrocs au morose qui lui donnerait l'occasion de s'ébrouer.

— Monsieur le Président !...

— Oui ?

— Votre courrier est prêt.

Devant le bassin, le jeune garde a entrepris une série de flexions sur les jambes. Gaston Monnerville se demande où il a remisé son fleuret. Une mouette se pose sur la tête de la Diane chasseresse et lui fait une crête de guerrier huron. Les lions de pierre frémissent.

*

— Général Lalande, ma famille est mon bien le plus cher et sa sécurité ma première préoccupation. La demande que je vais vous faire pourra paraître singulière, voire inopportune, mais sachez que j'y attache la plus grande importance.

Lalande se dit que quand de Gaulle s'adresse à vous avec cette gravité, on a l'impression d'être la France avec des irisations de fierté du côté du Massif central.

— Lalande, je vous demande quand vous vous rendrez chez le général Massu, d'emmener mon fils Philippe, son épouse Henriette et leur quatre garçons, Charles, Yves, Jean et Pierre. Le petit Pierre est âgé de sept ans.

Lalande note : le Général détaille les membres de sa famille pour lui montrer, premièrement, combien chacun lui est précieux et, deuxièmement, que, compte tenu du nombre et de l'âge de « petit Pierre », il doit éliminer l'hélicoptère au profit d'un avion léger. Les Beechcraft du GLAM devraient convenir.

Mais le terrain de Baden-Baden permet-il leur atterrissage ? A vérifier.

— Je vous confie cette mission, Lalande, car j'ai des motifs sérieux de craindre pour la sécurité de ma famille si elle demeure à Paris. Philippe m'a fait part de menaces très précises sur lui et les siens. Des projets d'enlèvements sont confirmés par nos services. Je ne peux leur faire courir ce risque. Que l'on s'en prenne à moi, je l'ai accepté d'avance, en soldat. Vous me comprenez. Mais je ne supporterais pas qu'on attente à la vie de ceux qui me sont chers.

Lalande pense à l'exécution du colonel Bastien-Thiry, l'organisateur de l'attentat du Petit-Clamart. De Gaulle avait refusé sa grâce. Sa femme était dans la voiture, ce jour-là. Une balle de fusil-mitrailleur lui avait frôlé la nuque. Elle aurait pu être tuée. Ça, le Général ne pouvait le pardonner.

— Vous savez également, Lalande, que madame de Gaulle a été insultée à deux reprises.

Il savait. Le chauffeur de la Présidente aurait dû au moins relever le numéro de la plaque d'immatriculation de ce porc en DS.

— La multiplication de ces incidents est symptomatique. Nous sommes peut-être à la veille d'une situation insurrectionnelle. Je préfère prévenir. En ce qui concerne les modalités d'organisation, faites-en votre affaire. Voyez avec un de mes aides de camp. Le colonel Tallon sera parfait. Pour les justifications, vous n'avez à en donner à quiconque hormis moi. Pour les explications futures... disons que j'autorise mon fils Philippe à profiter de votre mission d'inspection en Allemagne pour visiter des amis à lui. Ceci est consigné dans cette lettre que vous lui remettrez.

Lalande empoche l'enveloppe sans la regarder.

— Disons, général, que Philippe doit aller « prendre les eaux » à Baden-Baden pour soigner les suites de ses colites néphrétiques.

L'expression « prendre les eaux » semble avoir amusé de Gaulle. L'idée de naufrage, peut-être. Il se reprend.

— Le malheureux Philippe en souffre vraiment. C'est paraît-il bien plus douloureux qu'une intervention de la prostate.

Il y a quatre ans quand le Général s'est fait opérer d'un « adénome prostatique », tout le pays avait découvert, puis était devenue spécialiste de cette « glande de l'appareil génital masculin qui entoure la partie initiale de l'urètre et sécrète certains composants du sperme ». Les chansonniers et les caricaturistes s'étaient régalés. La France sidérée découvrait que le général de Gaulle sécrétait du sperme ! De là à penser qu'il avait fait ses enfants lui-même.

Tandis que Lalande essaie de ne pas sourire à cette évocation du Général et de l'Immaculée Conception, de Gaulle jette un regard discret à la pendulette du porte-livres de sa parure de bureau. Très chic ce maroquin rouge doré au fer. De Gaulle fronce le nez. Leur entretien a dû dépasser les fameuses trente minutes statutaires.

— Ce sera tout, général. Mon fils Philippe et sa famille se trouvent à leur domicile parisien. Tenez, je vous ai noté l'adresse.

De Gaulle semble embarrassé par son propre geste. Trop de sollicitude, d'amour des siens et d'inquiétude dans ce morceau de papier soigneusement plié en quatre. Lalande en est bêtement ému. Le Vieux l'a encore eu. Certainement que le lustre de cristal va s'écrouler sur lui une deuxième fois, ou ses pieds se prendre dans le tapis de la Savonnerie. Lalande se contente de se cogner le front dans la porte que de Gaulle vient de lui ouvrir.

— Ça va, Lalande ?

— Parfaitement, mon Général.

— Vous êtes certain ?

— Parfaitement !... Ne vous inquiétez pas... La famille de votre fils Philippe est en sécurité avec moi.

De Gaulle serre fermement la main de Lalande en espérant qu'il n'y aura pas trop de portes sur son passage.

*

— Merde !... Je te dis merde, pour ton devoir à l'école.

Sur le palier, la m'am me fait un dernier baiser. 20 ans, 1 m 85, 78 kilos et il me le faut encore, ce baiser, avant de partir de la maison... et ce « merde ».

— C'est quoi ce barouf, m'am ?

Un fracas en dégringolade dans la cage de l'escalier, avec des cris et des jurons dans les étages.

— C'est l'armoire des Masset. Ils s'entêtent à vouloir la descendre par l'escalier. Résultat, elle est coincée au deuxième. Te mets pas en retard. Ils manqueront pas de monde pour les aider.

Je rejoins Sergio en bas de mon escalier. Son camion-benne est garé le long du trottoir. Une burette à la main, il discute avec Saint-Mexan dans son fauteuil roulant. Nanette les écoute vaguement, les seins à portée d'admiration sous une robe tout en drapé de couleur sable. Elle est coiffée d'un bibi en cloche de la même teinte, les cheveux libres d'un rouge Ferrari assorti au fauteuil de Saint-Mexan. Sergio m'embrasse.

— T'as vu, mon Grand, ça sent la grosse manifestation. Il va avoir chaud au cul, le Charlot.

C'est vrai que la cité sent la manif ce matin. Un parfum particulier, une excitation, une façon de se compter des yeux, avec des embrassades, des accolades et des interpellations surjouées... *Le Jeannot! C'est pas vrai! T'es là, social traître!... J'ai pris des rillettes... Qui a le mégaphone?... Et Henri qu'est-ce qu'il fout?... T'as l'itinéraire?... On rejoint la section d'Ivry à la mairie... Vise les croquenots du Francis! Tu crois que tu vas au bal?*

Adossé à la loge du gardien, j'observe un homme qui fume dans ses doigts comme un taulard. Nerveux, la tête baissée. C'est le Serveur de l'Odéon. Je ne connais pas son nom. Il n'y a pas longtemps, je l'avais vu dans une AG bondée au théâtre de l'Odéon. J'étais étonné de le trouver là. Il était intervenu pour dire que... *Non! Ce n'est pas vrai, ce que vous dites. Quand on a fait sa journée de travail, on a pas envie d'aller au cours du soir. On voudrait, mais on peut pas. On est crevé!*

Il en avait pleuré. J'avais honte. Pourquoi essayait-il de leur expliquer? Pourquoi leur parler de sa fatigue, de son salaire? De ses rêves? Pourquoi s'humilier devant eux? Pourquoi leur dire qu'il était d'Orly, du PC, qu'il n'était pas certain d'y rester, qu'il aurait voulu aider, mais qu'il ne savait pas comment? Pourquoi est-ce qu'il avait parlé de notre Maison des jeunes? Ça ne les regardait pas, ce qui se passait dans notre cité. Ils ne pouvaient pas comprendre. Ce n'était pas leurs affaires. Certains avaient ri, d'autres avaient applaudi. J'avais eu envie de les faire sauter avec le théâtre.

Le Serveur de l'Odéon écrase sa cigarette. Regarde en direction de l'attroupement. Il hésite encore.

*

Le Physionomiste sursaute. On frappe à la vitre de la portière de sa 2CV fourgonnette. Un bruit métallique. Un képi. Sûrement un des pieds-plats en faction devant l'immeuble des Pompidou. Le type porte une alliance en anneau de rideau... *Faut pas rester là !... Et pourquoi ?... Faut pas rester là, c'est tout.* Le Physionomiste colle sa carte tricolore contre la vitre. *Désolé !* DST sont trois lettres devant lesquelles on est souvent *Désolé !* Le flic ajoute à son embarras un salut et une courbette d'opérette. Manquerait plus qu'il se mette à chanter.

*

— T'as vu l'engin ?

Un instant, je me demande si Sergio parle de Nanette, tous chromes dehors, ou du fauteuil de Saint-Mexan : un étrange engin né de l'accouplement sauvage d'un chopper Harley-Davidson et de la chaise à manivelles de Collot d'Herbois.

— C'est du beau boulot, mon gars. Chapeau l'artiste ! Il n'y a rien à dire.

Saint-Mexan ne dit rien, il fait des pompes sur le trottoir pendant que Nanette soutient ses jambes molles en comptant en italien.

— *Trenta uno ! Trenta due ! Trenta tre !...* Si vous voulez le savoir, monsieur Sergio, c'est mon père qui lui a bricolé son fauteuil... *Trenta nove...* C'est lui l'artiste...

— Un vrai champion.

— Le meilleur !... Quarante-cinq !...

— Là, ma belle, je ne voudrais pas te contredire, mais question de câliner la tôle, le meilleur c'est le Roger, son vieux.

Sergio me désigne comme si j'étais le futur héritier de l'atelier de carrosserie familiale.

— Faut voir.

— C'est tout vu, fillette. Je peux même te dire qu'en ce moment, le Roger, il est en train de toucher au chef-d'œuvre. Mais je peux pas en parler... secret d'Etat !

Le mystère, il aime bien, Sergio. Surtout autour de mon père. Moi, je ne voyais pas comment marier « secret d'Etat », « carrosserie automobile » et « moustache »

— Ho, Nanette ! Tu comptes plus ! Comment tu veux que je m'y retrouve ?

Saint-Mexan a moins de tête depuis qu'il a perdu ses jambes en tombant du toit de l'immeuble. Sauvé par le bleu des hortensias ! Ce bleu si difficile à obtenir loin de la Bretagne. Mme Da Silva en savait quelque chose, elle qui retournait régulièrement ce massif rebelle tracé au cordeau sous ses fenêtres du rez-de-chaussée. Régulièrement et rageusement elle le retournait... *C'est pas bleu, ça !* Malgré toutes les fumures possibles, et ajouts d'ardoises, cobalt, marc de café et prières à Notre-Dame de Fatima, Mme Da Silva se désolait... *C'est pas bleu ça !* C'est vrai, ce n'était pas bleu, plutôt bleuâtre et délavé comme un Lévi's de maçon. Une sorte de reproche. Mais la terre du massif était devenue meuble, souple et accueillante. Elle accueillit Saint-Mexan quatre étages plus bas après une chute qu'il regrettait d'avoir oublié... *Rien ! Il me reste rien.* Sauf la liste des dommages en pense-bête : poly-fractures des jambes et du bassin, section partielle de la moelle épinière... Bref, Saint-Mexan était hémiplégique, mais vivant. Grâce au bleu des hortensias.

*

Yvonne de Gaulle classe machinalement quelques papiers en souffrance. Une lettre revient sous ses doigts sans trouver sa place. C'est un brouillon de lettre au comte de Paris... *Permettez-moi de Vous dire combien je me réjouis des fiançailles du prince Jacques et de Mademoiselle Gersende de Sabran-Pontevès en octobre prochain...* Pour la première fois, Mme de Gaulle se dit qu'elle ne recevra jamais ce genre de faire-part pour sa fille... *Permettez-moi de Vous dire combien je me réjouis des fiançailles d'Anne...*

*

— *Quaranta nove*!... Cinquante!

Nanette félicite Saint-Mexan d'un baiser qui vaut l'équivalent de cinquante pompes claquées côté palpitations cardiaques.

— Un jour tu vas me tuer d'amour, Nanette.

— Du moment qu'on meurt ensemble.

Ce n'était pas une formule. Ils avaient décidé de mourir ensemble, le moment venu.

— Les puceaux vont te regretter, ma Nanette.

Nanette ne s'offusquait pas qu'on lui rappelle à l'envi sa « fonction sociale ». Oui! elle était la déniaiseuse attitrée de la cité. C'était sa fonction. Et alors? Elle s'en acquittait scrupuleusement. Ouvrait sa porte, son lit, son corps et refermait le tout... Clac! Aucune liaison au-delà de la première fois. On se saluait dans la cité. *Bonjour!... Bonsoir!... Je peux... Non!* Nanette n'avait que des premières fois. Les garçons que des dernières avec elle. Ils ne savaient pas encore qu'ils entamaient leur chemin de croix avec une deuxième fille, une troisième, le début d'une liste, d'annotations, l'alignement de croix, de ronds. Après Nanette, le grand Morpion sentimental commençait.

Et un jour, Nanette avait rencontré Saint-Mexan. Il était stationné devant chez elle. Le père de Nanette bricolait son fauteuil roulant. Un peu comme Sergio en ce moment. Le père de Nanette était un ancien mécanicien Ferrari passionné de carrosserie. Il s'était pris d'amour pour ce fauteuil roulant suédois déglingué et avait décidé d'en faire un Prototype. Du trottoir, le fauteuil était passé au salon. Nanette avait laissé faire. Son père recommençait à imiter des bruits de moteur. Ce genre de bel canto était bon signe. Depuis la mort de sa mère, Nanette n'avait plus entendu le feulement d'un V12.

A force de se buter contre ce tas de ferraille en chantier, Nanette s'était intéressée à ce qui était assis dedans. Des épaules, de la gueule, des yeux sans fond et pas de jambes. Un immobile qui lui racontait les voyages qu'il n'avait jamais faits en récitant du Blaise Cendrars. Le fauteuil était passé du salon à sa chambre. Nanette s'était embarquée à bord et avait découvert qu'il y avait chez Saint-Mexan toute une mécanique de soute rêveuse qui la faisait partir au long cours.

Naguère, quand Nanette déniaisait les gamins de la cité, elle installait son père sur une chaise, au seuil de sa chambre, pour qu'il en profite aussi. Ça l'endormait plus vite qu'un interlude à la télévision. Aujourd'hui, le mécano Ferrari préférait serrer, régler, lubrifier le fauteuil pendant que sa fille et Saint-Mexan faisaient des « bourlinguettes » dedans.

— Donne-moi un coup de main.

J'aide Nanette à installer son homme. Je l'attrape sous les bras. Ses jambes molles me font peur. J'ai l'impression que sans mes jambes je ne serais rien. Saint-Mexan me prend au col et m'attire à lui. Inutile d'essayer de résister à sa poigne. Il entrouvre sa veste de survêtement et me glisse un clin d'œil.

— Regarde !

Je mets un temps à accepter ce que je vois : une grenade ! Je vérifie. C'est bien une grenade que je découvre calée contre son ventre. Une grenade quadrillée de la Deuxième Guerre mondiale, à la mine plutôt obtuse.

— Comment tu la trouves ?

Nanette et Saint-Mexan sont penchés sur l'engin, le sourire béat. On croirait une Nativité.

CHAPITRE 3

Neuf heures

De Gaulle est inquiet. Il se demande si Lalande est bien l'homme de la situation. C'est tout de même sa famille qu'il lui confie. De Gaulle avait évité de rire quand Lalande s'était cogné la tête dans la porte. Evité de peu. Lalande était troublé, voilà tout. C'est un soldat, il fera ce qu'il y a à faire. De Gaulle appuie sur la sonnette de son bureau. Un huissier apparaît presque aussitôt.

— Faites entrer M. le Secrétaire général, je vous prie.

Il ne faut pas alerter Tricot. Lui faire comprendre que bien sûr il doit informer le Premier ministre de son départ. Prévenir Pompidou, certes. Mais pas trop tôt. Surtout pas trop tôt.

*

— Allez, les gosses, on embarque !

Sergio en a terminé avec sa burette. Il s'essuie les mains à un torchon de mécanique couvert de cambouis. Le même geste que le p'pa quand il bricole.

— On peut pas monter à quatre et caser mon fauteuil dans la cabine de ton bahut.

— Si c'est que ça, mon prince, admirez l'affaire !

Sergio appuie sur un gros bouton-poussoir rouge du tableau de bord et abaisse un levier. Brusquement, tout l'arrière du camion-poubelles se soulève en syncope avec un grincement geignard de chalutier à la manœuvre. L'engin s'éventre et découvre l'intérieur de la benne lisse et luisant comme un plat à tarte. C'est Léviathan qui ouvre sa gueule pour nous gober comme des Jonas.

— 12 m^3 ! vous avez de quoi faire.

— Dis donc, c'est drôlement propre, dedans !

— Qu'est-ce que tu crois, mon gars, qu'on est cradot parce qu'on transporte des ordures ?

Je sens Sergio chatouilleux sur le sujet.

— Encore heureux qu'il y en ait des comme nous pour se salir les pognes. Sinon, qui ramasserait les saloperies de tes petits copains à la Sorbonne ?

— Ce ne sont pas mes petits copains.

— Tant mieux. Y'aurait pas de quoi être fier. Tu verrais le merdier, là-bas. Ils ont tout saccagé, salopé des tableaux à la peinture, balancé des bouquins partout. J'en aurais chialé...

— Sergio ! Tu m'as dit qu'on était en retard.

— T'as raison, Grand : à la benne, les amoureux !

*

Les deux cygnes sur le bassin savent que le général de Gaulle est derrière la fenêtre de son bureau et les regarde. Alors, ils lui offrent des figures de patinage artistique graciles et un rien distantes. Même si, à leur âge, ils préféreraient rester tranquilles le bec sous l'aile comme de vulgaires colverts. Ils aiment bien le Général, mais Yvonne, elle, au moins, leur parle, leur donne du pain... *C'est une manie de ma femme. Il faut qu'elle nourrisse.* Lui reste goguenard, avec ce froissé de bec caractéristique du mâle dominant. Pourtant, même Adenauer et Jacky Kennedy leur avaient lancé du pain. Le Général le faisait avec les restes de biscotte de son petit déjeuner, les jours où il souhaitait parler à ses collaborateurs « loin des oreilles indiscrètes ». Ils en avaient entendu des secrets d'Etat. Les cygnes soupirent. Depuis deux ou trois semaines, de Gaulle et Yvonne viennent moins. Surtout lui. Il a l'air préoccupé. On dirait un vieux flamant triste. Il traîne ses plumes d'ange déchu autour du bassin sans le moindre regard pour eux. Quand la France ne donne plus à manger à ses cygnes, la situation est grave.

— Vous aimez les cygnes, Tricot ?

— Quels signes, mon Général ?

De Gaulle quitte la fenêtre et s'assoit à son bureau.

— Rien... Laissez... Revenons au Conseil des ministres.

— Il est annulé, m'avez-vous dit.

— Reporté. Seulement reporté.

— A quelle date ?

— *Sine die.* Comme je vous l'ai dit, je pars me reposer à Colombey avec madame de Gaulle. Je n'ai pas encore arrêté le moment de mon retour. Je vous en informerai, ainsi que de la date du Conseil des ministres.

— Et... en ce qui concerne M. le Premier ministre ?

— Pompidou ?... Vous l'informerez.

— Ne serait-il pas plus conforme à la situation que vous l'informiez vous-même ?

— Plus conforme certainement, Tricot, mais je ne souhaite pas, pour l'heure, que M. le Premier ministre m'accable de demandes d'explications. Je pars me reposer à Colombey, le Conseil des ministres est ajourné. C'est tout ce qu'il doit savoir.

— Vous connaissez Pompidou, monsieur le Président, il va insister.

— Le contraire serait étonnant. C'est pourquoi je vous demande, Tricot, de ne pas me transmettre de communication téléphonique en provenance de Matignon.

— Vous ne prendrez pas Pompidou s'il appelle ?

— Non.

— Il va être furieux.

— Oui.

Bernard Tricot essaie de ne pas montrer combien il est satisfait. Il n'aime pas Pompidou. Il s'en méfie depuis le début. Pas du sérail. Nommé au Conseil d'Etat au tour extérieur sans avoir fait de droit, Premier ministre sans avoir jamais été élu, gaulliste sans avoir rejoint Londres et se permet aujourd'hui de critiquer en public le Général à qui il doit tout. Un intrigant bonasse qui a piloté Donnedieu de Vabres contre lui, pour le poste de secrétaire général du gouvernement qui lui revenait. Tricot saurait s'en souvenir le moment venu. En attendant, informons... mais pas trop vite.

Sur le bassin du jardin de la Présidence, les deux cygnes s'immobilisent. Inquiets. Ils viennent d'entendre le moteur d'un camion qui entre dans la cour d'honneur par la rue du Faubourg-Saint-Honoré. C'est un camion militaire. Il manœuvre. S'immobilise. Des portes claquent. Un homme descend.

*

L'homme descendu en sautant du GMC est un civil aux cheveux ras. Il fait craquer son costume aux épaules. Ne porte aucune décoration au revers. Il salue le colonel Fréron venu à sa rencontre sur les marches du perron... *Allons-y!* Ils disparaissent. Le civil trottine à la suite du colonel dans une enfilade de couloirs et d'escaliers qui font alterner les ors du palais, le salpêtre des caves ou le carrelage des communs... *C'est là!* Fréron allume une batterie de néons au plafond d'une pièce basse. La lumière éclabousse un empilement de cartons parfaitement ordonné. *C'est ça! Ça ira?... Sans problème, mon colonel... Vous aurez besoin d'aide?... J'ai mes gars... Parfait, je vous laisse opérer... Pour les papiers, mon colonel? Il n'y a aucun bordereau à remplir. Tout a été répertorié. Dès que vous avez terminé, vous me faites prévenir par l'huissier.*

L'homme retourne au camion dans la cour d'honneur. Le chauffeur a manœuvré pour le ranger à cul face au perron. L'homme frappe contre le hayon métallique. Deux bidasses écartent la bâche, sautent de l'arrière et le suivent jusqu'à la pièce basse. *Vous remplissez les cantines avec les cartons. Vous occupez pas des numéros de série. On n'a pas le temps. Vu? Je vérifie, je cadenasse et vous chargez... Exécution*!

*

Le Physionomiste sortirait bien du sous-marin pour aller voir la Seine. Respirer le fleuve. L'eau saumâtre le long des quais. Dimanche, il ira pêcher aux Sept-Iles à Montfermeil. Il a son coin, là-bas, sa cahute. Il ira seul avec ses gaules et son casse-croûte. Rien. Personne. Du silence et la bouteille de muscadet qui fraîchit au bout de la ficelle. Peut-être une bécasse dans le soleil rasant... La vie!... Celle qui lui permet de patauger dans cette merde. Une merde de rupins, mais une merde tout de même.

*

— Ça va, Grand, t'es bien installé ?

Sergio s'inquiète pour moi, les pieds calés à l'aise sur le tableau de bord, alors que je pense à Nanette et Saint-Mexan en vrac dans la benne. Leur grenade m'inquiète de plus en plus. On quitte la cité. La m'am est à la fenêtre. Ce n'est pas nous qu'elle regarde partir, mais le p'pa qu'elle espère voir arriver. Tant qu'il n'aura pas appelé, elle ne lâchera pas des yeux notre téléphone posé sur le guéridon de l'entrée... *Si on le fixe longtemps en pensant fort à quelqu'un, il finit par sonner.*

— Dis-moi, Grand, ce sont de sacrés branques, tes voisins avec leur armoire. Je leur ai dit de la démonter. C'est pas sorcier. C'est entièrement chevillé ces engins-là. Ils savaient bosser, les gars, à l'époque. En parlant de ça, avec ton copain Mich, vous bossez toujours dans votre bureau ?

« Notre bureau » est une cave. La numéro 689, celle des parents de Mich. Ils nous l'ont laissée... *Pour travailler ! Pas pour faire les Jacques !* Quand Mich avait décidé de s'inscrire à la faculté de droit, j'espérais encore être pris à Paris en BTS de commerce international, à cause des langues, des voyages, du mot « international » et du stade d'athlétisme à côté du lycée. Mais avec mon dossier scolaire, je ne pouvais pas espérer voyager bien loin, même si les professeurs avaient eu l'appréciation créative en brodant à grosses boucles sur ma curiosité et mon potentiel. Ça sentait le billet de complaisance. « Refusé. » Avec comme seule carte de visite notre Brevet Supérieur d'Enseignement Commercial option Comptabilité, du lycée technique Jean-Macé de

Vitry-sur-Seine, on ne nous prenait ni en sciences, ni en médecine, ni en lettres. BSEC c'était plus long que BAC, mais ça menait moins loin... *Votre diplôme, jeune homme, est un « équivalent bac », pas un bac. Il ne faut pas confondre.* On était déçus. Mich aurait aimé faire médecine. Il aurait été un bon médecin. Mais pour être docteur, il faut un bac scientifique, être bon en math. La maladie aime les fractales, le calcul différentiel et intégral, ça l'impressionne. Et tout ça pour... *Dites 33 !* Heureusement, il restait une fac où on ne nous désinfectait pas avant d'entrer, c'était la faculté de droit et de sciences économiques de la rue d'Assas, dans le Vᵉ arrondissement de Paris. La meilleure faculté de droit de France, paraît-il. Allez comprendre.

Je n'avais pas le choix. C'était ça ou rien, mais je pouvais encore m'offrir des scrupules... *Ecoute, Mich, je veux bien aller en fac avec les fils à papa, mais je ne veux pas me faire taper par ces gars-là. Si on va là-bas, c'est pour être meilleurs qu'eux !* La déclaration ne manquait ni d'allure ni de panache, même si, au fond, je n'avais pas d'autre solution. Je devais m'inscrire quelque part, sinon je perdais ma bourse. Ça inquiétait la m'am. Le p'pa n'était même pas au courant que j'étais boursier, il n'aurait pas aimé... *Les heures supplémentaires c'est pas fait pour les chiens !*

Mich, toujours mieux organisé que moi, était allé à Assas et avait rapporté toute une documentation comme quand on allait au Salon de l'auto ou au SICOB et qu'il s'agissait d'en rafler le plus possible. Un petit livre rouge avait fini de me convaincre : *Le Vade-mecum de l'étudiant.* J'aimais le mot « vademecum ». Je ne savais pas ce qu'il voulait dire, mais il me prenait au sérieux. A l'intérieur, on m'expliquait comment j'allais être éliminé dès la première année comme 54 % de mes camarades. Côté statistiques, on pouvait lire que la faculté d'Assas comptait « 5 % de fils d'ouvriers »... *Tu vois, Mich, ils ont besoin de nous pour assurer les quotas!* Il ne restait plus qu'à trouver un endroit où travailler. Pour échapper à l'ambiance saloon et portes battantes de notre F5 et aux résonances en tuyau d'orgue de la cage d'escalier. Il n'y avait qu'un refuge possible : la cave.

*

Pour installer notre bureau on a vidé la cave de Mich. C'est devenu « Chez Manzine » à cause d'un feuilleton de la télévision dans lequel une voiture parlait. Puis on l'a récurée, tapissée de papier journal avec *Le Monde*, aménagée tout confort, électricité, chauffage, plancher de récupération, plafond en bois sur tasseaux, étagère, bureaux jumeaux, fauteuils clubs, abat-jour à festons, interrupteur bakélite en forme de poire... *Clic!...* Le cône de lumière tombe sur le buvard. Un vert de salle de billard. L'obscurité. Le silence. L'air du dehors par le soupirail. Il n'y avait plus qu'à s'asseoir et travailler. J'avais punaisé face à moi une feuille sur laquelle j'avais écrit en gros « 54 » pour défier le tombereau des recalés du *Vademecum.* Posé bien en évidence sur l'étagère, le « 54 » me surveille et me protège.

*

Xavier de La Chevalerie sort de son bureau, traverse la salle de bains d'Eugénie et se dirige vers la fenêtre donnant sur la cour d'honneur. Comme chaque fois, il ne peut s'empêcher d'imaginer l'impératrice nue dans cette baignoire de marbre à peine dissimulée sous une banquette. Il se figure la noria de caméristes qui réchauffent l'eau, savonnent ses épaules, rincent ses cheveux. Selon son humeur, le Bain d'Eugénie est un Renoir ou un Van Dongen. Ce matin, c'est plutôt un Bonnard et l'impression troublante qu'en tirant sur la bonde c'est le corps des femmes qui disparaît dans le siphon. Mon petit Xavier, ressaisis-toi. Tu me parais bien déprimé. Pense au Général. Est-ce que lui aussi voit la belle Espagnole nue quand il traverse « la salle de bains d'Eugénie » ? Le Général avait gardé sur les femmes ce regard plongeant que lui donnent sa haute taille et sa vie de garnison.

De La Chevalerie observe les deux jeunes soldats qui chargent une cantine métallique à l'arrière du camion. On dirait un déménagement, une fuite. Bien sûr, il n'avait pas été mis au courant par Tricot. Peut-être s'agit-il de l'or de la Banque de France qu'on a déménagé il y a peu, pour le mettre en sécurité. Il était dans les caves de l'Elysée, mais avec la manifestation de cet après-midi, l'affaire est risquée. « L'or de la France aux mains des communistes ! » Ne fais pas de roman. On est peut-être, tout simplement, en train de lâcher la bonde, au palais ? Tu avais raison : aujourd'hui, l'Elysée, c'est la baignoire d'Eugénie.

*

Georges Pompidou essaie de ne pas penser à ce compte rendu qu'il vient de lire dans la voiture. Il l'a remis dans l'enveloppe « Confidentiel » et l'a enfoui dans la poche de sa veste. Les conclusions sont rassurantes. Peut-il s'y fier ? En ce moment, Georges Pompidou n'a confiance en personne.

*

Yvonne de Gaulle se demande comment faire pour que tout trouve sa place dans cette valisette de cuir. Les bijoux de la famille, ses bagues, broches, colliers, bracelets, dans leurs écrins, la timbale de baptême d'Anne... *1er janvier 1928*... sa chaîne, ses médailles de la Sainte Vierge, saint Bernard, sainte Jeanne d'Arc, sa gourmette, ses boucles d'oreilles, mais surtout son « petit trésor ». Des riens en forme de souvenirs avec son mari. Charles avait interrompu sa rêverie. Il était passé le nez impatient voir où « on » en était. Yvonne avait redouté un haut-le-cœur, mais il était trop soucieux pour compter les bagages... *Je reçois notre gendre, madame. Souhaitez-vous que je lui communique quelque chose de votre part ?... Il n'aura pas le temps de venir me saluer après votre entretien ?... Si, bien sûr, vous avez raison...* Charles reparti, Yvonne de Gaulle contemple la valisette de cuir posée sur son lit : aujourd'hui, de quoi accepterait-elle de se séparer ?

*

— Il est à quelle heure, ton cours ?

— A 10 heures, Sergio.

— On y sera à l'aise, y a pas un chat.

Avec la benne à ordures on traverse Choisy-le-Roi, Vitry et Ivry, pour aborder Paris par la Porte de Choisy. L'avenue d'Italie est vide comme un 15 août. Sergio ne s'arrête même plus aux feux rouges, sinon le quidam en profite pour tenter de siphonner le réservoir ou jeter ses ordures dans la benne. J'imagine Nanette et Saint-Mexan ensevelis sous les trognons de chou, leur grenade amoureusement serrée entre les cuisses de Nanette. Qu'est-ce qu'ils veulent ? Faire sauter la Sorbonne, l'Odéon, se suicider au Jardin des Plantes devant la statue de Paul et Virginie, ou pêcher au gros dans la Seine ?

On trace tout droit jusqu'au Panthéon.

Tous les cent mètres, Sergio raconte une anecdote qui en dure deux cents. *Tu savais que c'était dans la fosse commune du cimetière de Thiais qu'on jetait les guillotinés ?* Sergio remplace au mieux son transistor qui agonise échoué sur le tableau de bord. Il grésille façon Radio-Londres. On s'attend à entendre de Gaulle parler... *On trouve même plus de piles de rechange. Encore un coup pour qu'on sache pas ce qui se passe.* Les rues sont calmes, avec déjà des groupes épars de manifestants décidés qui convergent vers les portes de Paris. Sur la chaussée, moins de voitures, plus de vélos en tout genre et même un triporteur de marchand de glaces, des auto-stoppeurs en grappes aux arrêts de bus, et des camions militaires chargés de civils qui évoquent des rafles bon enfant. Et au-dessus de tout ça, le soleil en bras de chemise pour dire qu'on est en mai, fais ce qu'il te plaît.

— Tu sais qu'un jour, avec un copain, on a coursé la Jaguar de la môme... celle qu'écrit des livres... Tu sais, la copine de l'autre folle, Jacques Chazot. Tu vois de qui je veux parler ?...

— Françoise Sagan ?

— C'est ça ! Françoise Sagan. Celle qui a dit : « La gauche à laquelle j'aspire c'est celle qui ferait que tout le monde roule en Jaguar. » Pas de bol ! Voilà la Sagan qui passe devant notre benne. C'était près de Jussieu. Paraît que madame prête sa Jag' aux prolos. Chiche ! Nous on veut la prendre au mot. On lui file le train. Quand on est arrivés à sa hauteur avec la benne, sur les quais, t'aurais vu sa tête. Elle a mis un de ces coups de champignon, la Sagan ! Elle nous a laissés sur place, mais on a bien rigolé. Faut avouer que si j'avais les moyens, moi aussi je m'en paierais une chouette caisse pour promener la Josette. Ça me fait bicher de penser que ton père, il va tâter de la super bagnole !

— Qu'est-ce que tu veux dire ?

— Rien ! Fais pas attention.

*

Pompidou est donc en parfaite santé ! C'est ce qu'il vient de lire dans le compte rendu médical de ses analyses. Il est en parfaite santé, soit, mais alors, pourquoi ces vertiges, ces maux de tête, ces fourmillements ? Surtout depuis son retour de voyage en Afghanistan au début du mois. Il avait eu beau augmenter sa dose de vitamine C et ajouter à son quotidien un petit whisky « sur ordonnance », il ne voyait pas d'amélioration... *De la fatigue, du simple surmenage. Voyez le train que vous menez depuis que vous êtes Premier ministre. Ces trois dernières semaines, à elles seules, ont été plus éprouvantes que les six ans que vous avez déjà passés à Matignon...* Il voulait bien en convenir, mais ces saignements de nez ? Même enfant, il n'en avait jamais eu de tels. Plus sérieux, cette « augmentation de la vitesse de sédimentation » indiquée dans le compte rendu... *C'est vrai, vos analyses de sang pourraient être meilleures.* Le corps médical aime les euphémismes. Son fils Alain aurait pu l'éclairer, il est médecin. Mais Georges Pompidou ne veut pas l'inquiéter. Son fils a d'autres pensées en tête. Aujourd'hui, ce sont ses fiançailles avec Sophie. En voilà deux, au moins, qui auront une bonne raison de se souvenir du 29 mai 1968.

*

— Regarde ça, gamin !

Sergio détourne mon attention avec une traction dans son jus équipée d'un gazogène. Il ne manque plus que le sigle FFI sur les portières.

— C'est pourtant vrai que ça ressemble un peu à la Libération. J'étais mouflet, mais je m'en souviens. Les Ricains nous achetaient avec des chewing-gums. Aujourd'hui, c'est plus la même musique. T'as vu pour le Vietnam ? Ils sont bien obligés de discuter. Tu les arrêtes pas avec du chewing-gum, les Viets. En plus ils ont dû venir négocier chez nous ! Ils doivent les avoir là !

En traversant Choisy-le-Roi, Sergio avait fait un crochet par l'ancienne villa de Maurice Thorez. C'est là que logent les représentants du Nord Vietnam pendant les négociations de l'avenue Kléber, avec les Américains... *Ils ont bien fait de quitter le Lutétia pour venir ici, les Viets. Pas fous, les Ricains d'Averell Harriman, eux, ils sont restés se faire dorloter au Crillon... Tu te rends compte, gamin, le Lutétia et le Crillon appartiennent à deux frangins : les Taitinger, ceux du champagne ! C'est comme si ton frère Serge et toi vous aviez le Ritz et le Carlton...*

En écoutant Sergio, j'imagine la m'am dans la suite princière, son torchon à carreaux à la main, je pense au drapeau vietcong qui flotte à dix minutes de notre cité, et à *La Section Anderson* ce film de « Cinq Colonnes à la une » sur la guerre au Vietnam. On y voit un soldat noir américain qui tient la main de son copain blanc qui va mourir à des milliers de kilomètres de chez lui dans la jungle. Ils ont dix-huit ans. L'image m'avait fait pleurer de rage. La m'am avait fait claquer son torchon... *Ils peuvent venir, moi, je leur donne pas mon gosse. Je préfère le tuer moi-même...*

Avec des copains de la cité, on était venus en vélo pour le voir, le drapeau vietcong, et tenter d'approcher Xuan Thuy, le chef de la délégation nord-vietnamienne, pour lui faire signer un autographe. On s'était fait recevoir par les gros bras du service d'ordre. *Hé, les jeunes on est pas à la kermesse aux Etoiles, ici!*

— Hé, Grand! Au numéro 17, là, il y avait un boui-boui à lilas avec une gagneuse comac qui guinchait comme une hirondelle. Et côté bagatelle, fallait pas lui en promettre. Mais, attention! c'était avant ta sœur Josette.

Pour Sergio, il y a « Avant Josette » et « Après Josette ». C'est émouvant de rencontrer un homme daté par une femme... *Elle m'a gravé le rond de serviette, la Josette, ça je peux te le dire. Sans elle, je tournais gigolpince.*

Sergio essuie le pare-brise qui n'en a pas besoin. Signe qu'il va abandonner son argot du dimanche pour me « causer ».

— Faut comprendre ton père, pour hier soir. Votre engueulade. Toi, t'es son gamin. Attention! je dis pas que les autres... Le Roger, il fait pas de différence. Mais bon... toi, tu lui ressembles un peu plus. Vous êtes des moricauds. Même si côté caractère, t'aurais plutôt pris de la Paulette. Elle lâche pas facilement le morceau, ta mère. Qu'elle ait tort ou qu'elle ait raison. Bref! Avec toi, Roger s'est toujours demandé si, plus tard, il irait te chercher à Fresnes ou à Polytechnique.

Polytechnique ne craint rien. Fresnes, ce n'est pas encore gagné. Question de hasard.

— C'est comme au foot. Roger dit que ton frère Serge, avec ton gabarit, il serait en équipe de France.

Et toi t'arrêtes le foot pour faire de l'athlétisme. A quoi ça ressemble ?

A un petit stade en planches qui pourrait être anglais s'il était pas si chauvin et planqué à Choisy-le-Roi, avant le carrefour Pompadour. Une piste avec plus de mâchefer que de cendrée. Même pas 400 mètres, mais une ligne droite qui n'en finit pas, des virages pour funambules, une corde de pendu, et un vent partout contraire. Mais au bout, des breloques en toc, des chansons sous les douches, des virées en car, les filles au fond, les cross dans la boue, les poumons à l'agonie, et les genoux en accent circonflexe... *Cette fois, c'est décidé, j'abandonne à la guérite.* Heureusement, il y a le Viandox. Le sauveur ! Le saint-bernard du cross. On ne comprend rien à l'athlétisme tant qu'on n'a pas rêvé d'un Viandox brûlant, en patinant dans un raidillon gelé au milieu d'une meute suffocante de crottés à pointes. C'est dimanche matin et on pourrait être au lit avec un café au lait et des tartines beurrées. Mais il faut tenir son rang, avoir un record personnel supérieur au record féminin de sa discipline. Question d'honneur. Et espérer que se qualifie Dick Fosbury aux JO de Mexico cet été pour être le témoin d'une vraie révolution : voir un homme sauter sur le dos !

— Passe pour l'athlétisme à la place du foot et la fac au lieu de l'usine. Le Roger, ça lui allait que tu sois pas ouvrier, comme nous autres. Faut pas croire. Moi aussi, je veux pas que, plus tard, mes gosses se crèvent le cul pour des nèfles, pendant que les autres s'engraissent sur notre travail. Pourquoi tu crois que je fais les halles après le boulot, et que la Josette apprend la sténo-dactylo, en cours du soir ?

Je pensais souvent à eux dans la cave, quand je travaillais et qu'il me venait une flemme comme un luxe au-dessus de mes moyens.

— Alors, voilà ! Le Roger, c'est simple, il a cru que comme tu étais un fils d'ouvrier, tu faisais des études pour défendre les ouvriers.

Sergio me fait le cœur gros. J'ai envie de lui expliquer que c'est ce que je fais, mais on arrive au Quartier latin. Je dois aller à la fac. Je ne peux pas me permettre d'être en retard à mon TD et j'ai rendez-vous au Rostand avec « Mademoiselle de ». Peut-être que si Sergio la connaissait, je n'aurais plus rien à lui expliquer.

*

Le Physionomiste essaie de ne pas se préoccuper de la grande enveloppe jaune posée sur le siège passager de la 2CV. Il sait ce qu'il va trouver à l'intérieur. D'avance, ça le met mal à l'aise. Il se sent voyeur. Tu files un mauvais coton, mon gars. Tu commences à te poser trop de questions. C'est dangereux, dans ton métier. Ça peut même être mortel.

*

Claude Pompidou reste longtemps à la fenêtre après que la voiture de son mari a disparu sur les quais. Comme si elle voulait accompagner Georges pour qu'il n'oublie pas que cette journée est exceptionnelle... *Tu te rends compte, aujourd'hui, ce sont les fiançailles d'Alain.* Bien sûr qu'il se rend compte. Leur fils unique... *Et de nos fiançailles, tu t'en souviens ?... Tu ne me colleras pas là-dessus : 13 février 1934, madame !... Tu avais une cravate rayée hideuse...* Ça, il avait oublié.

Claude Pompidou quitte la fenêtre. Il lui reste mille et un détails à régler pour ce déjeuner. Il aura lieu à Matignon. En ce moment, il est difficile pour Georges de s'éloigner de son bureau... *Et les cocos qui me mettent leur plus grosse manifestation le jour des fiançailles de notre fils !*

Georges Pompidou jette sa cigarette par la fenêtre de la DS 19. Il y a une brève traînée d'étincelles sur la chaussée... *Attention, Georges, on pourrait mettre le feu !* Il entend la voix de sa femme, se revoit au volant, en pleine nuit, sur une route de corniche dans le Midi. Claude est à ses côtés, les cheveux au vent, blonde comme du Hitchcock. Ils adoraient ces équipées nocturnes à pleine vitesse. Pourtant, il n'y a pas très longtemps, ils avaient dû mettre de côté leur Porsche. Claude était tombée en panne d'essence avec et avait dû se faire remorquer. La presse avait adoré. « *La femme du Premier ministre rentre en dépanneuse.* » Il s'était fâché contre elle... *Tu veux dire, Georges, que nous n'avons plus le droit de rouler en Porsche ?... Non, ça ne se fait pas... Par contre, nous pourrions posséder un château... A condition qu'il soit dans la famille depuis le* XV*e* *siècle... Si j'ai bien compris : en France, le château, oui, la Porsche, non !*

CHAPITRE 4

Dix heures

Boissieu entre dans le bureau du Président. De Gaulle se lève, il lui tend les mains.

— Mon gendre ! enfin un visage ami.

— Père, je vous transmets les affectueuses pensées de votre fille Elisabeth.

De Gaulle grogne. Il affecte de ne pas aimer qu'on s'épanche devant lui. Surtout quand il s'agit de sa famille. Mais il aurait moins goûté encore que son gendre ne lui donnât pas de nouvelles de sa « bien chère petite fille ». Elisabeth est sa préférée. Chacun le sait. Elle a épousé le « bon gendre » : militaire, discipliné, dévoué, qui l'appelle « père » sans onction... *Savez-vous qui d'autre m'appelle ainsi ?... Non, père... Jean Bédel Bokassa. Le président de la République centrafricaine, notre ancien Oubangui-Chari.* De Boissieu n'est pas certain d'être en bonne compagnie.

— Père, Elisabeth m'a chargé de vous remercier de votre lettre et vous assure qu'elle y répondra au plus vite.

De Gaulle avait craint que son gendre ne lui portât en main propre la réponse d'Elisabeth. Cette idée l'attristait. Il aimait tant découvrir sur l'enveloppe l'écriture de sa fille, tout en tenue et en intelligence. La tenue de la cavalière accomplie, l'intelligence de la diplômée d'Oxford... *Père, je vous en prie, ne me rappelez pas cruellement que je n'ai pas réussi, à Londres, à séduire M. Churchill pour vous.* Et elle riait « comme un grand escalier » et se moquait de lui. Il grognait en se dandinant. Et si on allait croire qu'il avait utilisé sa fille comme informatrice ? Elisabeth l'agaçait, mais il adorait ça. Il n'y avait que d'elle qu'il acceptait ces « niches de collégienne ». De Gaulle se disait parfois que, si elle avait été un homme, Elisabeth serait déjà en chemin vers sa cinquième étoile, ou un bon maroquin. Il en aurait fait son bras droit. Pas seulement pour taper ses Mémoires à la machine, comme elle le fait jusqu'à s'en meurtrir les doigts et s'épuiser les yeux. Elisabeth avait quarante-quatre ans. L'âge idéal. Mais l'heure des femmes pour la chose politique n'était pas encore venue. La France n'est pas prête. Et il ne l'est pas plus.

— Vous semblez bien sombre, mon père.

— Voyez-vous, mon gendre, je me demande si le temps n'est pas venu de me retirer à La Boisserie pour écrire mes Mémoires.

De Boissieu se lève soudain, claque des talons et se met au garde-à-vous.

— Mon Général !

*

— Mademoiselle, vous êtes certaine que je suis bien aux Editions Grasset ?

— Bien sûr, madame Massu. Je ne comprends pas... Que vous voulez-vous dire ?

— Je veux dire, mademoiselle, qu'à plusieurs reprises, depuis une semaine, j'ai laissé un message à l'attention de Mme Verny. On m'assure qu'on le lui a transmis et je n'ai toujours pas reçu d'appel de sa part.

— Madame Massu, je peux vous assurer avoir transmis votre message à Françoise Verny. C'était à propos de votre manuscrit... « Les Rochambelles ».

— « Quand j'étais Rochambelle » !

— C'est cela, « Quand j'étais Rochambelle ». C'était à propos...

— De deux choses : j'avais rendez-vous avec le directeur, Bernard Privat, et Françoise Verny, ce vendredi 31 mai. Je suppose que compte tenu de la situation, ce rendez-vous est reporté ?

— Je ne saurais vous dire, madame Massu, mais je le suppose. Et la deuxième chose ?

— Il s'agit de mon contrat d'édition.

— Parfaitement, madame Massu, votre contrat. Malheureusement les Editions Grasset sont en grève. Comme tout le monde. J'assure une sorte de permanence.

— Françoise Verny passe à son bureau de la rue des Saints-Pères ?

— Non, pas en ce moment. Avez-vous essayé d'appeler chez elle, madame ?

— Bien sûr, mais cela ne répond pas. Ecoutez, si vous pouviez lui faire porter un pli lui disant que de façon urgente Mme Massu attend des nouvelles d'elle à sa résidence de Baden-Oos. J'y suis pour la journée. Elle a mon numéro.

— Parfaitement, madame Massu. Je vous promets de faire le nécessaire. Ne vous inquiétez pas.

Si, justement, Suzanne Massu est inquiète, mais ce n'est pas à cause de cette proposition de contrat, ni même de cette maquette de Spoutnik en cuivre décidément très encombrante. Elle vient d'écouter le jardinier dire quelque chose d'étrange à la cuisinière... en allemand.

*

— Mon Général !

De Boissieu est debout au garde-à-vous. Le général de Gaulle se lève et lui fait face de l'autre côté du bureau. Il se tient les bras le long du corps, immobile, le visage grave. Il écoute.

— Mon Général, pourquoi vous retirer à La Boisserie pour écrire vos Mémoires ? Ce n'est pas le temps. Même si Elisabeth serait folle de joie de vous seconder. Vous traversez des épreuves, vous en avez surmonté de bien plus redoutables et vous ne manquez pas de soutien. Particulièrement dans l'armée. Dans le cadre de la mission que vous m'avez confiée, je m'en suis assuré. J'ai là avec moi deux messages qui en témoignent : un du général Hublot de la 6e armée à Nancy et un autre du général Beauvalet de la 8e armée à Metz.

Le colonel de Boissieu remet à de Gaulle le pli qu'il tenait à la main depuis le début de l'entretien. De Gaulle parcourt très vite les messages.

— Bien, je vais aller voir si Massu est dans le même esprit. Avez-vous prévenu Hublot de notre entretien ?

— C'est mon supérieur hiérarchique, mon Général.

— Parfait, la hiérarchie doit garder le pas sur la famille...

De Gaulle laisse s'éteindre sa phrase. De Boissieu essaie de ne pas montrer son inquiétude. Le Général paraît bien plus soucieux et préoccupé que son appel téléphonique ne le laissait entendre. Dans le silence de sa physionomie, les traits retombent en caricature. Elisabeth oserait lui signifier... *Père ne nous imitez pas Faizant. Faites-nous du de Gaulle !*

*

— Hé ! Regarde le truc. Ça plairait à Roger.

Sergio pile sa benne dans la rue des Feuillantines devant un mur où est écrit à la peinture blanche « Nous sommes tous des Juifs allemands ». Une main avait ajouté... *noirs*... Sergio frappe sur son volant.

— Il a raison, le gars ! Nous sommes tous, des Juifs allemands noirs... et ritals...

— Et handicapés !

C'est Saint-Mexan, qui apparaît à la portière. Il s'est extirpé de la benne. Nanette rouspète.

— Et les femmes ? Comme d'habitude, il ne reste plus de place pour nous. Il faut mettre les murs au féminin... *Ni faux cils, ni marteaux !... La femme est l'avenir de la femme... L'imagination au plumard... L'émancipation de la femme sera vaginale ou ne sera pas...*

— Dis donc, elle y va ta copine ! Elle plairait à ma Josette... Vous entendez ?

Sergio s'est planté l'oreille au vent. Un bruit de tronçonneuse monte du boulevard Saint-Michel.

— Merde ! ils ont encore bousillé des arbres, ces merdeux. Je comprends pas. Les bagnoles brûlées, à la rigueur. Même si vaut mieux pas toucher à la mienne. Mais les arbres. Des platanes de cent piges.

Sergio secoue la tête comme pour en faire tomber des images qui n'ont rien à y faire.

— Bon, les gosses, je peux pas vous emmener plus loin. Faudrait pas que je me fasse coincer avec la benne. T'as vu Gay-Lussac, comment c'est encore le merdier.

Je me souviens d'un énorme amoncellement de cageots et cagettes comme ceux que je devais casser pour faire du petit bois quand j'étais gamin. Une barricade haute comme un après-midi privé de foot.

— Toi, Grand, tu peux être à l'heure à ton rendez-vous si tu allonges la foulée.

Sergio m'embrasse et remonte au volant.

— Fais attention à toi.

— Et le secret d'Etat du p'pa ?

— Te caille pas pour ton père. Je crois savoir où il est, le Roger, et crois-moi, il est en train de faire un truc qui va te la couper.

*

Gaston Monnerville ne comprend toujours pas pourquoi son directeur de cabinet a souhaité lui parler en particulier dans la bibliothèque du Sénat, en lui précisant « dans la salle de lecture » avec ces affectations florentines dont il se pare quand il veut se gonfler d'intrigues et de mystère. Rebuffat aime sentir la dague, le brocart et la bague à poison. Pour l'instant, il ne sent que le cuir de barbier sur lequel on aiguise ces rasoirs qui ne tranchent jamais aucune gorge.

*

Réunion de Sécurité publique dans le bureau du Premier ministre. Ordre du jour : la manifestation du Parti communiste de Bastille à Saint-Lazare.

Georges Pompidou n'a jamais aimé jouer aux petits soldats de plomb, mais il doit avouer que cette réunion l'amuse et lui fait oublier ses analyses sanguines... *Messmer, vous avancez les chars de Satory à Issy-les-Moulineaux... Je veux une compagnie de CRS supplémentaire sur le plateau Beaubourg... Si les communistes s'en prennent à l'Hôtel de Ville, c'est la troupe qui se charge de les déloger... Autour de l'Elysée, un dispositif léger. Pas de provocation, Grimaud... Je sais, Foccart veut défendre le palais les armes à la main. C'est du romantisme et il n'en est pas question...*

Grimaud et Messmer opinent mécaniquement... Parfaitement!... Parfaitement!... Mais ils savent très bien quel est leur travail. Grimaud parce que c'est ce qu'il fait depuis le début et Messmer parce qu'il est Messmer. Alors que Pompidou s'amuse à être chef et ils s'amuseront à lui obéir.

*

— Père, je ne peux imaginer un instant que vous ayez réellement envisagé le projet d'installer votre gouvernement à Strasbourg!

De Gaulle sourit pour lui-même. De Boissieu a raison. Il ne l'a pas « réellement » envisagé, ni même n'y a songé un seul instant, mais il aime formuler de ces propositions radicales, malsonnantes, voire scandaleuses qui désarçonnent son interlocuteur, le laisse surpris et incrédule. Un moment délicieux qu'il savoure en guettant la réaction de sa victime. S'en suivent deux attitudes : la servile avec claquements de talons... *Oui, mon Général! Vous avez raison. Bien sûr, mon Général...* Dans ce cas, il a affaire à un imbécile et s'emploie aussitôt à balayer avec le plus grand mépris la proposition qu'il vient lui-même de défendre. Celui-ci est déconsidéré à jamais. Ou bien au contraire son interlocuteur s'insurge et se rebelle en soldat. Alors de Gaulle fait mine de rendre les armes à cet esprit éclairé qui le garde d'une erreur fatale. Celui-là écrira plus tard qu'il a sauvé de Gaulle. Les compagnons, eux, ne connaissent que trop et de longue date cette manœuvre et l'appelle « Le coup de l'Apocalypse ».

— Songez, père, que si vous preniez la décision de déplacer votre gouvernement, le glorieux nom de

Strasbourg sonnerait un jour comme celui de... Vichy !

— Bien ! mon gendre.

De Gaulle craint d'en avoir « trop fait » dans la familiarité. Mais la réaction était saine, la formule avenante et l'argument imparable. Montrons-nous satisfaits. Nous sommes entre compagnons. L'affaire est entendue. Changeons de sujet et inversons les inquiétudes.

*

Le Physionomiste savait qu'il ne serait pas surpris par le contenu de l'enveloppe jaune. Des clichés, plutôt flous ou trop nets, et des photomontages grossiers. Ils lui font penser à ce jeu d'enfant, la queue de l'âne. Les yeux bandés, la queue de l'âne à la main, qu'on doit aller piquer sur l'animal dessiné, au plus près de la réalité anatomique. Le résultat est souvent cocasse. Là, il est désolant. Une collection de monstres reconnaissables et souvent connus dont le corps ne va pas avec la tête. Pourquoi est-ce qu'on ne se dérange pas, une bonne fois pour toutes, pour faire le ménage dans ce studio photo du VIe arrondissement que tout le monde connaît ? Il suffirait de traverser la Seine et de plonger la tête du type dans le révélateur.

*

Sergio monte dans sa benne à ordures.

— Je vais tailler par le Val-de-Grâce...Tiens, Grand, pendant qu'on est dans les hôpitaux. tu sais comment elle était la prostate de Charlot quand ils l'ont opéré à Cochin ?

Je ne cherche même pas.

— Grosse comme une orange gaulliste !... Et c'est comment, une orange gaulliste ?... Bleu !

Sergio rigole. Il est content de son effet.

— Eh oui ! de Gaulle est tellement gaulliste qu'il avait une orange bleue à l'intérieur, comme dans le poème d'Eluard. Tu vois : « Le poète a toujours raison. » Ça te la coupe, hein ?

Je dois sûrement avoir l'air ahuri.

— Tu fais cette tête-là parce qu'un « boueux » connaît Eluard ?

Ça ne peut pas m'étonner. Sergio a tout lu. Des poubelles entières... *Tu peux pas imaginer ce que les gens jettent comme bouquins. Couper des arbres et jeter des livres, c'est se bouffer par les deux bouts.* Sergio me sourit. Quand il parle de livres, son sourire passe de Raf Vallone à Vittorio Gassman. Je comprends que ma sœur Josette ait craqué et qu'elle ait renoncé à être bonne sœur.

— Et le p'pa ?

— T'inquiète pas pour Roger, je te dis. Il est pas fâché contre toi. Il prépare un truc, c'est tout.

Je regarde la benne s'éloigner. Sergio me laisse en suspension. Qu'est-ce qu'il a voulu me faire comprendre ? D'un coup de coude Nanette me sort de ma rêverie.

— Regarde celle-là !

Elle me montre une phrase calligraphiée à la craie sur un coin de mur tout penaud... *Plus je fais la Révolution, plus j'ai envie de faire l'amour et moins je fais la Révolution... A suivre...*

— Qu'est-ce que tu en dis ?

— C'est « A suivre » que je préfère. Pas toi ?

— T'emballe pas. Ma seule suite c'est Saint-Mexan.

Nanette fait sa mise au point les mains sur les hanches en cambrant pour faire pigeonner les regrets.

— On va se baigner à Paris, du côté de Notre-Dame, tu viens ?

— Je dois aller à la fac, Nanette.

— C'est vrai, j'oubliais que Monsieur fait des études. On se demande bien comment.

Nanette aurait dû être la première de la cité à aller à l'université... *Bac philo avec mention, mon petit gars ! J'ai révisé au lit avec les profs. Y a pas mieux... Mais j'ai choisi Saint-Mexan comme cursus, si tu vois ce que je veux dire ?* Je voyais mais je devais me dépêcher.

— Eh bien ! vas-y à ta fac de fachos rejoindre tes nouveaux amis. Puisqu'on n'est plus assez bons pour toi.

— Tu vas pas recommencer, Nanette.

— Ça va, je me tais, patron.

— Et votre truc, où vous en êtes ?

— Quel truc ?

— La grenade, pardi !

Nanette et Saint-Mexan se sourient comme deux tirelires en porcelaine. Comment font-ils pour ne pas avoir l'air niais, en dégoulinant de ce rose cucul la praline ?

— C'est l'amour. Tu devrais essayer.

— Et pour la grenade ?

— On te racontera, c'est toute une histoire. Toi qui en écris, tu vas adorer celle-là.

Cette grenade m'inquiète. Saint-Mexan m'a déjà prouvé qu'il était capable de n'importe quoi et Nanette n'a même pas à le prouver.

— Faites quand même attention à vous, les amoureux. A tout à l'heure. On se retrouve comme on a dit.

— Ça marche. Nous, on a rendez-vous avec tes deux copains allemands devant Notre-Dame.

— Hans et Willy ! Qu'est-ce qu'ils ont à voir avec votre « truc », Nanette ?

— Rien. T'inquiète pas. Notre grenade aura une jolie fin, mais une fin rien qu'à nous. Allez, fais pas attendre ta dulcinée.

J'allonge la foulée vers mon rendez-vous au Rostand. Je n'avais jamais imaginé « Mademoiselle de » en Dulcinée du Toboso ou plutôt en Rossinante.

*

Nanette pousse Saint-Mexan dans sa Ferrari d'hémiplégique avec l'air énigmatique et comblé d'une madone enceinte de la veille. Elle et Saint-Mexan vont se baigner dans la Seine... *Là, j'oublie que je n'ai plus de jambes et je deviens nageur de combat.* C'était le rêve de Saint-Mexan avant sa chute du quatrième. Dans la rue de la Montagne-Sainte-Geneviève, Nanette laisse aller librement le fauteuil dans la pente. Saint-Mexan se dresse... *Nanette ! c'est là que je faisais du karaté avec un Japonais qui jouait de la flûte.* Nanette n'écoute pas. Sur un mur prétentieux, un slogan la défie... *Jeunes filles cessez d'aliéner les hommes. Offrez-vous à la révolution...* Elle se jette dessus... *Jeunes mecs cessez d'aliéner les filles. Offrez-vous à la masturbation...*

*

Le général de Gaulle feint d'avoir été convaincu par de Boissieu.

— Vous avez raison ! Mon gouvernement ne peut partir à Strasbourg, mais il ne peut non plus rester à Paris. Je crains que la manifestation des communistes de cet après-midi ne soit détournée vers l'Elysée. La prise de l'Elysée ! Pour eux, ce serait comme la prise d'une nouvelle Bastille. Vous imaginez si je me retrouvais assiégé dans mon bureau.

— Vous pourriez aisément vous en échapper.

— Fuir ! Vous imaginez de Gaulle se sauvant en hélicoptère, ou par les égouts.

— Les égouts ?

— Parfaitement. Les services de Sécurité ont évoqué cette possibilité. Il y aurait un égout qui permettrait de quitter l'Elysée pour déboucher je ne sais où. Un égout « à taille d'homme », m'ont-ils précisé. Pas à la mienne en tout cas. Vous imaginez les titres dans la presse : « De Gaulle s'enfuit par les égouts ! » On est en plein Zévaco ! Non, mon gendre, s'ils viennent ici, les émeutiers doivent trouver « Palais vide ».

— Vous ne craignez pas que l'on décrète la vacance du pouvoir ?

— La vacance ! Ce n'est pas moi qui suis en vacance, mais la France !

De Gaulle note discrètement la formule sur la feuille de son sous-main.

*

— Tu as notre devoir ?

A peine entré au Rostand, « Mademoiselle de » m'interpelle. Elle se faufile jusqu'à moi avec tasse et théière au-dessus de la tête, comme si l'endroit était bondé.

— Tu ressembles à une Néfertiti de cocktail.

Elle le prend pour une allusion mal venue à sa « minceur aristocratique » qui n'est qu'une maigreur syntaxique. « Mademoiselle de » est écrite en creux. J'évite de penser à Rossinante.

— Si tu pouvais te dispenser de faire des phrases dans ta tête. Je les vois d'ici. Viens, on sera plus tranquilles au bar.

La salle est presque vide. Le Rostand est un café qui a du savoir-vivre. Toujours discret, jamais bondé. Trop de monde donne l'impression de ne pas avoir été choisi. Ce serait dommage quand on a le Panthéon en perspective et le Luxembourg comme jardin. En terrasse on doit lire son journal et afficher un air indifférent pour se donner l'impression d'être du quartier. Le Rostand est le genre de café où le summum de l'incongruité serait le bruit d'un flipper et le pire manque de tact le claquement d'une partie gratuite... *Viens, on sera plus tranquilles au bar*. Prétexte. « Mademoiselle de » veut éviter que je m'assoie, sinon, je suis en danger. Au Rostand, les consommations en salle sont des produits de luxe pour moi. Entre le zinc où le prix des Boissons Pilotes est bloqué et le guéridon néo-libéral, le prix du p'tit noir subit une inflation de Reichmark pendant la dépression des années 30 en Allemagne... *Pourquoi tu prends du café ? Tu n'aimes pas ça... Je n'aime pas le café, j'aime son prix.*

Quand je suis arrivé au Rostand, « Mademoiselle de » s'est levée de sa table avec précipitation pour éviter l'engloutissement de ma bourse d'études. J'hésite entre la vexation prolétarienne et l'attendrissement complice. Je choisis un tabouret de bar... *Là, on sera bien...* « Mademoiselle de » nous installe d'autorité au bout du comptoir avec sa théière en chaufferette. Je commande un café.

— Tu peux prendre ton lait-menthe, si tu veux. Ça ne me dérange pas. Je vomirai aux toilettes.

Elle m'avait dit qu'un lait-menthe « ça fait plouc ! ». Maintenant, si chaque fois que j'en buvais un j'entendais la cuiller tomber au fond du verre... *Plouc !*

— J'espère, mon ami, que tu as particulièrement travaillé notre sujet.

— Pourquoi, particulièrement ?

— Il se confirme que M. Hauriou passerait dans notre groupe de TD.

— Même confirmé, un conditionnel reste un conditionnel.

— Disons, alors que c'est un conditionnel certain.

— Et toi, de ton côté, tu as *particulièrement* travaillé ?

— Non. J'ai eu des obligations familiales.

— Ton futur époux ?

Elle plonge dans sa tasse de thé comme un nuage de lait. C'est sa façon de rougir.

— Si tu pouvais éviter de te moquer.

— Je ne me moque pas, j'étudie les rituels d'accouplement des tribus autochtones. On en était où, la dernière fois ? L'invitation à dîner de l'élu du père.

— Ce n'est pas l'élu de mon père. Mon père s'est contenté de me présenter ce garçon, et il se trouve qu'il me convient.

— Emouvante coïncidence. Dans ma thèse, je consacrerai un chapitre à « L'intuition matrimoniale des pères ».

— D'accord, écris-la et j'irai à la soutenance... avec mon époux et nos trois enfants. Pour l'instant parlons du devoir.

— Matrimonial ?

— Ne fais pas le malin, il y a un problème.

— Quel problème ?

— Quand nous traitons de l'opposition Monnerville-de Gaulle nous n'insistons pas assez sur « l'existentialisme juridique » du Général.

— Mais si, on le dit bien. Ecoute : « Pour de Gaulle la Constitution est ce que le peuple, sollicité par le Président de la République, en fait. »

— Donc, la chienlit est constitutionnelle.

— On dit « sollicité ». De Gaulle n'a pas sollicité la chienlit.

— N'empêche qu'on l'a. Et ça empire. Mon père dit qu'il est foutu, Charlot. Qu'on va bientôt en être débarrassé et qu'au prochain référendum les Français vont lui botter le cul.

« Mademoiselle de » ne cite son père que pour avoir le plaisir de dire des gros mots.

— Tu ne crois pas qu'on devrait faire le point en chemin. On va finir par être en retard.

— Le TD est reculé d'une demi-heure, mon ami.

— Comment tu le sais ?

— Je le sais, c'est tout.

— Comme pour les dévaluations ?

— Oui, comme pour les dévaluations.

La formule signifie que « Mademoiselle de » sait tout avant tout le monde mais ne dit jamais comment elle l'a appris. Qu'il s'agisse de la future dévaluation du franc ou d'autres délits d'initiés.

— Il n'y a pas de délits d'initiés. Il y a ceux qui savent et ceux qui ne savent pas. C'est tout. Le TD est retardé. Donc, tu as le temps de terminer tranquillement ton lait-menthe et moi de me préparer à vomir.

*

De Boissieu a l'impression que le Général noue sa pensée au fur et à mesure qu'il parle. Tradition familiale. Il y avait eu à Calais une fabrique de dentelle dans la famille de Gaulle. Elle était toute proche de leur domicile. Charles allait admirer ce prodige de l'ouvrage naissant d'un fil et d'une aiguille. Il venait à de Boissieu l'image d'un de Gaulle en dentellière.

— Voilà, de Boissieu, comment j'ai organisé mon départ et quelle part vous y prendrez. C'est vous que je charge de prévenir le général Massu de ma décision. Prenez garde à ne pas entrer en contact avec lui de Paris. Les communications n'y sont pas sûres. Vous le ferez de Colombey. Cela accréditera un temps ma présence à La Boisserie. Je quitterai l'Elysée à 11 h 45, pour le terrain d'Issy-les-Moulineaux, où je prendrai un hélicoptère, avec madame de Gaulle, Flohic et un médecin.

— Père !

— Non, ne vous inquiétez pas. Je me sens très bien. C'est le règlement et... madame de Gaulle a insisté.

De Boissieu n'avait pas de mal à imaginer sa belle-mère veillant jusqu'au contenu de la boîte à pilules du Général. Elle aurait cette discrète palpation pour vérifier sa présence dans la poche intérieure de son veston.

— En ce qui concerne le lieu, selon les conditions atmosphériques, vous convoquerez le général Massu à Dabo au col des Vosges, à Sainte-Odile ou à l'aérodrome de Strasbourg-Entzheim. Bien sûr, le mont Sainte-Odile a ma préférence, pour sa valeur symbolique.

C'est là que le Général effectue des retraites avec Mme de Gaulle. De Boissieu se demande s'ils ne sont pas secrètement tentés de s'y retirer un jour.

— Vous ne devrez informer personne à Paris des dispositions dont je viens de vous entretenir. Personne, de Boissieu. Comprenez bien le sens de ce que j'entreprends. Je veux, par ce départ, susciter le doute et l'inquiétude. Le doute sur mes intentions, l'inquiétude sur mes décisions. Je veux provoquer un choc dans les consciences.

*

— Comment cela, le Conseil est annulé ?

— Reporté, monsieur le Ministre. Seulement reporté.

— Reporté à quand ?

— Nous attendons les instructions de la Présidence.

— C'est insensé, on aurait pu me prévenir, tout de même.

— Nous avons contacté votre secrétariat, M. Guéna, mais vous étiez déjà en chemin.

— Non ! j'étais à Montparnasse, avec les grévistes du central téléphonique.

— A ce propos, monsieur le Ministre, nous avons des coupures...

— Ce n'est pas le moment ! C'est insensé. Mais qu'est-ce qui se passe, ici ? Y a-t-il quelqu'un capable de m'expliquer ? Je veux voir Tricot.

— Malheureusement, M. le Secrétaire général ne peut recevoir personne jusqu'à nouvel ordre. Vous comprendrez qu'il est très occupé par le départ de M. le Président à Colombey.

— Bien sûr ! Bien sûr... Mais que fait-on maintenant ?

— Je peux vous offrir un café.

— C'est toujours ça.

— Et pour nos coupures de téléphone, monsieur le Ministre ?...

*

« *... L'homme plante son couteau de chasse bien à l'aise dans le ventre replet du ministre. La lame sectionne l'or de la chaîne de montre, déchire le tweed anglais du gilet et plonge dans le gras de tout ce que cet homme avait copieusement volé à la République...* »

... *Pas si mal !* Edgar Faure tète sa pipe avec des petits chuintements satisfaits... *Pas si mal.* Il avait eu tort d'arrêter d'écrire des romans policiers alors qu'on voyait en lui le nouveau Simenon. A l'époque il signait Edgar Sanday... *Mon prénom s'écrit Edgar sans « d », je vous prie.* Il avait fait de cet agacement son nom de plume et tout à coup, cette plume lui manquait. Il avait suffi qu'il apprenne que le Conseil des ministres était reporté par le Général pour se sentir comme un collégien dont le professeur est absent. Il n'aura donc pas, en tant que ministre de l'Agriculture, à faire le point sur l'avancée du Marché commun, ni à s'expliquer sur la pénurie organisée par certains gros agriculteurs. La presse ne l'épargne pas, encore ce matin. « Le retour du marché noir ! » Que peut-il y faire ? Même la FNSEA ne tient plus ses troupes. Vivement qu'il laisse l'Agriculture pour l'Éducation nationale. C'est là sa vraie place. Pompidou le sait bien. Son projet de centre universitaire dans les anciens locaux de l'OTAN, porte Dauphine, est déjà ficelé.

Edgar Faure reprend sa phrase... *L'homme plante son couteau de chasse bien à l'aise dans le ventre replet du Premier ministre...* Il souligne « Premier », en littérature comme en politique, il faut avoir de l'ambition.

*

— Mademoiselle, je peux recopier ce que vous écrivez sur les murs ?

Nanette détaille le garçon à raie sur le côté et cartable d'écolier qui vient de l'accoster. A part la cravate de cuir en étrangleuse, et les lunettes à monture d'écaille qu'il remonte même quand elles n'en ont pas besoin, le reste est plutôt bien dessiné et vigoureusement réparti.

— Tu fais du sport, mon gars ?

— Pardon ?

— Du sport ?

— Ah oui... Je suis au PUC... Je joue au rugby... Trois-quarts...

— Tu veux dire qu'il en manque ?

— Heu... Non !... Enfin... Je crois pas.

— On vérifiera. Alors, tu veux, quoi ?

— Recopier ce que vous écrivez sur les murs.

— Qui tu es, toi ?

— Moi ? Je vous l'ai dit, je suis au PUC... Etudiant... Etudiant en doctorat... Je travaille sur l'archéologie urbaine.

— Ça existe, ça ?

— Pas vraiment. Mais ça n'empêche pas de chercher.

Nanette trouve ce garçon fébrile et confus. Il le restera s'il ne renonce pas à faire de l'archéologie urbaine dans les replis de son décolleté.

— Je vous explique, mademoiselle...

On ne peut pas appeler ça des explications, mais Nanette finit par comprendre que le balbutiant a pour prénom Rémi... *Moi, c'est Nanette, et ne dis pas que tu trouves ça joli... Non ! Enfin, si !* qu'il est étudiant en sociologie à Nanterre et qu'il travaille sur « Verbe et verticalité », bref, les slogans des murs. Il les relève et tente d'en retrouver les auteurs.

— Pourquoi tu veux savoir qui a écrit ça, garçon ?

— Pour qu'on se souvienne de leurs noms plus tard.

— *Vanitas ! Vanitas !* Tout ça, c'est de la vaine gloire.

Saint-Mexan agite un Livre de Poche.

— *Bourlinguer*, P. 229 : Cinquième péché capital. L'envie ou la vaine gloire (*Acedia, id est anxietas seu taedium cordis, et conodoxia...*

— ... *id est jactancia seu vana gloria*).

— Chapeau, Rémi ! Serre m'en cinq. Je m'appelle Saint-Mexan. Alors, comme ça, tu sais le latin !

C'est plutôt à Rémi d'être surpris qu'un type avec des pectoraux pareils puisse lui en réciter. Et sans faute. Nanette s'agace.

— Eh ! les cuistres de poulet, on pourrait revenir aux slogans. Moi, ça m'intéresse de savoir qui les a écrits.

— Et pourquoi, ma Nanette ?

— Tu vois, quand un type t'écrit « Je t'aime » sur un mur, il vaut mieux savoir qui c'est, sinon tu peux repartir avec un autre.

C'est ce qui avait failli arriver à Nanette. On avait écrit un « Je t'aime » anonyme sur le mur en face de sa fenêtre. Un « Je t'aime » à hauteur d'enfant. C'est comme ça qu'elle avait reconnu Saint-Mexan. *Quand on est dans un fauteuil roulant, on écrit à hauteur d'enfant, mais on bande aussi à la même hauteur.*

— Rémi, dis-moi comment tu fais pour retrouver les auteurs des slogans ?

— J'interroge, je vais aux Beaux-Arts et à la Sorbonne, au Comité de liaison Etudiants-Ecrivains. C'est là qu'on invente la plupart des slogans.

— Tu veux dire que tout ça c'est fabriqué ?

— Oui, mais pas par n'importe qui. Il y a même Marguerite Duras. Qu'est-ce qu'elle fume ! Tiens, mon préféré « Soyons réalistes, demandons l'impossible » ça vient de là-bas.

— C'est pas plutôt de Che Guevara ?

— Possible. Tout le monde vole à tout le monde.

— Tu as autre chose ?

— « On ne dirige pas avec des mais. » C'est de Gaulle, d'accord. Mais « On ne dirige pas avec des mais, un mai suffit », c'est de qui ? Un autre exemple « Après la révolution, on baisera même les moches ». Je connais l'auteur, mais il veut rester anonyme. A l'inverse « Sous les pavés la plage ». Rien que pour celui-là, j'ai déjà une quinzaine de revendications en paternité. Et vous, mademoiselle ?

— Quoi, moi ?... La paternité ?

— Non... Je veux dire : est-ce qu'il y a des slogans de vous ?

— Pour une fille, y a pas meilleur slogan que son numéro de téléphone.

Nanette avait blêmi au mot « paternité ». Saint-Mexan n'avait rien remarqué, occupé à vérifier la citation latine dans son livre. Elle avait détourné la conversation en laissant s'envoler son décolleté. C'est utile un décolleté, pour détourner.

— Te laisse pas chahuter, Rémi. Nanette veut seulement te dire que tu lui plais.

— Merci... c'est gentil moi aussi... Je veux dire... J'aime beaucoup votre chapeau.

— Y a pas à dire, tu sais parler aux femmes, toi.

— Nanette, ne sois pas trop sévère. Rémi n'a pas compris que tu aimerais bien qu'il te recopie.

— Recopier quoi ?

— Nanette, pardi.

— Recopier Nanette !... Euh... moi ? Je ne comprends pas.

— Ce que je comprends, c'est qu'elle n'a pas l'air contre. Moi non plus. Et réciproquement.

Rémi rougit. Il y a sûrement un sens caché dans « et réciproquement ». Ces deux-là ont une langue très particulière. S'il le faut, il l'apprendra. Nanette trouve la teinte des joues de Rémi bien assortie à la buée de ses lunettes. Saint-Mexan aime quand

Nanette est émue. Il l'embrasse pour trois, et lance les roues de son fauteuil comme celles d'une loterie.

— T'es sûr de ne pas vouloir tenter ta chance, garçon ?

Saint-Mexan se laisse aller dans la pente douce de la rue. A ses côtés, Nanette fait sonner le pavé comme un gros lot... Dernière chance !...

— Hé ! où vous allez ?

— A Paris, Port-de-Mer comme dit Cendrars. Notre-Dame, si tu préfères.

— Prenez par Monge, c'est direct.

— Merci !

— C'est un sacré coincé, ton Rémi. Nanette, il ne sait pas ce qu'il vient de rater.

— Tu vois, Amour, comme dirait un mur « Il est plus difficile de déboutonner son esprit que sa braguette ».

— Pas sûr. Te retourne pas. Rémi nous suit.

— Encore heureux ! J'ai failli être vexée.

*

Gaston Monnerville s'impatiente. Que veut lui faire comprendre son directeur de cabinet ? Soit, le Conseil des ministres a été reporté. Reporté à la dernière minute. Soit, le Général part se reposer à Colombey. La belle affaire ! Tout ça, il le savait. Il avait écouté la radio dans son bureau. Mais le reste ? Qu'en était-il de ces « sources bien informées » qui laissaient entendre que tout cela n'était pas si clair, qu'il régnait à l'Elysée une fébrilité proche de la panique, mais que, attention ! elles ne pouvaient encore rien affirmer et ne souhaitaient pas être identifiées.

— Parlez clairement, Rebuffat. Qu'est-ce que vous voulez me dire, à la fin ?

— Monsieur le Président, je crois que de Gaulle prépare un coup d'Etat !

*

— Avez-vous des questions, de Boissieu ?

Il en avait mille, donc aucune.

— Bien ! alors donnez-moi des nouvelles de votre petite Anne. A-t-elle toujours autant le blé du Nord dans ses cheveux ?

Toujours. De Boissieu pense à sa fille. Anne est un soleil blond percé de nuages bleus à l'endroit des yeux dans un visage espiègle et grave à la fois. Comme si elle savait déjà qu'elle avait un nom à porter et plus encore un prénom. De Boissieu se souvient du jour où sa femme Elisabeth était allée demander à son père s'il acceptait que leur fille se prénomme Anne... *Nous ne pouvons, madame de Gaulle et moi, qu'être heureux et pleins de gratitude de savoir que la mémoire de notre pauvre enfant s'incarnera dans cette petite fille qui vous arrive comme le don réparateur d'une longue épreuve et d'une grande injustice...* Après treize ans de mariage, Elisabeth et son mari s'étaient résolus à adopter un enfant. Ce serait une fille et elle se prénommerait Anne. Aujourd'hui, elle a dix ans.

— Un dernier point, de Boissieu. Si, pour une raison quelconque vous n'avez pas pu joindre Massu, j'irai jusqu'à sa résidence à Baden-Baden, mais je dormirai chez vous à Mulhouse... *Ainsi, je verrai Anne.* Cette phrase, le Général ne l'avait pas prononcée.

*

En face du Rostand, la porte Médicis du jardin du Luxembourg est ouverte. C'est la porte n° 1. Le jardin du Luxembourg en compte treize. Avec « Mademoiselle de » nous nous donnons rendez-vous à chaque fois devant une porte différente... *Arrivés à treize rendez-vous, il ne nous restera plus qu'à nous séparer... Ou à trouver un autre jardin...* La porte Médicis est ouverte, je suis déçu. Au contraire, « Mademoiselle de » est ravie. Cela me prive d'un privilège : traverser le jardin même quand il est fermé. Un gardien guyanais qui appelle Gaston Monnerville « Ti-momo » nous fait profiter d'un passe-droit au nom d'une solidarité créole qui rend « Mademoiselle de » goguenarde... *C'est sûr, si on attend de trouver un gardien à particule pour entrer.* Une fois dans le jardin je radotais mon étonnement de ne voir personne faire de footing. Un tour le long des grilles, c'était dix minutes, j'avais vérifié... *Tu imagines, les gens, courant ici ! Ce serait indécent !* Après ces considérations, on traversait le jardin en suivant une diagonale approximative, ponctuée de remarques rituelles qu'elle appelle *private jokes* et moi niaiseries. Exemples : en passant devant le bassin Médicis... *Toujours en pente ?... De plus en plus...* A l'approche du kiosque à musique... *J'y ai joué de la flûte. Parfaitement monsieur et pas de remarque grivoise* ! Près du plan d'eau des canards... *Malgré les apparences, il n'est pas circulaire mais... Octogonal.* Devant la perspective tendue entre le palais du Sénat et l'Observatoire, « Mademoiselle de » s'interrogeait... *Sais-tu que beaucoup de garçons et de filles tombent amoureux devant un point de vue : pas nous. Pourquoi ?... Question de point de vue, peut-être.*

*

— Un coup d'Etat ! De Gaulle préparerait un coup d'Etat. Vous avez conscience, Rebuffat de la gravité de ce que vous avancez ?

— Parfaitement, monsieur le Président. J'ai mes sources.

— Quelles sources ?

— Des sources fiables, monsieur le Président.

— Mais, bon sang ! donnez-moi ces sources, à la fin ?

— Monsieur Monnerville, je vous en prie, je ne peux pas. Faites-moi confiance.

— Allez-y, continuez.

— Merci, monsieur le Président. Donc... « de sources fiables » le général de Gaulle ne se rendrait pas chez lui à Colombey-les-Deux-Eglises, pour se reposer, mais ailleurs...

— Ailleurs ? Qu'est-ce que ça veut dire, « ailleurs » ?

— Ça veut dire dans l'est de la France...

— Dans l'Est ! mais pourquoi ?

— Pour y visiter les chefs d'armée de la région, s'assurer de leur soutien et marcher sur Paris pour reprendre le contrôle de la situation par la force.

Gaston Monnerville frappe du poing sur la longue table de lecture de la bibliothèque. Le coup résonne dans la salle vide jusqu'aux Delacroix du plafond.

— Alors, ce ne serait pas un coup d'Etat, mais... un putsch militaire !

*

Nanette attrape un reflet dans une vitrine de la rue Monge. Rémi les suit toujours. Ce n'est pas le premier qui tire la langue derrière elle, mais celui-ci l'attendrit sans qu'elle parvienne à savoir pourquoi.

*

Le général de Gaulle avait informé Flohic qu'il l'attendait dans son bureau à 10 h 30. Il avait précisé « en uniforme et muni d'un bagage de campagne ». Flohic inspecte sa tenue de capitaine de frégate dans un miroir du dégagement. Il assure sa casquette et se lance un clin d'œil... *Marin ! ça sent le gros temps. Et tu aimes ça...* Flohic doit bien le reconnaître, l'idée que ça bouge enfin l'excite. Il le sent. La même impression que dans le début de *Typhon*, le roman de Conrad qu'il préfère, quand la pression sur le baromètre descend... descend, jusqu'au déchaînement final. Sur l'Elysée, le baromètre descend, et ça va se déchaîner.

De Boissieu sort de chez le Général. Il a de l'allure pour un terrien. Le cavalier est ce qu'il y a de plus proche du marin. Chacun laisse à sa monture le soin de se commettre avec le monde. De Boissieu aperçoit Flohic. De Gaulle apprécie Flohic donc de Boissieu apprécie Flohic. C'est du solide. Une sorte de chalutier breton qui sent déjà l'amiral.

— Flohic, le Général m'a expliqué l'opération. Si vous craignez que le kérosène ne vous manque, ou qu'on rechigne à vous en fournir, c'est malheureusement d'époque, nous avons un fidèle à Orges. C'est entre Chaumont et Châteauvillain. Je vous ai noté les coordonnées du contact.

Il lui glisse un morceau de papier plié façon billet doux.

— Bonne chance, Flohic ! Veillez sur le Général. C'est vous qui serez au plus près de lui pendant toute cette journée.

Flohic sent une pointe de regret chez de Boissieu. Il doit être difficile d'être à la fois le subordonné, le confident et le gendre du Général. A l'évidence, cela multiplie l'inquiétude.

— Si les choses vont comme elles doivent aller, Flohic, nous nous reverrons ce soir chez moi, à Mulhouse. J'ai un pinot gris qui vous intéressera. Allez, Flohic, le Général vous attend. Quand vous aurez pris connaissance de ce billet... débarrassez-vous-en.

*

— J'espère que tu sauras garder notre secret.

« Mademoiselle de » aime s'arrêter net, tandis qu'on marche et prendre un air mystérieux.

— Quel secret ?

— Celui de notre « Folie Verte » ?

La « Folie Verte » est le nom fleuri que « Mademoiselle de » a donné à un de ces kiosques décrépits des marchands de confiseries du Luxembourg. Il est posé derrière la statue de Marie Stuart près d'une balance automatique. Le secret de la Folie Verte est facile à garder puisqu'il n'existe pas.

— Tout de même, nous avons passé une nuit entière, tous les deux, seuls, dans cette folie.

C'était un pari stupide. Se faire enfermer dans le jardin du Luxembourg et y rester jusqu'au matin sans être pris par une ronde. Un couple de notre groupe de travaux dirigés s'était vanté d'avoir réussi. « Mademoiselle de » n'aimait pas ce « gommeux libidineux » et cette « pétroleuse d'amphi ». Ça suffisait pour être mis en demeure de relever le défi. Nous relevâmes. Ce fut dans la nuit du 10 au 11 mai : la nuit des barricades au Quartier latin.

*

Saint-Mexan se laisse glisser du quai de Montebello dans la Seine à hauteur de Notre-Dame. Il est en jean, torse nu, et fait la planche, les abdominaux et les pectoraux en ronde bosse. Du quai, Nanette l'encourage. Elle est assise dans le fauteuil roulant et bat des mains en imitant une poupée-automate.

— Allez, Nanette, viens ! Elle est bonne.

— Je préfère te regarder.

— Rémi aussi te regardait. Il te plaît celui-là ?

— C'est à toi qu'il doit plaire.

— Il me va, et en plus il a l'air bien accroché.

Saint-Mexan montre à Nanette la silhouette intimidée de Rémi qui se cache mal derrière les boîtes des bouquinistes. Nanette lui sourit. Rémi fouille dans son cartable. Il cherche un livre. Cette fille aux cheveux rouges drapée comme dans la pierre est dans un de ses livres. Forcément. La réalité n'a pas tant de talent. Il suffit de retrouver qui elle a pris comme modèle.

*

La nuit des barricades, nous l'avons passée enfermés dans le jardin du Luxembourg avec « Mademoiselle de ». Le plus délicat avait été de se cacher entre le moment de la fermeture des grilles et la tombée de la nuit. Les patrouilles de surveillance avaient été renforcées depuis quelques jours. J'avais repéré une cache en lisière de l'Ecole des mines, derrière un banc de granit surmonté d'un buste perché sur une colonne... *On appelle ça un Hermès.* L'endroit devait servir à remiser les feuilles mortes pour préparer du compost. Il sentait le sous-bois et la chasse, et nous donnait l'impression d'être le gibier du jour. ... *Pourquoi tu ne me parles jamais de votre maison en Sologne ?... Parce que ce n'est pas une maison, mais une ruine, qu'elle n'est pas en Sologne, mais dans le Loir-et-Cher, nuances...* Je n'avais pas envie de raconter à « Mademoiselle de » la bicoque que mes parents avaient achetée là-bas... *Un million cent ! On peut pas plus... Tope là le Parisien* ! Depuis, cette ruine nous jetait chaque vendredi soir hors de la cité, impatients, niaisement joyeux, les voitures chargées comme des sherpas d'un bric-à-brac de récupération et, accessoirement, de nous, tassés dans ce qui restait d'exiguïté. 183 kilomètres immuables, avec les côtes en Annapurna pour des 2CV de bonnes sœurs à essuie-glace manuel, la nationale 10 cul à cul, Jeanne d'Arc en sauveuse à Orléans, le bouchon de La Ferté-Saint-Aubin, la nuit noire, les lapins imbéciles dans les phares et enfin Romo ! « Romorantin-Lanthenay. Capitale de la Sologne. » Le cimetière de Saint-Marc... *Avec ta mère on veut être enterrés là...* Enfin ! La Richaudière apparaissait. Un nom plus grand que la maison. On passait de la « Cité Million » à « la Richaudière », la famille avait fait fortune dans le lieu-dit. A peine arrivés, c'étaient les claquements de portières et la troupe des garçons qui court pisser en rang au fond du jardin... *Eh ! vous pourriez aider à vider les voitures... On fait un feu ?... C'est vous qui allez chercher le bois. Vous piquez pas chez la voisine... Moi, je prépare le kir... Nous, on dort au grenier...* Tout ça me paraissait trop petit à raconter à « Mademoiselle de » qui joue au tennis dans sa maison de campagne de Normandie... *Parce que tu crois que le bonheur se mesure en mètres carrés ?...*

*

Cette nuit du 10 au 11 mai, au-delà des grilles du Luxembourg, le quartier grondait de clameurs confuses et de pin-pon poussifs du côté de la place Jean-Rostand... *Où tu vas ?... Aux nouvelles...* J'avais abandonné « Mademoiselle de » et je m'étais glissé jusqu'à la porte n° 11, la porte Saint-Marcel pour me rendre compte. Dans la rue, sous un réverbère du boulevard, un type fumait nerveusement en écoutant un transistor. Il faisait des allers-retours rageurs entre Europe 1 et RTL. On aurait dit qu'il tisonnait sa radio pour l'exciter. Elle crachait des miaulements agressifs de matous se disputant une chatte en chaleur. Quand ça brûlait sur Europe 1, ça flambait sur RTL... *Une voiture est renversée au milieu de la chaussée !... Un car de police flambe sur le boulevard Saint-Michel !...* Si ça pétait sur l'une, ça explosait sur l'autre... *Un véritable feu d'artifice !... Un spectacle dantesque !...* Dès que la voix d'un reporter mollissait... *Gilles Schneider ! Roland Choiseul ! Où êtes-vous ?... Notre moto est bloquée ! On doit décrocher...* Aussitôt, le type au transistor lui coupait le sifflet pour rejoindre un époumoné au bord de la rupture... *Incroyable ! Les manifestants chargent les forces de l'ordre... Les CRS ripostent à la grenade offensive... Restez avec nous !... Ne quittez pas l'antenne... Laissons passer une page de publicité...* J'imaginais le type au transistor dont le cœur palpitait en double tout près des événements. Gamin on échange les images qu'on a en double. Lui ce sera les souvenirs.

Alors, qu'est-ce qui se passe ?... Ça dépend de la station de radio... Maintenant, tu ne me laisses plus toute seule... Je m'étais résolu à rester avec « Mademoiselle de » caché derrière le banc de pierre... *On ne se touche pas !* Nous étions silencieux, immobiles, enveloppés d'un parfum trouble d'humus tiède qui évoquait le rut et des saillies étouffées... *Ça sent le cheval.* On pouvait aussi le dire comme ça. Rassurés sur la fréquence des rondes, nous avions quitté notre cachette pour le kiosque à friandises tout proche que « Mademoiselle de » avait baptisé Folie Verte. Du haut de sa colonne, l'Hermès semblait déçu d'avoir fait le guet pour rien... *Même pas fichu de conclure !* La serrure de la porte céda... *Les caves de ma cité sont plus farouches... Elles ont plus à craindre...* A l'intérieur on pouvait à peine se mouvoir tant l'endroit était encombré d'étagères, de cartons, ballons et bocaux de bonbons... *Ne me touche pas, je suis fiancée !* Dans l'obscurité, l'odeur de sucre vanillé faisait de nous une grosse pomme d'amour, sans l'amour... *Qu'est-ce qu'on fait ?... Toi, ce que tu veux, moi j'ai mon Code civil... Tu l'as pris avec toi !... As-tu oublié que nous avons un examen bientôt ?...* Prétexte. Le Code civil c'est le rosaire de « Mademoiselle de ». Elle ne s'en sépare jamais. Il peut sortir de sa manche à l'improviste pour un *Ave* ou un *Pater* sur « la personnalité morale » ou « la protection du mineur ». La lecture du Code civil la purifie de toutes mauvaises pensées

... Tu crois que c'est un rat, ce bruit ?... Le Code civil ne protège pas de ce qui se faufile entre les jambes... Ne sois pas grivois ! Qu'est-ce que ça sent ?... Le marc de café froid... Est-ce que tu trempes, toi ?... Pardon ?... Est-ce que tu trempes ton croissant dans ton café, le matin ?... C'est comme ça qu'on parle de sexe dans votre tribu ?... Pas du tout ! Qu'est-ce que tu vas chercher ?... Alors, pour ta gouverne sache que je trempe de longues tartines beurrées... Dégoûtant personnage ! Zut ! ma

lampe ne fonctionne plus. J'ai oublié de vérifier les piles. Et la tienne?... Toujours gaillarde... Non! Ne m'éclaire pas. Je dois être affreuse...

Dans l'obscurité « Mademoiselle de » avait un parfum que je n'avais pas remarqué auparavant. Un parfum fané qui me faisait penser au camée de ma mère. « Mademoiselle de » venait de vieillir d'un siècle dans le noir. Son parfum tournait à la sueur. Elle était inquiète... *C'est quoi ce qu'on entend?* Des bruits d'explosions lointaines venaient de la place Rostand et de la rue Soufflot. J'imaginais les lueurs bleutées, des brumes orangées, le feu, les cris, la cavalcade, les sirènes... *Je n'aime pas les corsages en Nylon.* J'avais l'impression que « Mademoiselle de » se nouait dans la tête tout un tapis de réflexions dont un brin ressortait tout à coup sans qu'on sache d'où il venait... *Tu es pour la pilule, toi?* Par le jour des planches, des éclairs de lumière filtraient. On aurait dit la torche électrique d'un garde à notre recherche... *C'est vrai que les hommes ont toujours envie?... Tu en as déjà utilisé, des capotes anglaises?* C'était sa façon de chanter dans le noir. J'aurais préféré qu'elle chante vraiment... *Tu es certaine que tu ne veux pas que je te prête ma lampe pour lire ton Code civil?* Dehors, il y avait des accalmies et des explosions soudaines. La cabane vibrait par sympathie... *Dis-moi, les statues d'homme dans les musées, est-ce qu'elles sont ressemblantes?... Comment ça, ressemblantes? Je veux dire... en matière d'attributs.* En matière d'attributs! Avec « Mademoiselle de » l'anatomie devenait de la grammaire et le Bled remplaçait le Kama-Sutra... *Tu peux rire, mais qu'est-ce que tu utiliserais à la place d'« attributs »?* Je lui avais fourni une longue liste de synonymes évocateurs, même dans le noir. Je l'imaginais égrainant son Code civil à tâtons en récitant des *Pater*. Son odeur de sueur se faisait plus forte... *C'est fou ce qu'il y a comme mots pour dire les choses !...* Bien plus encore pour dire « la » chose... *J'ai écrit un poème là-dessus... Tu me le dis ?...* Je lui avais récité... *C'est assez bien troussé. Sauf le dernier verbe.* Tout était dans le dernier verbe.

« Mademoiselle de » s'était endormie debout, la joue calée contre un bocal de sucreries. J'ai éclairé son visage avec ma lampe de poche. Ça lui va plutôt bien les sucres d'orge dans les cheveux... *Pourquoi tu me réveilles ?... Tu commençais à ronfler !... On ne dit pas ça à une jeune fille. C'est offensant... Même si c'est vrai ?... Surtout si c'est vrai...*

« Mademoiselle de » avait voulu quitter « sur-le-champ » ce kiosque qui prétendait l'avoir entendue ronfler. On était sortis ankylosés comme des petits vieux après une nuit d'amour à l'hospice. On devait embaumer le camphre... *Tu jures que tu ne m'as pas touchée pendant que je dormais. Non ! Ne réponds pas. Cela doit rester notre secret... Quel secret ?... S'est-il passé quelque chose entre nous ou ne s'est-il rien passé ? Nous ne devons plus jamais en parler. Ce sera le secret de notre Folie Verte. Tu as une pièce ?...* « Mademoiselle de » avait eu envie soudain de se peser sur la balance automatique plantée devant notre « folie ». C'était devenu un de nos rituels non amoureux depuis que je lui avais fait lire ma nouvelle « L'arbre de la connaissance ». Il s'agissait de se peser, le dos au cadran, les yeux fermés et de dire à voix haute de quoi on s'était allégé depuis la veille... *D'un désir.* Il était interdit d'interroger l'autre.

Nous marchions ainsi en silence dans la nuit sans même avoir le droit d'être troublés. C'est là que nous sommes tombés nez à nez avec Gaston Monnerville, président du Sénat. Il parlait à une reine de France.

*

Rémi a trouvé ! Il a trouvé chez un bouquiniste le livre qu'il va offrir à Nanette. Saint-Mexan nage dans la Seine. Il est assez loin maintenant. C'est le moment d'en profiter. Rémi rejoint Nanette sur le quai.

— Tenez, mademoiselle.

— C'est pour moi ?... *Notre-Dame de Paris, Centre de vie*... Pourquoi tu me donnes ça ?

— Quand vous serez devant le grand portail de Notre-Dame, vous comprendrez. Regardez bien les statues.

— Quelles statues ?

— Il y en a quatre, mais une devrait vous intéresser tout particulièrement.

— Laquelle ?

— Vous la reconnaîtrez, elle vous ressemble.

Nanette n'a pas le temps de refuser que Rémi a déjà grimpé l'escalier en courant pour retourner se réfugier derrière une boîte de bouquiniste. Nanette regarde le livre. Les pages sont cornées d'une manière si singulière qu'elle a l'impression que Rémi vient de lui offrir un bouquet de violettes.

*

De Gaulle hoche la tête en écoutant Flohic faire son rapport. Lui aussi insiste sur les risques d'insurrection populaire. Peut-être avait-il eu tort de renoncer à instaurer une monarchie démocratique au profit de Henri de France, le comte de Paris, comme disent les gazettes. C'était parfaitement envisageable dans le cadre de la Constitution de 1958. Ils l'avaient souvent évoqué ensemble. Ils s'étaient beaucoup écrit... *Votre affectionné Henri.* Est-ce que lui, de Gaulle, souhaitait vraiment cette monarchie ou bien aimait-il « jouer à l'Ancien Régime » avec le comte ? Il n'aurait jamais la réponse. L'élection du Président de la République au suffrage universel avait fait de Charles de Gaulle le roi de France. Dommage, aujourd'hui, le comte de Paris serait Henri V. C'est lui qui paraîtrait au balcon de l'Hôtel de Ville pour apaiser les manifestants.

— Ce sera tout, mon Général ?

— Une dernière chose, Flohic, je vous demande de prendre... sans qu'on vous voie... des cartes allant plus à l'est de Colombey.

— Plus à l'est... ou beaucoup plus à l'est, mon Général ?

— Plus à l'est suffira.

*

Gaston Monnerville avait accepté de ne pas appeler les gardes... *Vous avez de la chance, le jardin du Luxembourg est interdit à la police. C'est une sorte de zone franche sous la responsabilité de surveillants appartenant au Sénat. Du reste, ils me surveillent également...* Gaston Monnerville nous avait montré le sifflet d'arbitre que la Sécurité l'avait obligé à porter pour accepter de le laisser « divaguer » seul, la nuit, dans le jardin où il parlait à « ses reines et dames illustres » : vingt statues disposées en couronne sur les terrasses... *C'est ici, la nuit, dans cette forêt de femmes, le vent soufflant dans les palmiers, que je me sens le plus proche de ma Guyane...* « Mademoiselle de » prétendait que sa famille descendait « en ligne brisée » de Louise de Savoie ou Valentine de Milan, selon l'humeur de la promenade. « Mademoiselle de » avait la particule flottante.

Quand nous avons buté sur Gaston Monnerville, il conversait avec Marie Stuart (1542-1567), reine de France. Il était question d'Elisabeth Ire, de complots, de trahison et de pouvoir. Gaston Monnerville avait hésité avant de renoncer à siffler le garde... *De futurs magistrats, je ne voudrais pas obérer votre carrière, jeunes gens.* Il y avait beaucoup de mansuétude dans ce verbe « obérer »... *Vous êtes originaire d'où, jeune homme ?... Martinique !* Pour plus d'efficacité, j'avais raccourci mes origines de deux générations. Une sorte de commerce triangulaire en ligne directe... *C'est drôle, j'ai eu un secrétaire qui s'appelait Marcouly.* « Mademoiselle de » était vexée, le président du Sénat connaissait ma famille, mais pas la sienne. C'était la première fois que mon nom prenait le pas sur le sien.

... *Vous avez votre brevet de secouriste, jeunes gens ?...* Gaston Monnerville nous avait expliqué qu'on avait lancé ce soir un appel aux volontaires sur RTL et Europe 1 et qu'il avait envoyé sur les barricades le médecin chef du service de santé du Sénat.

Le reste de la nuit avait été une longue promenade commentée du jardin, agrémentée d'un cours de droit constitutionnel... *Mon opposition au général de Gaulle n'a rien de personnel.* Vers 6 heures du matin, une femme brune souriante et d'allure énergique était apparue... *Comment vont tes reines, Gaston ? Ce soir, Marie Stuart était en beauté, ma chère. Comme vous. Jeunes gens, je vous présente, Marie-*

Thérèse Monnerville, mon épouse. Elle est délicieusement jalouse des reines de France. J'adore ça... Gaston, n'ennuie pas ces jeunes amoureux avec nos petites perversions de vieux couple. Le général Richard nous attend. Il est allé tourner dans le quartier, il dit que c'est la fin du monde autour du Panthéon. Pour plus de sécurité, il nous adjoint deux officiers en civil...

Dans ce petit matin âcre, « Mademoiselle de » et moi sommes sortis du jardin du Luxembourg par la porte n° 3, la porte de l'Odéon entre le gouverneur du palais, le président du Sénat et sa femme. Marie-Thérèse Monnerville avait pris « Mademoiselle de » par les épaules... *Mes félicitations, mademoiselle, vous avez réussi à passer une nuit dans le jardin avec votre ami. Moi, j'ai toujours échoué avec Gaston. Il préfère ses reines. Je me demande si je ne regrette pas des rivales plus en chair. Au moins, il se serait lassé. Un conseil de femme, mademoiselle : préférez la chair. Contre les statues, on ne peut pas lutter...* Comme pour faire pendant au couple féminin, Gaston Monnerville m'avait entraîné à l'écart jusqu'à la balustrade de pierre. Il avait posé sa main à côté de la mienne... *Regardez, jeune homme. Regardez nos couleurs dans cette nuit et permettez-moi ce conseil d'expérience : où que vous parveniez, à quelque niveau que ce soit, ne vous dites jamais que vous auriez pu bien mieux réussir encore si vous n'aviez eu cette belle couleur. Ce serait nourrir un ver mortel dans votre cœur...* Madame Monnerville et « Mademoiselle de » nous avaient rejoints avec cette complicité mystérieuse et définitive de deux femmes ayant passé cinq minutes ensemble... *Savez-vous, Gaston, que cette jeune fille joue de la flûte mais a moins de problème que vous avec Bach !... Je n'ai pas de problèmes avec Bach, que des échanges. C'est avec de Gaulle que j'en ai. Et ils sont dans la rue. Est-ce que vous nous accompagnez, jeunes gens ? Nous allons voir ce qui s'est passé cette nuit.*

*

Rémi recopie sur son carnet le texte gravé sur la plaque apposée en haut des escaliers qui descendent vers le quai de Montebello face à Notre-Dame.

FRONT NATIONAL DU Ve ARRONDISSEMENT.
SOUS LES AUSPICES DE LA MAIRIE.
AUX HÉROS DES BARRICADES TOMBÉS
POUR LA LIBÉRATION DE PARIS EN AOÛT 1944

A cette époque, pour le mot « barricade » on risquait sa vie. Rémi se demande si les plaques commémoratives « Figuration spatio-temporelle de la mémoire urbaine » ne seraient pas un meilleur sujet de thèse. Mais il en a déjà changé tellement souvent. Lefebvre, son professeur à Nanterre, l'avait mis en garde... *Ne laissez jamais le sujet devenir le maître.* Rémi avait conservé la remarque manuscrite. Tant qu'à se faire engueuler, autant que cela soit gracile.

Du pont au Double, Rémi observe la fille aux cheveux rouges sur le quai... Nanette !... Ce prénom ne lui va pas du tout. Il faudra qu'il lui en trouve un autre. Assise en travers du fauteuil roulant, elle feuillette le livre qu'il lui a offert. Rémi essaie d'imaginer ce qu'elle lit en ce moment... *La joie fut de courte durée. Dès 1392 Charles VI donna des signes de folie, et les Parisiens allèrent prier à Notre-Dame pour obtenir du ciel qu'il épargnât au royaume le funeste sort d'être gouverné par un roi dément...* Sans même lever les yeux du livre, Nanette fait signe à Rémi de la rejoindre. Rémi est vexé. Il se croyait mieux caché.

*

Le Physionomiste note. D'habitude à cette heure, Mme Pompidou est déjà sortie pour une promenade ou quelques courses dans le quartier. Souvent rue Saint-Louis-en-l'Ile ou rue des Deux-Ponts. Aujourd'hui, avec les fiançailles de son fils, elle ne sortira pas. Il le regrette. C'est plutôt agréable de la suivre. Ça lui rappelle quand il travaillait en heures supplémentaires pour une agence à cocus. Souvent, le mari avait raison, mais la femme encore plus quand on connaissait le mari.

*

— Monsieur le Premier ministre, M. Donnedieu de Vabres demande à vous parler... C'est urgent.

Pompidou soupire. Tout est urgent en ce moment.

*

— On aurait dû accompagner Gaston Monnerville et sa femme sur les barricades quand ils nous l'ont proposé le matin de notre nuit dans la Folie Verte.

— Mademoiselle n'a pas de mémoire. C'est toi qui n'as pas voulu. Tu boudais.

— Moi ? Et pourquoi aurais-je boudé ?

— Tu étais vexée.

— Moi, vexée !

— Oui, vexée que Mme Monnerville ait pu penser que j'étais ton petit ami.

— Je n'étais pas vexée, mais fiancée. Nuance.

— Depuis quand ton fiancé est une nuance ?

— Ne commence pas à jouer avec les mots. Mon fiancé fait Sciences-Po, il est classé 15 au tennis, a une Triumph Herald et nos familles se reçoivent. Toi tu es toi et Mme Monnerville pense ce qu'elle veut.

— Tu as raison, allons plutôt faire du droit constitutionnel. Tu as vu l'heure ? On a intérêt à se dépêcher, sinon on va être en retard au TD.

— Tu es horripilant à la fin. Tu ne peux pas dire « nous » au lieu de « on ». Ça fait... ça fait...

— Plouc !

— C'est ça ! ça fait plouc...

— Moi, je trouve que « nous » c'est trop intime avec quelqu'un de fiancé.

— Ne recommence pas.

Rue d'Assas, devant l'entrée de la faculté, des types d'Occident en forme de manche de pioche ont installé un « piquet de non-grève ». Ils s'écartent devant nous avec un salut militaire ironique. « Mademoiselle de » plastronne.

— Tu vois, je suis ton sauf-conduit.

— Est-ce qu'ils ont remarqué que la statue devant la fac ressemble à un casque nazi écrasé ?

— Interprétation tendancieuse et gratuitement provocatrice...

— On est dans quelle salle ?

— A-254. On se dépêche.

— Je te préviens, je ne cours pas.

— C'est plouc, pour une jeune fille ?

— Non, fatigant.

*

Georges Pompidou met un temps pour mesurer la portée de ce que Jean Donnedieu de Vabres vient de lui annoncer.

— Le général de Gaulle part à Colombey-les-Deux-Eglises, ce matin ! Et le Conseil ?

— Il est remis à jeudi matin, monsieur le Premier ministre.

— C'est aimable de m'informer, je viens tout juste d'en boucler l'ordre du jour avec mes collaborateurs.

— Désolé, monsieur le Premier ministre, mais je viens moi-même d'apprendre la décision du Président.

— Je comprends... Il n'est pas souffrant ?

— Non... Pas du tout...

Pompidou sent Donnedieu de Vabres embarrassé. Il a des consignes. Il n'en dira pas plus. Est-ce que de Gaulle serait tombé dans un de ses trous noirs accompagnés de la « tentation du départ ». En ce moment, ce serait une catastrophe. Gaston Monnerville assurerait l'intérim. C'est la Constitution. L'ennemi irréductible du Président deviendrait Président ! Monnerville tiendrait sa revanche. Il nous le ferait payer très cher.

— Donnedieu, je dois voir le Président de toute urgence.

— Je crains que ce ne soit difficile, le Président est sur le point de quitter l'Elysée.

— Déjà ! Je vous remercie, Donnedieu. J'appelle Tricot. Si vous avez la moindre information, n'hésitez pas à me joindre.

De Gaulle n'appellera pas. Pompidou le sait. Le Président ne veut pas lui parler, c'est clair. Il tient à l'inquiéter. C'est réussi. De Gaulle sait très bien que s'il part subitement, lui, en tant que Premier ministre aura les mains liées. Il ne pourra ni changer de gouvernement ni dissoudre l'Assemblée. Pourquoi de Gaulle le traite-t-il avec tant de désinvolture ? Il est son plus solide soutien dans une période où le gros de la troupe gaulliste pense à sa réélection et rêve à voix haute de rejoindre Mitterrand, Mendès France ou même Edgar Faure... *Cet homme qui possède toutes les qualités d'un grand politique, sauf la moralité...*

*

... Il était nécessaire que pendant quelque temps on ne le vît pas, ni à son bureau, ni ailleurs... qu'on ne sût pas où il était... Edgar Faure relit encore et encore ce passage de son roman policier... *Tenez, je me rappelle qu'il m'a dit textuellement ceci : « Le mieux serait que je puisse passer pour mort pendant quelque temps »...* Quand est-ce qu'il a écrit ça ? 1942, dans *Pour rencontrer M. Marshes,* Ces lignes résonnent étrangement tout à coup. Edgar Faure pense au général de Gaulle, à ce Conseil des ministres brusquement reporté. Et si la littérature avait un coup d'avance sur l'Histoire ? Il tire sur sa pipe à vide. Ou est-ce simplement que l'Histoire radote. Louis XVI, Charles X, Louis-Philippe, la France est habituée à la fuite de ses monarques. Le report du Conseil des ministres cache peut-être quelque chose de cet ordre. Pourquoi pas ? « Le Général se sauve ! ». Attention, Edgar, l'auteur de polar reprend la main sur le ministre.

Edgar Faure poursuit sa lecture... *Naturellement, il ne pouvait pas organiser toute cette mise en scène et reparaître ensuite comme si de rien n'était...* « Mais bon sang, mais c'est bien sûr ! » Edgar Faure sourit. Voilà qu'il se prend pour le commissaire Bourel des « Cinq dernières minutes ». Et si de Gaulle préparait une de ces mises scène qu'il affectionne ? Le téléphone sonne sur le bureau d'Edgar Faure. Le noir. Celui de la ligne intérieure. Celui des mauvaises nouvelles. Celles qu'il préfère. Le polar attendra.

CHAPITRE 5

Onze heures

Le Physionomiste surveille dans le rétroviseur la 404 Peugeot arrêtée au milieu de la chaussée devant le 24, quai de Béthune... *S'emmerde pas, le chauffeur!* C'est la voiture officielle venue chercher Mme Pompidou pour l'emmener à Matignon. A partir de là, une équipe mobile prendra la suite de la surveillance. Le repas de fiançailles de son fils devrait durer jusqu'à 14 h 30, 15 heures. Après, il est prévu que Mme Pompidou et les fiancés reviennent ici avec quelques amis. Il faudra être vigilant. Dresser la liste. N'en manquer aucun... *Cherche du côté des relations. Fouine! Trouve quelque chose. N'importe quoi.* Claude Pompidou apparaît tout en jaune serin, manteau et chapeau assortis, blonde élégante, les gants, le sac à main, grande, elle sourit. Un factionnaire ouvre la portière, Claude Pompidou monte dans la voiture comme à l'arrière d'une calèche. Fouette cocher! Le Physionomiste est impressionné... *La classe!* Il jette un œil à l'enveloppe posée sur le siège passager. Il la trouve d'un jaune pisseux.

*

— Monsieur le Ministre, j'ai en ligne le responsable de la FNSEA de la Région Ouest.

Edgar Faure est déçu. Il attendait mieux d'un appel sur sa ligne intérieure. Un responsable des agriculteurs ! Voilà qui n'est pas très romanesque. Il hésite.

— C'est au sujet de Cohn-Bendit, monsieur le Ministre.

— Cohn-Bendit ! Qu'est-ce qu'il a encore fait ?

— Ce n'est pas le vrai Cohn-Bendit, monsieur le Ministre.

— Comment ça, « pas le vrai » ?

— C'est son frère.

— Gabriel ? Le professeur ?

— Oui, monsieur le Ministre. Vous avez eu M. le Préfet de Saint-Nazaire, à ce sujet.

— C'est bon... Passez-le-moi.

Edgar Faure referme son livre, froisse le texte qu'il avait ébauché et jette la boulette dans la corbeille à papiers. Plein dedans ! Au moins, ne pourra-t-on dire d'Edgar Faure qu'il était maladroit. Quant à Edgar Sanday, le roman policier peut bien attendre encore un peu son nouveau Simenon.

— Rabattons-en sur les ambitions et voyons ce que l'on peut faire pour Cohn-Bendit « le Faux ».

*

A travers les grilles de son car de CRS, le brigadier Estraguy observe une infirme aux cheveux rouges qui bouquine au soleil dans son fauteuil roulant. La fille est plutôt jolie. C'est dommage qu'elle soit estropiée. Qu'est-ce qui a pu lui arriver ? Maladie, accident ? Parfois, il se demande s'il a déjà laissé quelqu'un sur le carreau. Le crâne, les genoux, les chevilles, ça pète comme un rien. Tu cours, tu gueules, t'aboies, le gars dégage, ça suffit, il tombe, il est au sol, il bouge plus, il saigne, basta. Mais non ! il t'a fait courir, le fumier, t'aime pas qu'on coure plus vite que toi, t'en remets une pour le souffle, une pour la foulée et une autre, merde ! t'avais rien demandé, toi, Estraguy, faudrait pas qu'il te prenne pour un con, faut qu'il crache, cet enfoiré. Qu'il crache quoi ? On s'en fout, putain ! C'est pourtant facile à comprendre. Dégagez ! On dit « Dégagez », vous dégagez. Arrêtez de nous emmerder, bande de petits cons ! Est-ce qu'on vous emmerde, nous ? Voilà ! vous avez compris, maintenant ? T'es content, toi ? Chiale pas ! Et t'iras pas te plaindre, après !

— Ça suffit, les gars, on se replie !

C'est là que tu sens la laisse, brigadier Estraguy. Les gradés, après t'avoir laissé mariner avec les autres dans un car qui pue les pieds, le gas-oil, les lacrymogènes et la trouille, ils t'ont lâché comme un clebs derrière de faux lapins. A quoi ça rime de taper sur des types de notre âge qui seront nos chefs plus tard ? ... *Si vos hommes n'ont pas le moral, vous n'avez qu'à leur donner de la gnôle.* Il paraît que de Gaulle a dit ça. De la gnôle ! Pourquoi pas de l'éther comme aux poilus de 14 avant l'assaut à la baïonnette ? Chargez ! Il faudrait savoir ce qu'ils veulent. Le matin le préfet de police envoie à chaque policier une lettre « contre les excès dans l'emploi de la force », et l'après-midi, c'est à nous de cogner.

*

Le brigadier Estraguy en a marre de Paris, des étudiants, des manifs. Il a hâte d'être à cet été, chez lui, au Pays basque. La pelote, le rugby, la corrida, et les rouleaux de Hossegor. Là-bas, il est maître-nageur sauveteur. Il sourit. Peut-être qu'en août il sortira un type qui lui a balancé des pavés en mai... *On se connaît !... Boulevard Saint-Michel ?... C'est ça, devant le lycée Saint-Louis... Je t'avais pas reconnu tout de suite... Normal, à l'époque j'avais mon casque de Mobylette.*

*

Saint-Mexan respire profondément. Il peine contre le courant, sent ses jambes molles l'attirer vers le fond. Il s'encourage... *Je suis un avaleur de nefs !... Un avaleur de nefs !* Il imagine ces mariniers aventureux du Moyen Age qui faisaient franchir les ponts à des bateaux surchargés pris dans les remous de la Seine. Les jambes de Saint-Mexan lui paraissent un tourbillon veule qui se dérobe sous lui... *Je suis un avaleur de nefs !* Il regarde Nanette sur le quai. Son fauteuil lui va bien. Heureusement qu'elle est là. Sans elle, il se laisserait couler jusqu'à la vase. Et la grenade ? Pense au rendez-vous avec la gamine ? L'idée lui donne des forces. Saint-Mexan tire sur les bras... *Un avaleur de nefs. Je suis un avaleur de nefs !* Il va nager jusqu'à la hauteur du quai de Béthune pour inspecter une dernière fois les privilèges. Les privilèges haut perchés.

*

— Je veux un rendez-vous immédiatement avec le Président !

— Monsieur Pompidou, je vous le répète, ce n'est pas possible.

— Ecoutez, Tricot, dites-moi exactement ce qui se passe.

— Je vous assure, monsieur Pompidou, il n'y a aucune raison de vous alarmer. Le Président part se reposer à La Boisserie pour prendre un peu de distance et réfléchir.

— Réfléchir à quoi ?

— Réfléchir...

Tricot n'aime pas Pompidou. Alors, c'est devenu réciproque : Pompidou n'aime pas Tricot. Une sorte de légitime défense animale. Souvent, en politique on ne gagne rien à tenter d'aller au-delà de l'instinct. Tricot est un gaulliste de gauche. Mais qu'est-ce que ça veut dire, à part trouver Pompidou plus à droite que le Général ? Pompidou sent que Tricot ne lui reproche pas sa force, mais la faiblesse du Général.

— Tricot, je vous demande d'essayer encore auprès du Président. Sinon je pourrais en venir à croire, non pas que vous cachez quelque chose à ma personne, mais au Premier ministre.

*

Le Physionomiste imagine Mme Pompidou roulant vers Matignon, passant en revue tous les détails du repas de fiançailles de son fils : le menu, le plan de table... *Alain et Sophie, plutôt en face, ou entre Georges et elle ?* Le Physionomiste a faim. Il est prévu qu'un gars le relève à midi. Il ferait bien de ne pas être en retard. C'est lui qui a exigé une pause. A son âge, il a son compte de frichtis sur place, le cul ankylosé et les rillettes qui transpirent. Aujourd'hui il s'offrira un extra. Un petit restaurant correct. Ce ne sera pas la Tour d'Argent sur l'autre rive de la Seine, pas dans ses moyens, mais quelque chose de bien, dans l'île Saint-Louis, avec une vraie nappe. Pas de soucis pour le plan de table : il sera seul.

*

Quand nous arrivons avec « Mademoiselle de », dans le couloir du deuxième étage, c'est l'effervescence devant la salle A-254. Une ambiance de krach boursier à la corbeille... *Tu passes à l'aumônerie, aujourd'hui ?* C'est Ghislain, le « petit curé » qui intercepte « Mademoiselle de ». Il est étudiant à l'Institut catholique de la rue d'Assas, pas très loin... *Les cathos avec nous !* Il nous raconte comment des gauchistes ont encore essayé d'investir leur Institut... *Des vocations refoulées, sûrement.* « Mademoiselle de » m'a expliqué qu'il traversait des moments difficiles... *Dieu met sa foi à l'épreuve.* Le petit curé hésite. Il doute. Veut partir au loin sur un bateau pour réfléchir. Il a connu la chair... *Une femme ?* « Mademoiselle de » était restée mystérieuse. Je regarde le petit curé. Il a des yeux à la Gabin d'un bleu éclairé de l'intérieur. Les filles aiment le bleu. Il lui faudra bien un ou deux tours du monde pour éteindre ce genre de lumière... *Je passerai peut-être à l'aumônerie en fin d'après-midi, mon père... Tu l'accompagneras ?* La question s'adresse à moi, mais ce n'est pas vraiment une question. Juste un peu de bleu. Le petit curé disparaît dans l'escalier.

« Mademoiselle de » en profite pour me planter à côté de l'extincteur... *Je vais aux nouvelles.* Elle se fond naturellement au groupe d'agioteurs qui intriguent devant notre salle : « Les chevaliers d'Assas », une sorte de franc-maçonnerie chichkapon dans laquelle on ne peut être reçu que si on habite la rue d'Assas. Ils viennent à la fac à pied. Jacques du 88, Boris de la Maison Zatkin, ou François-X de la pension de famille. Parmi eux, le plus empressé auprès de « Mademoiselle de » est Pierre. Ses parents lui ont acheté une chambre de bonne dans la rue pour qu'il soit chevalier. C'est un giscardien de famille, un sigisbée d'énamouré, les cheveux d'un jaune rare et le seul à ne pas s'apercevoir que « Mademoiselle de » joue avec lui comme avec une balle de Jokari... *Et alors ? tant qu'il y a de l'élastique, il y a de l'espoir...* « Mademoiselle de » revient de ses consultations le visage irradié. On dirait une liste de reçus à l'examen.

C'est de Gaulle ! Il paraît qu'il se passe quelque chose à l'Elysée... On aurait dit à la radio... Il semblerait que... Certains pensent... Il y a des bruits comme quoi...

— Bref, on ne sait rien !

— C'est un peu ça, mais c'est excitant, non ? Tu imagines : une crise politique majeure au moment même où notre professeur de droit constitutionnel vient dans notre TD.

— C'est confirmé ?

— Il y a une forte probabilité.

— Ça va être la dégoulinade des courtisans.

— Et quand bien même ? C'est peut-être une chance pour toi.

— Et pourquoi ?

— Tu verras...

Je préfère quand « Mademoiselle de » a le visage en liste de reçus plutôt qu'en musaraigne comploteuse.

*

Tricot est embarrassé. Il n'ose dire au Général ce qu'il pense vraiment de Pompidou. Pour lui, c'est un louis-philippard de Normale sup' qui le regarde comme un Bourbon du quai d'Orsay. Pourtant, il doit le prévenir.

— Monsieur le Président, je crains que votre Premier ministre ne mette toute son énergie à essayer de savoir ce qui se passe... réellement.

— Vous avez probablement raison, Tricot... Ce serait fâcheux... Je vais appeler Pompidou pour le rassurer.

— Faites-le plutôt appeler par votre aide de camp. Sinon, il risque de s'interroger.

De Gaulle se dit que Tricot a ses raisons. Elles lui sont inconnues, mais il peut les faire siennes. Jean d'Escrienne compose l'indicatif du Premier ministre sur la ligne interministérielle.

— Monsieur Pompidou, je vous passe le général de Gaulle.

*

Saint-Mexan nage sur le dos, le regard au ciel. Du bleu sans nuage bordé au carré. C'est dans cette lucarne qu'il verra apparaître les « privilèges haut perchés » de l'île Saint-Louis. Ce sont ces balcons et terrasses qui fleurissent d'oasis suspendues, à la fois clandestins et arrogants, entièrement cultivés au passe-droit. Il est un de ces privilèges qui intrigue particulièrement Saint-Mexan : le toit de l'immeuble au beige limoneux du quai de Béthune. On dit qu'il y a là-haut une piscine. Une vraie. Il essaie de l'imaginer, mais il n'y parvient pas. Une piscine ! Il faudra qu'il aille voir, un jour. Ce n'est pas très loin de l'endroit où Nanette et lui ont rendez-vous avec la gamine... et la grenade.

*

Hôtel Matignon. Bureau du Premier ministre. Le téléphone sonne. La touche de l'Elysée s'allume.

— Monsieur le Président!

Pompidou ne parvient pas à cacher sa surprise. Même s'il l'attendait, cet appel du Général le surprend. Depuis qu'il est son Premier ministre, cela ne doit se produire qu'une fois par an. En moyenne.

— Monsieur le Président, enfin! J'ai appris le report du Conseil des ministres et votre départ pour La Boisserie. Il faut absolument que j'aie un entretien avec vous auparavant.

— C'est malheureusement impossible, Pompidou. Une voiture m'attend déjà et je veux éviter une marée de presse devant l'Elysée.

— Je comprends, monsieur le Président, mais de votre côté, imaginez mon inquiétude. Votre décision a été soudaine et nous avions des dossiers importants à traiter.

— Le Conseil n'est reporté que d'une journée.

— Vous pouvez m'assurer, monsieur le Président, qu'il se tiendra bien ce jeudi 30.

— Absolument.

— Mais, ce départ, monsieur le Président...

— J'ai besoin de vingt-quatre heures de solitude pour dormir, réfléchir, prendre du recul. Cela me fera le plus grand bien. J'ai besoin d'une vue d'ensemble. Ne vous inquiétez pas tant, Pompidou, Colombey n'est pas si loin, retarder le Conseil des ministres d'une journée n'est pas si grave. C'est même sans importance. Cependant, sachez que je conçois votre inquiétude. Votre tâche est rude, vous l'accomplissez avec force et talent. Mais vous regardez à vos côtés et vous vous demandez... où en est « le Vieux » ?

Dans la voix du général de Gaulle, le sourire s'éteint tout à coup.

— C’est vrai, Pompidou, je suis vieux, vous êtes jeune. C’est vous qui êtes l’avenir.

— Quand je vous entends parler ainsi, j’ai le sentiment que vous n’allez pas revenir.

— De toute façon, vous êtes là, vous, en recours.

— Oh ! dans ce cas, je ne donnerais plus cher de mon titre.

— Eh bien ! Je vous le répète, à demain. Allez, je vous embrasse.

Georges Pompidou regarde le combiné du téléphone suspendu dans sa main. Il reste incrédule... *Je vous embrasse.* Le Général vient de lui dire... *Je vous embrasse.* Cela ne lui ressemble pas, ce genre d’élan d’affection. Si de Gaulle avait décidé de l’inquiéter, il ne pouvait mieux s’y prendre. Maintenant Pompidou en est certain : de Gaulle ne reviendra pas.

*

... Je vous embrasse. Jean d’Escrienne n’est pas certain d’avoir entendu le Général prononcer cette phrase. Tant mieux. Il ne souhaite pas en être dépositaire. Il avait eu assez de mal à ne pas écouter la conversation entre le Général et Pompidou. Ce n’était pas facile dans ce bureau où la moindre dorure donne l’impression de prendre des notes pour la postérité. D’Escrienne évite de croiser le regard du Général. Il n’est jamais bien venu de surprendre son intimité. Ce serait s’exposer à une volée de bois vert. *... Ben oui, d’Escrienne ! j’embrasse Pompidou. Et alors ? on ne va pas convoquer le Parlement pour ça.* De Gaulle se souvient, il avait déjà employé ce « Je vous embrasse » en août 44 pour répondre à un message de Leclerc qui venait d’atteindre Rambouillet. Ce n’était pas plus qu’un signe de ponctuation.

— Faites venir Tricot, je vous prie.

D'Escrienne introduit Bernard Tricot dans le bureau du Général et les laisse en tête à tête. Toujours ce pincement de jalousie quand un autre reste seul avec le Général... *Je vous embrasse...* La formule tourne dans la tête de D'Escrienne. Il espère qu'à l'autre bout du fil Pompidou saura la garder pour lui.

*

— Je vous embrasse et c'est vous qui êtes baisé !

— Allons, Chaban !

— Quoi, Pompidou ! je n'ai pas raison ? Et vous messieurs, qu'en pensez-vous ?

Jacques Chaban-Delmas se tourne vers Michel Jobert et Edouard Balladur enfoncés dans leurs fauteuils. Ils sont tentés de rire à la gaillardise de Chaban, mais préfèrent paraître embarrassés.

— Allons, messieurs ! Nous ne sommes pas au Conseil, mais à Matignon dans le bureau du Premier ministre qui apprend que le Président part sans prévenir en plein merdier et... l'embrasse ! Avouez qu'il y a de quoi s'interroger.

Ils avouent... *mais préfèrent paraître embarrassés.*

— Moi, je vous parle franc, Pompidou. En militaire. Croyez-moi, je connais bien les manœuvres du Général.

Georges Pompidou n'aime pas quand Jacques Chaban-Delmas prend avec lui ses airs supérieurs d'ancien combattant qui s'adresse à un planqué... Vous étiez où en 40 ?... Lieutenant au 141e régiment d'infanterie alpine... Et l'Appel du 18 juin ?... Pas entendu... Et ensuite, la Résistance ? Dans la salle des professeurs du lycée Henri-IV ? Vous étiez du fameux maquis de la montagne Sainte-Geneviève ?...

Pompidou avait entendu toutes les plaisanteries possibles sur le sujet de la part d'une baronnie qui se taillait des blasons dans leurs erreurs de jeunesse et exigeait privilège et rente à vie pour avoir simplement fait leur devoir à un moment où l'Histoire les avait posés là par hasard. Il y avait certainement aujourd'hui sur les barricades de futurs barons. Des barons rouges. En la matière, il n'y a que la couleur qui change.

Pompidou laisse Chaban dériver. Rien de tel contre la gauloiserie de mess qu'un sonnet de Louise Labé... « *Baise m'encor, rebaise-moi et baise : / Donne-m'en un de tes plus savoureux. / Donne-m'en un de tes plus amoureux : / Je t'en rendrai quatre plus chauds que braise...* » Pompidou retourne au monde.

— Où en étions-nous, messieurs ?

— Chaban « baisait ».

*

Palais-Bourbon dans le bureau du président de la commission des Finances.

Valéry Giscard d'Estaing écoute attentivement Georges Pompidou au téléphone en crayonnant un damier sur une feuille de papier. C'est beaucoup plus le ton du Premier ministre qui l'intrigue que ce qu'il vient de lui apprendre. Le ton est celui du paysan madré de Monboudif qui veut acheter votre champ à bon compte. Ce qu'il vient de lui apprendre : le Général a reporté le Conseil des ministres. Il est parti à Colombey se reposer et « prendre ses distances ». Soit. C'est intéressant, très intéressant, même. Mais pourquoi Pompidou l'a-t-il prévenu si vite ? Giscard sait que Pompidou a besoin de lui pour s'assurer une majorité à l'Assemblée. Mais il sait aussi que Pompidou se méfie de lui. A juste titre. Ils sont concurrents, des concurrents « naturels et légitimes » pour l'après-de Gaulle, c'est évident. Et ce qui semble encore plus évident c'est que cet « après » vient de commencer aujourd'hui. Une intuition. Giscard d'Estaing aime avoir des intuitions. C'est le propre des grands hommes.

Attention, ne pas sous-estimer Pompidou. Si le normalien le prévient si vite, c'est qu'il a une bonne raison de le faire. Est-ce que Pompidou a été mis au courant des consultations qu'il mène actuellement ? Pire, du rendez-vous qu'il a donné, ici, à un personnage très important ? Un rendez-vous que le « personnage très important » avait voulu secret. Etrange coïncidence que ce coup de téléphone si prompt. Décidément, il faut se méfier du paysan madré de Monboudif.

*

Palais-Bourbon, bureau du président de la commission des Finances.

Le personnage très important avec lequel Valéry Giscard d'Estaing a un rendez-vous secret a le sourcil inquiet. C'est Pierre Mendès France.

*

Le Général tend une enveloppe à Bernard Tricot avec un geste ample au-dessus du bureau qui ressemble à un adoubement.

— Je vous remets un acte signé de ma main vous donnant tout pouvoir pendant mon absence pour convoquer un Conseil des ministres, au cas où il devrait se tenir avant demain après-midi comme il est prévu.

Tricot se demande pourquoi un tel acte alors que le Général sera à Colombey qui n'est pas « au bout de la terre », et qu'il serait toujours possible d'informer les ministres concernés de manière discrète. Tricot se demande, mais ne le demande pas au Général.

— Ce sera tout, Tricot. Je vais passer par mes appartements et me préparer à partir. Je crois que nous avons tout vu.

Le Général se lève brusquement avec cette façon de repousser son fauteuil qui signifie que l'entretien est terminé.

*

Derrière la fenêtre de l'antichambre du premier étage, Xavier de La Chevalerie regarde les deux jeunes militaires charger une cantine à l'arrière du camion stationné devant l'escalier de la cour d'honneur. Ils relèvent le hayon, le verrouillent, grimpent dans le camion, affalent la bâche et l'assurent. Du travail net et précis. Le type aux cheveux ras vient vérifier l'arrimage et grimpe aux côtés du chauffeur. On sent qu'il ne tient pas à s'éterniser. Le camion démarre aussitôt, traverse la cour et passe la grande porte pour disparaître dans la rue du Faubourg-Saint-Honoré.

Xavier de La Chevalerie regarde partir les archives personnelles du Général pour Colombey-les-Deux Eglises. Il se demande quelle place il aura dans ses Mémoires.

*

On frappe à la porte de notre salle de travaux dirigés. M. Hauriou apparaît nimbé d'incrédulité. Le plafond tombe d'un bloc sur nos têtes. Une fois la poussière dissipée on peut le vérifier : M. Hauriou, professeur de droit constitutionnel est là ! en personne, descendu de l'Olympe salle A-254. Dans son dos, l'assistant fronce des sourcils serviles à la Groucho Marx et nous fait le signe muet et impératif de « lever nos fesses et presto ». S'ensuit une envolée de chaises désemparées comme avant une bagarre de bistrot... *Restez assis ! Restez assis, s'il vous plaît.* Chacun obéit, sauf moi. Et pour cause, je suis debout au tableau. Pas de chance. La petite cuiller s'est arrêtée dans ma direction. Le chargé de TD m'a choisi au hasard pour rendre compte de notre devoir. Plus exactement, « Mademoiselle de » s'est effacée avec galanterie et un sourire narquois... *Tu feras ça très bien. Tu es le meilleur de nous deux à l'oral.* Pierre, son enamouré à cheveux jaunes, me présente des condoléances de faux cul. Elles tombent bien, je suis déjà mort étouffé. Je viens d'avaler toute la laine de verre du plafond... *Continuez, jeune homme. Ne vous occupez pas de moi. Où en étiez-vous ?* Je montre à M. Hauriou le tableau noir avec un geste qui m'échappe et que je trouve aussitôt d'une grande insolence, genre... *Vous pourriez suivre !* Trop tard pour le rattraper. C'est fichu, fais une croix sur les vacances, et prépare-toi à repasser en septembre... *C'est votre plan, jeune homme ?* J'ai envie de rectifier « notre plan » et de pointer un doigt accusateur vers « Mademoiselle de »... *Intéressant. Original, même. Continuez.* Je continue, du moins j'essaie, car en contradiction avec l'article 1 des séances de TD qui stipule que chacun dort pendant les exposés, c'est soudain un déferlement d'interventions. On se croirait à une séance d'obstruction parlementaire. Je pare, je taille, j'estoque les arguments fallacieux, questions oiseuses et autres... Objection votre honneur ! J'ai l'impression qu'ils me regardent comme Alain Calmat sur la glace ou Killy entre les piquets en se demandant : Quand est-ce qu'il tombe ? Je me roulerais bien dans la neige. J'ai les mains liquides et des sifflets de sueur aux aisselles. Au fond de la salle, le sourire de « Mademoiselle de » a viré de narquois à attentif et d'attentif à intéressé. Question d'inflexion des commissures. Pas plus. J'ai l'impression qu'elle me découvre et moi, je me sens nu comme un faune du Luxembourg... *Tu crois que c'est ressemblant, côté attributs ?* Même le chargé de TD à veste de velours et l'assistant servile y vont de leur perfidie constitutionnelle. Je suis le blaireau qui sert à faire mousser les blaireaux. Tout à coup, il se passe un événement imprévu qui ne figure dans aucun polycopié : M. Hauriou lève la main !

*

Quand le Général entre dans le salon de son appartement privé, Mme de Gaulle essaie d'interpréter la mimique de son visage. Elle sait que Charles cherche du regard la marée de valises qu'il appréhende de découvrir. Mais les bagages ont déjà été descendus. Mme de Gaulle sourit. Le Général a une moue dubitative.

— Tout est-il en ordre, madame ?

— Tout !

— Eh bien, allons.

Le Général fait mine de ne pas voir la valisette que sa femme tient à la main. Il est des choses qu'il est bon de ne pas remarquer sous peine de devoir s'interroger.

*

Saint-Mexan parvient à la hauteur de l'immeuble limoneux. Ailleurs que sur l'île Saint-Louis, la bâtisse serait jugée quelconque. Cossue, mais quelconque. Un peu comme ces types qui ont bien fait de naître dans une bonne famille. Saint-Mexan tire sur ses bras... *Je suis un avaleur de nefs*. Ses épaules le font souffrir. Il a l'impression qu'elles se décollent de son buste. Il se fait l'effet d'être un baigneur en celluloïd. Sur la berge Nanette lui fait signe d'accoster... *Tu en as assez vu, Amour*. Saint-Mexan avait pu vérifier que les terrasses fleuries de l'île Saint-Louis s'étaient encore multipliées. Il trouvait ça injuste. Avec Nanette ils en avaient aménagé une sur le toit de leur immeuble dans la cité, avec jardinières, pots de fleurs, bannettes et bacs Riviera récupérés. Ils avaient enfin leur « coin à eux » pour rêver, lire et s'aimer. Un coin discret que le gardien de la cité avait fini par découvrir à force de fouiner. Il les avait mis à l'amende. Nanette devait payer... *Elle sait comment*... ou il les dénonçait à l'Office d'HLM. Nanette n'avait pas hésité... Quand tu peux, où tu peux! Elle trouvait que leur jardin valait bien le peu de semence triste dont le gardien était encore capable de la gratifier... *Du moment que mon homme tient ma main... Ça va pas! Pour qui vous me prenez, tous les deux? Bande de vicieux. C'est elle et moi ou rien!*... Ce fut « rien »... *Tant pis pour vous, j'appelle l'Office*. Ils auraient pu attirer le gardien dans le local à poubelles, le crocher avec la gaffe qui sert à désengorger le conduit du vide-ordures et le suspendre à fumer comme un jambonneau. Mais le gardien avait un fils de douze ans, Fabien, qu'ils aimaient bien. Ça peut sauver la vie, un gamin. Nanette et Saint-Mexan avaient renoncé à leur terrasse sur le toit de la cité. Depuis, ils allaient le nez en l'air dans Paris à la recherche des usurpateurs... Regarde ça! Faut au moins se faire sauter par un chef de bureau de la Ville de Paris. Un jour, il faudra qu'ils paient, tous ces voleurs.

*

A l'arrière de la 404, Claude Pompidou pense à cet homme qu'elle regardait nager dans la Seine, sous ses fenêtres. Il paraissait en difficulté, semblait épuisé. Elle s'attendait à ce qu'il coule sous ses yeux sans qu'elle puisse intervenir... *La brigade fluviale !... Noter le numéro de téléphone...* Ce n'était pas la première fois qu'elle se le disait. La noyade la terrorise. Alors qu'ils étaient jeunes mariés avec Georges, elle avait vu dans une calanque de Cassis un homme près d'un canot se débattre dans la mer et disparaître. Claude s'était retournée pour chercher son mari des yeux, se rassurer. Georges avait disparu ! Il était pourtant là, sur la couverture. Il lisait. Ne pas hurler. Surtout ne pas hurler... *Je nous rapporte un petit rosé. Tu m'en diras ! Tu m'en diras...* Georges était réapparu comme un déjeuner sur l'herbe. Insouciant. Inconscient. Elle venait de comprendre que « même lui » pouvait disparaître, un jour... *Tu étais caché derrière le canot, c'est ça ?* Georges n'avait pas compris. Elle avait oublié qu'il ne savait pas nager. Ils avaient trinqué. S'étaient aimés... *Georges, tu devrais apprendre à nager... Je ne vois pas le rapport...*

*

Une vedette de la brigade fluviale était venue à la hauteur du nageur en difficulté pour le secourir. Il avait refusé de monter à bord. Avait tenu à rejoindre la berge seul avec des mouvements en forme de bras d'honneur. Une jeune fille aux cheveux écarlates l'avait aidé à se hisser sur la berge entre deux péniches amarrées. Elle ressemblait à un personnage de Van Dongen. Claude Pompidou venait d'apprendre la mort du peintre, ce matin. Quelle étrange coïncidence. Quand le nageur était sorti de l'eau, son corps livide était apparu comme celui d'un athlète dont les jambes abandonnées restaient à la traîne. On aurait dit une Descente de croix. Sans savoir pourquoi, Claude Pompidou avait pensé à son mari. Elle trouvait Georges particulièrement préoccupé ces derniers temps. Les événements, bien sûr. La défaillance du Général, plus encore. Mais c'était sa fatigue qui l'inquiétait le plus. Pas celle qu'il affichait en gloriole comme un devoir de sa charge, mais celle qu'il cachait. Qu'il cachait mal. Il refusait d'en parler. Sa santé n'était pas un sujet de conversation... *Je vais mieux que la France, en tout cas.* Ses médecins étaient comme des médecins, c'est-à-dire illisibles... *On verra tout ça, après.* Après quoi ?

Sur le quai, la jeune fille de Van Dongen pousse le Christ en athlète dans son fauteuil roulant. Le garçon ressemble plutôt à un Rouault.

*

Le général de Gaulle s'installe à l'arrière de la DS aux côtés de sa femme... *Etes-vous bien, madame ?... Parfaitement, Charles... Vous rendez-vous compte, madame, comment nous serons à l'aise dans la prochaine voiture présidentielle.* Elle se rendait surtout compte que Charles était demeuré un enfant dès qu'il s'agissait d'automobiles. Elle le suspectait même d'apprécier tout particulièrement les films de James Bond pour ce véhicule insensé qu'on y voyait évoluer... *Sachez, madame, que les aventures de James Bond sont de véritables leçons de géopolitique...* Lors d'une projection à La Boisserie, Charles avait réussi à soutenir que *Goldfinger* était une entreprise de propagande américaine pour justifier l'abandon de l'étalon-or au profit du dollar. Inutile de répliquer. Dès qu'il s'agissait d'Amérique et de voiture, il s'échauffait hors de mise. Elle se rappelle son éclat, un soir... *Le croirez-vous, madame ? Ils veulent me faire rouler en Rambler ! Pourquoi pas en Cadillac ? Vous imaginez l'effet : le général de Gaulle dans une voiture américaine !* Mme de Gaulle était très embarrassée. C'est elle qui avait choisi les deux teintes de gris de la carrosserie pour la « prochaine voiture présidentielle »... *Je vous en conjure, madame la Présidente, ne dites pas au Général qu'il s'agit de peintures anglaises, cela suffirait à remettre le projet en question. Un projet déjà fort coûteux, très en retard, et dont nous devons livrer le résultat à la fin du mois de mai.* Mme de Gaulle avait gardé pour elle ce « secret d'Etat ». Le plus extravagant dans cette aventure avait été les essayages. Elle s'était retrouvée avec Charles dans un hangar, elle ne sait plus où, juchés sur une estrade, assis côte à côte dans une sorte de maquette grandeur nature de la « prochaine voiture présidentielle »... *Soyez confortables, Madame et monsieur le Président. Soyez confortables !... Saluez, monsieur le Président... Debout aussi... oui, comme ça...* Mme de Gaulle se demandait s'il existait une photographie de cette situation cocasse... Elle ferait le bonheur des gazettes... *Etes-vous bien, madame ?... Parfaitement, Charles...*

Le commandant Flohic rejoint la DS du Général et s'assoit à côté du chauffeur. Il consulte sa montre.

— Mon Général, nous devons encore attendre deux minutes.

— Et pourquoi donc ?

— Un détail d'organisation.

De Gaulle hoche la tête en silence. Il n'aime pas ce ce genre de détails. Ce sont ces « détails » qui font échouer les opérations les mieux préparées. Il se demande si sa nouvelle voiture lui sera livrée comme prévu, aujourd'hui, et dans ce cas s'il est bien judicieux de dormir à Mulhouse, ce soir.

*

Quand le professeur Hauriou a levé la main pendant mon exposé, tout le TD est passé en apnée. Je regarde la pendule de la salle. J'essaie de lire l'heure qui sera indiquée sur le certificat de décès du groupe avec la mention « asphyxie collective ».

— Jeune homme... Jeune fidèle, devrais-je dire, car je sais vous compter au rang de ceux-ci, le samedi après-midi.

Il y a un dandinement de malaise dans la salle. Personne n'imaginait qu'un professeur « voyait » ses étudiants. Il était en toge sur l'estrade et nous en tas dans l'amphi. C'était tout.

— Avant de vous poser ma question, je voudrais dire combien je suis rassuré par la fougue que je rencontre chez des étudiantes et des étudiants dont je vois le visage pour la première fois.

Le plafond tombe de nouveau mais seulement sur les infidèles.

— Cela dit, voici ma question, jeune homme, mais elle s'adresse à tous vos camarades.

Ce n'était donc pas une formule. M. Hauriou va vraiment me poser une question. « Mademoiselle de » embrasse la médaille à son poignet. Pierre me destine un signe de croix discret de l'index pour toute extrême-onction. J'aurais besoin d'un cierge et de notre Vierge nomade. Je pense à la m'am qui attend que le téléphone sonne. Il sonne ! C'est le professeur Hauriou au bout du fil.

— Je me doute que vous avez entendu bruisser à propos des derniers événements de ce jour. Portons-nous sur le seul plan constitutionnel et imaginons les différents cas de figure. Que pensez-vous, jeune homme, que les trois plus hautes autorités de l'Etat : le général de Gaulle, Président de la République, Georges Pompidou, Premier ministre, et Gaston Monnerville, président du Sénat, font en ce moment ?

*

Gaston Monnerville est inquiet. Quelque chose a disparu dans le jardin du Luxembourg. Il a beau détailler la perspective qui monte jusqu'aux grilles de l'Observatoire, il ne voit pas de quoi il s'agit. Pourtant quelque chose manque à l'ordonnancement du jardin. Quelque chose d'important.

Georges Pompidou confirme à son secrétariat l'horaire du déjeuner pour les fiançailles de son fils : ce sera 13 heures comme prévu.

Dans la cour latérale de l'Elysée, le général de Gaulle s'impatiente. Il pense à sa nouvelle voiture présidentielle. Si on la lui avait livrée à temps, le chargement des bagages dans les voitures serait déjà terminé. Une DS de 6 m 53 de long, 2 m 13 de large avec un coffre à engloutir tous les caprices de sa femme... *Dépêchez-vous donc. On va finir par nous voir.*

*

La DS 19 noire du général de Gaulle franchit en trombe la porte de la cour d'honneur de l'Elysée. Elle rutile et fait crisser ses pneus dans le faubourg Saint-Honoré avec un roulis de caisse provocateur et un « suivez-moi jeune homme » du train arrière !... « Quand on est la DS officielle du Général, il faut assurer le spectacle, faire dans le poncif journalistique neu-neu, penser à la photo de demain dans la presse et aux reporters qui attendent depuis des heures devant le palais. Les pauvres ! ils seraient déçus, sinon. Regardez-les, ces hyènes, comme ils se jettent sur moi avec leurs téléobjectifs. C'est Cannes. La montée des marches. Un jour, je vais écharper un de ces paparazzi, juste pour le plaisir. Un coup d'aile dans le bas-ventre. Les flashes s'affolent sur mon passage, éclaboussent les vitres et le pare-brise. On me mitraille ! Encore ! Oui ! encore. J'aime ça ! Prenez-moi sous tous les angles. Je suis la DS du Général !... » Le chauffeur est surpris, la voiture tangue, se cabre...

— Ils m'ont ébloui, ces connards ! J'ai failli nous viander...

— Je vous en prie, Paul...

— Pardon, mon Général !...

Derrière, c'est le branle-bas des voitures suiveuses et des motos de presse...

— Maintenant, il faut les semer, ces morbacs !...

— T'inquiète, Flohic, j'ai l'habitude...

— Qu'est-ce qu'on fait d'Yvonne, après ?...

— Dès qu'on peut, on la largue devant une bouche de métro...

*

La question que me pose le professeur Hauriou surprend tout le monde dans la salle. « Que font en cet instant précis le général de Gaulle, Georges Pompidou et Gaston Monnerville ? » L'assistant et le chargé de TD regardent ailleurs. Moi, je pense à la disparition de mon père. Que fait-il en ce moment ? Ce doit être sérieux pour qu'il ne nous donne pas de nouvelles. L'histoire de « moustache » dont m'a parlé la m'am me grignote la tête. Comment le p'pa pourrait-il disparaître pour des « moustaches » ? *Alors, jeune homme, votre réponse ?* Au fond de la salle, Pierre épaule « Mademoiselle de », prêt à la consoler de son futur veuvage. Elle paraît statufiée de trouille. Elle craint pour moi ou pour elle ?... *Tu sais, c'est la fille qui était avec ce gars qui est resté sec devant le prof... La pauvre !* Je crois discerner un sourire de Joconde sur les lèvres de M. Hauriou. Il m'encourage, mais à quoi ? Je choisis de répondre ce qui me passe par la tête. Je n'aurais pas dû.

*

Il y a une formidable explosion de rires à l'intérieur de la DS 19 présidentielle qui vient de s'engouffrer dans une porte cochère de la rue de Ponthieu. Le Général a du mal à se contenir. Par la lunette arrière, il regarde défiler la caravane des lévriers qui courent derrière leur os.

— Oh, les cons ! Bien joué, Fontenil.

— A votre service, mon Général.

— Allez, on rentre à la maison ! mais avant, on jette Yvonne à un métro.

— Elle veut pas plutôt que je la raccompagne à sa chambrette, la Yvonne ?

— Ça suffit, Flohic !

— Laissez, mon Général. J'ai pris ma journée et il n'y a que le repassage qui m'attend à la maison.

— Désolé, Yvonne, j'ai besoin de Flohic. Trouvez un remplaçant. Il faut qu'on pousse jusqu'à Colombey.

*

— On peut y aller, maintenant, mon Général. On m'informe que le leurre a fonctionné.

— De quel leurre s'agit-il, Charles ?

— Flohic, veuillez expliquer à madame de Gaulle, je vous prie.

— Pour tromper les journalistes, madame la Présidente, et nous permettre de quitter discrètement l'Elysée côté parc, nous avons fait sortir par la grande porte la voiture officielle du Président avec des doublures à l'intérieur.

— Des doublures ?

— Ce sont des collaborateurs de nos services que nous employons pour l'occasion.

— De qui s'agit-il ?

— Je ne peux pas vous en dire plus, madame la Présidente. Mais sachez qu'ils ont été choisis pour leur vague ressemblance avec chacun de nous et qu'en mission, paraît-il, ils s'amusent à s'appeler par les noms de ceux qu'ils remplacent.

— Quelle idée singulière !

Mme de Gaulle se demande qui peut bien être sa « doublure ». Elle observe Charles, le regard par la fenêtre, les pensées au loin. Est-ce qu'il aurait préféré une doublure ? Une autre femme. On dit qu'il aurait eu la même maîtresse que Pétain. Hermine ! Quelle idée ! De Gaulle, la doublure de Pétain. Et son premier amour ? Elle n'en connaissait rien. Des lettres peut-être. Qu'importe, maintenant. Elle était Mme de Gaulle. C'était écrit. La cartomancienne de son enfance le lui avait prédit. Dès leur première rencontre, ce jour de mars, elle avait su. Ce long commandant efflanqué, aux oreilles et au nez impossibles et à la réputation de Don Juan. C'était lui. Elle n'avait pas vingt ans à ce bal dans leur maison familiale de Calais. Il avait dix ans de plus qu'elle. Déjà des récits de guerre. Des morts. Une blessure. Elle ne savait rien des autres hommes, mais c'était lui. Elle n'avait jamais songé à une doublure pour Charles ! L'idée lui paraît plus incongrue encore qu'une doublure pour elle-même. Mme de Gaulle regarde Charles... *Ces oreilles et ce nez impossibles*... Elle pense à celle qui tient son rôle en ce moment. A quoi ressemble l'autre Mme de Gaulle ?

*

Difficile à dire de dos. Yvonne vient de se glisser derrière la file qui attend à un arrêt de cars des transports de remplacement. Elle regarde autour d'elle, déçue que les gens ne soient pas plus étonnés de faire la queue avec Mme de Gaulle !

*

— Monsieur le Professeur, vous m'avez posé une question concernant l'attitude des trois plus hauts personnages de l'Etat à ce moment précis de la journée. Nous sommes le 29 mai 1968, il est 11 h 54.

Je montre la pendule avec un geste ample et lent qui n'a d'autre fonction que de faire redescendre mon rythme cardiaque à un niveau humain. On s'en fout de l'heure exacte ! J'ai choisi 54 parce que c'est mon nombre fétiche. Au fond de la salle « Mademoiselle de » mâchonne le col de son chemisier avec une fébrilité de hamster.

— Compte tenu de ce que l'on sait réellement de la situation, monsieur le Professeur, c'est-à-dire rien, et de l'incertitude dans laquelle doivent se trouver les trois plus hauts personnages en question, je pense qu'en ce moment précis, le général de Gaulle, Georges Pompidou et Gaston Monnerville sont...

Je laisse un temps de suspense radiophonique.

— sont... derrière la porte de la salle A-254 et attendent que nous les éclairions avant d'agir.

Je vais à la porte et je l'ouvre brusquement comme pour surprendre Charles, Georges et Gaston.

— Personne ! Désolé, monsieur Hauriou. Ils ne sont pas venus.

*

Palais de l'Elysée. Deux DS 19 noires stationnent dans la cour latérale.

— Qu'est-ce qu'on attend, Flohic ?

— Plus rien, mon Général. On y va.

Les deux DS quittent la cour et traversent le parc. Les cygnes du bassin sont déçus : pas le moindre petit coucou au passage. Ni de madame, ni du Général. Il doit se passer quelque chose de grave chez les grands vertébrés. Les voitures franchissent à la suite la grille du Coq et s'engagent dans l'avenue de Marigny. La première voiture immatriculée 278 QW 75 est conduite par Paul Fontenil, à ses côtés le commandant Flohic en tenue, aux places arrière, le général de Gaulle et sa femme. Dans la seconde, le commissaire Puissant, chargé de la sécurité du Président, Paul Tessier, son garde du corps, et un médecin militaire, le docteur Menès.

— Mon Général, pour rejoindre l'héliport d'Issy-les-Moulineaux, nous prendrons par la rive droite et le pont de Garigliano pour éviter les usines Citroën quai de Javel. Elles sont occupées.

— Vous avez raison, Flohic. Il vaut mieux éviter de rejouer « La fuite à Varennes ».

— Au moins, mon Général, vous ne vous ferez pas repérer comme Louis XVI à cause de votre berline.

Flohic a raison. Le Général imagine sa nouvelle voiture présidentielle arrêtée par un piquet de grève excité. 6 m 53 de provocation. Elle est entourée par la foule. On scrute l'intérieur... *Regarde-moi ça, il y a même un bar là-dedans!* Tout à coup, le camarade Drouet, responsable syndical CGT, pointe son doigt dans la direction du Général... *C'est lui, camarades! Je le reconnais. Regardez ce profil! le même que dans « Charlie Hebdo » : c'est le de Gaulle!...* On l'extirpe avec ménagement, il apparaît et la foule médusée s'aperçoit que c'est... sa doublure!... *Bonjour, m'sieu-dames!...* Le Général retient avec peine une quinte de rire... *Vous avez bien pris vos pastilles, Charles?* Il tapote la poche de poitrine de son veston... *Sur mon cœur, madame. Sur mon cœur.* Charles de Gaulle suce une pastille contre la toux en regardant défiler les rues vides sans le moindre service d'ordre. Il se sent mieux protégé par cette discrétion que par un éventail de motards. Peut-être devrait-il abandonner ce projet de DS pharaonique. Trop d'ostentation. L'époque n'est plus à l'apparat monarchique. « 6 m 53 de provocation » la formule lui paraît bonne mais désolante. La France n'aurait-elle plus les moyens de rouler en limousine ? Tout de même, il aimerait bien essayer cette nouvelle voiture, comme c'était prévu aujourd'hui !

*

M. Hauriou est sorti de la salle A-254 dans une sorte de brouillard. Je ne sais plus très bien ce qui s'est passé après ma réponse tout à trac à sa question étrange. Il y a eu un grand silence, un énorme brouhaha, des rires et une fuite vers la sortie. Mais dans quel ordre ? Il ne me reste qu'un halo gélatineux de mines consternées et de bouilles réjouies, avec, au centre, une image bien piquée en médaillon : le sourire vainqueur de Pierre et le visage furieux de « Mademoiselle de »... *C'est malin ! Tu es content de toi, je suppose. J'ai l'air de quoi, maintenant ? Est-ce que tu t'es seulement préoccupé de moi ? Je te rappelle que nous faisions équipe...* A en croire la conjugaison, ce n'est plus le cas... *Regarde mon chemisier, je l'ai déchiré tellement tu m'as énervée. Il faut que tu ailles t'excuser... Pour le chemisier ?... Ne fais pas l'idiot. Tu sais très bien que tu dois t'excuser auprès de M. Hauriou... M'excuser ! Et de quoi ?... De ton insolence. On ne répond pas de cette manière à un professeur... Il sait très bien que je l'aime... Que tu l'aimes ! Mais tu n'as rien compris. Il ne s'agit pas de l'aimer. C'est un professeur d'université. Il tient la chaire de droit constitutionnel... Et alors ?... Vraiment tu es trop bête. Si tu ne comprends pas ça, pense au moins à l'examen. Où iras-tu faire ton droit, après ?... Si je t'écoute il ne me reste plus qu'à partir en exil... Reste où tu es, ça suffira...* Je la laisse. *Attends ! Ce n'est pas ce que j'ai voulu dire. C'était courageux ce que tu as fait avec Hauriou. Ne pars pas. Où vas-tu ?... J'ai rendez-vous à Notre-Dame...*

Pour te marier ?... Parfaitement ! Avec une joueuse classée 15... Ça pourrait intéresser mon fiancé... T'es pour le double mixte, maintenant ?... Ne me prends pas pour une gourde, je sais comment finissent les parties de simple. J'en ai une chaque soir à la maison en regardant mes parents... Désolé, chez moi, on ne joue pas au tennis à table.

« Mademoiselle de » sait que je n'aime pas ce genre de confidences sur la famille. Elle propose une trêve.

— On ne va pas se disputer pour ça.

— Tu as raison, on peut trouver mieux.

— Ecoute, le cours de droit civil a sauté, celui d'économie est à 4 heures. J'ai le temps de t'offrir un lait-menthe au Rostand.

— Seulement si je paie mon verre.

Pierre, la mèche jaune conquérante, vient interrompre notre ping-pong de réconciliation comme si j'étais transparent.

— Gersende, tu n'as pas oublié le déjeuner chez mes parents à 13 h 30. J'y tiens. Mon père sera là.

« Mademoiselle de » m'abandonne des yeux. Le pire des abandons.

*

Sur le parvis de Notre-Dame, Nanette pousse Saint-Mexan dans son fauteuil en consultant le livre que Rémi lui a donné. Elle ne se retourne même pas pour savoir si Rémi est quelque part derrière elle. Nanette en est certaine. Elle avance au milieu d'un tapis chiné de pigeons indifférents qu'une illuminée à mitaines nourrit à la volée... *Petits ! Petits !*

— Regarde-les, ma Nanette, ces tas de fiente. Ils savent bien que je peux plus leur mettre mon pied au cul.

— Moi, si !

Nanette shoote dans un gros pigeon marron mal gonflé. L'illuminée à mitaines braille au blasphème.

— Faire ça à des enfants de Dieu !

Elle jette des miettes de pain rassis sur Nanette comme on asperge le Diable d'eau bénite et court réunir ses ouailles.

— Petit ! Petits !

Nanette rigole en faisant tourner Saint-Mexan sur lui-même dans son fauteuil.

— Arrête, tu vas me faire gerber !

— Ecoute. Je crois qu'on devrait peut-être laisser tomber pour la gosse.

— Laisser tomber ! Qu'est-ce qui se passe, ma Nanette ?

— Quand on est bien comme ça, tous les deux, j'ai envie de faire de mal à personne.

— C'est eux qui nous font du mal, Nanette.

— Je sais, mais regarde ce soleil, les amoureux, Notre-Dame...

— ... et les pigeons ! C'est ça ? Tu voudrais qu'on vive comme deux pigeons, à manger ce que les autres nous jettent ?

Nanette s'accroupit et pose la main de Saint-Mexan sur sa poitrine dans les replis de sa robe.

— Je veux simplement que tous les deux on reste toujours doux et chauds comme mes seins.

— Et profonds ?

— Et profonds aussi...

— Mais si on ne fait pas ce qu'on a dit pour la gosse, ma Nanette, on deviendra froids et flasques comme les autres.

— Même mes seins ?

— Jamais tes seins, ma Nanette. Jamais...

*

Nanette arrête le fauteuil de Saint-Mexan devant le porche de Notre-Dame.

— Nanette, regarde-moi cette tribu de saints auréolés. Quels faux derches ! On dirait « Le corbeau et le renard ». Ils ont l'auréole comme un fromage. Et là ! mate les diablotins. Ça fornique à tout va. En voilà un cul nu sur son cheval. Un festival de croupes. Et l'autre qui se fait enfiler à cru ! C'est quoi cette orgie, Nanette ?

— Le portail de la Vierge !

— Ah ! bravo le catéchisme...

Pendant que Saint-Mexan poursuit son relevé des positions médiévales, Nanette détaille les statues de la façade. Elle entend la voix de Rémi... *Quand vous verrez, vous comprendrez. Il y en a une qui vous ressemble...*

— Nanette, on va rester encore longtemps plantés là ?

— Juste une seconde, Amour.

Une seconde a suffi. Rémi avait parlé de quatre statues : les voilà ! Elles ne sont pas dans le livre. Nanette vérifie. Il y a seulement page 305, la photographie d'une Vierge à l'Enfant couronnée comme une reine. Mais c'est un leurre, une véronique, une passe de cape pour l'amener à la corne. Le voile se lève, et là, sur la façade : c'est elle ! Nanette vient de découvrir la statue dont Rémi lui a parlé. Elle frissonne... *Quand vous la verrez...* Rémi a raison. Cette statue lui ressemble. Elle lui ressemble même « furieusement ». Nanette ne peut mieux dire. Il y a quelque chose de « furieux » dans cet étrange chapeau cloche descendu sur les yeux, dans son attitude :

ce léger déhanchement insolent et racoleur. Mais surtout cette façon de draper la pierre, de la rendre chaude et vivante au milieu de la raideur cadavérique des figures de Vierges, de rois et de saints. Cette statue est d'aujourd'hui. Elle pourrait descendre sur le parvis, se mêler à eux... *T'as pas une cigarette?* Qu'est-ce qu'elle tient à la main? Que foule-t-elle aux pieds? Et son visage à demi masqué, pourquoi ressemble-t-il à celui d'un homme? Est-ce qu'elle est une reine, une sainte, une Vierge insolente? Nanette veut tout savoir de ce destin qui l'a perchée là-haut, il y a huit cents ans! Car elle en est certaine, maintenant : Nanette vient de se rencontrer.

*

— On s'en va, Amour!

— Qu'est-ce qui te prend, ma Nanette?

Elle fait pivoter le fauteuil de Saint-Mexan.

— Comme tu l'as dit, on ne va pas rester plantés là.

— Et pour la gosse, qu'est-ce qu'on fait?

— Tu avais raison : on ne va pas leur laisser nous jeter des miettes, comme aux pigeons. On va aller en repérage pour la gosse, une dernière fois.

— T'es sûre, ma Nanette? Je te trouve toute chose et ça me rend tout chose aussi.

— Tu ne serais pas en train de me faire une proposition?

— Qui sait?

— Qu'est-ce que tu dirais de l'église de l'île Saint-Louis?

— Nanette, tu sais très bien qu'il y a un endroit dans lequel je ne te suivrai jamais.

— Lequel ?
— Une église.

*

Rémi a honte de lui. Il a l'impression de divaguer sur le parvis de Notre-Dame, la langue pendante, comme un chien à la recherche d'une odeur forte : la sueur de Nanette, le rouge de ses cheveux. Elle vient de partir par le square avec Saint-Mexan. Elle est passée près de lui sans le voir. Il suffisait de la suivre. Tu es ridicule. Cette fille n'est pas pour toi. Saint-Mexan te briserait d'une main, même s'il t'a proposé. Proposé quoi ? Rémi n'avait pas vraiment compris... *Du moment que je peux regarder.* Qu'est-ce que ça voulait dire ? Ce type est dangereux. Elle aussi. Oublie-les tous les deux. Ils sont malsains. Retourne à tes slogans... *La Révolution se nourrit au rouge du sein des femmes...* Rémi revoit le moment où Nanette a donné un coup de pied dans les pigeons. L'envol de sa poitrine. Ce mouvement ample et laiteux qui dégorge des replis sages de sa robe. Mais le plus troublant n'était pas là. Rémi revoit Nanette qui se cherche des yeux dans la pierre, ne se trouve pas et tout à coup se reconnaît. Ce rien de saisissement sur le visage de Nanette suffit à Rémi.

*

Nanette s'est reconnue ! Rémi a envie de le crier à la foule des figurants autour de lui. Mais le parvis de Notre-Dame est triste comme un lundi de Pâques. Il ne mérite pas d'entendre la bonne nouvelle. Face à lui, au-dessus du portail, les saints hypocrites froncent le nez, tandis que les figures grotesques du tympan ricanent... *Regardez qui est là, compères ! C'est Rémi, le gnome binoclard qui court derrière la truie à grosses mamelles. Tu l'auras pas! Tu l'auras pas!...* Rémi pointe un index rageur vers le portail.

— Hé, toi! Le troisième saint en partant de la droite... Oui, toi... Je t'emmerde!

*

Les deux DS noires passent sur la rive gauche de la Seine par le pont de Garigliano et prennent en direction d'Issy-les-Moulineaux. Le Général se dit qu'il s'en faut d'une boucle pour qu'on aperçoive l'île Seguin et les usines Renault de Boulogne-Billancourt et peut-être Jean-Paul Sartre juché sur une caisse, haranguant les ouvriers. *Sartre parle de mai 68, mais ne pense qu'à Flaubert.* Le philosophe n'aimait pas le Général. Il était même devenu enragé quand de Gaulle lui avait donné du « cher maître » pour refuser une de ses requêtes. Peut-être se trouvait-il vexé qu'on lui donnât du « cher maître » alors que Louis de Funès avait droit à « maître ». Cette gradation de la maîtrise était un petit plaisir que le Général s'offrait aux dépens du philosophe quémandeur.

— On approche de l'héliport, mon Général.

— C'est bien...

Un gendarme ouvre les portes grillagées devant les deux DS qui tirent tout droit vers les trois hélicoptères stationnés. Les pales tournent au ralenti. Les moteurs sifflent. On doit forcer la voix pour se comprendre.

— Attention en descendant, madame la Présidente, avec les Alouettes, les pales peuvent descendre très bas.

— Merci, Flohic.

Les deux DS se rangent chacune devant un hélicoptère aux couleurs de l'armée de l'air. Le troisième appartient à la Gendarmerie nationale.

*

Le Général descend de voiture accompagné par une cascade de claquements de portières revigorants. Il respire bien haut l'air chargé de bruit, de kérosène et d'un soleil opportuniste qui n'a pas encore choisi son camp. Le Général ne peut s'empêcher de ressentir ce « frisson délicieux et cruel de l'action en marche »... *Ce n'est pas la fuite à Varennes. Tu pars en opération...* Mme de Gaulle surveille les quatre valises bien en chair que des aides chargent dans les hélicoptères... *On ne va jamais pouvoir décoller...* Elle confie sa valisette à Flohic et garde avec elle son sac à main. Elle a l'impression que Charles s'est redressé. Elle craint pour ces pales « un peu basses » dont lui a parlé Flohic. Est-ce que Charles est assez couvert pour une pareille équipée ? Elle le trouve anormalement nerveux... *Capitaine Pouliquen! Lieutenant Leroy!* Les deux pilotes de l'*Alouette III* du Président se présentent avec ce surcroît de décontraction qui est la marque des « volants ». Flohic s'assied à côté d'eux... *Commandant Flohic.* Mme de Gaulle et le Général se glissent aux places arrière... *Ça ira ?* Flohic avait proposé au Général de s'installer près des pilotes. Sa carcasse y aurait été plus à l'aise. Mais il avait voulu rester avec sa femme sur ces espèces de strapontins métalliques qui jouent à la guerre.

*

Dans la deuxième Alouette, le docteur Menès n'est pas rassuré. Il est bien jeune pour mourir dans un crash. Il ne sait pas ce qui l'effraie le plus : l'idée de se retrouver en l'air chahuté dans ce bocal à poissons rouges, d'être malade, de vomir et d'asperger le cockpit ou de tourner le dos aux deux malabars de la sécurité... *Tessier! Gorille du Général.* L'autre n'avait rien dit. Compte tenu de son allure, cela valait mieux. Calme-toi, docteur Menès. Ce vol, c'est l'affaire de moins d'une demi-heure. Ce n'est quand même pas si loin, Colombey-les-Deux-Eglises.

*

Héliport d'Issy-les-Moulineaux. L'Alouette III du général de Gaulle décolle. Le Général regarde sa montre. A cette heure, Tallon se présente chez son fils.

*

La voiture du colonel Tallon s'arrête devant le domicile parisien de Philippe de Gaulle.

— Je suis chargé par le Général de vous emmener vous et votre famille à l'aéroport de Villacoublay pour prendre l'avion du général Lalande. Le général de Gaulle et Mme de Gaulle sont déjà partis de l'Elysée il y a moins d'une demi-heure avec le capitaine Flohic pour l'aéroport d'Issy-les-Moulineaux où ils doivent prendre un hélicoptère pour Colombey. Le général de Gaulle m'a demandé de vous remettre ceci.

C'est une enveloppe contenant des billets de banque. Philippe y compte 10 000 F... *Pour tes frais à Baden-Baden.* L'argent est accompagné d'un mot.

Mon cher Philippe,

Le général Lalande se rend en mission en Allemagne par avion du GLAM. Départ prévu 13 heures. Je t'autorise, ainsi que les tiens à profiter de l'occasion pour aller voir tes amis sur place durant les vacances. A bientôt et affectueusement à toi.

Ton père.

C.G...

— Nous vous suivons, colonel.

*

Rémi n'a pas eu beaucoup à courir pour rejoindre Nanette et Saint-Mexan sur l'île Saint-Louis. Sa condition physique est bonne et ces deux-là flânent. Il arrive juste pour voir Nanette entrer seule dans l'église Saint-Louis. Au moment où elle passe de la lumière des marches à l'ombre du seuil, Rémi a l'impression que son ventre se dessine.

A SAINTE ANNE
PROTECTRICE DES GRAND-MÈRES ET DES ENFANTS
PRIEZ POUR NOUS.

Nanette trouve la statue en bois de sainte Anne ridicule. Franchement, de quoi tu as l'air, ma fille, perchée sur ta caisse à oranges avec cette couronne de Catherinette sur la tête et cet index levé ? On croirait que tu fais un doigt d'honneur au chaland. Drôle de catéchisme ! Nanette hausse les épaules en relisant le texte peint sur le tronc à colonnettes. Pourquoi Grand-mères et enfants ? Comme si chacun n'avait pas besoin de son propre protecteur. Les saints sont des cumulards. Il faut toujours qu'ils en rajoutent à leur « domaine de compétence » comme de vulgaires ministres... Anciens combattants *et* victimes de guerre... Equipement *et* logement...

Nanette relève sa robe sur son nombril... *Hé! le bébé, réveille-toi. Je vais te faire écouter quelque chose...*

Allons, mademoiselle! Un peu de tenue, c'est inconvenant... Et votre Jésus, il est pas à poil, peut-être? Nanette plaque son ventre nu entre les colonnettes du tronc... *Ecoute!* Nanette glisse une pièce dans la fente qui sonne dans la caisse avec un rot d'usurier... *N'oublie jamais le bruit que fait l'argent en tombant.* Elle se penche sur son ventre, le caresse, lui parle... Ce bruit, *c'est le chant du Diable.* Nanette pense au mot « piastre ». Elle aurait pu tout aussi bien songer à « ducat » ou « sequin » tant elle a l'impression d'apprivoiser un coffre de pirate... *Toi, tu es mon petit passager clandestin. Le capitaine ne sait pas que tu es monté à bord. Il croit que je gonfle mes voiles pour pavoiser et attirer le regard des mâles. Il faut le laisser croire. Louvoyer. Comme tu as la peau douce, mon petit clandestin! Je ne crois pas que cela suffira à faire fléchir notre capitaine. Il a deux vilaines jambes de bois plantées dans le cœur. Pourquoi cette sainte Anne te protégerait-elle contre une simple pièce? Tu vaux bien plus. Peut-être même la vie d'une innocente.* Nanette n'est plus certaine de vouloir sacrifier cette gosse qui va bientôt sortir de l'école. Mais quand elle voit tout cet or qui dégouline des murs de l'église. Cet or qui suinte le viol et le pillage. Elle se dit qu'il faut un sacrifice barbare pour sauver son enfant. Du sang contre de l'or! Nanette caresse son ventre... *Ne t'inquiète pas, mon petit clandestin, je m'occupe de toi...*

*

L'Alouette III laisse Issy-les-Moulineaux à main gauche. On devine à travers la bulle vitrée le général de Gaulle tassé à l'arrière à côté de sa femme. A l'intérieur, inutile d'essayer de se parler dans ce vacarme suspendu au sifflement du rotor. Le Général fait comprendre à Flohic qu'ils correspondront par écrit sur une enveloppe. Il griffonne un mot qu'il lui transmet...

BADEN-BADEN
Résidence du gal Cdt en chef des FFA

Flohic traduit d'un nom : Massu ! C'est lui le général en chef des Forces françaises en Allemagne. C'est là que le Général se rend et pas à Colombey. Flohic y avait fait tenir prêt un camion-citerne. Tant pis. Il transmet la destination au pilote. Le capitaine Pouliquen marque le cap Est. L'enveloppe revient à Flohic... *Ravitaillement Vogne ?... Négatif !* Flohic ne connaît pas. Alors ce sera Saint-Dizier. La base aérienne à une cinquantaine de kilomètres au nord de Colombey. Flohic décide : pas de communication radio. La navigation se fera à vue avec les cartes de bord au 100 000e... *Trop courtes !* On complétera avec les cartes Michelin de l'est de la France... *OK!* Le capitaine Pouliquen lève le pouce à l'intention du Général qui grogne et se tourne vers le ciel. La météo a prévenu d'un temps « anormalement » couvert. Il ne manquerait plus que le ciel veuille contrarier les plans du Général.

*

Saint-Mexan s'impatiente. Si Nanette s'attarde encore dans cette église, ils vont manquer la gosse à la sortie de l'école. On dirait qu'elle le fait exprès. Saint-Mexan lève les yeux vers la grosse horloge du clocher. Ils ont encore le temps, mais Nanette le rend nerveux, en ce moment. Elle semble partie ailleurs, ne s'intéresser à rien, se laisse aller... *Elle prend! Des fesses, des seins, de tout : elle prend!* On dirait que

Nanette rafle ce qui passe à portée, comme si elle faisait des réserves. Ça lui va bien. Il ne se plaint pas. Nanette remplit ses mains d'honnête homme. Il ne sait plus où donner de la probité, mais malgré ce trop-plein, Saint-Mexan a l'impression que Nanette le laisse seul. C'est mauvais signe. C'est le cas, en ce moment, au milieu de ces bourgeoises mêlées, avec des pincettes, aux concierges du quartier, femmes de ménage ou jeunes filles au pair qui viennent assurer l'enlèvement de la marmaille pour le déjeuner. Elles le regardent comme un mendiant professionnel à la sortie de la messe... *Tenez, mon brave!* La première qui lui donne une pièce : il l'éclate!

— Qu'est-ce que tu bricolais, Nanette?

Elle apparaît en haut des marches de l'église, ronde et pleine comme si elle venait de manger une grosse poule en chocolat pour ses Pâques.

— Je m'occupais du salut de notre âme.

— Occupe-toi plutôt de surveiller la rue.

Rémi est rassuré quand Nanette et Saint-Mexan ont un mouvement d'humeur. Ne serait-ce qu'un léger. Il trouve cela délicieux et encourageant.

Les cloches de l'église sonnent. Il est midi. Une Victoire de Samothrace apparaît au débouché de la rue des Deux-Ponts. C'est une Rolls-Royce. Elle s'engage à pleine calandre dans la rue de l'île Saint-Louis. On croirait entendre crisser le gravier d'une allée à la française. Nanette tourne son ventre vers la voiture... *Regarde, mon clandestin, c'est ça, être bientôt mort...*

CHAPITRE 6

Midi

Dans la salle à manger de Matignon, Mme Pompidou est prise d'un doute. Elle vient de tourner autour de la table du repas de fiançailles pour vérifier jusqu'à l'alignement des porte-couteau et faire déplacer la composition florale... *On ne se verra plus.* Tout est parfait. Le maître d'hôtel et la dégringolade de commis au garde-à-vous sont rassurés. Pourtant tout à coup, comme prise de remords, Mme Pompidou revient vers la table et prélève une des cartes de menu disposées devant chaque invité. Elle s'y plonge fébrilement. Inquiétude dans les rangs. Qu'est-ce qu'elle peut bien chercher ? Mme Pompidou ne s'intéresse pas à la mise en page, ni à l'exergue, encore moins à l'ordonnancement des plats, mais à... l'orthographe. Georges partage cette perversion maniaque avec le Général. Il a un œil redoutable pour ce genre de fautes... *Georges trouverait un tréma dans une meule de foin.* Il se délecte de la moindre perle. Elle lui donne l'occasion de se lancer avec délices et orgues dans une leçon niveau 3e... *On écrit « cuisseau » e-a-u, pour le veau, mais « cuissot » o-t, pour le sanglier, le chevreuil et le cerf. Impardonnable : c'est dans la dictée de Mérimée !* Devant quoi Mme Pompidou en était venue à se défier de la cuisine savante à chausse-trappes grammaticales pour lui préférer une bonne grosse cuisine orthographiable.

*

Le Physionomiste ne jette même pas un regard au gars qui vient de s'asseoir à côté de lui dans la 2CV, pour la relève : un jeune, costaud, chemise blanche, et trop d'after-shave. A peine les consignes enregistrées avec un grognement, le jeunot attaque en silence un riz composé spongieux dans une boîte en plastique. Le Physionomiste sourit. Il rêve d'une nappe en tissu amidonnée, de couverts lourds et d'un verre qui tinte. Avant de sortir de la voiture, il récupère la grande enveloppe jaune.

*

— Attends-moi ! C'est une manie chez toi de disparaître.

« Mademoiselle de » me rattrape alors que j'entrais dans le jardin du Luxembourg par la porte Assas, la numéro 7.

— Nous ne devions pas allez au Rostand boire un verre ?

— C'était avant que tu sois invité à déjeuner par ton petit ami Pierre.

— Encore une fois, il n'est pas mon petit ami et nous sommes invités tous les deux.

— Hors de question.

— C'est moi qui ai insisté.

— Et pourquoi ?

— J'ai trouvé sa manière de nous interrompre très grossière. Je lui ai signifié et je l'ai prévenu que je viendrais avec toi ou pas du tout.

— Si je comprends bien, je suis invité à manger pour cause de grossièreté.

— Peu importe, si la table est bonne.

— Je pourrais payer avec un ticket de restau-U ?

— Laisse donc la grossièreté à Pierre.

— Et ce verre au Rostand ?

— Plus que jamais. Il faut absolument qu'on parle de ton exploit avec M. Hauriou.

*

Saint-Mexan est triste. Nanette l'inquiète. D'habitude c'est seulement le matin. A chaque réveil, il s'étonne qu'elle soit encore auprès de lui. Qu'elle n'ait pas disparu, fui au loin avec un autre. Dieu que son corps nu est rouge sur les draps ! Du regard, il suit un chemin familier sur cette ligne de crête duveteuse qui le mène invariablement aux jambes de Nanette. De leur naissance improbable, si blanches, jusqu'à à ce gros orteil impudique... *C'est là qu'ils attacheront l'étiquette à la morgue quand on sera tous les deux allongés côte à côte. On a juré. Montre-moi le tien...* Saint-Mexan lui montrait son orteil... *Il est beau. Je te l'échange contre « tout le reste »*... Elle lui montrait « tout le reste ». Il y gagnait.

Qu'est-ce que Nanette fait avec lui ? Un infirme. Un estropié. Il y a tant d'hommes solidement campés sur leurs jambes prêts à la saillir. Des supplétifs inépuisables que Saint-Mexan accompagne jusque dans leur chambre. A la tête du lit l'affiche d'un concert de Janis Joplin l'an passé. « *Monterey June 17-18 Big Brother and the Holding Company.* » Nanette est courbée en avant, elle fixe le visage sur l'affiche... *Je veux flamber puis couver sous la cendre. Rien d'autre...* Sa poitrine de louve va, pleine et indifférente aux assauts d'un homme anonyme. Nanette tient la main de Saint-Mexan englué dans son fauteuil roulant, son livre ouvert sur les genoux. Elle le rassure... *Ferme les yeux, Amour. Imagine l'homme épuisé. Il se déverse en moi, minuscule et insuffisant. Je suis Rij, la pouffiasse, la femme-Tonneau de ton livre...* Saint-Mexan récitait... *le mâle, comme un insecte, devait se mettre à croupetons, par en dessous, par-devant ou par-derrière, la femme comme une reine termite, ne daignant se mouvoir...* Les mots de Cendrars cent fois lus et relus dans *Bourlinguer.* Saint-Mexan connaît ce livre par cœur. C'est son livre. Son livre unique... *Ma bible de mécréant!* D'habitude, sa lecture suffit à rassurer Saint-Mexan, mais Rémi avait offert un livre à Nanette et le lisait, sans lui en parler. Il ne peut y avoir deux livres dans le cœur d'une femme.

Cette idée donne envie à Saint-Mexan de monter sur le toit de l'immeuble de Nanette, de toiser une dernière fois la cité et de basculer dans le vide. Cette fois, il ne se ratera pas.

*

— Colonel de Boissieu, à l'appareil, mademoiselle ! Passez-moi la résidence du commandant des Forces armées en Allemagne à Baden-Baden.

— C'est impossible.

— Comment cela, c'est impossible ?

— Nous sommes en grève.

— Mademoiselle savez-vous bien à qui vous parlez ?

— Au colonel de Boissieu, vous venez de me le dire.

— Oui, mais avez-vous une idée de qui je suis ?

— Certainement un homme important.

— Le gendre du général de Gaulle, mademoiselle.

— Vous tombez à pic, mes camarades et moi, nous avons des revendications à lui transmettre... Eh, les filles, j'ai le beauf du Général en ligne !

De Boissieu distingue des rires en arrière-fond... *Char-lot, des sous !... Char-lot, des sous !...*

— Mademoiselle !... mademoiselle, vous êtes là ?

— Je vous écoute. Excusez mes copines. Vous savez, il n'y a pas beaucoup de distractions pendant une occupation.

— Je comprends... Je comprends... Je partage même vos préoccupations, mais il faut absolument que vous me passiez Baden-Baden.

— Mon colonel, je vous le répète, c'est impossible. Au central téléphonique de Nancy nous avons voté la grève avec occupation à l'unanimité...

— Je vous en félicite, mademoiselle. Je ne remets pas votre droit en question, mais comprenez-moi, je dois joindre le général Massu pour lui transmettre un message. Un message de la plus haute importance. Un message qui émane du Président de la République en personne.

— Je comprends, mon colonel. Chacun ses problèmes.

— Allons, mademoiselle. Il en va de la France...

— J'ai bien compris, mon général.

— Colonel ! Colonel de Boissieu.

— Y'a pas de mal.

— Savez-vous d'où je vous appelle, mademoiselle ?

— D'une cabine ?

— De Colombey-les-Deux-Eglises. De la résidence privée du général de Gaulle.

— La Boisserie !

— Absolument, mademoiselle !

— C'est vrai qu'il l'a achetée en viager ?

— Ce n'est pas la question, mademoiselle.

— Dommage, c'était la mienne.

« Clic ! » De Boissieu ne comprend pas tout de suite. Il tente de rétablir la ligne. Rien. Il reste désemparé... *Elle a coupé* ! Un simple clic, et « le gendre du Général » est empêché d'assurer sa mission : prévenir Massu que le général de Gaulle l'attend au mont Sainte-Odile. Il envoie aussitôt un message radio à destination de l'hélicoptère présidentiel... *Central téléphonique de Nancy en grève. Impossible de joindre le général Massu.* Dans l'Alouette III du général de Gaulle rien ne résonne. L'appareil est en silence radio. De Gaulle ne sait pas que Massu ne sait rien. Au bureau du poste principal de Nancy on se sert du café dans des verres en Pyrex.

*

La Rolls-Royce remonte la rue de l'île Saint-Louis avec la lenteur nuptiale propre au modèle Silver Wraith. Nanette se surprend à penser à ses noces. Sûrement à cause de ces verts, olive et tilleul à liseré or de la carrosserie, cette longue malle arrière en traîne de mariage princier, mais surtout ce petit clandestin qui attend dans son ventre. Saint-Mexan l'avait prévenue... *Tu nous imagines devant le maire. Toi, droite comme une goélette et moi dans mon fauteuil à me démancher le cou comme un oisillon à la becquée pour te dire « oui ».*

— Regarde cette Rolls, Nanette. Tu sais pour combien il y en a rien qu'avec la calandre et le bouchon de réservoir ?

Elle le sait. Son père pouvait dire le prix de chaque pièce détachée de n'importe quel modèle de luxe. Il lui récitait parfois quand il avait un peu trop appuyé sur le *limoncello.*

— Un ouvrier doit bosser deux ans pour se payer un bouchon de réservoir de Rolls. Deux ans !

Nanette n'écoute plus. Elle surveille l'ouverture de la porte de l'école. Souvent, la gosse sort la première. Sûrement pour éviter à la voiture de bloquer la rue.

— Voilà ce que les syndicats auraient dû demander à Grenelle : La Rolls pour tous, et la Royce pour les autres.

Nanette avait déjà écrit ce slogan au blanc d'Espagne sur le pare-brise d'un autobus abandonné les pneus crevés en face du Collège de France. La porte de l'école s'ouvre, la gosse apparaît avec cet air de surdouée proprette à la Minou Drouet. Le chauffeur de la Rolls descend et lui ouvre la porte en ôtant sa casquette... *Si mademoiselle veut bien.* La gosse lui sourit la bouche fermée avec ce trop de naturel bienheureux de future dame patronnesse.

— Elle pourrait lui sourire au moins. Et lui ! Ça me débecte ce genre de larbin. Un peu de fierté, camarade !

Nanette caresse son ventre sans lâcher des yeux la gosse assise à l'arrière de la Rolls. Elle guette sur son visage une expression qui pourrait la sauver. La voiture démarre, son visage glisse derrière la vitre avec cette morgue à la bouche obstinément pincée. Dommage.

— Alors, Nanette ?

— Tu as raison pour la gosse. On va la faire sauter.

*

Rémi observe Nanette et Saint-Mexan à la sortie de l'école. Ils n'ont pas lâché des yeux la petite fille rayonnante en vernis et socquettes blanches. Puis, ils se sont regardés intensément comme s'ils venaient de prendre une résolution. Rémi ne sait pas pourquoi, mais il a peur pour cette petite fille qu'il ne connaît pas.

*

Le Physionomiste n'est pas très bagnole, mais il doit reconnaître que celle-ci a de l'allure. Une Bentley ou une Rolls-Royce. Il n'est pas très bagnole, par contre pour les filles, il a gardé l'œil. Celle-ci, par exemple, sur les marches de l'église, c'est un sacré morceau. Elle ne fait pas dans la discrétion avec ses cheveux carotte, et sa robe de péplum. Ces dames du quartier font semblant de ne pas la voir. Pas facile, surtout que la fille en rajoute. Elle en fait trop d'ailleurs. Et quand c'est trop, c'est trop. De toute façon, cette môme pourrait être sa fille comme on dit. Sauf qu'il ne sait pas où est la sienne, si elle s'est teint en rouge, en vert ou si elle a gardé les cheveux blonds de sa mère... *Dominique*. Le Physionomiste ne veut pas y penser. Elle n'aimait pas son prénom... *Dominique, ça pue la déception. On sent trop que vous espériez un garçon.* Au restaurant, il prendra un onglet à l'échalote et peut-être des poireaux vinaigrette en entrée. Il glisse l'enveloppe jaune sous sa veste comme s'il craignait qu'on ne devine ce qu'il y a à l'intérieur.

*

Les trois hélicoptères à la suite frôlent le haut du clocher d'une église perdue en pleine campagne. La girouette en fer forgé est chahutée dans la tourmente des pales. Le coq empanaché vibre, tournoie et finit, saoulé, par indiquer sans vergogne un Sud improbable... *C'est bien la France d'aujourd'hui.* De Gaulle n'aime pas le coq. *Ce prétentieux qui chante les pieds dans la merde.* Il aurait préféré le lion comme emblème pour la France, ou un aigle.

L'appareil du Général pique brutalement vers le sol et file en rase-mottes sur les vagues d'un champ de blé... *Un Van Gogh, madame.* Yvonne hoche la tête machinalement. Elle est préoccupée. Cet appareil vole vraiment trop bas. Yvonne n'a pas peur. Elle n'a jamais peur aux côtés de Charles. Depuis l'attentat du Petit-Clamart, Yvonne sait que mourir auprès de lui serait la plus belle des fins que la Providence pourrait lui offrir. Mais là, il ne s'agit ni de destin ni de Providence, si l'hélicoptère vole si bas c'est peut-être à cause de toutes ces valises qu'elle a décidé d'emporter... *Le strict nécessaire, madame. Le strict nécessaire.* Yvonne s'en veut. Et s'ils avaient un accident à cause d'elle. On se gausserait dans la presse... « *La France en deuil : Le Général de Gaulle meurt d'un excédent de bagages.* »

*

Je regarde mon verre de lait-menthe vide comme si je cherchais une réponse au fond. Une réponse à quoi ? « Mademoiselle de » m'explique que j'ai « gâché une chance unique » en me comportant de cette façon avec M. Hauriou. Le chargé de TD avait « parlé de moi » à l'assistant qui « en avait touché un mot » au professeur qui « n'avait pas dit non ». Mais à quoi ?

— A t'aider, bon sang ! Ça fait un quart d'heure que j'essaie de te l'expliquer.

— Pourquoi est-ce que j'aurais besoin d'être aidé ?

— Tu veux bien faire un doctorat ?

— Oui, peut-être.

— Tu veux enseigner ?

— C'est une possibilité.

— Pendant ton doctorat, pour payer tes études tu pourrais être chargé de TD en première année au lieu de faire le barman de nuit à l'aéroport d'Orly.

— J'aime bien.

— C'est surtout ta prostituée que tu aimes bien.

J'avais eu le tort de raconter à « Mademoiselle de » qu'une « dame » qui « œuvrait » là-bas s'était proposée pour « assurer mes besoins », tous mes besoins, « sans travailler ».

— Tu serais prêt à te faire entretenir !

— Et toi, qu'est-ce qu'ils font tes parents ?

— Tu ne vas pas comparer...

Une phrase de ma mère me revient. Elle m'avait suffi pour décliner la proposition de la « dame ». *On ne gagne pas son pain sur le dos !* Elle dit ça quand elle retourne le pain qu'on a laissé à l'envers, sur la table.

— Alors, tu refuses qu'on t'aide ! C'est de l'orgueil.

— Pourquoi j'aurais besoin d'aide ?

— C'est comme ça, à la faculté. Sinon on n'aurait pas une bande d'incapables pour nous encadrer.

— Si je comprends bien, tu me proposes de rejoindre les incapables.

— Mais non, toi tu feras ça très bien. En plus tu es méritant.

— En plus je suis méritant !

— Oui, et alors, qu'est-ce qu'il y a de mal à le dire ?

— Pendant toute l'école primaire, j'ai eu le prix de l'élève le plus méritant.

— Tu vois bien.

— Pour l'attribuer, on multipliait la moyenne de l'élève par son nombre de frères et sœurs. On est treize chez moi : je gagnais même sans rien faire. Moi, je ne veux pas être méritant, je veux mériter !

Je quitte le tabouret du bar satisfait de ma formule.

— Hep, pas si vite !

« Mademoiselle de » essaie de gâcher ma sortie.

— Tu crois que je vais payer ton verre.

*

— Monsieur le Ministre, c'est le commandant en chef de l'armée de l'air.

Pierre Messmer décroche son téléphone. Il grimace. Le combiné n'est qu'un grésillement percé d'un sifflement d'acouphène. Messmer peste contre le ministre des Postes... *Bravo, Guéna ! Même pas foutu d'assurer les lignes prioritaires.* Il colle le combiné à son oreille, se bouche l'autre et ferme les yeux.

— ... Quoi ?... Parlez plus fort, mon vieux... Qu'est-ce que vous dites ?... L'hélicoptère du Général... Quoi, son hélicoptère ?... Il a disparu ! Qu'est-ce que vous me chantez là ?... Mais, Bon Dieu, parlez plus fort !... Il s'est crashé ? Quoi !... Quand ça ?... Mais où, bordel ?... Retrouvez-le... On ne perd pas de Gaulle ! Vous avez compris ? On ne le perd pas !

*

Nanette s'en veut... *Faire sauter la gosse* ! Pourquoi avoir dit ça à Saint-Mexan ? Et sur un ton si volontaire. Ce n'était qu'une formule magique pour protéger son ventre. Détourner les yeux de Saint-Mexan.

Ces derniers jours, il ne la regardait plus, il la scrutait... *Dis donc, tu prends des roberts, ma Nanette ! C'est vrai, Amour, j'ai la poitrine comme le lait sur le feu. Si tu ne la surveilles pas, elle déborde.*

Nanette se demande si ce n'est pas le moment de tout avouer. Là ! dans l'église, devant une Vierge à l'Enfant.

— Amour, pourquoi tu ne m'accompagnerais pas à l'intérieur. Juste une fois.

— Les curés, j'ai déjà donné. C'est soutane en folie et mains baladeuses.

Nanette n'avait jamais souhaité en savoir plus sur les histoires de patronage de Saint-Mexan. Elle aussi avait eu son catéchisme personnel.

— Ecoute, Nanette, maintenant qu'on a décidé de faire sauter la gosse, il faut se préparer. Tu sais qu'on a peu de chances de s'en tirer ?

Elle le sait, s'y prépare, mais, pour l'instant, Nanette est préoccupée par le rendez-vous avec les deux géants devant Notre-Dame. Elle ne compte pas sur Hans et Willy pour l'aider à raisonner Saint-Mexan. Au contraire. Ces deux-là sont dangereux. Vraiment dangereux. Nanette peut jauger un homme à sa façon de lui saisir la nuque. Nanette connaît toutes les poignes. Ce qui est nouveau, et troublant c'est ce qu'elle a ressenti devant la statue du portail de Notre-Dame. Le frisson que lui avait procuré la main blanche de cette Vierge insolente sur sa nuque. La poigne d'une Vierge au visage d'homme ! Ce visage lui avait donné l'impression d'exister depuis très longtemps... *Calme-toi, ma vieille. Tu es enceinte, c'est tout ! Te voilà installée dans la grande chaîne animale. Tu perpétues l'espèce, comme on dit. Ne va pas chercher plus loin.*

*

Au Rostand, j'ai payé mon verre, « Mademoiselle de » le sien. Elle m'a laissé dans le Luxembourg, au beau milieu de l'allée des ânes pour aller rendre visite à sa grand-mère. Une quasi-centenaire qui habite le quartier... *Elle sent le Pinay, la vieille* selon la formule de Pierre. Il m'avait expliqué que quand les vieux sont sur le point de passer, on transforme leurs biens en rente Pinay exonérée de droit de succession... *Chez moi on dit « sentir le sapin » et on est exonéré de droit vu qu'on n'a rien à transmettre... Les pauvres ne connaissent pas leur bonheur!...*

« Mademoiselle de » va souvent voir sa grand-mère entre les cours. Je ne dois pas l'accompagner... *Attends-moi à la fac.* J'attendais à la cafétéria, comme un grand méchant loup privé de grand-mère. Avant de m'abandonner « Mademoiselle de » m'avait donné un morceau de papier plié comme un mot doux. *L'adresse des parents de Pierre. Il faut y être pour 13 h 30... C'est où ?... Rue Le Verrier... Là où il y a l'ambassade du Vietnam ?... Ce n'est pas une ambassade... Elle donne dans la rue d'Assas... C'est ça. Moi, je te rejoins chez Pierre dès que j'ai vu Mamie... Pas question. Je ne monte pas seul chez Pierre. Je t'attends devant... Comme tu voudras, mais on évite l'arrivée en couple.* Je ne voyais pas comment on pouvait imaginer que « Mademoiselle de » et moi formions un couple... *Nous deux, c'est la lutte des classes, sans la lutte.* Je la regarde s'éloigner dans l'allée des ânes. Elle tourne à l'angle des courts de tennis en jetant un coup d'œil furtif à travers le grillage, comme si elle craignait que je la suive. Alors, je l'ai suivie.

*

Quand Nanette et Saint-Mexan retrouvent le parvis de Notre-Dame, ils n'aperçoivent que Hans adossé contre le socle de la statue de Vercingétorix. Il fume avec les yeux en rosace... *C'est l'herbe du Bon Dieu.* Sa diction pâteuse est synchrone avec ses gestes au ralenti de marionnette à fil... *Le Bon Dieu, il crèche là!* Hans montre vaguement la cathédrale comme si son fournisseur tenait boutique à l'intérieur... *Il est où Willy?* Nouveau geste vague qui se veut dans une autre direction. Hans invente la boussole molle... *Il est parti vérifier un coup... Quel coup?... Paraît qu'il y a un endroit au Quartier latin où ça va chauffer... Où ça?... Chut! je peux rien dire. En attendant Willy, on casse la croûte. On dit ça?... Nous, on n'a rien prévu, avec Nanette... T'occupe, Hans a tout...* Il aligne un litre de rouge, un camembert, une miche de pain et une boîte de pâté... *Ça c'est la France! Et ça des emmerdements.* Saint-Mexan montre la gibecière de CRS qui sert de musette à Hans... *Chut! prise de guerre.*

*

Georges Pompidou prend feu. C'est l'impression qu'il a soudain. Puis vient une langueur insidieuse qui tente de s'installer. Il doit se ressaisir. Ne rien montrer. On vient de l'informer que les invités aux fiançailles de son fils sont arrivés. Sa femme les accueille. Elle les fait patienter. Ils l'attendent. Georges Pompidou boirait volontiers un whisky. Est-ce qu'il y en aura au salon?

*

Nanette fait semblant d'écouter Hans et Saint-Mexan délirer sur un hypothétique « coup » en tétant du rouge au goulot... *Non merci!* Elle n'ose pas se retourner vers Notre-Dame, tant son corps la brûle. Tant elle a envie d'aller se poser devant sa statue de soulever sa robe et de lui présenter son ventre nu... Ça t'épate, ma fille, hein ? Tu vois, si toi tu es une « Vierge insolente », moi je serais plutôt une « Vierge contrariée ». Je suis venue te montrer la suite de l'histoire, mais il faut que tu me racontes le début, pour savoir si ça vaut la peine de continuer...

*

Le Physionomiste s'est décidé à ouvrir l'enveloppe jaune au moment du pousse-café, un marc honnête sans plus. Ce qu'il voit ne lui donne pas envie d'un alcool fort, mais plutôt d'aller à la pêche. C'est peut-être ce qu'il va faire... *L'addition, s'il vous plaît!* Il remarque les mains fines de la serveuse. Sa fille, aussi, avait de ces mains faites pour le piano et qui finissent sur un homme... *Mettez-moi quand même un cognac, mademoiselle!*

*

L'hélicoptère de la gendarmerie décroche par le sud dans un large virage qui dessine avec ses pales un trèfle dans le ciel gris. L'appareil rebrousse chemin. Sa mission d'escorte est terminée. Il croise celui du Général d'assez près pour qu'on puisse apercevoir le salut ample du pilote dans la bulle du cockpit. De Gaulle a l'impression de perdre son dernier filet de sécurité.

CHAPITRE 7

Treize heures

— Un peu de lecture, camarades ?

Un épouvantail à col Mao braille comme un rémouleur. Il sort de leur torpeur digestive Saint-Mexan et Hans assommés par la chaleur, le vin de France et l'herbe du Bon Dieu. Nanette en a profité pour aller s'asseoir devant le grand portail et feuillette *Notre-Dame de Paris, Centre de vie.* A l'écart, Rémi l'observe en tétant un tube de lait concentré. L'épouvantail Mao insiste auprès de Hans et Saint-Mexan :

— J'ai tout ce que vous voulez, camarades : Marx, Proudhon, Engels, Mao, Wilhelm Reich...

Il pousse vers eux un caddie de supermarché rempli de livres.

— Où t'as piqué ça ?

— Piqué ! tu te méprends camarade. Je procède à une redistribution prolétarienne.

— D'où ça vient ? Panthéon ? Sorbonne ?

— On ne trouve pas ce genre de lecture dans ces sanctuaires bourgeois, camarades.

— Alors, où ?

— Chez Maspero.

— Tu fauches dans la librairie de Maspero à Saint-Michel !

— Le camarade Maspero doit être conséquent : si la propriété, c'est le vol, vu qu'il est propriétaire, il est un voleur : donc voler un voleur n'est pas du vol !

— Surtout quand on risque rien parce qu'on sait qu'il n'appellera pas les flics.

— Chacun ses contradictions. Le camarade Maspero doit choisir son camp.

— Et quand vous l'aurez ruiné ?

— La ruine petite-bourgeoise est le début de l'émancipation révolutionnaire !... Alors, ça vous intéresse, camarades ?

— C'est gratuit ?

— Gratuit ! Voilà bien un concept anarchisant au relent d'utopie petite-bourgeoise. Une tentative réactionnaire pour substituer à l'Internationale socialiste une Internationale libertaire. La gratuité est le stade ultime de la perversité mercantile. Le degré suprême de l'aliénation capitaliste sournoise. Son cheval de Troie. L'opium du peuple.

— Je croyais que c'était la religion.

— La gratuité et la religion sont deux paradis artificiels qui n'ont pour but que d'éloigner le prolétariat de sa juste lutte.

— Bref, c'est pas gratuit !

— Hélas, camarade, la gratuité n'aura de raison d'être que quand nous aurons atteint le stade ultime du communisme. Malheureusement, pendant cette phase transitoire d'économie de marché, une contrepartie monétaire est indispensable.

— Donc, c'est pas gratuit.

— La formulation est abrupte mais le concept pertinent.

Hans se dresse d'un coup de sa torpeur hallucinée. Il abat sa paluche de discobole sur l'épouvantail.

— Salopard ! Ça se dit « salopard » ?

Il fait tournoyer le Mao comme un moulin à prières et l'écroule, la face plaquée contre la grille du caddie transformée en coupe-frites...

— Toi, tu vas foutre ton camp ou je te fais bouffer ton chariot ! Ça se dit « bouffer » ?...

— La violence est la force du faible, camarade.

Il y a un cri rauque et le Mao se retrouve le mors aux dents sur le guidon du caddie.

— Faible, tu as dit ?

Rémi trouve que le type malmené ressemble à une des figures grotesques du tympan : le menteur bâillonné mis au pilori.

— On garde les livres. « Voler un voleur n'est pas du vol ! », c'est toi qui l'as dit.

Grand seigneur l'épouvantail renonce à sa contrepartie monétaire et abandonne son caddie. Il salue à la manière d'un garde rouge.

— Comme l'a dit le Grand Timonier : « Plus d'une fois la vague révolutionnaire doit se briser sur la digue réactionnaire avant de la rompre. »

Hans et Saint-Mexan chassent le Mao avec divers reliefs de leur repas et se congratulent devant leur prise de guerre. Nanette les rejoint.

— Bravo, messieurs ! On ne peut pas vous laisser cinq minutes sans que vous massacriez quelqu'un. Et maintenant, qu'est-ce qu'on en fait de tous ces bouquins ?

— On les distribue, ma Nanette.

— Où ça ?

— Ici !

*

De l'intérieur du jardin du Luxembourg, je suis des yeux « Mademoiselle de » dans la rue Guynemer.

Elle marche sur le trottoir d'en face avec le pas gaillard et guilleret de ceux qui font l'école buissonnière. Vu de derrière les grilles, la scène ressemble au long travelling en escapade des *400 Coups*. Dissimulé derrière les bosquets, je me fais l'effet d'être le blondinet lèche-cul qui cafte Doisnel à ses parents... *Il va mieux, Antoine ?... Pourquoi ça ?... Ben, hier, il a été absent toute la journée.* La pire traîtrise du cinéma français. J'avais emmené « Mademoiselle de » voir le film de Truffaut au Champollion. Elle était sortie furieuse... *Bravo l'image qu'on donne de la mère ! Et les parents ? Faire dormir leur fils dans un couloir, c'est inadmissible !* J'avais renoncé à lui raconter comment on dormait chez moi quand j'étais enfant. Et surtout à combien.

« Mademoiselle de » entre au numéro 26 de la rue Guynemer. Je suis sa montée dans les étages comme si la façade de l'immeuble était transparente. J'ai l'impression étrange de connaître l'endroit. Je guette les fenêtres. Au cinquième étage, une baie s'ouvre sur un balcon. « Mademoiselle de » apparaît. Elle soutient une vieille dame. Sûrement sa grand-mère. D'ici, elle ne sent pas le Pinay. Elle paraît même plutôt gaillarde. « Mademoiselle de » l'accompagne jusqu'à la rambarde. Je connais cette rambarde ! Ce balcon aussi ! Mon cœur s'emballe. J'ai dû déjà vivre cette scène. Je me retourne comme si on venait de me taper sur l'épaule. Pas de doute, je suis exactement à l'endroit où je me plante pour dire... *Un jour j'habiterai, ici !* Et cette fenêtre, là-haut... c'est chez moi.

*

Un bref instant, Georges Pompidou se demande où il est. Ces sourires pour l'accueillir, ces visages radieux, ce rien d'endimanché, ce n'est pas d'époque.

Il a dû s'égarer dans une autre dimension, en entrant dans ce salon. Pompidou a l'impression délicieuse et troublante d'être le Grand Meaulnes au beau milieu de la « Fête étrange »... Cher ami !... Oh ! Vous êtes là !... Quel bonheur !... Pourtant, il entend qu'on lui parle, il sent qu'on lui serre la main, on l'embrasse même. On le congratule. Tiens, Foccart ! Il veut lui parler... *Tout à l'heure.* On le félicite, mais de quoi ? C'est vrai, la manifestation des communistes n'est pas une franche réussite... Vous en avez de la chance !... Elle est exquise... Il est parfait !... Comme ils vont bien ensemble !... Georges Pompidou voit apparaître son fils Alain et Sophie sa fiancée dans un halo gélatineux. Deux portes s'ouvrent sur une longue table dressée. Il y a des scintillements et des filets d'or. Il s'agit donc bien de leur repas de fiançailles, pas du Grand Meaulnes.

*

— Qu'est-ce que tu fais là ?

« Mademoiselle de » sort du 26, rue Guynemer comme d'un hôtel de rendez-vous. Elle est embarrassée, le regard au sol, une mèche échappée de sa queue de cheval.

— Qu'est-ce que tu fais là, je te prie ?

— Je t'attendais.

— Je croyais qu'on avait convenu de se retrouver devant chez Pierre.

— Pourquoi tu ne m'as pas dit ?

— Dit quoi ?

— Que tu habitais ici.

— Je n'habite pas ici, c'est ma grand-mère...

— Tu sais très bien ce que je veux dire.

Elle sait. Je lui ai raconté au moins dix fois, cette histoire... *Un jour j'habiterai ici!* Elle avait haussé les épaules... *Pourquoi tu veux être voisin de Mitterrand? Il habite au numéro 4. Je l'ai déjà vu. Il porte une robe de chambre rouge.* C'est tout ce qu'elle m'avait répondu. Une robe de chambre rouge! pourtant, je l'avais même emmenée à cet endroit précis, lui avais montré la fenêtre... *C'est drôle, c'est justement là où ma grand-mère habite.* C'était simple de me le dire. On en riait et un jour, elle me faisait la surprise de m'emmener admirer le point de vue... *Bonjour madame... Parle plus fort. Elle a quatre-vingt-dix ans et elle commence à être un peu sourde... Grand-mère... Mamie! c'est le garçon qui rêve d'habiter chez vous!... Ma foi, pourquoi pas. Il est plutôt bien de sa personne... Toujours aussi coquine, Mamie.* Voilà!... C'était simple et on en riait...

— Je sais, c'est idiot, mais j'ai eu peur.

— Peur de quoi?

— Que tu sois déçu.

— Déçu par quoi? L'appartement? La vue? Ta grand-mère?

— Non, mais tu en rêves tellement fort.

— Il ne faut pas me plaindre de rêver.

— Je sais, mais c'est injuste.

— Qu'est-ce qui est injuste?

— Un jour, je vais hériter de cet appartement et là-haut... ce sera chez moi.

*

— Comment ça, je vous remplace?

Le Physionomiste essaie de ne pas s'énerver. Le Jeunot est surpris par le changement de programme. S'il voulait des horaires fixes, il aurait dû choisir les PTT.

— Oui, tu me remplaces.

— Pourquoi ça ?

— Parce que je te le demande.

C'était pas prévu. Faut que j'en réfère.

« Faut que j'en réfère ! » Ils l'ont recruté chez les gendarmes, celui-là. Ça va être beau, les renseignements, avec une mentalité pareille.

— Pour être plus clair, gamin, disons que ce n'est pas une demande, mais un ordre.

— Comme ça, ça me va. Mais ne m'appelez pas gamin, monsieur.

*

Flohic indique au Général une masse grise au loin droit devant... *Saint-Dizier !* De Gaulle hoche la tête. A Paris, on doit commencer à se demander ce qui se passe. Cette idée l'amuse.

*

— Demandez Marx ! Mao ! Lénine ! Bakounine !... Demandez *Le Capital*, *Le Petit Livre rouge*, *La Maladie infantile du communisme, le « gauchisme »*, *Etatisme et anarchie*... Demandez !

Nanette et Saint-Mexan haranguent les passants du parvis de Notre-Dame derrière un muret de livres empilés en barricade comme à l'étal.

— Tu pourrais nous aider, Hans.

Recroquevillé à l'intérieur du caddie, il fait signe à Saint-Mexan que « non » sans même lâcher sa lecture.

— Je t'avais bien dit, Amour, qu'on aurait dû laisser ces bouquins.

— C'est mou, d'accord, mais tu vas voir, ma Nanette. Tu te souviens quand on faisait le poisson sur les marchés.

Saint-Mexan met les mains en porte-voix.

— Approchez ! Sentez ! Touchez ! Il est frais mon Mao ! Il est du jour mon Lénine.

— Qu'est-ce que tu fais, Amour ?

— Je vante la marchandise. Regarde-les ! Tu vois pas qu'ils n'en veulent pas.

— C'est normal, c'est gratuit.

— Et alors ?

— C'est louche.

— S'il faut que ça coûte pour qu'ils en veuillent : qu'ils crèvent !

— Moi, j'en veux bien.

Le volontaire est un jeune curé en papier découpé, maigre comme une soutane sur un cintre. Il se frotte les mains penché sur l'étalage de livres. On le croirait devant la vitrine d'un pâtissier après la messe du dimanche.

— T'es un curé rouge ?

Nanette calme Saint-Mexan.

— Ne l'écoutez pas, mon père. Prenez ce que vous voulez.

— Merci, ma fille.

— Je vous préviens, « papa », on n'a pas de livres cochons.

— Tant pis. Vous savez, je lis de tout. Et vous, mon fils, que lisez-vous ?

— Votre « fiston » ne lit qu'un seul livre. Voilà ma bible !

Saint-Mexan la brandit.

— *Bourlinguer,* de Blaise Cendrars. Excellent... Vous connaissez ?

— La Providence l'a déposé sous notre porche, un jour.

— Des donateurs anonymes, mon père ?

— Non, ma fille. Ce sont souvent des ouvrages empruntés dans des bibliothèques publiques et que les gens n'osent plus aller rendre parce qu'ils sont trop en retard.

— C'est mieux que d'abandonner ses gosses, papa.

— Ça arrive encore, mon père, les abandons d'enfants ?

— Malheureusement, oui, ma fille. Avant, il y avait des tours d'abandon dans les églises, aujourd'hui des tourniquets à cartes postales, mais on abandonne toujours.

— En hiver ?

Nanette avait compté sur ses doigts. C'était pour janvier. Il fera sûrement froid.

— Curieusement, ma fille, ce n'est pas en hiver que les abandons sont les plus nombreux, mais avant les vacances d'été.

— Comme pour les chiens.

— Qu'est-ce qu'ils deviennent, ces enfants, mon père.

— Tu te renseignes, Nanette ? Tu as l'intention de m'abandonner sous un porche ?

— Arrête, Amour. On cause, c'est tout.

— Je prends Bakounine, ma fille.

— Prenez aussi Staline, papa. Il est de chez vous. Paraît qu'il a fait le petit séminaire.

— C'est vrai, le séminaire orthodoxe de Tiflis.

— Et vous, mon père.

— Je suis à l'Institut catholique de la rue d'Assas pour l'enseignement, et je loge au couvent des Cordeliers de la rue de l'Ecole-de-Médecine.

— C'est ça, papa ! donnez-lui le numéro de votre piaule pendant que vous y êtes.

— Ça suffit, Amour ! Excusez-le, mon père. Vous pouvez tout emporter, personne n'en veut.

— C'est généreux. J'accepte bien volontiers. Je reviens avec de quoi les transporter.

— On a un caddie, mon père.

Hans fait signe que « pas question ». Le jeune curé repart vers Notre-Dame en courant, Bakounine sous le bras.

— Attention, Nanette, tu vas virer bonne sœur. A moins que tu n'aies envie de te faire ce moinillon.

— Pourquoi pas, Amour ? Ce serait mon premier curé.

— Pas moi.

*

Avec « Mademoiselle de » on est restés un temps silencieux de part et d'autre de la grille du Luxembourg... *Maintenant que je sais où tu habiteras plus tard, je reviendrai dans quarante ans. Tu n'es pas obligé d'attendre si longtemps*... Elle a empoigné les barreaux en imitant le babouin élevé chez les sœurs... *Allez, viens, il faut qu'on y aille. Ils vont donner à manger aux animaux.*

*

L'hélicoptère du Général survole la base aérienne. « Saint-Dizier » l'inscription à la peinture blanche au bord de la piste ferait une cible parfaite. Flohic demande au pilote un atterrissage au plus proche du hangar principal. Il tète son pouce pour signifier le ravitaillement. Le pilote avait compris. La manche à air donne un vent assez fort, nord-est, ce sera l'arrière du bâtiment. C'est OK pour Flohic. L'hélicoptère du général de Gaulle se pose, Flohic en descend seul.

Hors de question pour le Général et Mme de Gaulle de se dégourdir les jambes. Personne ne doit les voir. Du deuxième hélicoptère qui vient de se poser, Puissant et Tessier déboulent et se postent pour sécuriser l'appareil du Général tandis que Flohic court jusqu'au hangar. Il y entre comme au saloon, la casquette vissée sur le crâne, le menton en éperon... *Le premier qui se pointe, je l'explose.* C'est un sergent de permanence qui jouait seul au ping-pong contre un mur... *Il me faut le plein de carburant pour deux Alouette III. Décollage dans un quart d'heure.* Le sergent évalue le tombereau d'emmerdements qui vient de se déverser devant lui. Du lourd. Un prétentieux de marin chamarré. Il a de l'argenterie au soleil, le péquin et pas l'habitude qu'on discute ses ordres... *Il faut quand même que... Bon ! Comme vous voudrez. A vos ordres !* Ce sera donc deux fois cinq cents litres de kérosène millésimé pour Mossieur. Et je vous mets un petit coup sur le pare-brise ? Flohic néglige le sourire de rampant du sergent. Il prend le commandant de la base au téléphone. Le colonel Roche est désolé mais de Boissieu n'est pas entré en contact avec lui... *Non, colonel, vous ne pourrez pas venir saluer votre « Visiteur »... Non, vous ne devez pas en savoir plus sur la mission... Oui, c'est comme ça, colonel... Oui, c'est dommage.*

Flohic retourne à l'hélicoptère du Général et lui rend compte.

— Je crois, Flohic, que si de Boissieu avait réussi à joindre Massu, la tour de contrôle de Strasbourg-Enzheim nous en aurait informés par radio. Massu ne sait rien de ma venue. Il ne sera pas au mont Sainte-Odile. Je vais à lui. Donnez les instructions, Flohic. Nous allons à Baden-Baden.

Mme de Gaulle est déçue. Elle était heureuse à l'idée de retrouver le mont Sainte-Odile et ce monastère où ils aiment à faire retraite avec Charles. Yvonne a déjà songé à la fin de sa vie si Charles devait disparaître avant elle. Ce serait chez les Sœurs de l'Immaculée-Conception de Notre-Dame de Lourdes. Elle s'était fait conduire en voiture avenue de La Bourdonnais. Elle n'était pas descendue, avait simplement regardé la façade. Ce serait donc ici.

*

Avec « Mademoiselle de » nous arrivons devant chez Pierre, rue Le Verrier. Une jolie petite rue cossue bien enclose avec un léger dénivelé montmartrois. ... *Une adresse correcte, sans plus.* Avec « Mademoiselle de » j'avais appris qu'il était important « d'avoir une adresse ». Qu'une adresse pouvait être chic, prestigieuse, courue, rare, de bon goût mais aussi, impossible, quelconque, déclassée, déconseillée, infréquentable... bref, il ne suffisait pas d'habiter, il fallait bien habiter. Pierre habitait une adresse « correcte » gâchée par la présence de la « Délégation Permanente de la République Socialiste du Vietnam ». Une adresse « cependant très pratique »... *A droite dans la rue d'Assas, l'Ecole alsacienne, à gauche notre faculté de droit. En somme : tous les commerces de proximité.* « Mademoiselle de » hausse les épaules... *C'est important pour les études des enfants...* Quand elle parlait enfant c'était en nombre. Elle en voulait cinq. Par devoir, pour le nom et... le quotient familial dans la déclaration d'impôts... *Tu veux dire que les riches élèvent leurs gosses au dégrèvement fiscal ? ... Moque-toi, mais avoir treize enfants comme ta maman alors que vous n'êtes pas imposés, c'est du gâchis...* Devant certaines déclarations de « Mademoiselle de », j'ai le choix entre l'étrangler et prendre l'ascenseur. Nous prenons l'ascenseur.

*

Précédé de l'appareil d'escorte, l'hélicoptère du général de Gaulle décolle de la base aérienne de Saint-Dizier avec le plein de carburant. Le petit sergent croit avoir reconnu quelqu'un à l'intérieur. Aux places arrière. Quelqu'un d'important. Mais comme lui a dit le tombereau d'emmerdements : « *Vous n'avez rien vu. C'est un ordre !* » Alors, il n'a rien vu et peut retourner à sa partie de ping-pong solitaire. C'est ainsi : quand on est un petit, on n'a le droit de voir que de petites choses.

*

Depuis ce matin, Georges Pompidou a une envie inexplicable d'oursins et de vin blanc. Le repas de fiançailles est certainement « fin et délicat », les vins « de haute tenue » mais il ne peut empêcher un insidieux parfum d'iode de venir le tarauder. Sa femme est certainement surprise qu'il ne se soit pas jeté sur la cartelette du menu pour chasser l'orthographe fautive. Pas aujourd'hui. Chacun sourit, boit, mange et bouge les mains, mais chacun sait ce qui se passe au-dehors. Il est sorti de la salle à manger pour parler avec Foccart. Rien de bien nouveau à propos du Général. Quand il est revenu, Claude avait essayé de lire sur son visage... *ça va...* Est-ce qu'il a déjà pris la parole ? Remercié ? Félicité ? Certainement. Sinon, Claude le lui aurait discrètement fait remarquer. Elle sait. Elle voit. Elle comprend. Il donne le change à merveille. Claude lui sourit... *C'est réellement superbe!* Mais à l'intérieur la mécanique sombre et douloureuse est à l'œuvre. En sortant de table, il devra peut-être prendre des décisions capitales. Trancher... *Café? Non! Merci...* Il est là pour ça. Décider est son métier. Une douleur diffuse dans son corps vient de lui signifier qu'il ne sera pas seul à décider.

*

Le petit curé charge les derniers livres dans sa brouette aidé par Nanette. ... *Ne vous donnez pas cette peine, ma fille. Cela me gêne. Vous avez déjà été très généreuse...* Nanette rajuste précipitamment le drapé de sa robe sur sa poitrine... *Oh, pardon!... Il n'y a pas de mal, ma fille. Ce sont des dons du Seigneur...* Saint-Mexan se tient ostensiblement à l'écart de cette « curtonnerie ». Avec Hans, ils lisent dos à dos en souffrance sur le parvis. Hans engoncé dans le caddie, Saint-Mexan sur son fauteuil roulant. On dirait deux futurs miraculés qui attendent leur tour devant la grotte de Lourdes.

— Hans, tu n'as pas l'impression que le petit curé s'intéresse au bénitier de ma Nanette?

— Ne commence pas, Amour.

— Est-ce que tu m'autorises à lire ce passage de ma bible à Hans?

— Vas-y.

— Deuxième péché capital : La luxure (*fornicatio*). Selon la parabole de l'Evangile, « Les premiers seront les derniers et les derniers seront les premiers » (Marc, X, 31). La dernière venue est pareille à la première venue, même cœur pur, même âme tranquille, même sourire, mais transfigurée par une passion dont la flamme couve sous la cendre... Tu trouves pas que Nanette « couve sous la cendre » en ce moment ?...

— C'est quoi « couve » ?

Nanette fait mine de ne pas avoir entendu. Elle se charge les bras de deux gros volumes encyclopédiques et part à la rencontre du petit curé.

— Vraiment, ne vous donnez pas cette peine, ma fille.

— Je vous accompagne, mon père.

— Non, je vous assure...

— S'il vous plaît, mon père. Il faut que je vous parle.

*

Rémi est sidéré. Comment se fait-il que Saint-Mexan ne se rende pas compte qu'il se passe quelque chose d'anormal entre Nanette et le jeune vicaire ? Il est entré avec Nanette dans Notre-Dame par la porte qui donne dans le square. Rémi se glisse à leur suite.

*

Sur le palier de chez Pierre « Mademoiselle de » passe une dernière inspection avec des moues de fourrier... *Tu pourrais être assez élégant, si tu cessais de t'habiller chez Delaveine... Et toi au couvent des Oiseaux.* La porte s'ouvre à propos pour clore le débat vestimentaire. Une petite grand-mère fripée déguisée en soubrette à tablier nous accueille. J'ai l'impression qu'elle brandit une pancarte. « *La retraite à 60 ans, 55 pour les femmes.* » Elle fait du rab... *N'oublie pas : on ne joue pas au couple et tu ne regardes pas partout comme si tu venais pour louer.* Nous entrons. Pierre habite un de ces appartements chics qui n'en finissent pas d'aller s'ennuyer au fond du couloir, et dans lesquels chaque bouton de porte laisse entendre qu'il détient un secret de famille... *Je peux vous débarrasser ?* Le vestibule a la taille de notre salon et le salon la taille de notre F5. Il est meublé de la moitié de notre groupe de TD le verre à la main et le narquois aux lèvres... *Alors, tu as retrouvé Monnerville, Pompidou et de Gaulle ?* C'est manqué pour l'arrivée discrète. Pierre fond sur « Mademoiselle de »... *Gersende ! Tu es superbe. Désolé, mon père sera en retard comme d'habitude. Le bureau ou une maîtresse, qui sait ? Allons saluer ma mère.* Me voilà planté dans l'entrée comme un Nègre à flambeau. La grand-mère à plateau prend pitié de moi... *Rafraîchissement ?* Je m'accroche à un verre pour la contenance. Je souris en pensant à *La Double Inconstance* de Marivaux, au théâtre de l'Odéon, et à ces cours que je prenais pour préparer le conservatoire de la rue Blanche... *Dis donc, c'était gonflé ton truc avec Hauriou.* Tiens ! un autre Nègre à flambeau dans le décor. C'est Bob, un Haïtien qui monte jusqu'aux cintres, une « pièce d'Inde » taillée tout en rondeurs et baisemain... *J'ai l'impression qu'on va se faire chier. A table, collègue, nous avons intérêt à regrouper nos Antilles. Tu veux que je te présente la Hollandaise ?... Non, merci !* La Hollandaise est la meilleure en économie. C'est son titre. Elle ressemble à une sorte d'Esméralda au gouda qui joue du miroir de poudrier dans l'amphi comme une naufrageuse. D'ailleurs, elle naufrage pas mal. Se rapprocher d'elle m'assure un esclandre avec « Mademoiselle de ». Elle ne supporte pas cette « Holstein en mal de saillie ».

On sonne à la porte. Le père de Pierre fait une entrée d'imperator à talonnettes. Il a la chemise à rayures du débraillé giscardien. On peut passer à table.

*

Le père de Pierre trône au bout de la table avec une simplicité travaillée au fer à friser. Il porte beau sa maigreur de fort en math et une de ces calvities qu'on prend pour de la haute intelligence. De qui Pierre tient-il ce cheveu flavescent ? Ce jaune étrange ? Pas de sa mère assise à sa droite, comme sur un strapontin. Elle a la joliesse discrète et les épaules rentrées d'une hôtesse de l'air au moment de l'atterrissage. Votre attention, le chef de cabine parle.

— Jeunes gens, l'information est confirmée : de Gaulle a foutu le camp !

Il y a une onde de plaisir qui court autour de la table ordonnée en asperges : de la tête goûteuse, au corps fibreux indigeste. Je suis côté fibreux, loin de « Mademoiselle de » intronisée invitée d'honneur entre Pierre et son père. Pour la vingt-quatrième fois, je me demande ce que je fais là. D'autant que Bob, mon seul recours, a entrepris la Hollandaise qui a oublié sa conversation dans son poudrier. Elle est « la meilleure en économie » mais ni Keynes ni Ricardo ne sont au menu. Je fais semblant d'écouter la conversation ambiante et je crayonne des « portraits de mots ». Je commence par Claude le sybarite dont la bouche gourmande dit « pognon » même quand elle ne dit rien, Charles est un Croquignol avec des favoris de gentilhomme castillan, Mako lutte derrière ses lunettes en cul de bouteille avec un strabisme de comptable sartrien, Patrick rajuste sa fausse incisive avec le pouce, en donnant l'impression de dire : vous n'aurez pas ça ! Michèle est de Neuilly. Alain n'est pas de Neuilly. Il aime Michèle comme un secret au milieu de la figure. Il est trop élégant pour imaginer que dans certains quartiers un « Non » c'est déjà un peu « Oui ». Ladislas est déjà le sénateur qu'il sera. Chez lui on conjugue l'héritage de tous temps à tous les temps, Johanna ressemble à un ascenseur arrêté à mi-étage. C'est une courte sur pattes dont les jambes cagneuses sont trop petites pour toucher le sol... *Du potage, monsieur?* Je sursaute. C'est la première fois que je suis servi à table hors d'un restaurant. La vieille dame déguisée en soubrette a un joli sourire de soupière en faïence... *Arrête!* De l'autre bout de la table « Mademoiselle de » me matraque du regard... *Arrête de faire ça!* Elle sait que je suis en train de remplir mon carnet d'ennui... *C'est obscène! on a l'impression que tu nous déshabilles devant tout le monde. Je me demande comment tu me décris... Comme une particule élémentaire...* Je pose mon crayon et je retourne au monologue du conférencier.

Le père de Pierre donne l'impression de parler derrière un rétroprojecteur. Il nous explique que c'est le moment de donner le coup de grâce au Général.

— Avec son projet de participation, il a franchi la ligne jaune. Tant qu'il s'occupait de l'Etat, ça allait encore. Mais là, il s'agit de l'entreprise! Et l'entreprise, pas touche! Les capitaux fichent le camp, l'or s'envole, on spécule sur une dévaluation du franc.

Je suis rassuré, « Mademoiselle de » sera informée avant tout le monde.

— Je vous le dis, il y en a assez de ces barons qui confondent la croix de Lorraine avec un sceptre et le titre de compagnon de la Libération avec une rente viagère. Au final, c'est la France qu'on tue! Il faut se débarrasser de ces vieilles peaux. Pompidou ne fera rien de plus que de Gaulle. Pompidou est un paysan poète. Il croit encore qu'on enrichit le sol avec des vers.

Après chaque formule, Pierre se tourne vers nous avec cet air de dire. ... *Hein, il parle bien mon père!* Je pense au mien. Qui ne parle pas. Qui ne me parle plus.

— Il faut en finir avec les Mitterrand, Mendès France, Edgar Faure.

— Et Lecanuet, monsieur?

— Si la France était une marque de dentifrice, je voterais pour lui. C'est un atlantiste servile qui se mesure à la taille de ses amis. Il veut faire de la France le cinquante et unième Etat des Etats-Unis. Il rêve d'incarner le centre, il n'est que le marais. Notre pays ne se gouverne pas au centre, mais... ailleurs.

J'observe le père de Pierre : un artiste. De l'aplomb, un propos clair, le sens de la formule et un objectif dont il s'approche plat par plat même s'il ne touche pas à son assiette et ne boit que de l'eau.

— Ce qu'il faut à la France c'est un homme neuf, un homme moderne, jeune.

— Giscard d'Estaing?

— Absolument.

— Il n'a pas de grand parti!

— Les Républicains indépendants ne sont pas un grand parti, mais un projet. Je vous rappelle que, sans nous, de Gaulle n'a pas de majorité à l'Assemblée. Nous le soutenons comme la corde soutien le pendu. Nous sommes une force vitale pour la majorité incarnée par Valéry, Michel, et... moi-même.

Il nous laisse le temps de compléter. Valéry... Giscard d'Estaing, Michel... Poniatowski et moi-même... Jacques, père de Pierre.

— Nous sommes prêts et vous pouvez nous aider. Ce que vous faites en ce moment dans la rue est magnifique. Il faut tenir. Aller jusqu'au bout. De Gaulle parti, tout est possible!

*

Le général de Gaulle regarde sa montre. Depuis que son hélicoptère a contourné Nancy par le nord, il sent monter une inquiétude qui le rend nerveux et finit par l'oppresser. Chaque fois qu'un obstacle ou un vallonnement oblige l'appareil à prendre de l'altitude, le Général guette la ligne d'horizon. Il appréhende le moment où il va voir apparaître... *L'antique majesté du fleuve qui divise et réunit : le Rhin...* Au-delà, c'est l'Allemagne. Le général de Gaulle passe à l'étranger.

CHAPITRE 8

Quatorze heures

Le général Fourquet, chef d'état-major général, arrache le message codé du télescripteur. Ses gars ont retrouvé la trace du « Grand » avant tout le monde. Il est en route pour Baden-Baden. Il va chez Massu. C'était à prévoir. Fourquet doit prévenir sur-le-champ, son ministre, qui lui-même informera le Premier ministre. Mais Fourquet sait déjà qu'il n'appellera pas Messmer. Pas tout de suite. Son ministre attendra et surtout Pompidou. Si le « Grand » a décidé de partir sans informer le Premier ministre de sa destination, c'est qu'il a ses raisons. Et les raisons du « Grand » sont des ordres. Ça ne concerne pas les civils. Le général Fourquet regarde le message brûler dans le cendrier posé sur son bureau. Il va appeler Massu, sans rien dire, mais en lui faisant comprendre. Il faut d'abord que l'hélicoptère du « Grand » se pose à Baden. Qu'on lui confirme. Après, il laissera deux bonnes heures d'avance au « Grand » avant de prévenir son ministre. Le général Fourquet allume une cigarette à la dernière flamme du morceau de papier dans le cendrier. Il se renverse et laisse aller un peu de fumée au-dessus de lui. Il coincera le télescripteur. Un bourrage. Cela suffit parfois pour faire patienter l'Histoire.

*

... Vous ne voulez pas me confesser, mon père !... Je ne peux pas, ma fille... Mais pourquoi ? Parce que vous n'êtes pas encore un vrai curé ? C'est idiot !... C'est ainsi, je vous l'ai expliqué... Je m'en moque, moi, j'ai besoin... Parlez moins fort... Le jeune curé prend Nanette par le bras et la tire derrière un confessionnal... *Moins fort, ma fille...* Nanette ne comprend pas l'attitude du petit curé. Ce serait pourtant simple, ils entrent tous les deux dans cette boîte. Chacun d'un côté. Ils ne se regardent pas. Lui ferme les yeux, joint les mains. Elle raconte tout. Tout pour la gosse. Oui, ils vont la faire sauter. Aujourd'hui. A la sortie de l'école. C'est comme ça. Non, elle ne vient pas pour changer d'avis. Elle veut juste qu'il l'écoute en silence. Fasse ses simagrées, un signe de croix, hoche la tête et lui donne une ribambelle de *Je-vous-salue-Marie* pour pénitence... *Ma fille, vous rendez-vous compte de ce que vous me demandez ? L'Eglise n'est pas un supermarché, les sacrements ne sont pas en libre service et le confessionnal n'est pas un Photomaton dont on ressort avec quatre poses souriantes...* Le petit curé est blême. La colère lui fait un visage d'homme. D'homme dur. Nanette a soudain envie de lui. Oui, de lui ! comme ça. Comme une bouffée d'encens. Elle voudrait le bousculer, le pousser au fond du confessionnal, se jeter sur lui, le plaquer à la paroi. Il est surpris. Elle le saisit aux cheveux, lui offre sa poitrine à nu. Il faudra bien qu'il la tète, l'engloutisse, qu'il desserre les dents, laisse aller sa langue. *... Dis-moi du latin !* Nanette le retrousse. Son cœur bat dans tous les replis de cette satanée soutane. Elle fourrage dessous en aveugle, le genou planté au creux des côtes... *Je serai ton stigmate au*

flanc! Le petit curé lutte mais n'est pas de taille. Au moins il se débat, ne se résigne pas. Elle étouffe ses gémissements, lui fait mordre le bois du banc, il étouffe, il prie, il étouffe, il prie, il ne sait plus quel souffle lui manque. Ce qu'il doit sauver de son âme, ou de son corps. Il sue, rage, secoue la tête pour dire « non ! », se cabre, ses talons raclent le sol, glissent, renoncent. Nanette engloutit le dernier soubresaut douloureux du petit curé. Son offrande a un goût d'amande... *Cela ne va pas, ma fille?* Nanette découvre le visage inquiet du petit curé, penché sur elle. Son regard attentionné l'apaise. On ne devrait pas laisser les curés avoir les yeux bleus... *Confessez-moi, mon père, je vous en supplie, je deviens folle!...* Nanette grelotte... *Je ne peux pas, ma fille! je ne peux pas... Alors, tant pis pour la gosse, mon père. C'est vous qui l'aurez voulu!...*

*

De là où Rémi est caché dans la travée de la cathédrale, il n'a presque rien vu de la scène. Seulement ce qu'il en reste : la face de cire du jeune vicaire et le visage bouleversé de Nanette. Cela lui suffit.

*

Georges Pompidou avait dû se lever plusieurs fois de table pour aller au téléphone et s'entendre dire que... Non! on n'en savait pas plus pour le Général, mais que dès qu'ils avaient du nouveau... Chaque fois, il avait trouvé un mot pour habiller son absence... Veuillez m'excuser, je vais cacher mon émotion... Pourtant c'est vrai qu'il est ému. Son fils unique! Fiancé! Georges Pompidou observe sa femme avec une tendresse qu'il aimerait lui exprimer autrement qu'avec ce regard qu'il sait outrageusement sourcilleux.

*

Chez Pierre, le repas touche au dessert, à en croire les couverts rescapés de mon attirail de départ. Je vérifie qu'il me reste les mêmes que mes voisins. « Mademoiselle de » soupire... *Tu exagères, ce n'est pas si compliqué. Je te l'ai expliqué dix fois : on utilise les couverts de l'extérieur vers l'intérieur. Manger est une force centripète.*

— Qui est gauchiste, parmi vous ?

La question du père de Pierre me passe au-dessus de la tête pendant que je ramasse une fourchette que la grand-mère à tablier vient de faire tomber à mes pieds en débarrassant.

— Merci, mon garçon.

— Je vous aide, madame ?

— C'est gentil.

Je l'accompagne à la cuisine. J'étais dans un angle mort de la conversation. Personne ne s'est aperçu de ma disparition. J'ai l'impression agréable d'échapper à une interrogation surprise du père de Pierre. Au fond d'un boyau, la cuisine n'est pas à la même échelle que le reste de l'appartement. Elle est minuscule, encombrée, sombre, avec une pierre à évier sous un robinet de jardin en cuivre. Dans une cuisine pareille, on se serait peut-être disputés en plus petit avec le p'pa... *Posez ça où vous pouvez. J'ai préparé deux tartes, une aux pommes et une aux quetsches. Je ne sais pas si ce sera suffisant.* Machinalement, je rince les couverts... *Laissez ! Laissez donc.* Dommage, je me serais bien attaqué à la vaisselle pour éviter de retourner à table... *J'ai vu que vous avez aimé ma soupe. Ça fait plaisir.* J'en avais repris deux assiettées, à chaque fois fusillé par « Mademoiselle de » offusquée... *On ne doit jamais donner l'impression d'avoir faim.* Je n'avais pas faim. La conversation était ennuyeuse et la soupe bonne... *Il en reste, je peux la faire réchauffer.* Les yeux de cette vieille dame disent joliment qu'elle devait être une charmante coquine avant d'être toute fripée... *Je suis certaine que votre maman vous fait de la soupe... Elle la fait surtout brûler... Il faudra que j'essaie.* Elle me sert dans un bol à damier rouge et blanc une soupe aux pois cassés. Je me dis que quand on a un si bel appartement et une si petite cuisine, on doit avoir les moyens de se payer une bonne : une vraie. Pourquoi employer sa propre grand-mère ?.. *Madame... vous êtes bien la mère de Jacques, le père de Pierre ?... Oui, mon garçon, et j'ai ajouté une pointe de cumin aux pois cassés. C'était bien ça votre question ?* C'était bien ça.

*

— Il faut que le Premier ministre puisse s'adresser à la nation à 17 heures.

Edouard Sablier écoute Georges Gorse, son ministre de tutelle, tout en réfléchissant. Que le ministre de l'Information convoque dans son bureau le directeur des actualités télévisées, soit. C'est d'époque. Les ministres confondent souvent l'ORTF avec leur bureau de presse. Quand elle n'est pas en grève bien sûr. Que ledit ministre exige qu'un car de reportage stationne dans la cour de Matignon, c'est ordinaire. Mais qu'on prépare une « adresse à la nation » de Pompidou alors que personne ne sait où est de Gaulle, le rend circonspect et méfiant. Il ne voudrait en rien participer à une quelconque manœuvre visant le Président. « *Les ministres passent, le Général reste.* » Il faut qu'il se renseigne. C'est bien le moins pour un directeur des actualités. Sablier n'a pas envie de finir dans un placard. Ils sont trop mal fréquentés...

— Nous sommes bien d'accord, Sablier ?

— Parfaitement, monsieur le Ministre.

*

— Maria, qu'est-ce qui se passe avec le dessert ? Jacques attend. Vous savez très bien que mon mari est pressé.

— J'arrive, Madame. Mon fils peut bien patienter un peu, pour une fois que « votre mari » vient déjeuner à la maison.

— Evitez-moi vos commentaires et dépêchez-vous, Maria.

— Je fais au mieux, Madame.

— Dites-moi, Maria, qu'est-ce qu'il vous a pris de servir du potage par cette chaleur ?

— J'avais envie.

La mère de Pierre hausse les épaules et repart vers la salle à manger avec un bruit de talons énervés.

— Vous pouvez m'aider à porter les tartes, s'il vous plaît.

— Bien sûr, madame.

— Bravo, vous faites ça bien, mon garçon.

— Je suis barman dans le civil.

— Où ça ?

— A l'aéroport d'Orly.

— Ça ne ferait pas de mal à Pierre de travailler un peu.

Je l'imagine au bar du personnel pendant le coup de feu de la nuit... *Hé! le mouflet, deux saucissons à l'ail, une col bleu, et un ballon de côtes... Plaît-il? Une col bleu, mais qu'est-ce?... Une petite Kronenbourg, pardi. On t'apprend donc rien, à l'école?...* Maria me lance un coup d'œil qui la rajeunit.

— Venez, mon garçon, on va s'amuser un peu.

Elle sourit comme une avance sur le plaisir qu'elle va prendre à provoquer le hoquet indigné de son fils et de sa bru.

— Mais, Maria! enfin, ce jeune homme n'est pas là pour servir.

« Mademoiselle de » aimerait disparaître sous la table. Elle se contente de fixer son assiette à dessert en espérant que je ne vais pas venir lui proposer une part de tarte.

— Pommes ou quetsches?

« Mademoiselle de » s'étouffe. Le père de Pierre lui évite l'évanouissement.

— Justement, jeune homme, nous parlions de vous.

*

L'hélicoptère du Général file sur des vignes prétoriennes sanglées au carré. Vercingétorix n'aurait pas dû s'enfermer dans Alésia. Ne jamais se laisser assiéger. Il vaut mieux mourir en tentant une sortie. De Gaulle aimerait ouvrir une discussion à travers le temps avec les grands stratèges de l'histoire militaire. Il en avait le projet pour ses Mémoires. D'un bois de crête s'échappe une compagnie clairsemée de faisans. Le Général songe aux chasses présidentielles... *Nous chassons actuellement suivant la codification inchangée depuis Louis XVI.* A moins de quatre cents pièces au tableau de Rambouillet Vidron était anéanti. Humilié... *N'allez pas vous mettre le canon dans la bouche, monsieur l'Ingénieur général, nous ferons mieux à Marly*. Il n'y avait pas de mal, là-bas on marchait sur les faisans. Le Général aimait ces chasses, même si c'était là qu'il avait couru les plus grands dangers aux côtés de chefs d'Etat bigles aux fusils coudés. La diplomatie est un art meurtrier. Une troupe isolée de chênes fiers et hardis lui fait penser au bois des Gaulois près de Colombey. Ce bois le rassure. Il y a rendez-vous. Le Général n'a pas le temps de se laisser aller à sa rêverie, Flohic, excité comme un piqueur, lui montre quelque chose. Là! en bas, une bête superbe détale au couvert d'une haie : un lièvre!

*

Au temps où les bois flambent de fleurs vermeilles
Quand déjà le bout noir de ses longues oreilles
Se voyait par-dessus les seigles encore verts
Dont je broutais les brins en jouant au travers.

Flohic s'adresse au Général mais il ne l'entend pas. Pourquoi insiste-t-il dans ce vacarme des moteurs? A moins qu'il ne lui récite un poème. Ils aiment se dire des vers, pour tester leur mémoire. Le Général l'emporte toujours, mais cette fois il ne voit pas de quoi il s'agit. Difficile de lire sur les lèvres d'un homme. Bien plus encore sur celles d'une femme... *Allons, Charles!* Il retourne admirer la course infatigable que le lièvre mène contre cette haie d'épines qui semble bien sûre d'elle. Lui, au moins, ne se pose pas de question : il fonce! Soudain le lièvre se jette dans une trouée de la haie et disparaît dans les herbes hautes... *Mon Général... Regardez, le Rhin!*

*

Nanette sort de Notre-Dame encore tremblante. Elle va se planter devant sa statue.

— Tu as raison, ma fille, de rabattre ton chapeau sur les yeux. Les hommes ne méritent pas qu'on les voie. Ce sont des clampins.

— Ça y est, Nanette, tu en as fini avec ton petit curé ?

Saint-Mexan vient à elle, la grenade quadrillée à peine dissimulée.

— C'était bon ?

— Amour, si tu n'as pas vu, c'est qu'il n'y a pas eu.

Saint-Mexan range la grenade sous son siège et sourit à Nanette.

— Willy est revenu. Il dit qu'il a repéré un endroit où ça va barder.

— On y va, j'ai besoin de bouger. J'ai bien cru que j'allais violer le petit curé dans un confessionnal.

— Tu as besoin d'un homme ?

— Ça peut encore attendre, mais ce n'est pas exclu.

Nanette et Saint-Mexan rejoignent Hans et Willy qui rassemblent leurs affaires.

— Où c'est ton endroit chaud, Willy ?

— Au carrefour de l'Odéon. Il y a un bus au milieu, avec les pneus crevés. Ils commençaient à y mettre le feu.

— Alors, on y va !

*

Avant de quitter la salle à manger, Georges Pompidou glisse dans la poche de sa veste un menu... *Sou-*

venir ! Il ne sera pas dit qu'il ait laissé passer une faute d'orthographe.

*

— Je disais jeune homme : nous parlions de vous.

Le père de Pierre m'interpelle de son trône en bout de table. Je ne sais pas ce qui s'est dit pendant que j'étais à la cuisine avec mon bol de soupe, mais je sens le fumet rance de la connivence entre lui et mes camarades de tablée.

— Mon fils Pierre m'a dit que vous étiez de milieu modeste, une famille nombreuse.

Je le laisse débiter sa litanie d'assistante sociale.

— ... mais que cependant vous étiez un étudiant...

Il enjambe « méritant » pour poser le pied sur « prometteur ».

— Vous devriez être l'archétype de l'étudiant révolté et même un leader. Vous en avez les qualités si j'en crois ce qu'on me dit. Vous écrivez, même.

« Mademoiselle de » est prise en flagrant délit de confidence. Elle pique un fard blême qui semble vouloir dire... Désolé !... Trop tard, elle a laissé fouiller dans mes affaires.

— Et pourtant, jeune homme, avec ce profil idéal on me dit que vous n'êtes intéressé ni par le communisme, le trotskisme ou le maoïsme, ni même par l'anarchisme, et que votre « isme » à vous c'est de Gaulle. Pourquoi pas ? Chaque « isme » doit trouver son Ferdinand de Lesseps !

Le père de Pierre évalue son effet à la ronde : un bide, sauf chez sa femme et son fils qui ont déjà eu l'explication.

— Franchement, jeune homme : fils d'ouvrier, et gaulliste à vingt ans en mai 68 ! j'aimerais comprendre. Dites-moi, pourquoi vous aimez de Gaulle ?

— Parce que c'est un bon lièvre.

*

Il est 14 h 15, le général de Gaulle franchit le Rhin. Baden-Baden n'est plus qu'à cinq minutes de vol.

*

Le téléphone sonne. Georges Pompidou interrompt sa conversation avec Jacques Foccart, Roger Frey, Louis Joxe et Jacques Chaban-Delmas.

— Un instant, messieurs.

Il décroche.

— J'avais demandé qu'on ne me dérange pas.

— Désolé, monsieur le Premier ministre, M. le Secrétaire général de l'Elysée demande à vous parler.

— Tricot ? Dites que je suis en réunion.

— Il a précisé : de toute urgence.

— Passez-le-moi. Sur la ligne de service.

— Mais... il est devant moi, monsieur le Premier ministre.

— Comment cela, devant vous ?

— Je veux dire qu'il attend dans l'antichambre.

— Il est là ?... Alors faites-le entrer !

— Messieurs, c'est Tricot. Je ne sais pas ce qu'il veut... Non !... Vous pouvez rester.

Bernard Tricot entre dans le bureau, le visage plus blême qu'à son ordinaire. Il va à Georges Pompidou comme pour des condoléances.

— Monsieur le Premier ministre... On a perdu la trace du Général.

— Il est parti pour l'étranger !... Oh ! le con !...

*

Le Physionomiste s'est reculé pour mieux admirer la boutique de pêche au numéro 1 du boulevard Henri-IV près du pont de Sully. « R. Dubos la Maison de la Mouche. » Pour l'instant, il se contente de la devanture, les vitres colorées, les cannes, les moulinets, les leurres. Si tu entres, tu ne retourneras pas à ta planque dans la 2CV. Elle est à peine à cinquante mètres d'ici. Tu peux encore être à l'heure pour la relève, sinon le jeunot va s'impatienter et risque « d'en référer ». Même l'inscription de l'enseigne « Pêche sportive » semble vouloir lui rappeler que Pompidou c'est de la pêche au gros. Faut être monté solide. Se montrer patient, technique, avoir son lot de chance et ne pas se poser de question. Toi, tu gamberges trop. Et ne me fais pas le coup des scrupules. Avoue que c'est cette jeune femme blonde des photos qui te trouble. Elle te fait penser à ta fille. Blonde aussi. Qui est quelque part. Tu ne sais même pas où est ta propre fille. Ce serait drôle, si c'était elle sur les photos, non ? Le Physionomiste a soudain envie d'aller jeter l'enveloppe jaune dans la Seine. Et alors, qui tu crois pouvoir attraper avec ce genre d'appât ?

*

Georges Pompidou écoute les députés de la majorité qu'il a convoqués en urgence dans son bureau. L'objectif est d'obtenir leur soutien. D'abord en faisant constater la vacance du pouvoir, ensuite en apparaissant comme le seul recours. Voyons, la vacance... *Messieurs, nous ne savons pas où est le Général. Alors, que faisons-nous ?* Il y a là les membres du bureau des deux groupes parlementaires : les gaullistes et les giscardiens. Les échanges sont vifs et rendent Pompidou perplexe. Dans une dégustation à l'aveugle, il serait difficile de dire qui est qui... *Il faut que le gouvernement se décide enfin à faire tirer sur les émeutiers!... Le lendemain nous aurons une insurrection nationale. Etes-vous prêts à l'affronter et à en assumer les conséquences?...* Découvrons les étiquettes : Michel Poniatowski (Républicains indépendants) répondait à Guy Sabatier (Union des démocrates pour la République). Pompidou n'est pas certain qu'il aurait eu la bonne réponse... *Allons, messieurs les députés, nous nous égarons.* Première constatation de Pompidou : il ne sera pas facile d'avoir le soutien des giscardiens. En ce moment, ils sont plus gaullistes que les gaullistes. Logique : ils ont investi dans la fidélité à de Gaulle, et comptent bien en toucher les dividendes plus tard. Giscard d'Estaing a le temps. Il est jeune. Deuxième constatation : si les giscardiens sont plus gaullistes que les gaullistes, hélas! les gaullistes ne sont pas encore pompidoliens.

*

— De Gaulle un bon lièvre!

Le père de Pierre ne sait trop que faire de ma formule. Pierre se délecte de me voir sombrer devant Gersende, madame mère rentre encore les épaules, elle finira en bouteille d'Evian, et les autres reprennent de la tarte aux pommes. Le père de Pierre s'amuse.

— De Gaulle en lièvre, je ne comprends pas. C'est à cause des oreilles? des jambes?... de la carotte? ou plutôt du bâton!

On s'esclaffe la bouche pleine, « Mademoiselle de » me supplie de « nous » sortir de ce mauvais pas. Maria m'encourage en lissant son tablier. Bob lâche sa Hollandaise par solidarité antillaise.

— Je m'explique, monsieur. Quand on veut battre un record en course à pied, on a besoin d'un lièvre : quelqu'un qui court devant et vous entraîne.

— Comment expliquez-vous que l'homme ne puisse courir plus vite, seul ?

— Je ne l'explique pas, je le constate.

— Quel rapport avec de Gaulle ?

— Parmi les lièvres, il y en a de bons et de mauvais. Le bon court un mètre devant et vous tire, le mauvais court un mètre cinquante devant et vous largue.

— Il s'en faut de si peu ?

— De si peu.

— Et de Gaulle ?

— De Gaulle a toujours couru un mètre devant moi. Un mètre devant tout le monde. Donc de Gaulle est un bon lièvre.

— CQFD, jeune homme, bravo ! vous venez de donner la définition même de l'élite.

— Non ! l'élite n'est qu'une bande de lièvres égoïstes qui se croient des meneurs, mais ne sont que des largueurs. L'élite ne se mêle au peuple qu'à condition d'avoir pris un tour d'avance.

Je n'aurais pas dû ajouter cette remarque en regardant le père de Pierre droit dans la calvitie. L'atmosphère se rétracte. Il sourit comme une murène, rejette sa chaise et se lève en donnant l'impression de dire : la séance est levée ! Un coup d'œil à sa montre.

— Mon Dieu !

Mimiques outrées de film muet.

— Il faut que j'y aille. J'ai un rendez-vous de travail avec Valéry et Michel. Pompidou va essayer de nous embobiner. Je leur parlerai de vous, jeunes gens. Ce fut un déjeuner très instructif. N'oubliez pas surtout : nous comptons sur vous. Vous êtes la vraie jeunesse. Foutez la vieille France dehors ! Et vive de Gaulle... en civet !

Le père de Pierre dépose un baiser de gratitude sur le front de sa femme, distribue une bourrade d'entraîneur à son fils, et agite un « au revoir » genre perron de Matignon. Il parvient à disparaître comme s'il s'engouffrait dans une voiture officielle, poussé par des gardes du corps.

*

29 mai 1968, 14 h 15, pour la première fois de son histoire, la France a un Président de la République noir !

Gaston Monnerville, président du Sénat en exercice, deuxième personnage de l'Etat, assure l'intérim du pouvoir. Le général de Gaulle a quitté le territoire national sans en avoir référé aux autorités. Il survole l'Allemagne. Selon la Constitution de la Ve République il est de facto déchu de son mandat. Mais en ce moment, de la Constitution, le général de Gaulle n'en a rien à foutre.

*

On fait passer à Georges Pompidou une énième note sur le déroulement de la manifestation du PC et de la CGT. On l'informe si souvent qu'il a l'impression d'être au milieu de la manif... *Au revoir de Gaulle !... Au revoir !...* Les manifestants sont moins nombreux que prévu, le cortège est très encadré et les éléments extérieurs tenus à distance. Pas de risque de débordement. Si Pompidou devait résumer la situation, il dirait qu'à cette heure précise de la journée, les plus sûrs alliés du général de Gaulle sont les giscardiens et les communistes. Et lui ? Pompidou allume une cigarette. Et lui, bien entendu.

*

Le père de Pierre évanoui, chacun se demande pourquoi il resterait à table d'autant qu'il n'y a plus de tarte ni de café. La mère de Pierre en profite pour sermonner Maria à la cuisine.

— Franchement, je ne sais pas où vous aviez la tête aujourd'hui.

— Sur les épaules, madame. Tout le monde ne peut pas en dire autant.

C'est le reflux poli vers la sortie avec des commentaires de fin de spectacle... *Qu'est-ce que tu as pensé du père de Pierre ?... Coruscant, le coco !... C'est vrai, il a été bon... On sent la filière Sciences Po-ENA... Tu crois qu'il est sorti combien ?... Finira ministre... J'ai trouvé un peu gros sa lèche à la jeunesse. J'en ai le cul humide... Pas mal, ton histoire de lièvre... Quand même, nous servir du potage par ce temps c'était limite, non ?... J'ai pas compris son truc, les « ismes » et Ferdinand de Lesseps... C'est lui qui a percé l'isthme de Suez et celui de Panama... Et alors ?... Vraiment, t'es trop con, toi... Tu seras que secrétaire d'Etat... Vous allez au cours de Lecaillon ?... Pourquoi pas à la messe ?... Messieurs, Guillaume assure la suite chez lui : cigarette, whisky et p'tites pépées !... Tu parles, il les racole à Montaigne et Fénelon ses pépées... Justement, la lycéenne, il n'y a que ça de vrai. Après le bac, les filles virent rombières...*

— Dites donc, la « vraie jeunesse », il n'y a personne pour m'aider à débarrasser ?

Maria agite son plateau comme un tambourin de danseuse flamenco.

— Qu'est-ce qui vous prend ?

La mère de Pierre aimerait savoir s'évanouir aussi bien que son mari. Elle se contente de se laisser tomber dans un fauteuil qu'on dira Louis XV pour ne vexer personne. Il ne lui reste plus d'épaules à rentrer. Elle renonce. Décidément, elle ne se fera jamais à cette belle-mère qui préfère la cuisine au salon... *Il ne faut jamais oublier d'où on vient... Ce n'est pas une raison pour y rester.* La surprise passée, la vraie jeunesse se dit... Pourquoi pas ? et se transforme en véritable déferlante de commis de salle au secours de Maria. Sauf Claude qui reste ostensiblement assis à sa place, souriant et solidaire. Il fume avec volupté un cigare de pacha en faisant de larges ronds de fumée avec les « O » de « pognon », le regard en voyage sur Michèle qui passe et repasse devant lui en faisant mine de regarder ailleurs. Alain se dit qu'il n'a aucune chance. Jamais il ne saura fumer le cigare de cette manière. Pierre et « Mademoiselle de » ont disparu « en couple », me précise Johanna qui rayonne de méchanceté. Maria me sourit. Elle montre sa brigade en action.

— Vous voyez, moi aussi, je suis comme le général de Gaulle : un bon lièvre !

*

Terrain de Baden-Oos.

14 h 40. Le sous-officier de piste note l'atterrissage de deux hélicoptères de type « Alouette III » non annoncés.

De la première (notée A) descend un capitaine de frégate qui se présente comme l'aide de camp du général de Gaulle. Il demande à voir le chef du détachement. Le commandant Vic se présente. L'aide de camp demande à entrer en contact téléphonique avec la résidence à Baden-Baden du commandant en chef des Forces françaises en Allemagne... *Autorisation accordée !...*

*

Rémi suit les deux Allemands, et l'infirme Il n'a plus le choix. Ils partent avec Nanette. Elle l'inquiète de plus en plus. Tout à l'heure, devant l'église Saint-Louis-en-l'Ile, il avait senti des choses étranges autour de cette gamine aux socquettes blanches. Nanette l'avait regardée comme une proie. A l'instant, dans Notre-Dame avec le jeune vicaire, ce qui s'était passé était encore plus incompréhensible. Rémi était certain d'avoir vu Nanette la poitrine nue. Entièrement nue. C'était impossible, pas dans Notre-Dame.

*

« Baden-Baden, ville d'eaux, cité militaire. Ce morceau d'Allemagne est un coin de France. » L'hélicoptère du général de Gaulle en survole les entours. Si le Général tournait la tête vers la droite, son regard serait attiré en premier lieu par ce curieux pavillon de chasse tapi sur le versant nord du Fremersberg. On dit ce pavillon construit au XVIIe siècle par le margrave de Baden. Soit, mais qui s'en soucie ? Ensuite seulement, le Général découvrirait une maison solide mais discrète, posée en éminence sur un promontoire naturel. Elle considère à son aise la vallée du Rhin et la plaine d'Alsace jusqu'au clocher de la cathédrale de Strasbourg les jours où le temps daigne lever le voile. La bâtisse est seulement séparée de la ville par un bois de résineux d'un vert soutenu qui dévale une pente douce comme s'il était chez lui. Cette bâtisse est aujourd'hui la résidence du commandant en chef des Forces françaises en Allemagne, le général Jacques Massu. On comprend mieux la présence en bout de jardin de cette aire destinée à recevoir les mouvements d'hélicoptères. Un terrain sans charme qui fait pièce à l'ordonnancement naturel du jardin. Si bien qu'on a l'impression que l'ensemble n'a de cesse que d'aller se réfugier dans le jardin d'hiver qui avance de façon martiale sur la face Ouest de la résidence. Si on était soudain doté de la grâce d'un pigeon ramier, on pourrait fondre en piqué sur ce jardin d'hiver, se poser devant, gravir les quelques marches du perron et surprendre, à travers les larges vitres, l'aménagement confortable mais dépouillé du lieu. En collant le bec à une fenêtre, on tomberait sur un numéro du *Figaro littéraire* couvrant le visage d'un homme nu allongé sur le dos dans un long canapé. Spectacle étrange, d'autant qu'il est difficile de reconnaître de qui il s'agit, et si cela a un quelconque intérêt, car, en vérité, nous ne sommes pas un pigeon ramier, mais un passager de l'hélicoptère du général de Gaulle qui vole bien trop vite et bien trop haut.

*

Willy pousse Saint-Mexan à l'écart, derrière la statue de Vercingétorix.

— Il faut que je te parle ! Je te le rends dans une seconde, Nanette.

— Vas-y, pour l'heure, j'en ai pas l'usage.

— C'est la merde, Saint-Mexan ! On a été repérés par les flics.

— Qu'est-ce tu racontes ?

— Je te dis qu'on a les flics au cul.

— Comment tu sais ça ?

— Quand je suis revenu d'Odéon, j'ai remarqué un type à l'entrée du square qui vous surveillait. Il faut dire qu'il n'était pas très discret... Te retourne pas !

— Pourquoi il s'intéresserait à nous, ce flic ?

— Il a peut-être vu ta grenade.

Saint-Mexan entend clairement le reproche. Pour qui il se prend, le Boche ! Mais Willy n'insiste pas. Ce qui est fait est fait.

— Qu'est-ce que tu proposes, Willy ?

— Tu te débarrasses de la grenade ou on se débarrasse du flic.

— Je garde la grenade.

*

— Il est encore là ! ton flic, Willy ?

— Toujours.

— Comment on opère ?

— On commence par essayer de le semer, après on avise.

— D'accord, mais je voudrais bien savoir à quoi il ressemble, ton flic. Tu as bien le droit de promener un infirme.

— Si tu veux. Mais pas de bêtise. Regarde ! Juste derrière le portillon : le gars avec des lunettes d'intellectuel.

— Le type avec une cravate en cuir ?

— C'est ça... Pourquoi tu rigoles ?

— Tu parles d'un flic : c'est l'amoureux de Nanette.

— Son amoureux ! C'est pas toi, son amoureux ?

— Moi, je suis son Amour, faut pas confondre. Lui, c'est un de ces types qui croisent Nanette et prennent un coup de jus dans les doigts.

— T'es sûr ?

— Sûr. On l'a rencontré du côté de Gay-Lussac. Il est étudiant à Nanterre, il recopie les slogans sur les murs.

— Ça prouve rien.

— Il parle latin. T'en connais beaucoup, des flics qui parlent latin ?

— Et dans son sac qu'est-ce qu'il a ?

— Des bouquins ?

— Faudrait vérifier. Je le trouve pas net, ce type. Pourquoi il ne viendrait pas avec nous ?

— Comment ça ?

— Puisqu'il en pince pour Nanette, elle pourrait peut-être nous aider à le piéger.

— Nanette jouant la chèvre ? Je ne sais pas si elle va aimer.

*

Nanette écoute Saint-Mexan lui expliquer combien il est important et même vital qu'elle les aide à vérifier si Rémi n'est pas un flic. Une mission, en somme. Nanette avait failli éclater de rire. Rémi, un flic ! Décidément les hommes n'y connaissent rien aux hommes. Nanette évite de sourire. Elle était sur le point de se proposer pour le même genre de mission. L'urgence en plus : il faut qu'elle se débarrasse de cette confession manquée avec le petit curé dans Notre-Dame. Il reste de la place dans son ventre. Rémi pourrait faire l'affaire.

— On peut se payer une séance de cinéma, Nanette. Qu'est-ce que tu en penses ?

— D'accord, Amour, mais pas au Styx de la Huchette. Je ne me sens pas d'humeur pour les vampires et les morts-vivants.

— Comme tu voudras. On doit aller à Odéon, pour cette histoire de bus en flammes. Ça tombe bien côté cinémas, le Saint-André-des-Arts ou le Gît-le-Cœur sont sur notre chemin.

— N'importe, Amour, mais il ne faut pas tarder.

*

— Je vous en prie, mademoiselle, cela devient gênant pour moi.

— Madame Massu, je vous assure que j'ai bien transmis votre message à Françoise Verny, mais en ce moment...

Suzanne Massu raccroche. Cette secrétaire est une incapable, cet « en ce moment » a fini de l'agacer. La formule est d'époque et commode pour ceux qui ont toujours besoin d'une raison nouvelle pour continuer à ne rien faire. Alors qu'il serait plus franc de lui dire que son livre ne leur convient pas. Elle irait voir ailleurs. Les Editions Bernard Grasset ne sont pas les seules intéressées par ses « Rochambelles ». Elle en a discuté avec Lucie Louet, elle aussi ancienne du groupe Rochambeau de la division Leclerc. Elle est logée à la résidence en ce moment, pour l'aider à « trier les souvenirs » et relire son manuscrit... *Dans ce passage, Suzanne, quand tu écris, en parlant de Lulu « cette ravissante femme au profil de camée », tu ne crains pas que cela prête à confusion avec la drogue ?...* Suzanne n'entend pas. On vient de frapper nerveusement à la porte de son bureau. Elle avait pourtant demandé qu'on ne la dérange pas. Après la soirée agitée d'hier avec les Russes, elle avait besoin d'un peu de calme. C'est le gentil Dupin. La jeune ordonnance surgit. Elle lui trouve un air d'oiseau affolé.

— Madame ! Madame ! Où est le général ? Je le cherche partout.

— Et pourquoi cela ?

— Le colonel Floch le demande au téléphone, madame. C'est très urgent.

Suzanne Massu est intriguée. Le colonel Floch est un officier de Baden-Baden très concerné par l'harmonie de vie de la petite communauté que forment les militaires français. Aurait-il eu des échos « diplomatiquement embarrassants » de la soirée russe, ou aurait-elle commis un impair dans la chorégraphie des invitations ? Elle a l'habitude de ce genre de susceptibilités. Voyons cela.

— Où avez-vous pris la communication, Dupin ?

— Dans le bureau du général, madame.

— Essayez tout de même de trouver mon mari, je fais patienter le colonel... Dupin ! Fermez votre col ou vous allez vous faire recevoir.

*

Dupin finit par trouver le général Massu. Il est sous le *Figaro littéraire*. Il ronfle allongé dans le canapé du salon d'hiver. Dupin toussote, embarrassé. Le général est complètement nu... *Colonel Floch, vous avez dit ? Au téléphone ? J'arrive... C'est que... mon général... Ben, quoi, parlez, mon garçon !... Mon général... Quoi, mon général ? Ah, ça ! ma parole, vous n'avez jamais vu un type à poil ?... Si, mais... Pour un soldat, mieux vaut être à poil que débraillé. Boutonnez-vous, Dupin !...*

*

— « Sous le sceau du secret », Someveille ! Nous sommes bien d'accord ?

Pierre Someveille a parfaitement compris son patron. Pompidou lui confie la mission de demander « sous le sceau du secret » à Grimaud, le préfet de police, de prendre quelques mesures de précaution au cas où la dissolution de l'Assemblée serait annoncée, ce soir. Ce qu'il comprend surtout c'est que Pompidou se prépare à la succession du Général et que Monnerville le gêne. Pendant son intérim, le président du Sénat en profitera pour nommer un Premier ministre à sa main chargé de lui préparer l'élection présidentielle. Comment éviter ce genre de catastrophe, pour Pompidou ? Démissionner et choisir un homme à lui qui aurait de la poigne ? Ça ne court pas les ministères, en ce moment.

Someveille aime ce billard tordu à trois bandes. Il doit admettre qu'il s'amuse un peu plus, depuis qu'il est de la cellule de crise du Premier ministre, avec Lecat, Jobert, Balladur et Chirac. Mai 68 était devenu « Le club des cinq » contre « La bande des rouges » mais il avait le sentiment que la fin de la récréation allait sonner.

CHAPITRE 9

Quinze heures

Sorti du déjeuner chez Pierre, rue Le Verrier, je me sens comme un terrain de foot sous la neige. J'ai perdu mes lignes. Après l'histoire du lièvre, je crois que je ne reverrai plus « Mademoiselle de ». Elle est fâchée. Pire, sûrement vexée. Ce TD de droit constitutionnel était notre dernier devoir avant l'examen. Tant pis. J'ai envie de retrouver Saint-Mexan, Nanette et leur grenade. J'avais rendez-vous avec Hans et Willy devant Notre-Dame, mais il est trop tard.

Je pense à mon père, à notre dispute. J'aurais aimé qu'il soit à ce déjeuner chez Pierre. Il aurait compris ce que je voulais lui dire. ... *Quand tout ça sera terminé, p'pa, on aura changé de chef, c'est tout. Un jeune lion aura viré le vieux pour monter la lionne. Et la lionne, c'est nous... Tu veux une baffe ?* Je pourrais ajouter : la chemise sera rayée, ils seront plus souriants, plus modernes, mais ils continueront à se léguer la France entre eux. Je dresse l'inventaire de ce qui m'entoure. Voyons ce que nous avons là : une rue Le Verrier, discrète, de proportions raisonnables et harmonieuses à l'haussmannien apaisant, piqué de folies bourgeoises. Au numéro 10 il y a un castel néogothique de facture pâtissière. Sur la façade est gravé : « Massu Architecte

1888 »... *Le général Massu architecte !* J'imagine un char garé en double file devant la délégation nord-vietnamienne... *Tassu ! pas Massu !...* Johanna me rejoint sur le trottoir... *Tu parles tout seul ? Qu'est-ce que tu as pensé du père de Pierre ?... Sans opinion... Tu sais comment Giscard et Poniatowski l'appellent ? Ce-brave-Jacques !... Pourquoi tu m'évites, comme ça ? Qu'est-ce que ça peut te faire si tu me plais ? C'est parce que je suis moche ? C'est à cause de Gersende ? Si tu l'attends, ce n'est pas la peine. Elle est partie avec Pierre, dans son Austin. Ils avaient l'air très copains... Tu m'accompagnes chez Guillaume. Les autres y seront. Ce sera la grosse fête... Je sais : cigarettes, whisky et petites pépés, mais désolé, je vais au cours de Lecaillon... Pourquoi faire ? Tu seras le seul...* Johanna me tend un papier avec ce regard de chien mouillé qui semble dire : je sais que j'ai des petites jambes et alors ?... *Tu as l'adresse si tu changes d'avis. C'est à l'angle de la rue de l'Ecole-de-Médecine et de la rue Dupuytren. Tu connais Vigot, la librairie de médecine ? C'est au-dessus, au cinquième... Encore !... Pourquoi tu dis ça ?... Ça a l'air d'être une maladie de quartier le cinquième. On se demande à quoi servent les autres étages... A rêver d'y habiter...*

*

— Pourquoi vous me demandez si j'ai déjà vu *Dark Passage* ?...

Rémi essaie de rester calme, mais il n'en mène pas large. Les deux géants allemands et Saint-Mexan l'ont collé contre l'entrée d'un hôtel devant le cinéma Saint-André-des-Arts... Non ! pas question de leur donner sa serviette. Nanette n'a pas voulu assister à son massacre en pleine rue, elle est entrée dans le cinéma. On y joue deux films avec Humphrey Bogart. Rémi préfère

Le Faucon maltais, mais Saint-Mexan ne lui laisse pas le choix de l'affiche. Ni aucun autre choix d'ailleurs.

— Je te rappelle les consignes de ta séance avec Nanette : tu ne l'embrasses pas, tu ne lui parles pas, tu ne la regardes pas. Quand c'est fini pour elle, c'est fini pour toi. Cela n'arrivera qu'une fois. Il t'est interdit d'en parler après, ni même de l'évoquer. C'est compris ?

C'est compris, mais ce dont Rémi ne se souvient pas, c'est quand il a compris. Compris pour Nanette, compris pour la « séance », compris ce qui allait se passer. Il faudrait rembobiner le dernier quart d'heure. Mais ça ne lui expliquerait pas pourquoi il avait accepté, accepté si facilement et surtout comment il allait se débrouiller pour faire l'amour avec Nanette. Comme ça, sur commande. Avec Saint-Mexan présent, les deux Allemands aussi, et les spectateurs ? Rémi n'avait pas pensé aux autres spectateurs. C'est une séance publique ! avec un horaire et un tarif. ... *Quatre places « étudiant » et une « handicapé » s'il vous plaît*... Une chose rassure Rémi : ce sera dans le noir.

*

Suzanne Massu monte au premier étage. Jacques n'est pas dans leur chambre... *Véronique, as-tu vu ton père ?* Sa fille émerge de sa lecture, vaguement ahurie. Elle révise ses examens de médecine avec son amie Françoise allongée sur leurs lits jumeaux au milieu d'une marée de bouquins... *Non, je ne l'ai pas vu. As-tu demandé à Malika, maman ?*... Suzanne préfère ne pas déranger son autre fille. Elle se repose avec son époux et ses deux enfants dans « l'appartement du cardinal », où elle habite. Tant pis. Elle aurait préféré prévenir Jacques, mais elle ne peut pas faire attendre plus longtemps le colonel Floch, d'autant que ce ne doit pas être si important.

— Suzanne Massu à l'appareil, le général Massu n'est pas joignable pour l'heure. Que puis-je pour vous, colonel Floch ?

— Ici le capitaine de frégate Flohic !

Flohic ! L'aide de camp du général de Gaulle ! Ce Dupin, quel crétin ! Il va se faire chauffer les oreilles. Pas même capable de prendre une communication correctement.

— Désolé, capitaine.

— Laissons, madame Massu. Ce que j'ai à vous transmettre est important et urgent. Faites baliser la piste, j'arrive dans cinq minutes avec le Général et Mme de Gaulle.

— Dans cinq minutes !

— Absolument. Nous sommes sur le terrain d'aviation de Baden-Oos.

Le général Massu entre en vrac dans son bureau en rajustant son col roulé d'un rouge mieux réveillé que lui. Suzanne bâillonne le combiné et lui tend... *De Gaulle est à Baden.* Elle laisse son mari à sa surprise et taille tout droit jusqu'au secrétariat. Les deux jeunes soldats affairés à classer des dossiers se dressent dans le même mouvement.

— Le général de Gaulle arrive en hélicoptère. Vite ! Faites du feu sur le terrain.

Alfred Stöckel et Serge Carpy restent interdits. Le général de Gaulle ! Faire du feu ! Comment ? Avec quoi ? Suzanne Massu les laisse se débrouiller et retourne au bureau de son mari. Elle y entre quand il en sort et reçoit la porte en plein visage. La voilà avec trente-six étoiles, mieux qu'un général... *Désolé. Quel maladroit ! Ça va, mon Toto ?...* Elle sourit. Il y avait longtemps que Jacques n'avait pas utilisé son surnom de Rochambelle. Toto ! Suzanne se sent tout de suite beaucoup mieux.

— Je monte me mettre en tenue. Peux-tu appeler Mathon et lui demander de venir immédiatement ?

Elle peut. Suzanne Massu a l'impression qu'elle peut tout. L'annonce de l'arrivée du Général lui a donné un coup de schnaps. Peut-être que la porte dans la figure y est aussi pour quelque chose.

*

Le Physionomiste admire le geste souple et ample sur la canne. Devant la boutique de pêche du quai Henri-IV, un employé en blouse grise donne une leçon de fouetté sur le trottoir à un client. « Ecole de pêche. » Le Physionomiste n'avait jamais osé. Comme si c'était trahir que d'apprendre à pêcher. Il avait su faire en observant son père. Sa fille n'avait jamais pu enfiler un asticot sur un hameçon... *Je te jure, papa, il me regarde.* Peut-être que s'il avait eu un fils... Le Physionomiste revient au geste souple et ample. L'employé a une allure de magasinier et une grâce de maître écuyer au manège, la chambrière en main. Cette ville est pourrie, pourtant, sous ses marronniers léopard, un homme pêche en eaux vives.

*

— Véronique, ma fille, le général de Gaulle sera là dans cinq minutes. Il faut préparer l'appartement du cardinal.

— Et Malika ?

— Elle est prévenue. Déjà elle évacue avec toute sa petite famille. Mme de Gaulle arrive aussi. Il faut préparer la chambre d'en face pour elle. Préviens Lucie qu'elle débarrasse ses affaires.

— Maman, ton amie est partie en ville faire des courses, je crois.

— Tant pis, nous nous passerons de son autorisation. Vite, Véronique ! Je compte sur toi ! Désolée pour vos révisions, Françoise.

— Au contraire, madame, si je peux être utile.

— Et Rita, maman ?

— C'est son jour de congé.

Un demi-tour droit et la générale disparaît. Véronique Massu et Françoise Silvestre font mine de se retrousser les manches et abandonnent sans regret leurs livres d'anatomie-pathologie cellulaire. Le général de Gaulle est un sujet autrement plus vivant.

*

En fait de Lecaillon et de cours d'économie, je me retrouve au jardin du Luxembourg. Je regarde sans bien comprendre une partie de croquet quand un type m'accoste. Il était au déjeuner chez Pierre. Le genre à se confondre avec le papier peint quand il est à fleurs. Il n'avait rien dit de tout le repas, mais avait aidé à débarrasser... Je t'ai entendu parler. Ton histoire de lièvre, c'était intéressant. Tu n'as jamais songé à t'engager pour le Général ?... Tu connais le SAC ?... Bien sûr. Tu veux que je te récite ma fiche ? Service d'Action Civile : le bras armé et la main gantée du mouvement gaulliste depuis près de dix ans. Des Fous du Général comme il y a des Fous de Dieu. Désolé, je suis pas intéressé... T'es quoi, alors, UJP ?... L'Union des Jeunes pour le Progrès ! Sûrement pas... Tu me rassures, ce sont des mous, mais on a besoin d'eux, pour l'instant. Alors, t'es quoi ?... Pour de Gaulle, je suis croyant mais non pratiquant... Réfléchis quand même. On a besoin de gars comme toi, surtout en ce moment. Tu as entendu le père de Pierre. Lui et ses copains croient déjà que le Général est enterré. Mais on leur réserve une jolie surprise, et dans pas longtemps... Ça veut dire ?... Demain, ou après-demain. Si tu veux en être. C'est moi qui te contacte... Le type en papier peint disparaît. Je retourne au jeu de croquet. Mon père adorerait jouer à la pétanque sur ce terrain. Un coup de maillet frappe sèchement une boule bloquée sous le pied d'un joueur. La boule cerclée de bleu est violemment chassée hors des limites. Le croquet est un jeu brutal et instructif. Pour se débarrasser de quelqu'un, il faut frapper celui qui est collé devant. Le croquet, c'est la revanche du médiocre.

— Je savais que je te trouverais là.

« Mademoiselle de » paraît chiffonnée, un surcroît de raideur aux mâchoires et les yeux rougis.

— Pourquoi tu t'intéresses tant au croquet ? Tu m'as dit que c'était un jeu de « petits-bourgeois en loden ».

— Justement, on y apprend qu'on peut prendre plus de plaisir à faire perdre les autres qu'à gagner soi-même.

— C'est une collection ?

— Non, je me demande pourquoi tu as pleuré...

*

— Je vous préviens, moi, un coup de deux heures, les bleus-bites, faudrait pas prendre Lasseron pour une brêle de gendarme !

— On vous assure, c'est un ordre de Mme Massu, il faut baliser la DZ, mon adjudant.

— Chef !... Adjudant-chef ! Alors comme ça, la générale confie aux siamois de la glande, une mission extraordinaire, justement quand je suis parti casser une graine, moi, un coup de deux heures !

— Affirmatif, adjudant-chef.

— Donc, selon vous, le général de Gaulle va me tomber du ciel, un coup de deux heures, comme un Père Noël.

— Affirmatif, adjudant-chef. Dans cinq minutes l'hélicoptère du Père Noël va se poser sur la Drop Zone.

— Je vous préviens, Stöckel et Carpy, si vous m'avez monté des œufs en neige, je vais vous faire claquer les bretelles, moi...

— ... Un coup de deux heures !

— Et en plus vous vous foutez de ma gueule !

*

Sur l'écran du Saint-André-des-Arts, Humphrey Bogart promène sa tête de momie dans un peignoir chic. Rembobinage : Vincent Parry, évadé d'un pénitencier s'est réfugié chez Irene Jansen, seule à croire en son innocence. Une intervention chirurgicale plus tard, il est sur le point de se faire ôter ses bandages par Irene et de découvrir son nouveau visage dans un miroir.

Le cinéma est désert. Hans et Willy ont fait le vide par leur seule présence à l'entrée... *C'est privé !* Dans l'obscurité du fond de la salle, Nanette, Rémi et Saint-Mexan se sont isolés. Les poignets menottés, Nanette est penchée en avant sur la rangée de fauteuils où est assis Saint-Mexan. Il lui tient la main, regarde droit devant lui. Nanette est silencieuse, la robe remontée jusqu'à la taille, la culotte embarrassée aux genoux, les épaules largement dénudées, le fessier offert. Rémi se tient plaqué contre elle, les mains hésitantes. *Allez !* Il officie avec une application de thésard en soutenance, les yeux au vague sur l'écran. Nanette reste parfaitement immobile. Saint-Mexan murmure à son oreille ... *La femme comme une reine termite, ne daignant se mouvoir.* Rémi n'entend qu'un souffle. Il n'essaie pas d'écouter. Son esprit est entièrement occupé à contenir l'imminence qui fourmille entre ses jambes. Pour s'aider, il récite la litanie des interdits de Saint-Mexan. Ne pas embrasser ! Ne pas regarder ! Ne pas parler ! Il ne se souvient plus s'il a le droit d'empoigner la poitrine de Nanette, de mordre sa nuque, de cravacher ses fesses... *Calme-toi !* Sur l'écran Humphrey Bogart est inquiet. Lauren Bacall a déjà libéré son regard des bandages. Reste le bas du visage à découvrir. Le plus troublant strip-tease d'un visage au cinéma. Elle hésite. Rémi ne tiendra pas. *Vas-y ! bon Dieu.* Lauren Bacall obéit, elle fait tomber le reste du masque. Nanette surgit brusquement de son apnée. Elle se cabre. D'un coup de reins en ruade, elle estoque Rémi. Il se fait l'impression d'un vulgaire ticket de caisse empalé sur un pic de comptoir... *1 F 70 tarif étudiant...* Nanette arrache son chapeau et libère sa chevelure. Une tache rouge dans tout ce noir et blanc. C'est *Jour de fête.* Rémi tente de retenir ce ballon qui s'envole. Bogart se découvre dans le miroir. Lauren Bacall est à ses côtés dans le même reflet amoureux. Rémi laisse échapper la tache rouge et brûlante. Nanette crie, le corps tendu en gargouille. Son cri perfore le faisceau du projecteur et explose l'écran comme les projectiles lumineux d'un chahut de ciné-club. Qu'est-ce que Nanette a vu à ce moment précis de si terrifiant ? Rémi ne le saura jamais. Saint-Mexan l'a prévenue... *Quand c'est fini pour elle, c'est fini pour toi...*

*

— Général Massu ? Général Fourquet à l'appareil... Le « Grand » arrive !

Massu raccroche satisfait. Les réseaux d'information fonctionnent. Côté intendance, il est rassuré. Suzanne a pris les choses en main. Fermement. Comme d'habitude. Que deviendrait-il sans elle ? Suzanne est devenue une maîtresse de maison inégalable. Pourtant, il se souvient de leur première rencontre sur le mont Chauve au-dessus d'Oran. 1944. Elle était Rochambelle, lui, était commandant du 2e bataillon du régiment de marche du Tchad. Quel fiasco, ce premier dîner dans leur popotte ! Elle écrivait encore Massu avec un « e » sur le carton d'invitation. Massu, mon vieux, tu crois que c'est le moment du quart d'heure nostalgie ? Avec ce qui vient de te tomber du ciel, tu risques de regretter le bled. Massu dégringole l'escalier dans sa tenue n° 1. Il intercepte Richard dans l'entrée... *Prévenez le chef de cabinet de l'arrivée du Président.* Il sort de la résidence au pas de gymnastique. A peine dans l'allée il reconnaît le bruit caractéristique de l'Alouette III à l'approche. A une centaine de mètres, une grenade fumigène éclate sur l'aire d'atterrissage. Le panache tourmenté par le vent s'élève de la Drop Zone éclairée, aux quatre coins cardinaux. L'hélicoptère du général de Gaulle se pose en brassant le reste de brouillard fumigène. Massu fixe la masse du Général assis à l'arrière. Il est en civil. Fatigué. Le costume sombre. Mme de Gaulle est à ses côtés. Lui aussi, que deviendrait-il sans elle ?

*

Dans le bureau du Premier ministre, Michel Poniatowski parle et les députés l'écoutent. Pompidou observe leurs réactions. Prend la température.

— Le Président de la République s'est absenté de l'Elysée apparemment parce qu'il souhaite se donner du recul. C'est une excellente manœuvre. Ne prenons aucune attitude, aucune mesure qui puisse contrarier ce que le Général va faire maintenant.

Pompidou est pessimiste. A en juger par les hochements de têtes approbateurs de certains gaullistes, sa motion a du plomb dans l'aile.

— Nous ne sommes que le législatif. Laissons agir le chef de l'Etat seul mandaté pour cette action.

Poniatowski joue bien sa partie, mais la messe n'est pas encore dite.

*

Le général de Gaulle descend de l'appareil avec précaution. Lourdement. Derrière lui, Massu reconnaît Flohic, son aide de camp en uniforme de capitaine de frégate. On sent qu'il veille sur le Général qui a du mal à retrouver ses jambes. Deux heures d'Alouette, ça coupe les pattes. Massu va à leur rencontre. Le Général s'est arrêté pour fouiller dans la serviette que porte Flohic. Il ne trouve pas, s'agace, finit par extraire ses lunettes et les chausser de guingois. Le deuxième hélicoptère se pose à son tour. En descendent les deux inspecteurs et le médecin. Massu s'approche du Général et le salue. De Gaulle semble le découvrir. Sa mine est lugubre, ses épaules paraissent lourdes. Son nez pioche.

— Tout est foutu, Massu, les communistes ont provoqué une paralysie totale du pays. Je ne commande plus rien. Donc je me retire et comme je me sens menacé en France ainsi que les miens, je viens chercher refuge chez vous, afin de déterminer que faire.

*

« Mademoiselle de » pleure. Je n'avais jamais imaginé que cela puisse lui arriver. Elle semble un instant désemparée, mais se ressaisit avec des petits raclements de gorge. Elle rajuste sa queue-de-cheval.

— Sache qu'une jeune fille ne pleure pas. Elle a une poussière dans l'œil.

Va pour la poussière en forme de larme qui coule sur sa joue. Elle l'intercepte de la pointe de son mouchoir.

— Qu'est-ce qui se passe, on est trop à l'étroit dans une Austin ?

— Qui t'a parlé de ça ?... Johanna ?... Un jour cette fille éclatera de méchanceté. Tu sais que sa famille est très riche ? Tu devrais y songer. Elle ne serait pas contre. Tu lui plais. Elle m'en a déjà parlé. Plutôt crûment, d'ailleurs.

— Te voilà marieuse, maintenant ? Si tu ne veux pas parler ni de Pierre ni d'Austin, on n'en parle pas.

— Et pourquoi ? Je n'ai rien à cacher. Je ne sais pas ce que Johanna t'a dit, mais ce n'est pas du tout ce que tu crois.

— Ça tombe bien, je ne crois rien.

— Tu dis ça pour m'épargner. Je t'en sais gré, mais je ne te crois pas. Il faut que tu viennes avec moi chez Guillaume.

— Où est le rapport ?

— Ils sont tous là-bas. Je ne tiens pas à ce qu'on parle dans mon dos, ni donner l'impression que je me cache. Je suis fiancée, tu comprends ?

— Tu es fiancée, d'accord, mais moi je vais au cours de Lecaillon.

— A quoi ça te sert puisqu'on ne sera pas interrogés dessus ?

— Comment ça ?

— Tu es vraiment trop naïf parfois. Qui c'est le professeur ? Marshall ! Qui c'est Lecaillon ? Un sous-fifre. Donc on aura Marshall à l'examen. Et Marshall, c'est la comptabilité nationale.

— Ça favorise ceux du matin, c'est leur prof !

— Au lieu de te lamenter, laisse de côté les néoclassiques et révise les agrégats.

— Merci du tuyau.

— Maintenant, tu peux m'accompagner chez Guillaume.

— Est-ce que tu m'aurais donné ce tuyau, sans l'histoire de l'Austin ?

— Quelle Austin ?

*

Le vendeur de la boutique de pêche avait trouvé touchant cet homme qui le regardait comme une vitrine de Noël, pendant qu'il expliquait le fonctionnement d'un nouveau moulinet à Me Vonsart. Un avocat, pêcheur confirmé, qui habite l'île Saint-Louis... *Je dois vous avouer que je m'entraîne parfois de ma fenêtre.* Le vendeur était allé vers l'homme au regard de gosse... *Mais si, essayez-la, je vous assure. Ce n'est pas si compliqué.* Il lui avait proposé de regarder, puis de toucher, de prendre en main, puis d'essayer, puis... et puis. Le Physionomiste a maintenant entre les mains une canne Hardy et un moulinet Mitchell dernier cri... *Légers, les doigts sur la soie.* Le Physionomiste aimerait tant qu'on puisse tout attraper avec la même élégance qu'à la pêche à la mouche.

*

— Je vous le dis, Massu, tout est foutu. Je me retire !

— Vous n'y pensez pas, mon Général ! Un homme de votre prestige a encore des moyens d'action.

Le capitaine Flohic reste à deux pas de la conversation, la serviette du Général à la main. Il entend, mais n'ose écouter. Il a l'impression de voir deux vieux cerfs engager les bois avec vigueur. L'ardeur aux abois du Général et le rut de Massu. Flohic s'aperçoit que la serviette du Général est mal fermée. Elle bâille. Il ne la rajustera pas. Ne fera pas un geste qui puisse effaroucher l'instant.

*

Rémi est stupéfait. Personne dans la rue Saint-André-des-Arts ne remarque la moindre trace de Nanette sur son visage. Pas un quidam pour se rendre compte qu'il sort d'un cinéma où il vient de voir *Dark Passage* en faisant l'amour à Nanette quasi nue devant le visage d'Humphrey Bogart qui se dévoile sur l'écran. Bogart lui au moins les avait remarqués. C'était pour eux cette expression complice, quand il palpe son visage, comme pour se demander... *C'est bien vrai, tout ça ? C'est bien moi ?* Rémi n'ose pas regarder Nanette. Il ne comprend toujours pas son cri. Il sait qu'il n'y est pour rien. Le plaisir de Nanette n'appartient qu'à elle. On est seulement l'invité. A la sortie du cinéma, les deux Allemands lui ont rendu son cartable. Ils l'avaient fouillé... *Ça va, c'est pas un flic!* C'était ça qu'ils voulaient savoir ? Rémi était vexé qu'on ait pu le prendre pour un policier en civil et peiné que Nanette soit leur complice. Mais il ne regrette rien. *Dark Passage* est un bon film.

— Qu'est-ce qui se passe, Amour ?

Nanette est préoccupée. Saint-Mexan cahote dans son fauteuil, la mine lugubre.

— Tu n'as pas aimé, Amour ? J'ai fait quelque chose de mal ?

— Surtout pas ma Nanette. Tu as été très bien, et j'ai adoré l'histoire. Surtout quand le chirurgien dit qu'il peut faire de lui un homme ordinaire ou un monstre. C'est vrai qu'il s'en faut de peu, parfois. Sans toi, ma Nanette, je serais un monstre.

— Qu'est-ce qui se passe, Amour, dis-moi ?

— J'aurais aimé entrer dans la salle en fauteuil, au lieu d'être porté par Hans et Willy. Je voulais te recueillir sur mes genoux, après.

— Tu étais là, c'est le principal, non ?

— J'en ai marre, Nanette, des portes trop étroites qui me donnent l'impression d'être un suppositoire dans un monde qui a le cul serré.

Nanette se penche sur son oreille.

— Ce monde, Amour, on va lui péter le cul. Tu entends : lui péter le cul !

*

Suzanne Massu se presse à la rencontre de Mme de Gaulle dans l'allée qui mène à la résidence, tandis que le Général et son mari discutent. Suzanne écourte les salamalecs d'accueil tant le visage d'Yvonne de Gaulle n'invite pas à la conversation... *Allons dans mon bureau, madame la Présidente.*

*

François Flohic surveille les pas du général de Gaulle sur les marches qui mènent à l'entrée de la résidence. Il ne faudrait pas qu'il glisse. Ses yeux sont moins bons depuis son opération de la cataracte. Massu tient le bras du Général. Un geste de compagnon. Flohic n'assistera pas à l'entretien dans le bureau de Massu. Il le regrette déjà.

*

Quand j'arrive chez Guillaume avec « Mademoiselle de », la porte palière du cinquième a été laissée entrouverte pour dire : c'est là ! On pousse et on entre de plain-pied dans une sorte de fête molle et brumeuse, éparpillée dans l'appartement et avachie dans les coins. Il y a du goulot dans les mains, des mains et des bouches mêlées, des cigarettes songeuses aux lèvres et les Beatles comme une entrée en scène... *« It was twenty years ago today. »* Aujourd'hui tout le monde a vingt ans, même les souvenirs... C'est le début de *Sgt. Pepper's Lonely Hearts Club Band !...* Le disque des disques. Le seul que j'aurais pu voler sans honte au pire de mes amis. Je le connais par cœur. Les Beatles me rassurent même si l'ambiance de l'appartement ne colle pas avec les brandebourgs de la pochette... *« May I introduce to you. »* Non, merci ! On ne se perd pas en présentations. « Mademoiselle de » veut s'expliquer avec Pierre. Tout de suite !... *Pierre est occupé.* La formule est accompagnée d'une fausse componction et de mines chafouines... *Pierre est même très occupé... Où ça ?... Dans « la suite parentale »... La quoi ?...* Un sociologue en herbes folles planantes genre *Within You Without You* m'explique. La « suite parentale » est un terme prétentieux désignant un espace privatif où les parents chics peuvent s'engueuler à loisir loin des enfants. Du temps où ils faisaient encore du bruit en forniquant, les parents n'avaient besoin que d'une chambre. Maintenant qu'ils se tournent le dos, il leur faut une suite. Faute d'en avoir dans les idées. Le sociologue content de sa péroraison salue l'auditoire et s'écroule sur lui-même.

*

« Mademoiselle de » ne compte pas se laisser rebuter par les obstacles qu'on met entre elle et Pierre. Elle décide de patienter et le fait savoir... *Tu as tort, Gersende, ça peut durer longtemps, Pierre est parti en Hollande.* On pouffe... *Il fait des tours de moulin gratuits...* Re-pouffe. « Mademoiselle de » a droit à un florilège de variations salaces sur le thème du voyage aux Pays-Bas. Mais elle s'en moque. Elle veut voir Pierre, et elle le verra. Je dois attendre avec elle. C'est dans notre marché, paraît-il... « *With a little help from my friends.* » Je vais au salon pour être quelque part mais surtout ailleurs. Sur la table basse, assis en tailleur, un Bob Dylan qui se serait fait opérer des végétations chante *Blowin'in the Wind* tandis que le demi-queue est massacré par un osseux maladif qui tente d'accompagner une phrase de *Lovely Rita.* Leurs cas sont désespérés. Sainte Rita ne peut pas tout. Je préfère aller prendre l'air. La porte-fenêtre donne sur un balcon étroit qui plonge vers le carrefour de l'Odéon. En bas, un autobus est en feu.

*

Suzanne Massu jette un œil inquiet sur la noria de bagages charriés vers la résidence depuis les deux hélicoptères. Il y a là de quoi s'installer pour longtemps. De Gaulle serait-il en train d'annoncer à son mari qu'il abandonne le pouvoir et prend ses quartiers ici ? Suzanne Massu était contrariée à l'idée de devoir demander à sa fille Malika de quitter la résidence avec son mari et ses deux enfants. Où iraient-ils ? Jacques et elle n'avaient pas adopté Malika pour l'abandonner, même pour de Gaulle ! Suzanne Massu était soudain heureuse que Jacques ait vite renoncé à la politique. Les urnes ne savent pas combien les femmes les remercient de leur rendre leurs époux battus.

*

Rémi regarde la banderole accrochée à l'angle des rues Saint-André-des-Arts et de l'Eperon : « Fénelon piège à cons ! » Il n'a pas envie de noter le slogan. A quoi bon ? Il consulte les dernières prises sur son carnet... « On ne descend pas dans la rue, on y monte », « La rue en rut rutile »... « Ci-gît le cœur. Vive le cul ! »... Rémi est fatigué, il n'a plus envie de jouer avec les mots. Il voudrait se retrouver dans le noir avec Nanette, mais il sait que c'est impossible... *Quand c'est fini pour elle, c'est fini pour toi...* Les mots n'y peuvent pas grand-chose. Les murs encore moins. Rémi a hâte d'être au carrefour de l'Odéon, qu'il soit en feu, que les CRS chargent, le frappent, le matraquent, qu'ils s'acharnent sur lui. Rémi veut être le seul mort de mai 68. Le seul, à condition que Nanette soit là pour le voir mourir.

*

Assis dans le fauteuil qui fait face au bureau de Massu, de Gaulle laisse glisser son regard sur la carte placardé au mur. Elle est rongée d'un réseau veineux insidieux de fleuves et de rivières qui évoque la thrombose rampante gagnant le pays. Massu a décidé de rester debout devant son bureau. Il veut cracher comme une bouche à feu. Pas se vautrer dans une conversation de salon. Mais d'abord, il doit écouter, graver dans sa mémoire. Un jour, sans doute, l'Histoire lui demandera de restituer les propos du Général mot à mot. Massu ouvre de larges guillemets pour les accueillir.

« J'ai dit à mon fils de me rejoindre ici avec sa famille. Ils y seront en sécurité. Paris est devenu trop dangereux pour eux. Je ne peux prendre le risque de les exposer à une situation dont je n'ai plus la maîtrise... »

Je ne peux plus rien faire et je ne suis plus secondé. Je me sens plus guetté qu'obéi, plus toléré que craint. Ce qui était tu est clamé. On ne veut plus de moi, on souhaite mon départ

Je me sens humilié, Massu, oui humilié de me voir traité ainsi par les Français ingrats qui ont oublié tout ce que j'avais fait pour eux. Enfin, quoi, Massu, vous savez dans quel état j'ai trouvé ce pays ! Ce pays qui est venu me tirer de ma retraite, me supplier. Ce pays que j'ai relevé, malgré lui, oui ! malgré lui, et qui se met le canon sur la tempe en pleine prospérité.

Si au moins j'avais quelques braves sur lesquels m'appuyer, mais c'est la panique générale. Les meilleurs n'ont qu'un seul désir, que je m'éclipse. Que je disparaisse.

Sauf peut-être Pompidou. J'ai été très sévère avec lui quand il a composé avec les étudiants. La réouverture de la Sorbonne c'était une erreur. Pire, une faiblesse. Mais depuis, il a été très bien : fiable et fidèle. Sans lui, aujourd'hui ce serait l'anarchie. »

Massu se dit que pour faire du de Gaulle, il gommera les verdeurs et ajoutera quelques emphases et ampoulades.

*

L'autobus que je vois de la fenêtre n'est pas en flammes. C'est une batterie de pneus qui brûlent sur la chaussée, avec des fumerolles noires. Personne ne semble s'en préoccuper. Des petits groupes flânent, observent ou prennent position en silence. Il y a des badauds, des minets du drugstore, des drapeaux rouges, des drapeaux noirs, des cris épars et des jets de projectiles isolés... *CRS-SS !* On s'échauffe. Les voix résonnent contre les façades. « Lavauzelle éditeur. » Curieux. Mon père faisait de la gymnastique à La Vauzelienne quand il avait vingt ans. Je pense à lui. Je l'imagine à la barre fixe, au milieu du faubourg Saint-Germain, faisant un soleil à la barre fixe devant une enseigne vantant les mérites de La Bourboule. Enfant j'y allais en camping avec mes parents. Etrange la mémoire et ses associations de malfaiteurs. Elle essaie de me faire croire que d'un balcon du VIe arrondissement on peut évoquer ses souvenirs de banlieue. Les Beatles chantent *When I'm Sixty-Four.* J'aurai soixante-quatre ans en 2012.

*

Du balcon, je distingue à peine la statue de Danton masquée par la marquise en dentelle métallique de la librairie Lefrançois. « *De l'audace, encore de l'audace, toujours de l'audace...* » J'ai toujours été pour le vice de Danton contre la vertu de Robespierre. Mais les Robespierre l'emportent toujours et fabriquent des Napoléon qui oublient les Bonaparte. L'Histoire n'a pas d'imagination mais comme on manque de mémoire, elle s'en balance... *C'est mort, il ne se passera rien ici. Ils le disent à la radio : le Quartier latin est calme. Il n'y en a que pour la manif des cocos...* Le frisé qui m'interpelle est sorti sur le balcon voisin avec un mini-transistor. Il tourne le dos à la scène. Puisqu'il ne se passera rien. Johanna me rejoint, la bouille radieuse comme une pomme de sorcière. Dans ses mains, la rambarde ressemble à un déambulateur...

— Peut-être qu'ici, il ne se passe rien, mais ailleurs, il y a de l'action...

— De quoi tu veux parler, Johanna ?

— De la chambre des parents de Guillaume. Tu devrais aller voir. La Hollandaise a un sacré succès. Et cette fois, ce n'est pas parce qu'elle est la « Meilleure en économie ».

Les Beatles chantent *Fixing a Hole.*

*

En chemin vers le carrefour de l'Odéon, Hans et Willy s'arrêtent sous un acacia de la rue de l'Eperon... *Leçon de guérilla urbaine !* Nanette, Saint-Mexan et Rémi jouent les bons élèves. Willy parle grenades simples, grenades offensives et grenades « Criquet » sur le mode Petit Chimiste avec bromure de benzyle et gaz CB. Puis, Hans, l'Opinel en main, trace un plan sommaire sur un mur tandis que Willy l'anime avec des envolées mimant le surgissement, l'évitement, le harcèlement et le repli. Le tout ponctué de « Comme le disait Rudi Dutschke » qui sonnent à la manière de coups de tampon d'imprimatur.

— C'est bien compris, on reste groupés, mais si ça tourne mal, chacun pour soi et on se retrouve devant la statue de Vercingétorix...

La petite troupe se met en mouvement vers le boulevard Saint-Germain. A peine à l'intersection ils sont pris à la gorge par une odeur de caoutchouc brûlé. Willy renifle... *Hum! ça sent bon!* Quelque part, quelqu'un soulève le couvercle de la marmite, pour les mettre en appétit.

*

Mme de Gaulle garde son sac à main plaqué contre son ventre. Elle est assise le dos bien droit sur la chaise, une sorte de valisette posée à ses pieds. Suzanne Massu lui a proposé le fauteuil de lecture de son bureau mais elle a préféré cette chaise un peu roide. Elle n'a pas voulu non plus se séparer de ce petit bagage mystérieux. Mme de Gaulle parle comme si elle tortillait un mouchoir nerveux entre ses mains.

— Vous ne pouvez imaginer, madame Massu, ce qu'est devenu Paris et combien les Parisiens sont agressifs et injustes à notre égard. Il y a deux jours à peine, notre chauffeur me conduisait au Bon Marché ; alors que nous étions arrêtés à un feu rouge, un homme m'a interpellée et insultée avec des mots que je n'oserais vous rapporter tant ils sont grossiers. J'ai été d'autant plus choquée que cet homme était parfaitement mis et conduisait la même voiture que la nôtre.

*

— Ça suffit maintenant ! Il faut que je parle à Pierre.

« Mademoiselle de » surgit sur le balcon, le visage en lame de fond. Johanna déguerpit.

— Je vous laisse, les amoureux.

— Quelle peste, cette nabote ! Qu'est-ce qu'elle voulait ?

— Me raconter les exploits de la « Meilleure en économie ».

— Avec Pierre ?

— Pas seulement.

— C'est complet ! Je ne peux plus attendre, tu entends ?

— Mais puisqu'il est...

— ... Occupé ! Je sais, merci ! Je n'entends que ça depuis que je suis arrivée. C'est très déplaisant.

— Justement. Pourquoi tu restes ici ?

— Tu ne comprends toujours pas : je suis fiancée !

— Et alors ?

— Tu imagines ce que peut provoquer une rumeur.

— Parles-en avec ton Charles-Henri.

— Edouard-Clément !

— Tu n'arrêtes pas de me répéter qu'il est intelligent, compréhensif.

— C'est vrai ! et il adorerait que je lui en parle. Ce serait l'occasion rêvée pour lui d'être généreux.

— Alors, pourquoi insister avec Pierre ?

— Tu crois que j'ai envie de traîner ce genre de générosité toute ma vie ? Mon père fait encore grief à ma mère d'un flirt supposé à vingt ans. Elle a apporté en dot l'argent, et mon père un reproche. Il ne reste plus que le reproche.

— Ça devait pas être placé sur le même compte.

— Ce n'est pas drôle. Je ne veux pas donner l'avantage du pardon à mon fiancé.

— Un « avantage » ! C'est comme ça que tu vois votre couple ? Une partie d'échecs !... « *Being for the benefit of Mr. Kite !* »...

— Ne chante pas ! tu m'énerves.

— Laisse-moi quand même te donner un conseil : ne te marie pas, joue aux échecs avec ton Mr. Kite.

— Se marier, c'est jouer aux échecs.

— Si je ne peux plus chanter et que je dois te laisser les formules, il me reste quoi ?

— Ça suffit ! Il faut que tu m'aides.

« Mademoiselle de » se penche au-dessus de la rambarde du balcon.

— Tu vas pas te jeter.

— S'écraser devant une librairie de médecine : quelle faute de goût !

Elle sourit. On regarde en bas en silence le vague aux yeux. Les Beatles chante *Getting Better*. Ça va mieux en bas. L'espace pavé planté d'un autobus vient de s'éclairer d'une tache de couleur. Une tache écarlate. « Mademoiselle de » ne s'est pas jetée du balcon. Une fille aux cheveux rouges vient d'entrer dans le champ.

*

— Désolé, messieurs, il faut que je vous quitte. J'ai un rendez-vous que je ne peux absolument pas déplacer. J'avais prévenu.

Bien joué ! Georges Pompidou apprécie la manœuvre. Il regarde Michel Poniatowski saluer ses collègues députés avec une expression de regret proche des condoléances et quitter le bureau, certainement pour aller rendre compte à Giscard d'Estaing. Poniatowski le laisse avec une motion de confiance sur les bras. Ce n'est peut-être pas un mal. La motion sera plus facile à rédiger. D'ailleurs, elle l'est déjà en grande partie. Il suffira que chacun feigne de ne pas s'en apercevoir. Le texte prendra la forme d'une adresse au chef de l'Etat. Pompidou y tient... Adresse... Pompidou ne peut s'empêcher de se demander où est le Général en ce moment, et ce qu'il fait.

CHAPITRE 10

Seize heures

Le général de Gaulle se tord les mains. Un tic agite sa bouche. Massu ne le reconnaît pas. Ce n'est pas l'homme du 18 juin qui est dans son bureau mais celui du 24 mai à la télévision. Une mauvaise retransmission tremblotée en sombre et gris. De Gaulle réfugié dans le fauteuil ressemble à un drôle de bébé en costume croisé. Il boude. On ne l'aime plus alors il s'en va. Il disparaîtra et ce sera bien fait pour eux. Pourtant, Massu sent derrière cette lippe bougonne la machine à réfléchir qui guette à l'abri de l'abattement. De Gaulle lui fait penser à une imprimerie clandestine au fond d'une cave.

*

— Madame la Présidente, le Général et vous avez déjeuné ?

— Non, madame Massu, malheureusement non. Nous n'avons rien mangé et nous sommes en l'air depuis 11 heures ce matin. Nous n'avons fait que nous arrêter à Colombey pour prendre quelques valises. J'ai nommé Charlotte intendante de la maison. Elle était tout émue. Pauvre Charlotte, c'est une promotion un peu trop soudaine pour elle.

Suzanne Massu a failli hurler. Elle est assaillie par une vision de cauchemar : un énorme réfrigérateur pillé par une armée de mouettes rouges.

— Les Russes !

— Pardon ?

— Rien, madame la Présidente. Je m'absente un instant à la cuisine m'occuper de votre déjeuner.

*

Flanquée de Hans et Willy, Nanette pousse dans son fauteuil Saint-Mexan qui pèle une pomme verte avec l'Opinel. Rémi navigue en retrait pour ne pas risquer de frôler Nanette. Il n'a plus le droit maintenant. Nanette est songeuse. Elle pense à la scène du film où Humphrey Bogart se dévoile. Cette tête bandée et le visage très masculin de Lauren Bacall lui évoquent quelque chose. Mais quoi ? Il y a un mystère dans le mélange de ces deux images. Mais lequel ? Il faut qu'elle trouve.

Quand la petite troupe débouche de la rue de l'Eperon, le boulevard Saint-Germain leur paraît déserté. Ils sont déçus. L'odeur de brûlé les a trompés. ... *T'es sûr de ton coup, pour le bus, Hans ?... Regardez !...* L'autobus couleur crème et vert est bien au rendez-vous. Il est en travers du boulevard à la hauteur du passage du Commerce Saint-André et de la statue de Danton. Il a les roues sur les jantes, mais les vitres intactes. Deux pneus ont été enflammés comme pour éclairer la scène. On brûle de la chandelle pour rien à la rampe, le spectacle n'a pas commencé. Le front des CRS est encore à l'intersection avec le boulevard Saint-Michel, mais déjà des véhicules grillagés pointent le nez rue de l'Ecole-de-Médecine.

*

Le brigadier Estraguy se dit que ça va peut-être enfin bouger. Il en a assez d'être planté devant le mur où l'inscription « Défense d'afficher loi du 29 juillet 1881 » est malicieusement encadrée par une frise d'affiches identiques. Un CRS au pochoir brandit une matraque et se protège d'un bouclier siglé « SS ». Estraguy crache par terre. CRS-SS ! Je me demande si ces petits cons savent que c'est un slogan qu'on scandait à Alger sur le rythme Al-gé-rie fran-çaise !...

*

Hans et Willy observent les lieux autour de l'autobus avec le regard méthodique et calme de gardes du corps au milieu de la foule. Le diagnostic de Willy est pessimiste... *Trop grand ! Trop large ! Impossible de tenir ce carrefour. Les flics bloqueront par l'Odéon. Il faudra s'échapper côté Seine. Plutôt par la rue de l'Ancienne-Comédie. Surtout pas par le passage. Une vraie souricière...* Je suis impressionné par sa connaissance de Paris... *La rue ça s'apprend !... C'est de Rudi Dutschke ?... Non, de ma mère...*

*

— Et Strasbourg, Massu ? Comment va notre bonne ville de Strasbourg ? Est-elle digne de sa glorieuse histoire ? Aujourd'hui, il y a tant de gens et de lieux qui s'oublient sous eux.

— Pas Strasbourg, mon Général, regardez.

Massu déplie et feuillette *Les Dernières Nouvelles d'Alsace* posé sur son bureau.

— Strasbourg a sa manifestation CGT bien sûr, mais nos associations d'anciens combattants ont répondu par un robuste dépôt de gerbe au monument aux morts. Personne ne s'est dérobé. Il y avait Verdier, le préfet du Bas-Rhin, et le général Frison, le gouverneur militaire de Strasbourg. Tous sur la photo.

— Ils ont chanté ?

— L'article dit : « Et alors on entendit s'élever une formidable et vibrante *Marseillaise* reprise jusqu'aux fenêtres alentour. Strasbourg fidèle à elle-même : fière et résistante. »

Le général de Gaulle hoche la tête. Il n'en attendait pas moins de Strasbourg.

*

Pompidou se renfrogne. La rédaction de la motion traîne. Il a l'impression d'être redevenu professeur au milieu d'une classe de 3e. Ils ne peuvent pas utiliser une formulation comme « constituer immédiatement et autour du Premier ministre un gouvernement d'union nationale ». Ils ne se rendent pas compte ! « Gouvernement d'union nationale » ! De quoi permettre aux communistes, à Mitterrand ou à Mendès France de revendiquer le droit d'en faire partie. Pas question de leur servir de marchepied.

— Messieurs, si vous le permettez, je pense qu'il serait préférable pour la force de notre propos d'utiliser l'expression « gouvernement d'unité nationale », cela serait plus rassembleur. Plus gaulliste, en somme.

*

Pour Suzanne Massu, la réalité est pire que son cauchemar. Le réfrigérateur de la cuisine n'est pas seulement vide, il est dévasté. Elle trouve le cuisinier prostré devant. Degrelle est dans le même état que Vatel sur le point de se passer une épée à travers le corps faute de marée. Son honneur est bafoué. Le

Président de la République en personne est là. L'occasion d'une vie. Et qu'a-t-il à lui offrir ?... *Cette bande de sauterelles russes a tout mangé, hier soir, Madame. Et les économats sont fermés à cette heure.* Suzanne Massu demande à Degrelle de différer son suicide et de l'aider à sauver ce qui peut l'être. Après triage et tamisage, il en ressort un festin de chercheur d'or composé d'une omelette nature, de quelques tranches de bœuf froides, d'une laitue, d'un assortiment de fromages réduit au brie et de pommes qui, bien astiquées, paraîtront sorties d'un conte... *Et si cela ne suffit pas, on fera tinter l'argenterie et le cristal.* Degrelle sourit, mais il sait déjà que ses jours seront hantés par le souvenir de ce repas qu'il n'aura pas servi au général de Gaulle « en personne ». Merde ! Il va finir sa vie avec un fantôme à table.

*

« Mademoiselle de » se dresse sur mon passage dans le couloir. J'allais partir de chez Guillaume... *Tu ne peux pas m'abandonner maintenant. Il faut d'abord que je parle à Pierre... Tu iras rejoindre tes amis après. D'abord, qu'est-ce que tu fricotes avec des Allemands ?...* J'explique. Elle n'en démord pas : Pierre d'abord !... *Il faut qu'il dise la vérité avant que les autres ne soient trop ivres...* « Mademoiselle de » aurait pu ajouter « ou trop embrumés » tant certains regards sont déjà partis très loin. Il n'y a pas que les Beatles qui chantent *Lucy in the Sky with Diamonds.*

J'accepte d'accompagner « Mademoiselle de ». J'espère seulement que Hans, Willy, Nanette et Saint-Mexan n'iront pas s'égailler dans le quartier. Mais j'ai confiance, ce bus en feu va les garder dans le secteur. « Mademoiselle de » donne du menton... *Nous y allons ?... On y va !* Hardi ! on pique des éperons vers le fond de l'appartement. Atteindre la chambre des parents de Guillaume est une entreprise de concours complet avec gymkhana et enjambements d'entités non identifiées... *Eh! pas de resquilleurs, chacun son tour...* « Mademoiselle de » use d'autorité de son coupe-file. Elle est l'offensée, elle a le choix des armes. C'est donc une gifle sans réplique au cerbère qui lui barre le passage... *Pas mal!...* J'assure le suivi de l'escarmouche... *Pas mal, non plus.* Et on se faufile dans la suite parentale comme par l'arrière d'un cinéma. L'intérieur est un bloc confiné de sueur et d'obscurité. Ça sent le vestiaire ! On progresse dans un couloir guidé par des feulements, râles et ahanements plus ou moins étouffés... *Pierre !... Pierre tu es là ?...* La porte de la salle de bains est entrouverte sur une bougie allumée en vigie à même le rebord d'une baignoire où dodelinent au frais des bouteilles d'alcool bien épaulées... *Pierre tu es là ?...* Pierre est certainement là, quelque part sur ce qui se présente au toucher comme un lit, mais comment savoir exactement ce qui lui appartient en propre sur ce radeau de la Méduse ? Peut-être cette jambe, parmi ces corps échoués sur lequel est planté en mât de cocagne la Hollandaise encore plus pléthorique nue qu'habillée. La « Meilleure en économie » n'en fait aucune. Elle dilapide son capital... *Pierre où tu es ? Il faut que je te parle...* Tout à coup surgit de l'obscurité, une tignasse d'un jaune éclatant. « Mademoiselle de » vient d'allumer sa lampe de poche.

*

— Croyez-vous, Massu, que je pourrais me rendre à la préfecture ?

— Certainement, mon Général. Soit en hélicoptère, soit même en voiture. Strasbourg n'est pas loin. Avec l'Alouette, on ne pourra pas atterrir directement dans la préfecture, mais on peut assurer un posé dans la cour du palais du gouverneur. C'est juste à côté. Il faut un bon pilote, mais nous avons ça. Pour la solution voiture, j'ai une ordonnance qui est un véritable coureur automobile : Alfred Stöckel, brillant et alsacien de plus !

Massu sent qu'il doit laisser le Général réfléchir. Non au moyen de se rendre à la préfecture, c'est accessoire. Mais à sa détermination d'aller à Strasbourg et donc d'officialiser son départ dans une adresse au pays solennelle. Ce serait irréversible et l'impliquerait d'une manière ou d'une autre... *Laissez-moi, Massu, il faut que je prépare mon discours...* Massu craint que le Général prononce cette phrase. Il s'y prépare.

— Bien Massu. Il n'y a qu'à prévenir les autorités allemandes de ma demande d'hospitalité.

Massu respire... pour l'instant.

*

A la guerre comme à la guerre ! Suzanne Massu se dit que ce repas des plus frugaux correspond exactement à la gravité de la situation. Est-ce qu'on sauve la France après avoir fait bombance ? Elle demande qu'on dresse trois couverts dans la salle à manger pour le général de Gaulle, sa femme et le capitaine Flohic, puis retourne à son bureau où elle retrouve Yvonne de Gaulle dans la même attitude, droite, digne et déterminée... *Puis-je voir les chambres ?...* Suzanne Massu en estafette précède la Présidente dans l'escalier, surtout pour parer à une mauvaise surprise. Tout est propre et calme à l'étage. La voie est libre... *Pour le Général, ce sera la suite du cardinal, madame Massu, à cause de la salle de bains attenante. Je m'installerai dans la chambre en face si vous le voulez bien...* Suzanne Massu est soulagée, le lit destiné au Général est assez grand... 2 m 10 ! avait insisté la Présidente dans l'escalier. Suzanne Massu s'était amusée de voir Yvonne de Gaulle arpenter le flanc du lit pour le mesurer. Trois pas et deux pieds. On sentait qu'Yvonne de Gaulle avait l'habitude de chercher, pour son mari, des choses à sa taille.

*

Hors cadre, une bouche pâteuse rouspète. Avec sa lampe de poche, « Mademoiselle de » sculpte la scène de groupe dans l'obscurité de la chambre à la recherche de Pierre dont la tignasse jaune a disparu... *Arrêtez avec cette lumière !...* ... Au hasard d'un balayage on entrevoit Guillaume le fils de la maison. Il a des yeux de lapin pris dans des phares et s'est recroquevillé autour d'un énorme vase chinois, au moins, un Ming... *Si vous le cassez, ma mère me tue !...* « Mademoiselle de » continue son exploration spéléologique du magma humain... *Tu vois que tu n'avais pas besoin d'aller au cours de Lecaillon...* En effet, comme au rétroprojecteur, émerge la figure néoclassique de la Hollandaise, tout en courbes d'utilité, optimisation, intersection, flexibilité et propension à consommer. Les Beatles chantent de nouveau *Getting Better... Pierre ! je t'ai vu. Tu es là, alors, je t'en prie : dis-leur !...* Pierre n'est pas en situation de dire, il fait. Il assure sa part dans une entreprise collective dont il ne sera pas aisé d'attribuer les mérites respectifs. C'est le kolkhoze des émois en économie libérale... *Pierre, ça suffit! Dis-leur... Fous-moi la paix, Gersende! Ce n'est pas le moment. Tu vois bien que je suis occupé...* C'est un « occupé » de trop. « Mademoiselle de » se jette comme une lavandière dans ce vivier saumâtre. Il y a des convulsions de truite récalcitrante, mais elle finit par en extraire Pierre par les cheveux. C'est Judith brandissant la tête tranchée d'Holopherne. ... *Dis-leur, Pierre!... Leur dire quoi?... Pour l'Austin... D'accord! D'accord! J'ai rien fait avec Gersende dans l'Austin... Dis : Je me suis vanté... Oui! je me suis vanté. Là, tu es contente?... Non, tu dois le dire aux autres, aussi... Quels autres?...* « Mademoiselle de » tire Pierre à travers l'appartement jusqu'au beau milieu du salon. Elle semble la seule à ne pas se rendre compte que Pierre est nu. Nu en chaussettes Burlington! L'osseux maladif en abandonne le demi-queue. L'assistance embarrassée cherche une patère où accrocher le regard. Pierre pourrait au moins se couvrir. Les Beatles tentent de l'aider avec un « *Good morning! Good morning!* » tonitruant mais le coq de Pierre se refuse à chanter.

Je laisse chacun dégriser et Pierre à sa confession publique. Je vais me réfugier sur le balcon. « Mademoiselle de » m'a épaté. Un sacré caractère. Du type au minitransistor s'échappent les slogans de la manifestation CGT... *Au revoir de Gaulle! Au revoir de Gaulle! Au revoir.* Ça me fait penser au... *Plus vite chauffeur! Plus vite chauffeur! Plus vite...* qu'on chantait en colonie de vacances. Après, on vomissait dans un sac. Je pense à Sergio, à Josette, qui défilent quelque part dans le transistor et à mon père qui est ailleurs. Mais où? Comme ils sont loin, vus d'ici!

En bas, la tache rouge de Nanette se rapproche de l'autobus. « Mademoiselle de » me rejoint sur le balcon... *C'est elle que tu vas retrouver? Un peu vulgaire, non? Est-ce que je peux venir avec toi? Je ne reste pas chez Guillaume avec tous ces hypocrites...* Dans l'ascenseur asthmatique, « Mademoiselle de » regarde les cheveux de Pierre restés entre ses doigts. *Et en plus, il se teint!...* Les Beatles chantent *She's Leaving Home.*

*

« Demande d'hospitalité », Massu ne sait comment il doit comprendre cette formule du Général. Est-ce une façon détournée de présenter une demande d'asile aux autorités allemandes? Inconcevable! L'homme de la France libre déposant les armes chez l'ancien ennemi. Insensé! Massu ne peut pas laisser le Général s'engager dans ce genre d'impasse, pour lui et pour la France. Il a besoin de temps pour réfléchir. Il lui faut en gagner. Faire diversion.

— Mon Général je vous propose de parler de tout ça en nous restaurant. Mme Massu nous a préparé une collation. Je donne des ordres et je reviens.

Massu sort de son bureau. Il laisse le Général dans la contemplation rêveuse d'une photographie en évidence sur le mur. On y voit le chef de bataillon Charles de Gaulle en tenue au milieu de ses hommes. Le cliché a été pris en 1927 à Trèves en Allemagne, comme une photo de classe... *Les moustaches autour du chef*! De Gaulle ne se souvient plus qui avait lancé cette plaisanterie. De Gaulle se dit qu'il sera sûrement le dernier Président de la République à moustache.

*

Suzanne Massu laisse Mme de Gaulle seule dans sa chambre. A peine sur le palier elle entend le bruit d'une voiture en provenance du jardin. Elle va voir à une fenêtre du premier étage. Philippe de Gaulle ! Qu'est-ce qu'il fait là ? La jeune femme blonde qui descend à sa suite de la voiture c'est Henriette, son épouse, et le bout de chou, certainement Pierre, leur dernier fils. En voilà d'autres, c'est un vrai débarquement ! Deux voitures se présentent d'où descendent trois jeunes garçons qui donnent dans la blondeur. Les prénoms de leurs autres fils, déjà ? Il y a Yves, Jean, et le dernier ? L'aîné ?... Charles, bien sûr. Suis-je bête. Charles ! Il y a aussi Lalande, le chef d'état-major militaire de l'Elysée. Mazette ! et le colonel Moniez, le directeur de cabinet de son mari. Mais comment vais-je bien pouvoir nourrir tout ce monde ?

*

« Mademoiselle de » et moi descendons en silence dans l'ascenseur minuscule. Chacun se dit, peut-être, que c'est à l'autre de parler en premier. Parler de quoi ? De ce qui s'est passé chez Guillaume. Pour dire quoi ? Que *Sgt. Pepper's* est le meilleur album du monde ? Je suis d'accord. Alors, parlons d'autre chose. A peine désincarcérée de l'ascenseur « Mademoiselle de » m'arrête... *Je voudrais te remercier pour ton aide, là-haut...* Elle lève les yeux vers la voûte divine du plafond. Je fixe l'étrange motif coloré du carrelage dans l'entrée de l'immeuble. Gamin j'adorais dessiner sur mon cahier de classe une frise géométrique inextricable qui signifiait que la journée avait été bien remplie mais qu'elle était terminée. Une frise et on n'en parlait plus... *D'accord on n'en parlera plus.* Quand nous sortons dans la rue Dupuytren, une odeur de poudre me dit que la journée est loin d'être terminée. « Là-haut » chez Guillaume si les Beatles ont le sens de l'à-propos, ils doivent chanter *A Day in the Life.* C'est fou ce qu'on peut raconter en treize chansons.

*

Le pont de Sully est la meilleure cahute de pêche que le Physionomiste ait jamais eue. Peut-être pas pour la friture. Qu'est-ce qu'on peut bien sortir de la Seine ?... *Des suicidés*... C'est ce que son père disait en rigolant... « *Secours En cas d'accident Demandez Bde Fluviale 47-07-17-17 ou 17. Sapeurs-pompiers 18.* » Le Physionomiste se décale le long du parapet. Il s'était installé sur le pont juste devant cette plaque émaillée bleue. Il la cachait. Quelqu'un pourrait avoir besoin d'appeler. Le Physionomiste s'assombrit. Sa fille avait déjà joué avec les médicaments. Il était absent. Les sapeurs-pompiers étaient arrivés à temps. Arrête de penser à Dominique ! Regarde plutôt Notre-Dame, le fleuve sous le soleil, les péniches, et le quai de Béthune. D'ici, tu peux surveiller chez les Pompidou et la 2CV fourgonnette. Le Jeunot à l'intérieur doit s'inquiéter. Il sourit. On est deux maintenant à attendre que ça morde.

*

Suzanne Massu se jette dans l'escalier pour aller au-devant de la troupe des nouveaux arrivants. Dans l'entrée, Stöckel montre le bureau de son mari avec des gestes de conspirateurs... *Ils sont là !...* Elle hausse les épaules. Bien sûr qu'ils sont là. Ce n'est plus le problème. Il ferait mieux d'aider pour les bagages.

*

Suzanne Massu se fait l'effet d'un chien de berger qui mène la troupe des nouveaux arrivants au salon. Elle ne veut pas que tous ces mouvements gênent le

Général et son mari, enfermés dans le bureau, alors elle mord un peu les mollets. Même quand chacun a trouvé une place elle ne voit pas comment elle pourrait les nourrir. Le colonel Moniez semble lire son cauchemar dans ses yeux... *Madame Massu, si cela vous paraît approprié à la situation, je pourrais emmener vos invités chez moi pour les faire déjeuner...* Suzanne Massu regarde Moniez comme un sauveur. Elle claquerait bien dans ses mains pour annoncer la nouvelle à la ronde... *Puis-je vous parler, madame Massu?...* C'est Lalande qui vient en confidence. L'homme semble complètement effondré. Il ne manquait plus que ça.

*

— Que se passe-t-il, Lalande?

— Madame Massu, je ne comprends pas. Ce matin, le général de Gaulle me convoque à l'Elysée pour me confier la mission de convoyer jusqu'ici Philippe de Gaulle et sa famille.

— Mission que vous avez parfaitement exécutée.

— Sauf que le Général m'a dit qu'il partait à Colombey et que je le retrouve chez vous s'entretenant avec le chef des Forces françaises en Allemagne sans que j'en aie été informé. Je suis tout de même son chef d'état-major particulier et... compagnon de la Libération.

— Allons, Lalande, ne laissez pas l'homme prendre le pas sur le militaire. L'homme est blessé de ne pas savoir alors que le militaire sait qu'il n'a pas à savoir mais à obéir.

— Vous avez raison, madame, c'est de l'orgueil.

— Il en faut. Mais cela dit, rejoignons mes hôtes au salon. Je ne voudrais pas donner l'impression de manquer à mes devoirs.

— Bien, madame!

*

Suzanne Massu aide Henriette de Gaulle à monter dans la première voiture. Elle porte le petit Pierre dans les bras. L'enfant est fatigué... *L'avion l'a épuisé...* Il lutte contre le sommeil, le pouce en secours. On dirait un petit clairon. Sa mère l'enveloppe et veille sur lui comme une madone blonde. Philippe de Gaulle a bien de la chance d'avoir une telle épouse. Suzanne Massu regarde les voitures s'éloigner en se disant qu'elle n'a pas assez remercié Moniez d'avoir emmené déjeuner chez lui toute la famille de Philippe de Gaulle. Le temps des remerciements viendra plus tard.

*

Nanette regarde la fumée noire monter de pneus consumés. On dirait les fumerolles d'un champ de bataille sans la bataille. Le carrefour donne l'impression qu'il s'est déjà passé quelque chose et qu'il est inutile d'y revenir. A l'intérieur de l'autobus, une fille avec des montures de lunettes Sécurité sociale se fait photographier au volant. Elle écarte les coudes et gonfle les joues pour imiter un chauffeur à gros biscoteaux. Bientôt on verra des photographes ambulants avec des toiles peintes. Il suffira de passer sa tête par le trou. « Souvenir de mai 68. » Nanette s'étonne d'une excroissance façon hutte de chasse sur son balcon aménagé... *Comment il a pu avoir un permis de construire ça, cet enfoiré ?...* Au 122 du boulevard, troisième étage, une grosse mouche intriguée observe Nanette. C'est une petite fille. Trois ans, peut-être. Elle porte des lunettes de ski et une écharpe sur le nez pour se protéger des gaz lacrymogènes... *Isabelle, rentre !... Viens voir, Mamie, il y a une dame avec des cheveux de clown !...* Nanette se demande comment annoncer à Saint-Mexan qu'elle attend un enfant de lui. Qu'elle aimerait le garder. Elle vient de le décider, là, en voyant cette gosse. On l'élèverait tous les deux, mais je te foutrais la paix. Nanette sourit en pensant à l'expression « permis de construire ». Elle aimerait bien une fille avec des lunettes de ski. Elle l'appellerait Isabelle, pour se souvenir de ce moment où elle a décidé. De ce moment qui pique un peu les yeux.

*

Le Physionomiste ne parvient pas à garder son attention fixée sur sa ligne. Il pense à Dominique. Depuis combien de temps tu n'as pas vu ta fille ? Peut-être qu'elle n'est même plus blonde. Avec les filles, aujourd'hui. Ce serait dommage. Un blond pareil. Celui de sa mère. Il ne sait même plus où elle habite. Chelles ou Gagny, sa dernière adresse. Quelqu'un lui avait dit qu'elle était venue sur Paris. Deux ou trois coups de téléphone, et il retrouverait sa trace. Ce n'est pas la peine d'être dans les Renseignements, si tu n'es pas capable de « loger » ta fille. Attention tu as une touche !

*

Yvonne de Gaulle est fâchée... *Tout de même, on aurait pu m'avertir que mon fils était arrivé avec sa famille !...* Suzanne Massu sent bien que ce « on » et cette mine contrariée lui sont destinés. Mais « on » en a décidé ainsi pour ne pas risquer de troubler l'entretien entre le Général et son mari... *Philippe et sa famille sont juste à côté de la résidence, madame la Présidente. Je vous ferai conduire auprès d'eux quand vous le souhaiterez...*

« On » conduit Mme de Gaulle au salon où le capitaine Flohic l'attend... *Est-ce que je vous ai raconté comment j'avais été injurié par un homme en DS 19 ?...*

*

— Comment tu nous as retrouvé, l'Etudiant ?

Je montre à Nanette les balcons qui affichent complet au cinquième... *C'est là-haut que ça pousse, ce genre de fille ?...* Je présente « la fille » à la bande sans insister sur la particule. « Mademoiselle de » répond façon allemand première langue à Hans et Willy, Rémi s'incline façon rallye, et Saint-Mexan ricane façon Saint-Mexan... *C'est ta petite copine ? Elle est pas épaisse... Désolée, je ne suis pas sa petite copine. Je suis fiancée et pour votre gouverne, je pèse 48 kilos et mesure 1 m 68...* Saint-Mexan flatte Nanette à portée de main... *Les chiffres y a que ça de vrai... Quand vous aurez terminé les ronds de jambe on pourra peut-être y aller...* Willy rouspète pour reprendre la main. « Mademoiselle de » se racle la gorge... *J'aimerais me joindre à vous, si vous le voulez bien...* Willy examine ses chaussures plates. Ça ira. Ecoutez bien. On fait cercle autour de lui... *Il faut se placer derrière le bus. Les flics arriveront de là. Regardez !...* Willy montre le peloton de CRS qui s'est disposé, à une cinquantaine de mètres, sur la largeur du boulevard Saint-Germain à hauteur de Saint-Michel. Ils ne portent pas encore leurs boucliers... *Il y en a aussi de planqués dans la rue de l'Ecole-de-Médecine. Ce sont les plus dangereux.*

Le brigadier Estraguy a bien écouté son chef L'« armoire normande », comme il l'appelle à cause de sa taille. C'est sûr, on va bientôt se dégourdir et faire prendre l'air au bidule... Ils vont déguster les merdeux... « Mademoiselle de » interroge Willy... *Et maintenant, que fait-on ?... On attend, Baronne...*

*

Massu sort de son bureau. Le colonel Mathon se dresse de sa chaise, Massu l'apaise de la main et fait signe d'entrer au serveur qui attend derrière la table roulante où sont dressés deux couverts. Les aides de camp Delclève et Richard viennent comme au rapport.

— Messieurs, nous ne sommes pas sortis de l'auberge, il est têtu comme une mule et bloqué dans sa résolution de tout laisser tomber ! Il m'a décrit l'Apocalypse. J'ai déployé pas mal d'arguments, mais il ne veut rien entendre. Il ne peut tout de même pas tout plaquer ! Par ailleurs, nous ne pourrons pas cacher longtemps sa présence ici. Richard, faites-moi chercher Seydoux, notre ambassadeur à Bonn. Pour ma part, je n'ai pas renoncé. Je retourne dans la fosse aux lions !

*

Le Général n'a le cœur ni aux agapes ni aux libations. Il a à peine entamé sa part d'omelette et n'a bu qu'une gorgée d'eau. Il prend une deuxième tasse de café.

*

— Je vous offre un verre si vous le permettez.

La proposition de « Mademoiselle de » paraît incongrue si l'on considère l'autobus abandonné en travers du carrefour de l'Odéon, les brûlots, les jets, les cris, l'odeur de poudre et d'essence mais surtout le front des CRS qui s'est avancé sur le boulevard Saint-Germain jusqu'au croisement avec la rue Dupuytren, comme s'ils voulaient être vus depuis le balcon de chez Guillaume. Les hommes portent leurs boucliers.

Rue de l'Ecole-de-Médecine, le brigadier Estraguy et ses collègues font mouvement en file pour contourner l'autobus par la gauche.

— Putain ! se font pas chier, les mômes. Ils sirotent en terrasse !

*

— Massu, vous avez pu entrer en contact avec les autorités allemandes ?

— Malheureusement, mon interlocuteur, le général Karpinski est absent de Baden aujourd'hui.

— Si votre délégué permanent est absent, alors, il faudra prévenir l'ambassadeur.

Massu respire. François Seydoux Fornier de Clausonne est le genre de diplomate de père en fils « à la française » avec lequel il est facile de s'entendre. Un Quai d'Orsay pur jus. Il comprendra que dans ces circonstances particulières, Massu ait « oublié » de le prévenir.

*

Massu observe le Général qui semble tout à coup repu de ce repas de miettes. Ses mains se décrispent sur les avant-bras du fauteuil, ses longues jambes cessent de s'agiter. Son visage attend mais son menton enjoint. Massu a l'impression que de Gaulle tient la baguette et lui dit : C'est à vous !

*

— Je vous offre un verre, oui ou non ?

La proposition de « Mademoiselle de » paraît moins incongrue si l'on considère la terrasse du café à l'angle du boulevard Saint-Germain et de la rue de l'Ancienne-Comédie. Elle est bondée. Le quidam y prend le soleil comme sur une carte postale de Paris en noir et blanc avec des serveurs à bacchantes et longs tabliers.

— Alors, ce verre ?

Devant l'hésitation ambiante, Saint-Mexan tranche grand seigneur.

— Pourquoi pas, puisque c'est la Baronne qui régale.

*

Jean-Luc Javal, conseiller technique auprès du Premier ministre, est de plus en plus nerveux. Il regarde par la fenêtre de son bureau. Dans la cour de Matignon, le car de reportage de l'ORTF n'est toujours pas arrivé... *Passez-moi le rédacteur en chef du journal télévisé... Jean-Louis Guillaud ? Je ne vois toujours pas le car que Sablier nous a promis... Il arrive, monsieur le conseiller... Il ferait bien. Le moment est venu de se débarrasser du vieux con !*

*

Massu se sent la bouche sèche comme à son premier rapport de commandement. Il évite le raclement de gorge du conférencier. Il s'agit là d'un tête-à-tête avec l'Histoire. Il ne doit pas rater son discours. Il en va de sa propre gloire. De Gaulle le regarde impassible et attentif.

— Mon Général, pour vous et pour le pays, vous ne pouvez renoncer de la sorte. Vous allez vous déconsidérer par ce départ et ternir votre image. Tout ce qui a été fait en dix ans ne peut être défait en dix jours. Vous allez libérer les vannes du désordre et accélérer le chaos que vous avez le devoir d'endiguer.

De Gaulle ne lui concède qu'une relance de silence.

— Mon Général, vous avez affaire à quinze mille individus décidés à porter chez nous une lutte qui se joue dans le monde entier et dont vous n'êtes pas comptable. Bruxelles, Madrid, Milan, Prague, Varsovie, Berkeley ! Ce n'est tout de même pas de Gaulle qui en est responsable ! Vous êtes écœuré, je le comprends, mais vous en avez vu d'autres depuis 1940. Vous devez vous battre jusqu'au bout, sur le terrain que vous avez choisi, même celui du référendum si vous y tenez encore.

Massu aurait bien dit que cette idée de référendum est une belle connerie, mais ce n'est pas l'humeur de l'instant.

— Si vous passez le pouvoir, mon Général, il faut que ce soit à la suite d'une consultation populaire. Pas avant. Pour permettre ce référendum, ceux qui visent votre succession dans la légalité seront amenés à pousser au retour du travail dans les postes, transports, préfectures. Partout.

Massu ne comprenait pas pourquoi on n'avait pas botté le cul à ces piquets de grève.

— Si le référendum que vous envisagez se révèle impossible, il sera toujours temps de démissionner.

Massu s'aperçoit qu'il s'est donné une suée. A force de se faire monter en température, il s'est mis l'aiguille dans le rouge et ne se rend plus compte qu'il est en train de houspiller le général de Gaulle comme une simple ordonnance. Massu tu joues avec ta cinquième étoile. Pourtant, le Général, jusque-là occupé à la recherche résignée de ses pieds sur le tapis, le regarde maintenant avec les yeux du chauffagiste pour son manomètre.

— Continuez, Massu, continuez !

Massu reste adossé au rebord de son bureau. Le voilà aculé à devoir lâcher son propos. Au moins que ce soit avec panache.

— Mon Général si, comme vous me le dites, vous êtes résolu à démissionner, vous ne pouvez le faire après avoir fui. Car le front de cette bataille est en France et pour vous, le front est à Paris. Le vieux lutteur qu'est le général de Gaulle doit faire front jusqu'au bout. Et il ne manquera pas de gens pour lui rendre hommage.

De Gaulle laisse aller une moue dubitative. Il reprend du flasque aux joues. Massu modifie la hausse.

— Pour être franc, je ne crois d'ailleurs aucunement à une menace physique sur votre personne. Je vais être direct, si cela devait survenir il vaudrait mieux pour le général de Gaulle être victime d'une telle éventualité que de s'être soustrait au risque.

— Vous voulez dire, Massu, qu'il serait préférable que je sois assassiné.

— Absolument, mon Général !

*

Hans surveille l'approche des CRS au-dessus de sa chope de bière. La Spaten est fraîche et le CRS à l'horizon d'un bleu un peu flou. Il ne sait plus très bien à combien de pintes il en est. La Baronne ne sourcille pas. Elle doit régler après chaque tournée. Le serveur est méfiant. Il jette un œil vers l'avancée des CRS. Il ne faudrait pas qu'une charge intempestive explose sa terrasse. Il en serait de sa poche. Tout ça n'est pas bon pour le commerce.

Willy est déçu. C'est un mauvais coup, cet autobus. Il n'a repéré aucun provocateur. Mauvais signe. Pas assez de monde. La mayonnaise n'a pas pris... *On dit ça en français ?...* Trop large, trop vaste, ce carrefour. On pourrait y sabrer à cheval. Indéfendable. C'est raté. Mais que c'est bon de boire une Spaten à Paris en mai, sans porter d'uniforme !

Saint-Mexan s'est écarté de la terrasse... *Je suis pas venu là pour prendre le thé...* Il défie les CRS... *Allez ! venez bande de lopettes ! Locdus ! Trouillards !* Il se frappe le torse. Nanette le laisse jouer à Tarzan. Elle s'est prise à discuter avec Gersende. Cette fille connaît plein de choses et sait ce qu'elle veut. Pas si coincée que ça. Pas pucelle, vierge ! Nuance. Pourrait même être mignonne si elle s'arrangeait. Gersende trouve qu'elle n'a pas assez de poitrine. Elle a tort. Au moins elle sait que ce n'est pas pour ça que les mouches s'approchent. Cette fille irait bien à Rémi mais il ne la regarde même pas. Nanette en est fière. Gersende lui donne envie de retourner à l'école et Rémi au cinéma. C'est la première fois que Nanette reverrait un film avec un type. Pourtant celui-là n'a rien d'attirant, ou alors c'est bien caché.

Rémi sait que Nanette ne le voit même pas. Comment le pourrait-elle ? Tous ces hommes, ces masses, cette force qui l'entourent. C'est pour ça qu'il lui a indiqué cette statue sur la façade de Notre-Dame. Il faudrait qu'il ose lui expliquer. Mais il ne pourra pas.

Tout à coup, les CRS accélèrent le pas sur le pavé.

*

— De Gaulle assassiné ! comme vous y allez, Massu. Mais admettons, me voilà mort, mon honneur est sauf et ma gloire intacte. La France irait-elle mieux pour cela ? Ceux qui ne manqueront pas de se presser pour me remplacer sont-ils plus à même d'apporter les réponses que la France attend ? Regardez-les suivre mon cercueil, le masque du chagrin au visage, la tête basse plombée de leurs seules ambitions et les mains dans le dos pour compter leurs amis sur les doigts. C'est de ça dont je devrais me faire le complice, Massu ?

— Malika, notre fille adoptive, nous racontait...

De Gaulle n'aime pas le terme de « fille adoptive » comme l'utilise Massu. Pour lui Anne de Boissieu n'est pas sa « petite-fille adoptive ». Elle est Anne de Boissieu de plein sang et sa petite-fille aimée. C'est tout.

— ... Malika racontait qu'enfant quand elle était malheureuse elle voulait disparaître pour assister à son enterrement « comme un ange » et vérifier le chagrin de ceux qui l'aiment. Ça lui redonnait le goût de vivre.

Le Général fixe Massu. A-t-il vraiment envie d'être un ange et d'assister à son enterrement pour le seul spectacle du chagrin des autres ? Anne, ma fille, ma toute petite, toi seule es un ange.

Le temps s'immobilise. Massu évite même de respirer. Brusquement le Général se lève comme pour s'ébrouer d'une émotion soudaine. Il va à Massu et lui donne une accolade bien prise aux épaules. Massu garde son poil de grognard sous la vareuse, mais bon Dieu ce que cela lui secoue la carcasse !

— Ma décision est prise, Massu. Je repars ! Appelez ma femme ! Quant à Philippe, qu'il juge de ce qu'il doit faire.

*

... Les CRS chargent !... La terrasse explose, le serveur aussi...

— Eh ! partez pas sans payer... Vous, là ! Votre note... Attendez !... 7,50... La monnaie ? Et puis quoi encore... Votre ticket, vous !... Vous croyez que je vous ai pas vus ?... Faut pas se gêner !... Monsieur, avec le pull rayé... 2,80... Si ! Trois Dubonnet... Dites que je vous vole, en plus... Et le pourboire !... Ah, merci, la révolution !...

La terrasse a explosé mais les CRS n'ont pas chargé. Il a suffi d'un brusque mouvement d'essuie-glace sur le boulevard Saint-Germain pour faire refluer les manifestants du carrefour vers la rue de l'Ancienne-Comédie et le café où on devisait en terrasse. Le reste n'est que mécanique des fluides. La vague projetée sur la devanture embarque par surprise les attablés qui refluent en panique à l'intérieur du café. Ça éclabousse les vitres avec ressac de guéridons 1900, chaises, moutardiers, carafes, tasses et verres. Le plancton humain est propulsé violemment vers le comptoir posé en récif Art déco. Derrière, les serveurs se sont retranchés pour protéger les bouteilles d'alcool et la caisse... On ferme !... Dégagez !... Touchez pas ! Le brigadier Estraguy ne comprend pas. Se réfugier dans ce café ! c'était la dernière chose à faire. Et maintenant, bande de branleurs ?

Hans et Willy ont empoigné Saint-Mexan chacun par une roue. Son fauteuil en brise-lames, ils tranchent dans le naufrage... L'arrière-salle communique avec le passage Saint-André... Surtout pas, ils nous y attendent sûrement !... L'étage !... On se hisse en haut de l'escalier tortueux, Saint-Mexan sur un pavois, Rémi sans lâcher son cartable, « Mademoiselle de » et Nanette en copines de surprise-party. A peine entassés là-haut, on comprend notre erreur... S'ils balancent des lacrymos, on est faits comme des rats... Eh les étudiants ! nous on était là juste pour boire un verre. On s'occupe pas de politique. Descendez leur dire. C'est pas nos affaires !... Tu les entends ces collabos, Nanette ? Je me demande si je préférerais pas les faire sauter, plutôt que les flics... Tais-toi, Amour !...

Je pense à la grenade quadrillée. Ça me donne une suée. Dans le journal de demain la m'am pourra lire : « Carnage au Relais Odéon. On tente d'identifier les corps. » Je me demande à quoi tu me reconnaîtrais, m'am.

*

De Gaulle repart ! Massu se sent comme un ballon météo. Il lance un « V » de la victoire triomphant à Declève et Richard qui jouent les plantes grasses au salon... *Ça y est ! J'ai gagné...* Il entre dans la salle à manger en ravalant son trop-plein d'excitation. Mme de Gaulle, sa femme et Flohic sont à table. Massu a une allure de messager, chacun le sent et le craint. Difficile dans cette physionomie réglementaire de démêler la bonne de la mauvaise nouvelle.

— Veuillez m'excuser. Madame, le Général vous demande de le rejoindre dans mon bureau.

Tandis que Mme de Gaulle va retrouver son mari, Massu ne peut s'empêcher de rassurer sa femme en glissant dans son dos un nouveau « V » de la victoire, comme un élève au piquet qui veut faire rire ses camarades. Un « V » qui ressemble étrangement aux oreilles d'un lièvre.

*

— Tais-toi, Amour ! On ne fait sauter personne.

Nanette pointe un doigt sans réplique sur Saint-Mexan.

— On a dit que c'était pour la gosse !

— D'accord, ma Nanette ! Mais alors, qu'est-ce qu'on fait ?

*

A peine Mme de Gaulle a-t-elle rejoint le Général dans le bureau que Massu déclenche une rafale d'ordres d'un coin du salon transformé en QG de campagne.

— Richard, vous décommandez Seydoux !... Declève, prévenez Moniez de ramener tout de suite Philippe et sa famille à la résidence... Stöckel !... Où il est, encore ?... Bon, Charpy, appelez Baden-Oos. Que les hélicoptères rappliquent illico avec le plein... Ha ! Stöckel, vous voilà ! Dites à ma fille et à son amie de descendre au salon...

*

Les CRS bouclent le Relais Odéon. Ils prennent position devant l'entrée du café qui mène à l'étage où nous sommes retranchés. Derrière les fenêtres dans une sorte d'avancée, qui donne sur la rue de l'Ancienne-Comédie, on est aux premières loges pour apprécier le dispositif. C'est simple, on est cuits. On distribue une volée de bras d'honneur dépités aux CRS qui nous regardent calmement en bas. Le brigadier Estraguy mordille son chewing-gum. On verra bien si tu fais autant le malin tout à l'heure, toi, le binoclard. Rémi se demande s'il ne devrait pas abandonner son cartable. Il va falloir courir. Les CRS barrent la rue de façon à nous canaliser en direction de la Seine. C'est ce que Willy avait prévu... *La rue est étroite. Ils vont se régaler... On va pas se laisser faire...* Hans montre la chaîne de la chasse d'eau à poignée de faïence qu'il a récupérée aux toilettes... *Arme de quatrième catégorie...* décrète calmement « Mademoiselle de »... *Je vous conseille d'éviter...* Hans et Willy se concertent en allemand. Je pense à leur Opinel. On grimpe de catégorie. Quant à la grenade quadrillée, elle est classée comme le Galibier au Tour de France : hors catégorie... *J'ai entendu parler tes copains allemands, j'ai peur qu'ils ne soient pas en situation régulière...* Je remercie « Mademoiselle de » d'avoir la gentillesse de m'inquiéter. En bas de l'escalier, une voix tonne.

— Je vous demande de bien vouloir sortir ! Première sommation.

*

Yvonne de Gaulle semble soulagée.

— Nous repartons dans un quart d'heure, madame Massu. Les enfants sont à l'abri. Quant à nous, nous avons vécu très longtemps, nous verrons bien le sort que Dieu nous réserve. Vous vous rendez compte, cette pauvre Charlotte, je l'avais nommée intendante de La Boisserie. Sa promotion aura été de courte durée. Elle ne nous en voudra pas. Nous rentrons à la maison, c'est là le principal, même si là-bas, à Paris, ils n'en ont que pour ce Mendès France. Désormais, c'est lui leur grand homme. Nous verrons bien. Charles et moi souhaiterions embrasser nos enfants avant de repartir. Je monte mettre mon chapeau.

*

Le Physionomiste est allé téléphoner au restaurant où il avait mangé à midi. Il avait contacté un copain fiable pour retrouver la piste de Dominique. Ça pouvait être rapide... *Si ta fille ne se cache pas...* Pourquoi Dominique se cacherait-elle ? Et de qui ? Pas de lui, tout de même. C'est vrai qu'il avait fait prendre des renseignements sur le type avec qui elle était partie. C'était normal. Il y a tellement de salopards avec un beau sourire. Il avait peut-être été brusque. Pas brutal.

Non ! Ce n'était pas vraiment une gifle. Et puis, merde ! entre un père et une fille, il y a parfois des étincelles. Le Physionomiste retourne sur le pont de Sully retrouver le Jeunot et récupérer son matériel de pêche. Le Jeunot n'est pas dupe. On ne surveille pas mieux le domicile des Pompidou de ce pont, déguisé en faux pêcheur à la ligne. Le vieux le prend pour un con.

*

Je ne sais pas comment je me retrouve en bas de l'escalier du café après la première sommation des CRS. Pas seulement en bas, mais le premier. Moins comme un élu que comme un gars poussé dans le dos. Je contemple la mosaïque pompéenne du sol. On est juste avant l'éruption. Devant moi, l'officier sanglé et botté est immense. La visière relevée de son casque le fait ressembler au buste de Périclès, la barbe en moins. La figure me rassure. Je l'ai tellement souvent découpée pour mon cahier d'histoire que j'ai l'impression qu'elle va me valoir un nouveau « Très bien ». Derrière Périclès, les hommes aux boucliers d'airain sont du type hoplite. Ils ne se contentent pas de barrer la rue de l'Ancienne-Comédie mais forment une double haie en notre honneur. Ça va être le battage des foins. « Mademoiselle de » me prend le bras. C'est le moment de se marier en grande pompe. Elle est calme. N'a pas l'air impressionnée. J'ai peur qu'elle n'interpelle Périclès... *Vous savez que je connais très bien M. Grimaud, le préfet de police. Son fils est avec nous à la faculté de droit. Nous skions ensemble à Courchevel...* « Mademoiselle de » évite la provocation. J'étreins la boule en cuivre de la rampe pour me rassurer. C'est une pomme d'or du jardin des Hespérides. Je jette un œil derrière moi vers l'escalier. La photo de classe est prête. Hans, Willy, Rémi, Saint-Mexan et Nanette attendent le petit oiseau. Le voilà. Il sort. La voix de Périclès tonne de nouveau.

— Dernière sommation!

*

— Monsieur le Ministre, pour diffuser une déclaration du Premier ministre, il me faudra l'accord écrit de l'Elysée.

— Mais vous voyez bien, Sablier, que le Premier ministre a reçu tous les pouvoirs.

— Quand?

— Depuis le voyage du Général en Roumanie.

— Qu'on me montre le papier.

Edouard Sablier se régale. Gorse, un ministre de tutelle dans la merde. Il aura vu ça au moins une fois dans sa carrière. Pas question de bouger. Les oreilles lui carillonnent encore depuis que Guillaud, le patron du journal télévisé, est entré fou de rage dans son bureau à cause de ce conseiller de merde qui traite de Gaulle de « vieux con ». Dire ça à Guillaud, un gaulliste pur jus. Il pourrait mettre ses fiches à jour le petit conseiller de mes deux. Fera pas de vieux os ce Javal. Surtout que Foccart l'a su. Il sait tout, celui-là. En attendant : pas de papier, pas de diffusion!

— J'en prends bonne note.

Dans un coin de sa mémoire, Georges Gorse note également le nom d'Edouard Sablier, à l'encre rouge.

*

... Toto, le Grand Charles veut te parler dans mon bureau. Tout de suite... Madame, je repars. J'ai voulu voir votre mari que j'aime de tout mon cœur... Suzanne

Massu ne jurerait pas que le général de Gaulle n'ait accompagné cette formule d'un baisemain. La voix était si douce, le geste si tendre. Oui, un baisemain du Général. Qui pourra prétendre le contraire ?...

*

Je ferais bien remarquer à Périclès-le-CRS qu'il est passé directement de la première à la dernière sommation, mais l'humeur, la taille et le nombre n'invitent pas à l'ergotage. Mes jambes, dangereusement filandreuses, pensent qu'il ne servirait à rien de ratiociner. Elles se mettent en mouvement spontané vers le débouché de la haie d'honneur qui ne semble plantée pour l'occasion que de matraques à fleurs tombantes.

— Je vous conseille de courir, ça va cogner.

*

Le général de Gaulle entre au salon de toute sa stature. Il y a là le général Mathon, Véronique Massu et son amie... Je vous présente Françoise Silvestre, monsieur le Président. Nous préparons médecine ensemble... Quelle faculté ?... Nancy, monsieur le Président... C'est bien, la France a besoin de médecins. Et de chirurgiens. Vous avez vu ce jeune professeur Cabrol ? Quarante-deux ans. La première greffe européenne. Il nous faut des hommes qui osent. Et des femmes ! J'espère que je n'ai pas trop perturbé vos révisions... Monsieur le Président, en ce moment, nous avons beaucoup de temps libre... A qui le dites-vous, mesdemoiselles... Oh ! pardon monsieur le Président... Il ne faut pas rougir, mesdemoiselles, laissez cela à Paris... Voulez-vous vous asseoir, mon Général ?... Non, merci, Massu. Je le serai bien assez dans cet hélicoptère. Je vais plutôt aller me dégourdir les jambes dans le parc... Passons par le jardin d'hiver, mon Général... Je vous suis, Massu. Encore une fois...

*

Georges Pompidou relit la motion de confiance signée par Henri Rey, pour les gaullistes, Raymond Mondon, les giscardiens et Jean Royer, les « non-inscrits »... Confiance du bout des doigts... Elle sera diffusée à 17 heures. C'est Robert Poujade qui la lira à la radio. Il saura prendre le ton de circonstance. « En cas de vacance de la présidence de la République, les dispositions constitutionnelles concernant l'intérim n'autorisent ni le président du Sénat, ni celui de l'Assemblée, à renvoyer le gouvernement »... C'est toujours ça de pris...

*

— Je vous conseille de courir, ça va cogner.

La voix de Périclès est presque douce, paternelle. C'est un conseil. Juste un conseil. J'allonge le pas, le regard au sol. Je compte les pavés. Il en manque. Mon cœur saute des mailles. Me presse... Pas trop vite !... Ne pas donner l'impression de fuir. L'homme est un animal. Il court derrière celui qui court. Ce n'est pas l'heure des formules. « Mademoiselle de » trottine à côté de moi, impavide. Je m'aligne sur son calme. Ne pas regarder les CRS. Ne pas croiser de regards. La haie défile. Le brigadier Estraguy reconnaît la fille aux cheveux rouges. Elle n'est pas infirme ! C'est le nageur qui est en fauteuil roulant. Et lui, voilà mon binoclard au bras d'honneur. Toi, je vais pas te rater ! Dans mon dos, un bruit confus gronde, enfle, court en chapelet, ricoche et soudain éclate. Des cris ! Des coups, comme sur des parapluies. C'est le signal, le lâcher de matraque, la cavalcade générale derrière un hurlement de charge. Un coup d'œil de pistard par-dessus l'épaule. La bande suit groupée. Saint-Mexan est propulsé comme un bobsleigh par Hans et Willy, Nanette flamboie le drapé au vent, Rémi, cartable sous le bras trace en pleine chaussée. Je dégage sur le trottoir de droite, côté Procope « Fondé en 1686 » pavé de thon au menu. Ça sent l'iode. La marée monte. Les uniformes bleus gagnent et taillent dans le banc de sardines en fuite. Des coups de hachoir sur le billot... *Enfoiré !...* Une fille en talons trébuche, un chevelu a la chemise arrachée, il boule, tente de se protéger le visage... *Arrêtez ! Mes lunettes !...* Un vélo percute une porte et reste en suspension à la verticale. Il est vert. A pleine vitesse j'ouvre la route à « Mademoiselle de ». J'écoute ma cuisse gauche. Pas le moment de se claquer les ischio-jambiers. Sur l'autre flanc Rémi est pris en chasse par un voltigeur acharné qui l'a élu gibier de l'année. Il a des jambes, le Rémi !

Le brigadier Estraguy ne comprend pas comment un putain de binoclard à cravate peut le laisser sur place avec, en plus, un sac sous le bras. On dirait un trois-quarts aile qui file à l'essai. Tu marqueras pas, salopard ! Tu marqueras pas.

Tout à coup, au milieu de ce chaos de courses et de coups, un éventail de rues débouchent de partout sans crier gare. Saint-André-des-Arts ! Dauphine ! Buci ! Elles nous sautent à la gorge. Une véritable embuscade. Laquelle choisir ?

*

— Laissez-moi là, je vous dis !

C'est Saint-Mexan qui braille. Hans et Willy ne comprennent pas... *Lâchez-moi. Je veux pas me sauver, je veux me les faire !...* Quand Saint-Mexan a ce bleu aux yeux personne ne discute. Même Hans et Willy. Saint-Mexan, seul au milieu du carrefour, tourne son fauteuil dans la direction de la masse des CRS qui déferlent droit sur lui. Il fait tournoyer au-dessus de sa tête la poignée de porcelaine au bout de la chaîne de WC.

— Venez, bande de pourris !

*

Le général de Gaulle fait l'ours. Il tourne en rond devant la résidence, s'impatiente. Les hélicoptères n'arrivent toujours pas. Le capitaine Richard est furieux... *Déjeuner! Déjeuner, d'accord, mais ils vont m'entendre, ces pilotes...* Le temps reste brumeux. Le Général ne peut même pas espérer voir apparaître le clocher de la cathédrale de Strasbourg. Il consulte à la ronde... *Mathon, est-ce que je fais bien de partir ?... Absolument, mon Général !...* Deux voitures surgissent et déposent devant la porte de la résidence Philippe de Gaulle et sa famille toujours aussi blonde. Ils reviennent en hâte de chez le colonel Moniez... *Moniez, est-ce que je fais bien de partir ?... Absolument, mon Général !...*

— Massu, dites à mon fils que je veux m'entretenir avec lui un instant...

*

... Tout droit !... Willy braille le cap à notre petite troupe désemparée au carrefour. Un fumigène explose juste devant. On traverse le rideau de fumée sans ralentir et on s'engouffre dans la rue Mazarine. La coupole dorée de la bibliothèque brille au loin comme une promesse. Marcel Proust y a travaillé ! J'essaie de ne pas penser à mon claquage de la cuisse gauche. Le brigadier Estraguy en est sûr. Il va le choper le binoclard et lui montrer comment on joue à Saint-Vincent-de-Tyrosse. Qu'est-ce qu'il fout là l'infirme, au milieu du carrefour ?... *J'en peux plus !...* « Mademoiselle de » souffle, suffoque, elle est cramoisie, vacille, fouaille de la queue-de-cheval... *Vas-y, toi ! Ne t'occupe pas de moi...* Je l'attrape par un bras, Nanette vient en renfort... *Allez ma grande !... J'en peux plus. Continuez tous les deux...* Elle pèse, va s'écrouler. J'avise une porte cochère. N° 41. Loir-et-Cher. Un bon chiffre, dirait la m'am. Je tente. Elle s'ouvre. On se jette à l'intérieur... *Si on se fait choper là on est morts...*

Rémi a vu Nanette passer par cette porte brune, il feinte le CRS qui le poursuit et pique sur l'entrée.

Le brigadier Estraguy en boufferait son casque. Juste quand il allait le toper, ce salopard le met dans le vent. *Enfoiré ! tu m'auras pas comme ça. Je vais te massacrer.*

Au moment où le brigadier Estraguy franchit le seuil de la porte en bousculant la fille aux cheveux rouges, il sent s'allumer une alarme sous la voûte de son crâne. Il ne devrait pas. Mais c'est trop tard.

— Arrête-toi, salopard !...

*

— Allez-y ! frappez-moi, bande de pourris. Frappez-moi !

Le flot des CRS s'ouvre devant le fauteuil de Saint-Mexan. Les hommes dévient leur course... *Gaffe à l'invalide !... On touche pas, bordel !...* Saint-Mexan est seul au centre du carrefour sa chaîne de WC à la main. Le monde tourbillonne autour. Saint-Mexan est l'œil du cyclone. Il hurle... *Je suis pas un invalide !* Deux gigantesques gaffes l'arrachent au bitume. C'est Hans et Willy.

— Vous avez vu ? Ils n'ont même pas voulu me frapper. Je suis quoi, moi, de la merde ?...

*

— Père, laissez-moi vous accompagner.

— Pour le moment, Philippe, tu restes ici. Toi et les tiens, vous n'avez rien à faire à Paris. Tu dois en finir avec tes problèmes de santé, soigne-toi bien à Baden en attendant de te rendre à Contrexéville. C'est essentiel. Et pas de commentaires ni d'explications aux éventuels interlocuteurs. Tiens, je te confie ceci.

Le général de Gaulle tend à son fils une enveloppe sur laquelle est écrit de sa main : « A me rendre intacte d'ici une quinzaine de jours s'il ne m'est rien arrivé. Sinon, l'ouvrir et faire le nécessaire. »

*

... *Nous avons des radars épatants !...* Georges Pompidou hausse les épaules... Messmer vient de lui annoncer que le général Fourquet a retrouvé le Président. Il est à Baden-Baden, chez Massu. C'est complet ! Cinq heures que le général de Gaulle se promène dans la nature et tout ce que trouve à dire le ministre des Armées c'est... *Nous avons des radars épatants !...* Il n'y a que deux explications possibles : l'incompétence ou la complicité. Il faudra bien qu'il tire tout cela au clair, le moment venu. Pour l'heure, il n'y a rien à modifier à son entreprise. Même si le Président décide de faire une déclaration de Baden. Lui est parti à l'étranger et moi je suis resté à mon poste. Il ne faut pas se laisser prendre de vitesse. Pompidou décroche son téléphone... *Dites-moi, Gorse, où en est ce car de reportage pour mon allocution... Il arrive, monsieur le Premier ministre. Il arrive...*

*

Nanette est envoyée dinguer par la masse du CRS qui vient de se ruer dans l'entrée de l'immeuble... *Arrête-toi, salopard !...* Sa tête frappe le mur avec un bruit de noix de coco. Les yeux révulsés, elle glisse lentement et s'écroule dans les replis de sa robe en laissant sur la peinture sale une coulée de sang qui semble indiquer... C'est ici !... « Mademoiselle de » se précipite... *Ne bouge pas, surtout...* Le CRS poursuit Rémi sous le porche jusque dans la cour intérieure de l'immeuble... *Arrête-toi !...* Le reste de l'escouade va débouler à la suite du CRS, c'est sûr. Je bloque la porte. Je m'arc-boute. Au moins laisser le temps aux autres de se sauver dans les étages. Un choc violent me projette à plat ventre. Je me protège la tête. Une cavalcade m'enjambe. Hans et Willy ! Ils tirent le fauteuil de Saint-Mexan à l'intérieur... *Ils ont pas voulu me frapper, ces pourris !...* Je ne comprends rien. J'ai mal à la mâchoire... *Où il est !... Où il est ?... Qui ça ?... Le CRS !...* J'indique la cour au fond du porche... *Et les autres ?... Y'en a pas... Y'en a pas ! Le con, il s'est fait piéger comme un bleu.* Hans et Willy se congratulent... *Qui est-ce qui lui a fait ça ?...* Saint-Mexan vient de découvrir Nanette évanouie dans les bras de « Mademoiselle de »... *Il faut lui trouver un médecin...* Saint-Mexan ne semble rien entendre... *Ma parole, je vais me le faire, ce pourri !...* Il fouille sous son siège et en sort la grenade quadrillée.

*

Mme de Gaulle redescend de sa chambre, chapeau sur la tête, valisette à la main. Elle est gentiment assaillie au bas de l'escalier par la marée blonde de ses petits-fils... *Grand-mère et son trésor!... Allons, les enfants...* Henriette de Gaulle modère sa petite troupe. Suzanne Massu observe à l'écart dans l'entrée. Elle se dit qu'on peut bien produire toutes les gloses du monde, on ne peut comprendre le général de Gaulle si on ne l'imagine au milieu des siens... *Madame Massu, savez-vous que la femme de mon fils Philippe est une excellente maîtresse de maison? Ma bru, il faudra que je vous confie les bijoux de la famille...* Elle montre la valisette... *Charles est avec Philippe dans le bureau du général Massu. Allons les attendre au salon...* Passent à peine cinq minutes, Charles et Philippe de Gaulle paraissent... *Permettez-moi, madame Massu, de vous présentez ma petite famille. Tout d'abord Charles, l'aîné, à la faculté, mais en ce moment, pas de faculté! Yves, au lycée, mais pas de lycée! Jean, au collège, mais pas de collège. Enfin, le petit dernier, Pierre, qui est à l'école et l'emmène partout avec lui : c'est sa charmante maman!*

On rit. Le Général embrasse chacun. On se laisserait bien aller à l'émotion, aux larmes peut-être, si on n'était entre de Gaulle et si dehors le bruit des hélicoptères n'appelait au départ.

*

Le brigadier Estraguy voit surgir deux géants barbus, l'infirme baraqué et un grand métèque. Inutile d'essayer de se sauver, la cour intérieure est une nasse. Les deux escaliers qui débouchent dedans sont sans issue. Qu'est-ce qu'il lui a pris? Les consignes sont pourtant claires : ne pas s'écarter des autres, rester au contact. Tout ça pour rattraper ce binoclard? Rémi est affalé contre une fontaine murale au pied de la statue en bronze d'une femme. Elle tient à deux mains au-dessus de sa tête un glaive prêt à lui donner le coup de grâce. Le brigadier Estraguy a peur. Il pense aux arènes de Saint-Vincent-de-Tyrosse. A ce moment qui lui raidit les épaules : le *descabello* quand on achève le taureau mal estoqué. C'est ce qui va lui arriver. Sauf qu'on n'a jamais achevé un taureau à la grenade. Elle est dans la main du nageur infirme. Son regard est d'un bleu vide. Il va lui trancher la moelle épinière. Est-ce que l'homme a ce même soubresaut résigné que le taureau ?...

— Ne faites pas de bêtise. Vous le regretteriez. Les autres vont arriver. Ils me cherchent sûrement.

— Avec la fumée des lacrymogènes, personne ne t'a vu. T'es tout seul. Tu fais moins le malin, maintenant, sans tes potes.

— Réfléchissez, les gars. Foutez pas votre vie en l'air...

— Regarde-moi dans ce fauteuil. Tu crois pas qu'elle est déjà foutue, la mienne ?

— J'y suis pour rien, moi.

— Personne n'y est jamais pour rien. Passe-moi ton couteau, Hans !

*

— Vous êtes le cuisinier ? Mes félicitations. Ce repas était parfait.

Degrelle a bien fait de ne pas se passer une épée au travers du corps. Le général de Gaulle vient de lui attribuer l'équivalent d'un troisième macaron au Michelin. Il a demandé à saluer l'ensemble du personnel civil et militaire de la résidence et chacun a droit à son bout d'étoile. Degrelle se demande si les photographies qu'il a réussies à prendre en douce seront bonnes.

*

— Laisse-le partir, Amour !

Nanette apparaît, blanche et blême, appuyée sur l'épaule de « Mademoiselle de ». Du sang coule sur le côté du visage, on dirait une mauvaise teinture de ses cheveux. Elle évite de regarder du côté de Rémi recroquevillé autour de son cartable comme si on en voulait à son quatre heures. Elle ne voudrait paraître inquiète que pour le couteau de Hans pointé vers l'entrejambe du jeune CRS.

— Ce serait une connerie, Amour. Laisse-le partir.

— Mais pourquoi on fait tout ça, alors ? Pour jouer ?

— Non, mais pas pour ça.

Hans et Willy sont d'accord pour aller au bout. Le brigadier Estraguy cherche de l'aide vers les fenêtres de la cour. Rémi se relève. Rajuste ses lunettes. On est au complet. Il y a un silence de conjuré autour du jeune CRS. Qui osera ?

— Nanette a besoin de soins.

J'attendais « Mademoiselle de » sur le Code pénal : la qualification du délit, le crime en réunion, la complicité, la peine de mort et l'échafaud mais elle a choisi le dilemme : faut-il mettre Nanette en danger pour tuer le jeune CRS ?

— Elle a besoin de soin. Tout de suite !

*

Le Physionomiste est étonné. Mme Pompidou n'est toujours pas rentrée du déjeuner de fiançailles de son fils à Matignon. Le programme a dû être modifié. Il n'aime pas ça.

*

Marie-Thérèse Monnerville sourit. En moins d'une heure, c'est la troisième femme de préfet qui l'appelle pour « prendre des nouvelles ». Bien sûr aucune ne lui a parlé du général de Gaulle. Quand elle en avait fait part à son mari, il lui avait seulement répondu... *Madame, nous avions prévu, cet après-midi, de nous rendre au salon de musique pour jouer ensemble. Je compte bien travailler ma flûte et faire rendre gorge à cette suite en* si *de Bach qui me résiste.*

*

Malika Massu porte sa fille au-dessus de la mêlée. Elle ne veut pas que Nathalie manque ce moment historique : le départ en hélicoptère du général de Gaulle de Baden-Baden pour Paris.

Nathalie a deux ans et demi et trouve que la grosse mouche fait beaucoup de bruit et de vent. Elle a peur et ne comprend pas pourquoi son grand-père pleure.

Massu ne peut lâcher des yeux le général de Gaulle enfermé derrière la bulle de Plexiglas de l'hélicoptère. Le temps est brumeux. Il y a de la buée sur la bulle à moins que ce ne soit dans ses yeux. Le commandant en chef des Forces françaises en Allemagne qui pleure, ce n'est pas réglementaire. Cet élément ne sera pas consigné au rapport. On peut compter sur lui.

L'Alouette du Président décolle et tranche sur le ciel gris au-dessus des arbres. Elle met le cap sur les Vosges et franchit le Rhin. Massu est soulagé. De Gaulle est de retour là-bas, en France.

CHAPITRE 11

Dix-sept heures

A peine l'hélicoptère a-t-il décollé que Mme de Gaulle a le sentiment d'avoir oublié quelque chose à la résidence du général Massu. Cela l'agace. Elle a horreur d'égarer, mais elle sait qu'elle ne doit surtout pas essayer de chercher de quoi il s'agit. Le plus sûr moyen de ne pas le retrouver c'est de s'énerver. Qu'est-ce que cela peut être ? Oublions ! D'ailleurs comment ferait-elle dans ce vacarme et les tressautements de l'appareil ? Cela lui reviendra à l'esprit tout seul. Elle observe Charles. Il s'est redressé, son visage est étrangement détendu. Il garde les yeux fermés, son esprit est déjà ailleurs. Loin devant. Charles prépare un discours. Elle le sent. Il écrit les mots qu'il dira bientôt. Les phrases fortes. Les formules. Elle sent son corps impatient d'en découdre.

*

... 97!... 98! 99! 100! Le brigadier Estraguy dénoue son bandeau. Ses yeux le piquent. Autour de lui, la cour est vide. La statue en bronze le confirme : ils sont partis, mais je ne te dirai pas où. Il ne veut pas le savoir. Cela fait partie du marché. Il s'en est sorti, c'est le principal. Il a eu de la chance, ils ne l'ont même pas dérouillé. Les deux filles lui ont sauvé la mise. Il sera sanctionné, peut-être même saqué, perdra ses galons. Tant pis. Tant mieux. Il en avait marre. Retourner au pays ? Pourquoi pas ? Les frontons, les taureaux, le rugby. Putain, ce qu'il cavalait, le binoclard ! 10,8 au 100 mètres. C'est ce qu'il lui avait dit, en lui bandant les yeux. Le foulard puait le gaz lacrymogène. 10,8 ! Lui n'était jamais descendu en dessous de 11. Le brigadier Estraguy hésite devant la porte qui donne dans la rue Mazarine. Est-ce que ça vaut la peine, tout ça ? Déshabille-toi ! Laisse ton uniforme. C'est de la vieille peau. Sors à poil. Fais carnaval. Raconte que tu t'es fait choper par une bande d'enragés... Putain, arrête de déconner... Il se frappe les cuisses, le torse et les bras comme un All Black au moment du Haka... Putain, mon gars, tu les as dans les jambes, les 10,8 au 100 mètres ! Tu les as ! Montre-leur, à ces merdeux.

Le brigadier Estraguy sort dans la rue, la matraque à la main. Ça va chier des bulles !

*

Mon étui à ongles !... Voilà ce que j'ai oublié à la résidence du général Massu. Mme de Gaulle revoit parfaitement son geste. Elle le range dans le tiroir de sa table de nuit. Et pourquoi pas *sur* la table de nuit, Yvonne ? Bien en évidence. Ce n'est pas bien grave, Suzanne Massu le lui fera parvenir. Quelle maîtresse de maison ! Elle avait géré avec un sang-froid et une efficacité remarquables l'envahissement de la résidence. En revanche, de son passage dans l'armée, elle avait conservé un parler rude et direct... *Que voulez-vous, on peut pas recommencer l'Appel du 18 juin à l'âge du Général !...* Yvonne regarde Charles. Soixante-dix-neuf ans le 11 novembre prochain, à la grâce de Dieu. Est-ce qu'il y a une limite d'âge pour sauver la France ?

*

... Où est-ce que t'étais, bordel, on allait te porter manquant !... Le brigadier Estraguy ne sait toujours pas vraiment où il est et reconnaît à peine le type de sa compagnie... Je coursais des gauchos. Je me suis fait sonner... Putain, tu saignes !... Non, c'est pas le mien. C'est du sang de fille... Qu'est-ce que tu racontes ?... Estraguy revoit l'infirme qui lui barbouille le visage du sang du joli petit lot aux cheveux rouges... T'as vu ce que tu lui as fait ?... Il avait eu vraiment peur. Ce type était barge... On s'en fout si c'est pas ton sang. Tu dis rien. T'es bon pour quarante-huit heures de perm', mon salaud !... Le brigadier Estraguy se dit qu'il n'est pas sûr de rentrer de permission. On verra.

*

La première phrase sera décisive. De Gaulle en a conscience. Ce discours, il ne peut pas se permettre de le manquer. Le dernier avait été une catastrophe. Pourtant il n'était pas si mauvais. C'est lui qui était apparu vieux et fatigué. La télévision est impitoyable. Aujourd'hui l'image balaie le verbe. C'est ainsi. Ce sera bien pire cette fois. Son visage est marqué. Il le sent. Même s'il évite de se croiser dans un miroir ces derniers temps. De Gaulle garde les yeux fermés. Il sait qu'Yvonne l'observe. Que voit-elle ? Il est loin le « fringant officier » de leur voyage de noces sur le lac Majeur. Avril 1921 ! Ils avaient bu un chianti épouvantable dans un restaurant de poisson. Tellement mauvais qu'ils en avaient ri. Le rire d'Yvonne n'avait pas vieilli. C'est la première fois qu'il y songeait. Ils devraient boire plus souvent du mauvais chianti ensemble. Demain, il faudra être bon. C'est décidé. Ce sera demain. Ne pas attendre. Frapper fort avant qu'ils aient recouvré leurs esprits. Les Français se demandent, ils se sont inquiétés : c'est le moment de surgir. Une bonne première phrase. Il lui faut trouver une bonne première phrase.

*

Le brigadier Estraguy en avait assez de répéter toujours la même chose à son supérieur. L'armoire normande n'a pas l'air de le croire. Non, il ne se souvenait pas de l'adresse de cette putain de cour où il avait coincé les gauchos qui l'avaient tabassé. D'accord, c'est dommage, sinon la compagnie y serait retournée « faire le ménage » et ils auraient compris leur douleur, ces fumiers... *Qu'est-ce qu'il fout, l'infirmier ?... Non, chef, désolé, même pas une indication... Un numéro ? la couleur de la porte ? une boutique à côté ? Vraiment pas, chef, j'étais dans le coltard... OK, les gars, on bouge vers les cars !...* Le brigadier Estraguy resserre la jugulaire de son casque. Il évite de sourire. Bien sûr qu'il se souvient du 41, rue Mazarine. Une grande porte marron avec le haut vitré et grillagé, juste en face d'une boutique de jouets anciens. Et la cour, un vrai cul-de-sac et ce putain de binoclard qui galope comme un lapin, les deux géants barbus, le moricaud, la bonne sœur en civil et la fille aux cheveux rouges. Son sang ! Elle en avait partout. Non, ce n'était pas lui. Il n'y comprenait rien et l'infirme qui voulait le suriner pour ça. Un cauchemar. Comment ils allaient faire pour s'en tirer avec cet infirme à se coltiner. Assis contre la fontaine de la cour, les yeux bandés, il avait entendu la voix d'une femme dans les étages... *Pssiitt! Montez!...* Pourquoi il ne retournerait pas là-bas? Tout seul.

— Estraguy! faut te le dire combien de fois, d'aller voir l'infirmier?...

*

— Touche pas, Amour!

Saint-Mexan ôte ses doigts du pansement de Nanette comme s'il venait de se brûler... Hé! je voulais voir comment ça tournait pour ton œil... Ça va, Amour, ne t'inquiète pas. On s'occupe de moi... Vous savez, l'arcade sourcilière et le cuir chevelu c'est toujours spectaculaire mais rarement grave... La voix rassurante, c'est Ella, la femme qui nous a recueillis chez elle... *Pssiitt! Montez...* Chez Ella, c'est un sixième sous les toits. Des chambres de bonne réunies en atelier d'artiste. Ella est peintre... Peintre figurative. Vieille réac, si vous préférez... Les paysages, portraits et natures mortes qui encombrent l'espace ne disent pas le contraire. Encore moins le chat à taches bleues qui tient la pose endormi sur un drapé de velours cramoisi. Autant acheter un calendrier des Postes... Ne soyez pas gênés. Je suis le plus mauvais peintre du monde, mais j'aime ça et ça me rend heureuse... C'était contagieux. En un rien, Ella nous avait réconfortés, restaurés et soignés dans sa blouse de peintre à touristes couverte de sang de toutes les couleurs. Pas le mien. Je n'avais même pas réussi à me faire ouvrir le crâne. Il allait falloir broder pour avoir quelque chose à raconter. Sans rien dire, Ella nous avait libérés de l'idée qu'il s'en était fallu d'un rien qu'on tue un homme. Pour moi, l'odeur de térébenthine des toiles avait suffi. Une odeur d'enfance. Celle que le p'pa rapportait d'Air France quand il rapatriait ses croûtes du club de peinture. Il valait mieux ne pas les regarder pour ne pas gâcher l'odeur. En ce moment, le p'pa prend sa revanche sur les croûtes. Il « fait son chef-d'œuvre », comme dit Sergio. Quelque part, en secret.

*

Le général de Gaulle s'agace. Il ne parvient pas à s'arrêter sur une première phrase pour son discours. Plusieurs tournent dans sa tête... *J'avoue, j'ai été tenté de renoncer...* Non ! pas de confession, ni de regrets... *J'ai disparu, mais je ne vous ai jamais abandonnés...* Trop sentimental. On n'est pas dans *Sans famille...* En tout état de cause, il faut que cette phrase commence par « je ». C'est de cela dont il s'agit. Eux et moi. Je suis légitime, les autres ne le sont pas. Il n'y a pas à choisir. Tout cela est bel et bien beau mais il faut le ramasser en une phrase. Son esprit est trop éparpillé. Il ne parvient pas à se concentrer. Il sait pourquoi. Une autre pensée rôde dans sa tête. Il en a presque honte. Il vaut mieux qu'il garde les yeux fermés sinon Yvonne va deviner de quoi il s'agit. Une telle pensée en un instant pareil !... *Savez-vous, Charles, qu'il vous vient parfois une ride d'enfant aux yeux ?...* « Une ride d'enfant », il ne voyait pas de quoi il pouvait s'agir, mais savait ce qui pouvait la provoquer. Eh bien, oui, là ! c'est vrai. Au moment où la France et certainement le monde, à cette heure, s'inquiète de la disparition du général de Gaulle, au pire des troubles que la France ait connus depuis quarante ans, le général de Gaulle lancé à près de 200 km/h et suspendu à 100 mètres d'altitude dans un hélicoptère de l'armée de l'air, le général de Gaulle pense... Pense à quoi?... A la nouvelle voiture présidentielle qu'on doit lui faire essayer, aujourd'hui! Une ride d'enfant lui vient aux yeux.

*

... Jeunes gens, comme vous le constatez, non contente d'être le plus mauvais peintre du monde, je suis également une piètre infirmière. Regardez, la tête que j'ai faite à Nanette! On dirait la Synagogue... Vous êtes juive, madame?... Pas que je sache, Nanette... Alors pourquoi vous me parlez de synagogue?... Je vous expliquerai. Pour l'instant, il y a plus urgent, il faut que je voie votre blessure. J'ai dit à votre ami que ce n'était pas grave, mais vous pourriez avoir besoin de points de suture. Je sais les faire, mais c'est pire que la peinture... Non merci!... Qui s'occupe du café, les garçons?... Moi, je veux bien essayer... Rémi veut surtout arrêter de fixer Nanette de façon si éberluée et crétine. Bien sûr que Nanette ressemble à la Synagogue et Rémi est heureux qu'Ella ne lui ait pas expliqué ce que cela veut dire. C'est à lui de le faire. Mais, tout de même, ce bandage sur sa tête, c'est étrange, non? Pourtant, ni Saint-Mexan, ni Willy, ni Hans, ne semblent se rendre compte que Nanette ressemble à Humphrey Bogart dans *Dark Passage*.

Rémi a l'impression que Nanette est nue au milieu de l'atelier et qu'elle va crier en regardant l'écran. Un long cri qui les dénoncera. Il faut l'empêcher, mais comment? Faire du café, par exemple. Hans et Willy sont ailleurs. Ils font tourner des cônes d'herbe taillées comme des chapeaux de fée tandis que Saint-Mexan boude, le fauteuil buté contre la porte d'entrée. Rémi est abasourdi. Un seul semble se souvenir de la scène avec Humphrey Bogart au cinéma : son sexe !... Je peux vous aider ?... Rémi sursaute. Il n'avait pas vu « Mademoiselle de »... Je peux vous aider ?... Pour quoi faire ? Rémi se protège l'entrejambe avec sa sacoche. C'est qu'il bande gaillardement... Le café, Rémi ! Vous vous êtes proposé pour en faire. Je peux vous aider... Ah ! le café. Oui, bien sûr, le café... Rémi rougit. Elle a vu qu'il bandait. C'est sûr, elle l'a vu... Excusez-moi, pour tout à l'heure, Rémi. Je vous ai fait peur... Je n'avais pas vu que vous étiez là, Gersende... J'essayais de téléphoner discrètement.

« Mademoiselle de » avait appelé son fiancé en tirant le téléphone au plus loin, pour s'isoler, accroupie derrière le comptoir de la cuisine... Oui, je vais bien. Non, je ne peux vous dire où je suis. Non, vous ne pouvez me rejoindre en aucun cas... « Mademoiselle de » vouvoie son fiancé ! J'en souris. Elle soupire... Qu'est-ce que tu peux être bête quand tu t'y mets !... Elle a raison. Je n'ai même pas osé appeler chez moi pour avoir des nouvelles de mon père. La sonnerie aurait fait sauter le cœur de la m'am... Ah, c'est toi... J'aurais entendu la déception dans sa voix... Ah, ce n'est *que* toi...

Dans l'atelier il n'y a plus aucune trace de la trouille qu'on avait apportée avec nous en arrivant. La trouille que les copains du petit CRS nous retrouvent ici. Qu'un voisin nous dénonce... *Pssiitt ! Ils sont là-haut, chez la barbouilleuse...* C'était grâce à Ella. Elle apaisait tout. Le temps roulait comme une évidence chez elle... Faciliter, c'est mon seul talent. Dans une autre vie j'ai dû être un fond de toile...

C'est beau !... Hans et Willy laissent aller des exclamations comme des bulles de savon... C'est drôlement beau!... Ils sont assis au pied d'une bibliothèque et s'abîment dans une pile d'ouvrages d'art à leur taille *Soutine*, *Notre-Dame*, *Giacometti*, *Le Bauhaus*. Ils tètent leurs cônes de fée et les proposent à la ronde... Toujours pas, l'Etudiant?... Toujours pas... « Mademoiselle de » m'épate, elle ne tousse même pas, Rémi ne veut pas avoir l'air idiot, mais il tousse, Ella utilise un fume-cigarette, tandis que Nanette souffle des ronds de fumée charnus qu'elle transperce d'un index humide, en fixant dans les yeux Rémi qui rougit et tousse encore plus... Quelqu'un veut du café?...

Saint-Mexan me fait signe... Viens voir, l'Etudiant... Il se tient ostensiblement à l'écart... Je te préviens, si les CRS se pointent, ce coup-là, je les fais sauter!... Il est le seul à ne pas démordre. Ça semble le rendre triste... Franchement, l'Etudiant, tes petits copains bourges, ils m'ont mis sur le cul. Surtout la Baronne. Elle a pas froid aux yeux, et le têtard, il trace! Mais, moi, t'as vu? Ils ont même pas voulu me toucher. Comme si j'étais de la merde. Non! me dis pas le contraire. J'ai bien vu. Ils ont peut-être raison : je suis que de la merde... Il me montre la chaîne de WC qu'il porte autour du cou. Hans et Willy m'avaient raconté ce qui s'était passé au carrefour de Buci. Il en reste des traces dans le bleu des yeux de Saint-Mexan... Moi, c'est pas grave. Mais je m'inquiète pour Nanette. Dis-moi, c'est quoi cette histoire de synagogue? Tu crois qu'elle me cache quelque chose?

*

De Gaulle n'insiste pas. La première phrase de son discours ne viendra pas dans le vacarme de cet hélicoptère, surtout s'il continue de penser à la nouvelle voiture présidentielle. 6 m 53 ! Ronce de noyer et pare-chocs avant en moustache de poisson-chat. Il avait hâte de voir ça. A Baden, Massu lui est apparu en bonne forme. La moustache poivre et sel, mais le corps gaillard et l'esprit libre. Il avait parfaitement joué sa partie et tout de suite compris le sens exact de sa visite. S'agissait-il de s'assurer de sa fidélité et de celle des armées ? S'agissait-il de marcher sur Paris ? Mon Dieu, marcher sur Paris, quelle idée ! S'agissait-il d'autres choses ? Un pacte de silence avait été scellé entre eux. Il n'y a pire torture qu'un secret à garder. De Gaulle pouvait faire confiance à Massu. Il résisterait à la torture. Pendant notre entretien, lui et moi avons feint de conserve avec la plus grande sincérité. Lui, l'énergie, et moi le découragement.

*

... Ma parole, Nanette, tu prends goût à te faire papouiller. Faudrait pas oublier que quelqu'un nous attend à 6 heures... Nanette sourit à Saint-Mexan, mais elle craignait le moment où il lui rappellerait ce rendez-vous. Elle espérait qu'il oublierait. Laisserait passer l'heure. Il n'y a ni transistor, ni pendule dans l'atelier... J'ai besoin de silence et de temps pour mal peindre... Le rendez-vous approche. Celui avec la gamine à socquettes blanches, l'école de l'île Saint-Louis, la Rolls-Royce... la grenade ! Nanette avait espéré que Saint-Mexan se laisserait gagner par l'humeur du lieu. On était bien, ici. Il y avait même une cuisine américaine, une salle de bains-WC, une cheminée et une chambre avec un lit à la japonaise... Non Nanette ! je n'ai pas envie d'essayer... Saint-Mexan envoie Rémi voir ce qui se passe dehors... Pourquoi, moi ?... T'es le plus rapide... Je l'accompagne. Dans la rue Mazarine. Rien. Au carrefour avec Buci. Rien. Rue de l'Ancienne-Comédie. Rien. Relais Odéon. Rien. Même l'autobus du boulevard Saint-Germain n'est plus là. On dirait de ces photos dont on a fait disparaître les personnages indésirables pour réécrire l'histoire. Rémi ôte ses lunettes comme s'il venait de prendre une décision capitale.

— Je ne crois pas que je vais remonter avec toi.

— Et pourquoi ?

— Tu ne trouves pas que Nanette ressemble à Humphrey Bogart ?

— Faut arrêter les cônes de fée, Rémi.

— Ce que je veux dire, c'est que ça ne sert à rien de suivre Nanette, comme ça. J'ai l'air d'un idiot.

Ses yeux de grenouille implorent un conseil.

— Je n'y connais rien en amour chez les batraciens.

— Pas très malin comme réponse.

— De toute façon tu as laissé ta sacoche là-haut.

— Ça, c'est mieux.

Quand on arrive à l'atelier avec Rémi, on tombe au milieu d'un enterrement, au moment des condoléances. « Mademoiselle de » est plantée raide et pâle comme un Gilles de Watteau devant le comptoir de la cuisine.

— Qu'est-ce qui se passe ?

— Elle a reçu un coup de téléphone de son fiancé.

— Et alors ?... Il vient la chercher.

*

Le général de Gaulle s'amuse à imaginer ce qui se passe à la résidence de Baden depuis son départ. Etre ce dieu qui soulève le toit des maisons pour regarder à l'intérieur. Il y voit Massu dans son bureau en conversation avec Lalande, tandis que son fils Philippe piaffe dans l'entrée. Il veut des explications. C'est vrai qu'il a peut-être été un peu dur avec lui, mais c'était pour les protéger, lui, et sa famille. Tiens, Suzanne Massu vient chercher Philippe et le conduit au salon où discutent des jeunes femmes. Le Général croit reconnaître la femme du colonel Mathon, Véronique Massu et son amie. Charmante compagnie. Cela distraira Philippe. Suzanne Massu les laisse. Elle semble pressée et elle court dans l'escalier qui mène à l'étage. Le Général a l'impression d'entendre des éclats de voix. Il tend l'oreille.

*

— Ne me prenez pas pour une imbécile ! Arrêtez de me dire que c'est à cause du général de Gaulle si mes affaires sont dans cet état !

Suzanne Massu ne sait plus comment faire admettre à son amie Lucie que si : le Général, en personne, est venu à la résidence, pendant qu'elle est allée faire un tour en ville, pour on ne sait quelles emplettes importantes. Il avait fallu vider sa chambre dans la précipitation pour y installer Mme de Gaulle et c'est pour cette raison qu'elle retrouve toutes ses affaires en vrac.

— Suzanne, je t'en prie, dis-moi que ce n'est pas vrai.

Suzanne Massu voudrait bien. Elle sait pourquoi son amie refuse d'admettre la vérité. Lucie est peut-être la plus gaulliste de toutes et tous dans cette maison. Une fervente de la France libre. Rochambelle, elle aussi. Officier à la retraite.

— Vous me faites marcher. Allez, avouez que vous me faites marcher.

Suzanne prend à témoin sa fille Malika.

— Même toi, tu es de connivence ! Ça me déçoit.

On lui montre la chambre du Général.

— Ça ne prouve rien.

Alors on retourne dans la chambre de Lucie.

— Mme de Gaulle s'était installée là.

— Ben voyons ! Vraiment vous me prenez...

— Tiens, Mme de Gaulle a oublié quelque chose... C'est son nécessaire à ongles...

Lucie prend l'étui de cuir dans la main et le fixe, hébétée.

— Alors, c'était vrai. Le Général était là, et je l'ai manqué.

Lucie se laisse tomber sur le bord du lit. Elle serre l'étui contre sa poitrine et pleure sans retenue.

— C'est injuste ! Pourquoi moi ?

*

« Mademoiselle de » a l'air d'une accusée dans son box, derrière le comptoir de la cuisine... Comment son fiancé a fait pour avoir le numéro d'ici ?... Elle le lui a donné, pardi !... Je ne pouvais pas savoir... Maintenant, il va rappliquer avec les flics !... Saint-Mexan cherche à faire remonter la pression... Du calme. Elle a juste à aller l'attendre dans la rue et ne pas dire où on est... Tu parles, des gars bien placés comme ça, avec un numéro de téléphone, ils te retrouvent sans problème... Arrêtez ! Tout d'abord, mon fiancé n'est pas « bien placé » comme vous dites, et ensuite, je ne veux pas qu'il me « retrouve ». Je ne suis pas perdue !... Qu'est-ce qu'on fait, alors ?... Ne vous inquiétez pas. Je vais régler cette affaire toute seule. Je suis désolée de vous avoir causé cet embarras... Saint-Mexan s'écarte sur le passage de « Mademoiselle de » avec une révérence qu'elle lui retourne en souriant... Elle a du caractère la Baronne... Je me dis qu'on devrait se faire courser plus souvent par des CRS. Ça rapproche.

*

Le général de Gaulle est désolé d'avoir causé un tel chagrin à Lucie Louet. Au moins lui reste-t-il de sincères fidèles. Il est tout aussi embarrassé d'avoir provoqué ce désordre dans ses affaires. Ce ne doit pas être les seules affaires qu'il a bousculées ces dernières heures. En premier lieu chez Georges Pompidou. Son Premier ministre a dû rédiger une démission tactique qu'il lui présentera demain avec la liste des concessions qui lui feraient la retirer... *Dans votre allocution il serait préférable de ne pas insister sur la participation et le référendum...* Pas question. Ou bien avec une formule qui l'exonère de toute responsabilité... *La situation présente empêchera matériellement d'y procéder...* C'est pas mal ! Pauvre Mendès France et triste Mitterrand ! Eux qui se voyaient en habit de Président ou de Premier ministre. Il leur faudra décommander le tailleur. Dans son discours, ne surtout pas les rater, ces deux-là... *l'ambition éhontée, et la haine portée au régime par des politiciens au rancart...* Ça, c'est envoyé ! Quant à Foccart, il l'aura sa « manifestation du sursaut ». Est-ce que, seulement, ils viendront ?... A 500, mon Général, nous faisons plusieurs fois le tour de l'Etoile, à 5 000 nous rallumons la flamme, à 500 000, nous prenons les Champs-Elysées... Et à 1 million ?... Nous nous réveillons en sursaut, mon Général !...

Foccart a beaucoup travaillé à cette manifestation, avec le SAC. Il mérite un salut discret dans son discours... *Il faut tout de suite que s'organise partout l'action civique*... Chacun comprendra. Tout de même, de Gaulle espère qu'il fera mieux demain que les communistes aujourd'hui. Certes ils ont subi un revers, mais, au moins, se sont-ils tenus dans la légalité. Dans leur propre intérêt. Ce sont des « alliés objectifs » et sûrs, mais dans le discours de demain, il faudra brandir la menace de dictature... *par un parti qui n'est qu'une entreprise totalitaire*... et ne pas oublier d'évoquer le danger gauchiste... *même s'il a déjà des rivaux à cet égard*... De Gaulle est satisfait. Son discours prend tournure, mais il lui manque encore cette première phrase.

*

... Non ! Je n'irai pas !... Devant la porte de l'atelier, « Mademoiselle de » se ravise tout à coup. Elle tape du pied... Je n'irai pas ! Il n'y a aucune raison pour que je me plie aux injonctions de qui que ce soit, fût-il mon fiancé !... Saint-Mexan siffle comme sur le passage d'une Ferrari... Ça, c'est ce qui s'appelle causer !... Je ne vois pas pourquoi je descendrais... Parce que sinon, jeune fille, c'est lui qui va monter... On se tourne tous vers Ella qui barbouille du rouge sur du rouge, le visage irradié... Et quand bien même il viendrait ici ?... Il n'aimera peut-être pas ce qu'il va y trouver, Gersende... Je ne vois pas pourquoi... Lui, verra. C'est à ça qu'on reconnaît un fiancé d'un mari. J'en ai eu un, mais je ne lui ai pas laissé le temps de sécher... Franchement, je ne comprends toujours pas ce qu'il verrait de particulier s'il se retrouvait, ici, au milieu de nous... Qu'il est le jeu des sept erreurs à lui tout seul... Saint-Mexan est content de sa plaisanterie... Bien, j'ai compris. Je descends parler à mon fiancé, et je remonte...

*

Et ce brave Gaston ! Le général de Gaulle s'aperçoit que, dans sa distribution des gracieusetés, il a oublié Gaston Monnerville : le premier Président de la République française, Noir. Le plus éphémère aussi. Monnerville c'est Gaston le Bref ! Président de la République pendant deux heures à peine. Le temps de franchir le Rhin à l'aller et au retour. Il y avait le gigot de sept heures, il y aura désormais « Le Président de deux heures » ou « Le Veau Monnerville ». On pourrait le servir au restaurant du Sénat. Le seul endroit là-bas, qui ne craint pas l'absentéisme... *Vous allez bien, Charles ?...* De Gaulle n'a pu retenir une quinte de toux et de rire mêlés... *Parfaitement, madame. Je songeais à la cuisine politicienne...* De Gaulle se ressaisit. Il est injuste avec le président du Sénat. Monnerville est un adversaire intraitable, mais loyal. C'est un des rares hommes politiques réellement cultivé, un ancien Résistant. Un vrai. Sa femme aussi. Engagée volontaire pendant la guerre. Peu de ses Compagnons peuvent se prévaloir d'une telle épouse. Dommage que Monnerville n'ait pas été gaulliste. Malgré cela, les sénateurs l'avaient choisi comme président. Une sorte de provocation. Qu'il en assume les conséquences ! De Gaulle songe à son projet de réforme du Sénat. Il est bien avancé... *Le Sénat, c'est l'assolement triennal d'une jachère !* La formule lui avait donné une idée pour fertiliser la Chambre haute : mélanger aux sénateurs une dose de syndicalistes. Cet apport d'engrais rouge amusait beaucoup de Gaulle. Mais tout de même moins que « Le Veau Monnerville »... *Vous êtes certain que vous allez bien, Charles ?... Parfaitement, madame, je songeais à l'agriculture...*

*

Gaston Monnerville n'aime pas cette inquiétude qui lui noue le corps. Malgré tout ce qui bruisse autour de lui, depuis ce matin, et qui devrait l'occuper tout entier, il ne parvient pas à chasser de son esprit ce « désordre de perspective » dans le jardin du Luxembourg. Il avait eu beau, dès qu'il l'avait pu, s'échapper vers la fenêtre sous l'horloge, pour scruter le moindre détail, il n'avait pas réussi à trouver ce qui manquait à cette perspective. Cela virait à l'obsession et laissait monter en lui une angoisse qui le fâchait. Même la vue des palmiers dolents ne parvenait pas à l'apaiser. Je t'aurais cru plus raisonnable, Gaston !

*

— Moi, je vous dis qu'elle ne va pas revenir toute seule, la Baronne !

Saint-Mexan s'emporte. On le sent surtout agacé de voir Nanette battre des cils pendant que Rémi lui explique quelque chose à propos des statues de Notre-Dame. Ils sont plongés dans un gros volume, assis sur l'estrade à côté de Hans et Willy qui dorment lovés autour du chat à taches bleues. Jolie composition.

— Qu'est-ce qu'on en a à foutre de Notre-Dame, Nanette ? Et qu'est-ce qu'il veut, le têtard ? Il a déjà eu son tour.

Personne ne semble faire attention à Saint-Mexan. Ella peint en tirant sur son fume-cigarette chargé d'herbe bienveillante. Elle essaie de rendre le rouge du fauteuil de Saint-Mexan... *Ne bouge pas ! On le tient presque.* Je passe la tête par une lucarne de toit qui donne sur la cour. Un peu pour respirer, mais beaucoup pour essayer de saisir quelques bribes de la conversation entre « Mademoiselle de » et son fiancé. J'espère même des éclats, mais je n'entends rien sauf un canari, quelque part dans une cage... Regarde, Amour, c'est incroyable!... Nanette pose, sur les genoux de Saint-Mexan, l'énorme volume *Notre-Dame*... Rémi a raison! Tu ne trouves pas qu'elle me ressemble?... Saint-Mexan a un choc. Ce serait comme tomber de quatre étages en chute libre, les yeux ouverts. Il résiste, mais il doit l'admettre, cette statue ne ressemble pas à Nanette : c'est Nanette! De quel droit ce têtard de Rémi se permettait-il de découvrir sa Nanette dans un livre? C'était à lui de le faire. A lui seul! Il faut partir. Saint-Mexan ne veut pas savoir ce que représente cette statue. Il faut partir et aller faire sauter la gamine. Ça, au moins c'était à eux.

*

Cette évocation du « Veau Monnerville » a donné faim au général de Gaulle. Chez Massu le repas a été des plus frugal. C'est égal, il n'avait envie de rien. Mais là, tout à coup, il se surprend à saliver à la seule idée du pot-au-feu que cette brave Honorine va leur préparer pour le dîner de ce soir. Est-ce qu'elle connaît la recette du gigot de sept heures?... *Nous le lui demanderons, Charles. Nous arrivons bientôt...* Il y avait eu une véritable lueur de bonheur sur le visage d'Yvonne quand elle avait prononcé ce « bientôt ». Le Général reconnaît qu'il lui mène la vie rude. Une vie de femme de soldat plus qu'une vie de femme de Président. Yvonne aurait peut-être préféré une vie de femme tout court. La visite des petits-enfants le dimanche, le dîner chaque soir à 7 heures. Yvonne avait-elle regretté leur union, un instant, ou même, une seconde, souhaité leur séparation ?... *Savez-vous, madame, que notre Constitution y met quelques obstacles ?... Pourquoi me parlez-vous de cela, Charles ? Nous ne sommes pas unis par la Constitution, mais par Dieu...*

*

... Nanette, pour la dernière fois, si tu ne veux pas venir, je m'occuperai tout seul de la gamine... J'arrive, Amour, je veux seulement savoir ce que représente cette statue... C'est la Synagogue, Nanette. C'est d'elle dont te parlait Ella tout à l'heure... Qui c'est ?... La femme qui ne reconnaît pas le Christ... C'est dans la Bible, Rémi ?... Non, seulement dans la tradition... Alors, elle n'existe pas... Si, mais pas dans les Ecritures... Tu dis qu'elle n'a pas reconnu le Christ, Rémi. C'est parce que son chapeau lui tombe sur les yeux ?... En réalité, ce n'est pas un chapeau. On la représente les yeux bandés, pour figurer son aveuglement... Pourquoi est-ce qu'elle a un visage d'homme ?... Je ne sais pas. Je crois que la Synagogue de Notre-Dame est la seule à avoir ces traits masculins... C'est fini ce cirque ? On n'est plus au café, merde !... Attends, Amour. Il y a d'autres synagogues, Rémi ?... Oui, mais aucune ne te ressemble, Nanette... Qu'est-ce qu'elle devient, après ?... Après quoi ?... Quand elle n'a pas reconnu le Christ ?... Ça suffit, Nanette ! Maintenant que tu sais qui tu es, on y va... Ne te moque pas, Amour. Juste ça. Je veux juste savoir ça... Tant pis, Nanette. J'y vais tout seul... Saint-Mexan ouvre la porte de l'atelier comme pour l'arracher et jette son fauteuil roulant dans l'escalier.

*

L'hélicoptère n'est plus obligé de voler en rase-mottes pour échapper aux radars. A cette altitude, le temps semble immobile. Songeur. Le temps se demande ce qui s'est vraiment passé pendant ces quelques heures de disparition, particulièrement au cours de l'entretien entre de Gaulle et Massu. Le temps aime comprendre le temps. Il cherchera des explications, s'offrira des supputations de billettiste, montera des thèses filandreuses. Le temps aime faire du roman. L'Histoire, c'est de la barbe à papa. Le général de Gaulle se souvient parfaitement de quoi il n'a pas parlé avec Massu. Par exemple d'un quelconque recours à la force armée. Des chars sur Paris ? Pourquoi pas le retour de la 2e DB de Leclerc. Il n'a pas, non plus, évoqué de mystérieuses « dispositions de nature à étayer, si c'était nécessaire, le discours énergique qu'il comptait faire le 30 mai ! ». Les mots suffiront. Bref. Rien de cela n'a été abordé avec Massu. Ni même une promesse d'amnistie générale pour effacer les séquelles de la guerre civile algérienne. Encore moins la libération du général Salan de la prison de Tulle. Non vraiment Massu et lui n'avaient pas eu besoin d'avoir recours à ce genre de barguignage pour se parler « en soldat ». Le Général est confiant. Massu saura conter une histoire édifiante de leur entretien.

Yvonne observe le fin sourire de contentement qui court sur les lèvres de Charles. Si elle osait, elle dirait qu'à cet instant le général de Gaulle a un sourire madré. Mais qui oserait ?

*

Saint-Mexan sue de rage. Qu'est-ce qu'elle croyait, Nanette ? Qu'il allait rester coincé là-haut à écouter leurs délires de curetons intellos ? Pourquoi ? Parce qu'il est un infirme cloué dans son fauteuil roulant ? Une petite pièce, ma bonne dame. Eh bien, qu'ils voient ! Pas cloué, l'infirme et vise le fauteuil roulant : une vraie schlitte des Vosges... *C'est pas fini ce barouf dans l'escalier !... Ta gueule !...* Admire plutôt la glisse, pépé ! C'est pas de la descente de croix, ça ? Saint-Mexan débouche dans la cour comme une balle de golf miniature. Il roule jusqu'à la fontaine, s'humecte la bouche et se mouille la nuque. La statue en bronze a de trop petits seins... *Range ça ! Tu ne feras pas l'affaire...* Saint-Mexan lève la tête vers le sixième étage et le bout de ciel bleu tendu en velum au-dessus des toits. Trop haut pour lui. Trop bleu. Saint-Mexan savait bien qu'un jour quelqu'un reconnaîtrait Nanette et viendrait lui prendre. Mais pas comme ça !

*

Flohic indique au général de Gaulle que l'hélicoptère va bientôt se poser. Déjà ! Bien sûr, au retour il n'y a pas eu besoin de l'escale de Saint-Dizier, ni du transport à Issy-les-Moulineaux et Colombey est sur la route, mais tout de même. Le temps du retour est toujours plus court. Le Général griffonne des indications à Flohic qui traduit approximativement. L'hélicoptère ne se posera pas comme d'habitude sur le pré, au fond du parc de La Boisserie. Flohic s'étonne... *Top secret !...* Flohic insiste. Je dois m'occuper de ma prostate...

*

« Mademoiselle de » discute sur le trottoir de la rue Mazarine avec son fiancé, devant la boutique de jouets anciens. Saint-Mexan surgit du numéro 41. Il est trempé de sueur, furieux, et s'active comme un fugitif sur les roues de son fauteuil. Il fonce au milieu de la chaussée, on s'écarte. Il est seul... *Vous m'écoutez, Gersende ?* Saint-Mexan disparaît dans la plongée de Saint-André-des-Arts. Gersende se demande pourquoi Saint-Mexan n'est pas avec Nanette... *Vous ne devez pas continuer de voir ces gens, Gersende...* Il a dû se passer quelque chose à l'atelier. Il s'est peut-être fâché avec Nanette. Qu'est-ce que cela peut te faire ? Tout cela ne te regarde plus. Tu es avec ton fiancé. En sécurité. Edouard-Clément te rassure. Il te parle. La preuve, ses lèvres remuent. Tiens ! Ses deux incisives inférieures se chevauchent. Tu n'avais jamais remarqué. Est-ce qu'on peut le sentir avec la langue quand on l'embrasse ?

— A la fin, Gersende, est-ce que vous m'écoutez ?...

*

Flohic regarde le général de Gaulle s'éloigner à pied vers le petit bois... *Je dois m'occuper de ma prostate.* Personne ne semble s'étonner. Mme de Gaulle reste assise dans l'hélicoptère, calme, son sac à main serré contre elle. La France entière, après des heures d'inquiétude, attend le premier signe du retour du Général et... Il s'occupe de sa prostate... Georges Pompidou bout d'impatience devant son téléphone et... la prostate ! La voiture qui doit ramener le Président à La Boisserie et les véhicules d'escorte de la gendarmerie font le pied de grue et... Jamais Flohic ne pourra raconter cette prostate. Un personnage comme le général de Gaulle ne se brosse pas les dents et ne va pas aux toilettes. Flohic n'imagine pas un seul instant pouvoir consigner dans des Mémoires le moment où le Général, en arrivant à la résidence, a demandé à Massu de faire pipi ! Et pourtant, c'est historique. Mais le général de Gaulle ne fait jamais pipi. L'Histoire n'a pas tous les droits.

*

Quand Saint-Mexan est parti furieux de l'atelier, pour la première fois, Nanette s'est demandé si elle allait le suivre. Pourquoi faire exploser leur grenade dans cette voiture et tuer la gamine ? Nanette était étonnée de ne se poser la question que maintenant. Bien sûr, il y avait cet enfant dans son ventre. Cette fille qu'elle appellerait Isabelle, mais il y avait aussi la Synagogue. Nanette voulait connaître l'histoire de cette femme. C'était la sienne, forcément. Cette ressemblance ne pouvait être qu'un signe. Mais pour avoir le droit de savoir ce qu'elle était devenue, elle devait d'abord arrêter Saint-Mexan.

— Viens, Rémi, on va le rattraper. Toi, l'Etudiant, je suppose que tu attends le retour de ta Baronne avec tes copains allemands.

Je ne peux pas faire autrement, même s'il y a peu de chances que « Mademoiselle de » remonte à l'atelier après avoir discuté avec son fiancé. Hans et Willy, eux, n'attendent personne. Ils dorment en fœtus, tête-bêche sur le velours cramoisi du podium, assommés d'herbe à fée et d'un douze ans d'âge. Ella les peint amoureusement comme deux taches fauves.

— Si je devais peindre la révolution, je crois que je passerais à l'abstraction.

*

Salope!... Saint-Mexan brandit la grenade vers la façade de Notre-Dame. Il apostrophe la Synagogue dans sa niche... C'est à cause de toi, tout ça! Tu mériterais que je te fasse sauter. Tu as de la chance, j'ai mieux à faire pour l'instant. Mais tu ne perds rien pour attendre. Je reviendrai t'en fourrer une sous les jupes.

*

Nanette n'a pas le souffle de Rémi. Sur une charge de CRS, elle peut encore faire illusion, mais sur la longueur du Quartier latin elle sent qu'elle a embarqué trop de hanches et de seins pour l'occasion. A peine gagné Saint-Michel, Nanette avait cru vomir son avenir dans la fontaine et à Notre-Dame faire une fausse couche sur le parvis... *Rémi, est-ce que les saintes prennent la pilule?... Pas la peine, les saints se protègent. Regarde les auréoles. On dirait une publicité pour Durex...* Nanette rit uniquement pour reprendre haleine. Ils repartent sans un regard à la Synagogue, cela les perdrait. Toujours pas de Saint-Mexan en vue. Nanette sait qu'elle ralentit Rémi, mais il continue de l'encourager avec application... *Souffle! Souffle!...* Nanette se demande lequel de Rémi ou de Saint-Mexan sera à l'accouchement. Peut-être les deux.

*

Je suis seul dans l'atelier. Ella, Hans et Willy se sont retirés dans la chambre. Ella les avait réveillés pour les sculpter, ils avaient préféré la déshabiller pour la peindre. La peindre en bleu. Un bleu Klein, paraît-il. Ella avait gardé un corps d'étude. Alors, ils l'avaient étudié sur un grand drap blanc posé à même l'estrade. De leur travail Ella avait fait un Pollock « Ebats en bleu », puis ils s'étaient retirés dans la chambre. Devant la porte le chat patientait en agitant la queue comme un métronome et moi j'entendais le tic-tac d'une bombe à retardement.

*

Le général de Gaulle avance sur un chemin au milieu du bois des Gaulois. Après tout ce temps passé assis, il a l'impression de déplier sa carcasse à chaque enjambée. Il respire la terre chaude, mâche l'odeur d'humus. La lumière de cette fin d'après-midi prend les fûts des chênes en enfilade sous un feu encore vaillant. Le Général n'ose regarder vers le débouché du chemin. Dans l'hélicoptère, un message radio codé lui a confirmé son rendez-vous... *OK Libellule...* Mais le Général veut encore craindre. C'est une vertu d'enfant qu'on a tort d'abandonner. Craindre de perdre ce que l'on désire, d'autant qu'on est persuadé de l'obtenir. La preuve. Son rendez-vous est là. Au bout du chemin, l'arrière d'un camion de déménagement est abaissé en rampe d'accès. Dans l'obscurité de la remorque brille l'éclat d'un chrome.

*

— Merde ! la Rolls est déjà là !

Saint-Mexan force sur les bras sans lâcher des yeux le coffre en faux cul de la Rolls-Royce. Elle est garée devant l'école de la rue Saint-Louis-en-l'Ile. Il y a foule. On dirait un jour de marché. Elle est là ! La gamine apparaît. Le larbin à casquette lui ouvre la porte. Saint-Mexan dégoupille la grenade. Son cœur cogne. Il est encore à trois ou quatre mètres de la voiture. Elle va démarrer. Il va la manquer. Il ne peut pas balancer son engin d'ici. Ce serait un carnage... *Jette une grenade dans une Rolls et tu es certain d'avoir raison...* Trop de monde. La Rolls est empêchée d'avancer. C'est ta chance, fonce ! Saint-Mexan s'acharne sur les roues de son fauteuil. On s'écarte devant lui comme dans un réflexe de sortie de messe... *La charité! Merci, m'sieurs-dames!...* Saint-Mexan donne un dernier coup de reins. Il parvient à la hauteur de la Rolls. Frappe au carreau. Le visage de la gamine est noyé dans les reflets. Le chauffeur baisse sa vitre. C'est ça, ouvre ton guichet, le larbin, tu vas être servi... *Oui, jeune homme ?...* Il a la moustache fatiguée de Clark Gable dans *Les Misfits*. Comment Marilyn a-t-elle pu le préférer à Montgomery Clift ? Les femmes choisissent toujours le mauvais.

*

— Qu'est-ce qui se passe ici ?

« Mademoiselle de » apparaît dans l'encadrement de la porte d'entrée de l'atelier. *J'ai vu défiler tout le monde, en panique. Tu es seul ? Où sont Ella, Hans et Willy ?...* J'indique du pouce la chambre dans mon dos. Je dois donner l'impression de faire du stop devant un refuge de la SPA. Ça jappe, ça hennit et ça miaule derrière la porte... *Je vois...* Quand « Mademoiselle de » a cette moue, elle donne toujours l'impression de tirer sur sa jupe... *Et toi, avec ton fiancé ?... Si tu veux bien, nous n'en parlerons pas... Alors, qu'est-ce qu'on fait maintenant ?... J'irais volontiers boire un verre en terrasse... Tu as pris goût aux charges de CRS ?...*

*

Le général de Gaulle regarde sa nouvelle DS présidentielle descendre majestueusement la rampe du camion. 6 m 53 d'élégance. On croirait cette DS habituée aux podiums de haute couture tant elle sait faire jouer sa robe métallisée dans le clair-obscur du sous-bois... Malgré les apparences, monsieur le Président, il ne reste rien de la DS d'origine. Un responsable de Chapron dévide une litanie technique que le Général écoute d'une oreille polie... La plupart des pièces ont été façonnées à la main : ailes, portières, malle, capot, pare-chocs... A ce propos, monsieur Dargent, je crois que vous avez eu de grosses difficultés avec la « moustache » comme vous l'appelez, je crois... C'est exact, monsieur le Président. Il y a quelques minutes encore, nous donnions les derniers coups de marteau pour ajuster le pare-chocs avant... Il me paraît fort réussi... Façonné d'une seule pièce... Vous féliciterez le responsable... Il est là, monsieur le Président, dans le camion. Il m'a accompagné pour ce dernier ajustage... Eh bien, faites-le venir, je vous prie... Roger ! Venez, M. le Président voudrait vous parler... Chaudrake, ça alors !... Mon Général !... Encore vous, Chaudrake, toujours là pour sauver ce pauvre de Gaulle... Cette fois, mon Général, il ne s'agit que d'une moustache... Détrompez-vous, cela représente bien plus, le savoir-faire et le goût français au service du prestige de la plus haute des fonctions... Tout ça dans une moustache, mon Général ?... Au lieu de persifler, Chaudrake, dites-moi plutôt : Est-ce qu'elle roule, cette auto ?... Bien sûr mon Général... Alors, qu'est-ce que vous attendez pour me la faire essayer ?...

*

... *Jette une grenade dans une Rolls et tu es certain d'avoir raison...* Vive les maximes ! Saint-Mexan s'exécute. Il jette la grenade par la vitre ouverte et se repousse en arrière... Un ! Deux ! Trois ! Il y a une explosion sourde et plus rien. Non ! c'est l'inverse. Il n'y a rien et une explosion. Une explosion de silence muet. Sourd et muet ! Fait chier le silence. Y'en a marre des infirmes ! Saint-Mexan n'y comprend rien. La Rolls est toujours là, intacte, chromée et crâneuse. Elle roule même et en profite pour s'éloigner sans bruit dans la rue Saint-Louis-en-l'Ile avec une traînée méprisante... *Salope !...* Saint-Mexan regarde sa main. Elle est vide... *Une petite pièce, madame...* La Rolls est déjà loin. Elle rejoint et dépasse un type qui court, une sacoche sous le bras et le poing en l'air comme s'il tenait un flambeau. C'est Rémi ! Qu'est-ce qu'il fout là, ce têtard ? Nanette ne sait quoi penser. Ses poumons ne la laissent pas réfléchir. Ils brûlent et son ventre s'échappe sous elle. Elle se souvient seulement d'avoir demandé à Rémi de l'abandonner... *Cours !* Elle avait vu de loin Saint-Mexan, la voiture, et ce chapelet d'endimanchés inconscients. Tirez-vous ! Nanette n'avait pas vu la gamine. Elle avait espéré. Tout à coup Rémi avait jailli dans la foule et foncé droit sur Saint-Mexan comme un raseteur. Il avait eu un geste vif et élégant... *Olé !* Mais quel geste exactement ? Et pourquoi ? Elle s'en fiche, maintenant. Tout ce qu'elle voit, c'est Rémi qui détale avec Saint-Mexan, une meute à ses trousses. Une seule chose est certaine maintenant : Saint-Mexan va tuer Rémi.

*

— Chaudrake, je ne trouve pas la commande qui permet de baisser la vitre qui nous sépare.

Chaudrake ne réagit pas. Les mains à 10 h 10 sur le volant, il surveille le chemin tout juste carrossable. De Gaulle frappe à la lunette en agitant une sorte de combiné extrait de la contre-porte... Vous ne m'entendez pas, Chaudrake ? Alors, actionnez votre interphone... Sur le tableau de bord, je ne vois rien pour la vitre, mon Général. Pourtant, ça ne manque pas de boutons... Laissez, je me renseignerai. Quelle charmante attention, il y a deux verres dans le bar, mais rien à boire. Désolé, Chaudrake, on aurait pu célébrer l'événement... A la place, je peux allumer la cocarde à l'avant, si vous voulez... Vraiment, c'est possible ? Voyons cela... Quand on est chêne centenaire, rien ne peut plus vous surprendre. Cependant il reste touchant de voir combien un homme, et même un grand homme, peut s'amuser d'un simple macaron tricolore brillant dans l'obscurité d'un sous-bois.

*

Rémi a brusquement pris par-derrière l'église, pour briser l'élan de Saint-Mexan. Il court vers la Seine. Mais l'autre ne le lâche pas, assis dans son engin. Qu'est-ce qu'il lui a pris d'arracher cette grenade de la main de Saint-Mexan ? Certainement pas pour cette petite fille. Nanette lui avait expliqué en chemin... *Jette une grenade dans une Rolls et tu es certain d'avoir raison.* Rien de moins sûr. Il y a d'autres endroits pour avoir raison. On pourrait en faire un jeu : Si vous aviez une grenade, où la jetteriez-vous ? On l'ajouterait au questionnaire de Proust, entre : « La faute qui m'inspire le plus d'indulgence »... La beauté... et « Ma devise »... Cours ! camarade le vieux monde est derrière toi et Saint-Mexan aussi !... Rémi débouche de la rue Poulletier sur le quai de Béthune. Saint-Mexan surgit dans son dos... Merde ! des flics...

*

... Garçon ! Pour monsieur, ce sera un lait-menthe et pour moi un thé nature, s'il vous plaît. Tu ne trouves pas cela étrange ? Tout à l'heure on courait dans cette rue poursuivis par des CRS et maintenant on est tranquillement assis en terrasse... Vous n'avez pas d'Earl Grey ? Tant pis, ça ira, merci... Dis-moi franchement : tu sais ce que Saint-Mexan et Nanette veulent faire avec leur grenade ? Remarque, je comprendrais que tu ne veuilles pas me le dire, ce sont tes amis. Vous êtes de la même cité. Mais cela pourrait être considéré comme « non-dénonciation de crime »... Ne le prends pas comme ça ! Ne t'en va pas. Laissez-moi au moins terminer mon thé... Non ! range ton argent. On est en terrasse parce que je te l'ai demandé, alors c'est moi qui règle l'addition... Rassieds-toi...

*

... Pourquoi êtes-vous fâché avec votre fils, Chaudrake ?... Je crois qu'il est trop gaulliste, mon Général... Trop gaulliste ! En effet, voilà un vrai motif de fâcherie entre un père et son fils... Ce n'est pas ce que je voulais dire... Ne vous excusez pas. Je suis dans le même cas avec Philippe... Votre fils est trop gaulliste ?... Ni trop, ni pas assez, je crois qu'il ne devrait pas l'être du tout. Il est mon fils, je suis son père, cela devrait suffire... Avouez que ce n'est pas facile d'être le fils du général de Gaulle... Qu'y puis-je ? Je suis peut-être trop inquiet pour lui. Trop protecteur. Je crois même qu'aujourd'hui j'ai été trop dur avec lui... Les choses s'arrangeront... Comment faites-vous, Chaudrake, pour « arranger les choses »... Comme vous, mon Général : je disparais...

*

Un énorme geyser jaillit de la surface de la Seine avec un borborygme gêné... *Oh, pardon!...* La colonne d'eau aurait dû projeter en l'air une balle de ping-pong guillerette. Elle se contente de retomber sur elle-même avec des crépitements paresseux et de dessiner des cercles concentriques qui se brisent en vaguelettes contre le quai... *Eh vous là-bas! Vous savez pas que c'est interdit de pêcher à la grenade?...* Rémi avait repéré les deux képis en faction devant un immeuble, mais pas le pêcheur installé sur le pont.

Saint-Mexan débouche de la rue Poulletier sur le quai de Béthune au moment où la colonne d'eau est encore en suspension. Il est déçu, il pensait qu'une quadrillée ferait plus de dégâts.

Le Physionomiste se trouve ridicule. « Vous savez pas que c'est interdit de pêcher à la grenade ? » C'est tout ce qu'il avait trouvé à dire.

Mme Pompidou a cru entendre un bruit anormal. Elle va à la fenêtre mais ne remarque rien. Une péniche haut perchée passe sur le fleuve.

Nanette doit s'appuyer au parapet, ses jambes ne la portent plus. Elle fixe comme dans une brume cette tache de sang à la surface de l'eau et les petits morceaux de chair blanchâtre qui flottent comme de l'écume. Elle savait que cela finirait mal pour Rémi.

Saint-Mexan regarde Nanette. Il comprend que ce n'est pas pour lui qu'elle est si pâle. Il s'en va. Il sait ce qui lui reste à faire, surtout après ce geste étrange de Nanette. Un geste qu'il n'avait pas compris.

*

... Croyez-vous qu'on puisse écouter la TSF, Chaudrake ?... Seulement des cassettes, mon Général... Quelle drôle d'idée. Il faudra changer cela... Je crois, mon Général, qu'il y a un enregistrement, à l'intérieur de l'appareil, pour tester le son... Voyons ce que cela donne. Où est-ce que j'appuie, Chaudrake ?... Je peux le faire du tableau de bord... S'il vous plaît, je préfère. Moi, ces machines... Voilà, mon Général... Une voix grave et sombre surgit dans l'habitacle. De Gaulle plisse le front... C'est quoi, ça ?... C'est vous, mon Général... Moi ! vraiment ? Ah, oui ! C'est ma dernière allocution, celle du 26 mai. Quelle horreur !... De Gaulle réprime l'envie de se couper la parole... En fin de compte, ce n'est pas mal, mon Général... Vous trouvez, Chaudrake ?... Quand je vous avais vu à la télévision, ça me paraissait beaucoup moins bien... Le général de Gaulle se regarde dans le miroir au fond du minibar. Malgré les reflets ambrés de la marqueterie, il apparaît vieux, fatigué et sa voix ne parvient pas à le détromper... Y a pas à dire, vous, c'est la radio, mon Général. A la télévision, je ne dis pas, vous êtes très bon, mais à la radio, vous êtes le meilleur... De Gaulle ferme les yeux et s'écoute. Chaudrake a raison, c'est meilleur sans l'image. Demain, il n'y aura pas de nouvelle messe télévisée. C'est décidé. Il s'adressera directement aux Français à la radio... Ce qui est embêtant... Oui, Chaudrake, continuez... C'est de vous regarder à la télévision en mangeant sa soupe. On s'en met partout... Ce ne sera donc pas 20 heures. Il faut surprendre... et éviter aux Français qu'ils s'en mettent partout ! De Gaulle regarde Chaudrake de l'autre côté de la vitre. Quelle idée a-t-on de moi, pour penser que je préfère être séparé des autres par une paroi vitrée ? Une paroi qu'on ne peut ni retirer ni même abaisser. Il faut bien mal me connaître ou que je sois bien maladroit... Alors, mon Général, qu'est-ce que vous allez nous annoncer demain ?... En tout cas, je ne me retirerai pas. C'est ça : Je ne me retirerai pas ! Que pensez-vous de la formule, Chaudrake ?... Au moins, elle est claire, mon Général. Alors, on rentre ?... On rentre, Chaudrake... Non ! Attendez, il faut tout de même que je fasse ce que je suis censé être venu faire. Avoir été opéré ne dispense pas d'avoir des problèmes de prostate. C'est même bien pratique, parfois... Le général de Gaulle descend de la voiture, il choisit un chêne tricentenaire et fait pipi.

CHAPITRE 12

Dix-huit heures

Après un dernier regard à la nouvelle DS présidentielle qu'on remonte dans le camion de déménagement, et une accolade à Chaudrake... *Merci, Roger!* le général de Gaulle sort du bois. Il retrouve Flohic à l'endroit où il l'avait quitté... *Ah! Flohic, la prostate! Que Dieu vous en garde...* Le Général sait que Flohic ne posera pas de question, ne s'étonnera de rien, mais n'en pensera pas moins. Flohic est un fidèle. Yvonne s'inquiétera. Lui demandera s'il a bien pris ses médicaments. Pour les autres, cette escapade bucolique sera mise sur le compte du besoin de solitude ou du caprice sénile. Peu importe. Voilà une promenade en automobile avec Chaudrake qui lui avait éclairci l'esprit pour son allocution de demain. Il a hâte d'être à La Boisserie pour la rédiger. Il tient sa première formule. « Je ne me retirerai pas. » Il choisira la radio de préférence à la télévision et le fera en milieu d'après-midi plutôt que le soir. Cela valait bien une petite promenade en voiture. Le Général a un grognement de satisfaction. ... *Tout va bien, Charles?... On ne peut mieux, madame. On ne peut mieux...* Le Général rejoint sa femme à l'arrière de la 404. La voiture démarre, suivie par les véhicules de la gendarmerie. On pourrait croire que l'on ramène l'ennemi public n° 1 après une évasion. « De Gaulle fait une fugue. » Ce sera peut-être un titre dans les journaux de demain.

— Charles, est-ce que nous rentrons chez nous pour de bon, cette fois ?

— Pas tout à fait, madame.

*

Nanette court vers le pêcheur qui gesticule en rouspétant sur le pont.

— Monsieur ! Monsieur ! Il faut appeler les secours. C'est Rémi ! ... Il est tombé à l'eau ! ... Il a explosé !

Le Physionomiste ne comprend rien à ce que dit la fille, mais il la reconnaît. C'est elle qu'il avait remarquée devant l'église. Elle est encore plus belle paniquée.

— Calmez-vous, mademoiselle. Et d'abord, qui est Rémi ?

— Un garçon avec des lunettes, mais mon ami avait une grenade, il faut faire quelque chose, monsieur.

Qu'est-ce que ces gosses faisaient avec une grenade ? Il n'a pas l'impression d'avoir vu quelqu'un tomber à l'eau. D'abord rassurer cette fille, mais surtout la garder sous la main. Il faut éclaircir cette histoire.

— On va aller téléphoner à la boutique de pêche, mademoiselle. Elle est juste à côté.

*

« Mademoiselle de » est renversée sur le dossier de sa chaise, les yeux mi-clos, le visage lisse offert au dernier soleil de la journée. On la croirait sur la terrasse d'un chalet de Val-d'Isère... *Courchevel, mon cher. Nous n'allons qu'à Courchevel... Eh bien, moi, ma chère, je vais rejoindre mes copains... Tu sais où ils sont ?... Je crois. On se donne toujours un point de rendez-vous « parachute » au cas où les choses ne se passeraient pas comme prévu... Attends ! Je t'accompagne. Tu ne devais pas retourner chez ta grand-mère ?... Si, mais je crois que mon fiancé nous surveille... Et alors ?... Ce n'est pas ce qui était convenu...*

*

La 404 du général de Gaulle arrive à La Boisserie. De derrière la vitre, le Général salue la petite foule de badauds et de journalistes qui stationne devant l'entrée... *Regardez, Yvonne, au fond, ils m'aiment bien...* Le Général sourit, la voiture disparaît derrière le portail et roule lentement dans l'allée jusque devant le perron... *Monsieur le Président !... Oh, madame !...* De Gaulle n'aime pas trop ce genre d'effusions de pas de porte. Elles l'agacent et le touchent en même temps. Il ne sait qu'en faire, alors il laisse Yvonne se dépêtrer d'Honorine et de Charlotte... *Ma brave Honorine, je vous ai confié la maison ce matin et nous voilà déjà de retour... J'en suis bien aise, pour ma part. J'ai préparé une potée, Madame...* De Gaulle a entendu. Il sait qu'Honorine l'a claironné assez fort à dessein. L'idée d'une solide potée de légumes le ragaillardit. Il est tenté d'aller sans attendre faire un tour de jardin pour ne pas laisser filer cette lumière de 6 heures et se mettre en appétit... *Il faudrait appeler le Premier ministre...* Flohic a raison. Pompidou attend son appel. Il doit déjà avoir rédigé sa lettre de démission. Du ton de sa voix dépendra la suite de son allocution. « Je ne me retirerai pas » et après ?

Est-ce que je change de Premier ministre ? Est-ce que j'appelle Couve de Murville ? Ce brave Couve. De Gaulle regarde passer le défilé tout penaud des bagages. Ils lui paraissent encore plus nombreux qu'à son départ.

*

Rémi s'est caché entre deux voitures après avoir lancé la grenade dans la Seine. L'explosion avait détourné l'attention de Saint-Mexan, sinon, en ce moment, il serait en train de le larder de coups d'Opinel dans le caniveau. Ça aurait été facile. Rémi était à bout de forces. Vidé. Il avait vomi jusqu'à la bile contre la portière d'une voiture en stationnement. De là, il avait pu observer Nanette et Saint-Mexan. Ils se faisaient face à distance. Nanette, hors d'haleine, livide, appuyée contre le muret du quai, Saint-Mexan désemparé, semblant lui demander d'expliquer. Seulement expliquer ce qui venait de se passer. Nanette secouait la tête en silence. C'est tout ce qu'elle semblait capable de faire. Saint-Mexan avait tendu la main vers elle. Il avait retrouvé le bleu de ses yeux. C'est alors que Nanette, sans un mot, avait relevé sa robe sur son ventre nu.

*

— Pompidou attendra ! Venez, Flohic, allons marcher dans le jardin.

De Gaulle a envie de respirer la campagne, de désengourdir son corps, le débarrasser de toutes traces du strapontin de l'hélicoptère. De toutes les façons, Yvonne a déjà investi le téléphone pour rassurer leurs enfants. Oui, Pompidou attendra... *Voyez-vous, Flohic, ce que j'aime dans cette nature, c'est sa bienveillance. La manière qu'elle a de ne pas nous reprocher nos absences. Ni les hommes, ni même les animaux n'ont cette générosité.* Chaque fois que le Général se retrouve dans ce cadre qu'il connaît de toujours, et qu'il lui vient l'envie de « poser des mots sur ce paysage qui les appelle tous et n'en élit que bien peu » il s'en remet aux poètes. Il est d'une grande vanité de vouloir dire la nature et d'une bien plus grande encore de vouloir en être dispensé... *Et si nous jouions, Flohic ?... Avec plaisir, mon Général.* Leur jeu est un brin potache, mais de Gaulle y prend un réel plaisir. Il s'agit pour l'un de réciter quelques vers en situation et pour l'autre d'en deviner l'auteur... *Sully Prudhomme !... Verlaine !... Victor Hugo !... Emile Verhaeren !* Le match est égal, même si de Gaulle suspecte Flohic de se porter sur ses terres avec un rien de complaisance. Voyons ce qu'il dira de cela... *Là, mon Général, j'avoue que je ne vois pas de qui il peut s'agir... Allons, Flohic, réfléchissez encore... Je vous assure, mon Général... Flohic, un lettré comme vous... Je suis désolé. A ma grande honte, mon Général, je dois dire que je ne sais pas de qui sont ces alexandrins... De moi, Flohic ! De moi...* De Gaulle rit. Il rit avec une de ces embardées bonshommes qui secouent gentiment son ventre. Lui voilà la panse prospère... *Ce sont des poèmes de jeunesse, Flohic. Je n'en suis pas plus fier pour ça.* C'est faux. De Gaulle les a trouvés d'une naïveté et d'une maladresse propres à rajeunir le pas. Flohic est surpris. Le Général vient brusquement d'allonger la foulée dans le chemin qui mène au pré. Flohic espère qu'il ne s'agit pas d'une nouvelle attaque de prostate.

*

Le Physionomiste entre en trombe dans la boutique de pêche flanqué de Nanette encore ahurie. *Belle prise!...* Le vendeur lui glisse un clin d'œil de batracien. *... Félicitations. Je vois que notre matériel vous a réussi...* Le Physionomiste n'a pas l'humeur à l'égrillard. *On voudrait juste utiliser votre téléphone. Quelqu'un est tombé à l'eau à hauteur du pont de Sully. Il faudrait appeler la brigade fluviale. J'ai noté leur numéro... Pas la peine. A force, je le connais par cœur. Il se passe pas un mois sans noyé. Amour, accident, marre de la vie, je suis aux premières loges. Parfois, on en sort, c'est pas beau à voir...* Nanette regarde les trophées de têtes de poisson accrochées au mur qui crient « au secours » et que personne n'entend. Est-ce que les poissons se noient?... *Au téléphone, ils me demandent s'il a coulé, votre bonhomme...* Le Physionomiste se retourne vers Nanette. Elle a disparu. Il se précipite pour la rattraper. Elle est déjà loin.

— Annulez pour le noyé du pont de Sully. Désolé.

*

— Madame Verny, téléphone!

Le garçon de café tire à travers la terrasse un combiné au bout d'un long fil qui manque me décapiter... *Chaud devant!* Je n'avais vu ce genre de scène que dans des films. Le fin du chic. Travelling avant. On pénètre dans un hôtel luxueux, un homme en smoking attablé seul fume une cigarette élégante sortie d'un étui en argent. Un chasseur costumé en Spirou traverse la salle... *Mister Goodman? Mister Goodman?* L'homme se signale d'un geste discret et las, le chasseur branche à côté de lui un téléphone blanc... *Coupé!* On va refaire la scène en moins chic et moins cher. Le garçon de café, taché jusqu'aux coudes, cherche où poser son énorme téléphone en Bakélite. Pas facile. Le guéridon est déjà encombré de ce qui doit être un manuscrit, recouvrant un cendrier asphyxié de mégots, des paquets de gitanes empilés, un briquet, des stylos et autres éléments d'une nature morte très Saint-Germain-des-Prés. A ce guéridon chétif, une femme habillée en noir, les bras nus, fume, boit, lit, boit encore, fume toujours, écrit un peu mais surtout grogne avec une lippe gourmande. C'est un ogre avec de jolis yeux en porcelaine.

— Qu'est-ce que c'est, Paul ?

— Monsieur Fasquelle, madame Verny.

— Je prends... Jean-Claude, qu'est-ce que tu fous ? Je t'attends, moi !... Quoi, de Gaulle ?... D'accord, mais dépêche-toi...

« Mademoiselle de » m'arrache le coude.

— Tu te rends compte, c'est Françoise Verny à côté de nous !

— Et alors ?

— Comment ça ? Tu sais comment on l'appelle ? « La papesse de l'édition » Toi qui veux écrire. C'est le moment. Va lui parler.

— Et pourquoi ?

— Il paraît qu'elle reconnaît au premier coup d'œil si quelqu'un a une gueule d'écrivain.

*

« Je me suis mis en accord avec mes arrière-pensées. » Bernard Tricot n'essaie pas de comprendre la formule du général de Gaulle au téléphone. Il écoute sa voix. Elle est ferme, le ton calme, le timbre apaisé. C'est la voix d'un homme qui a cheminé depuis ce matin. Depuis qu'il l'a quitté fatigué et abattu. L'humeur sombre et incertaine. Tricot est rassuré. Plus que rassuré, ému et fier. Les directives du Général tombent, claires et nettes... *Confirmez le Conseil des ministres prévu demain à 15 heures. J'appelle le Premier ministre. Ce sera tout, Tricot. A demain...*

*

Rémi avait été rassuré de voir Saint-Mexan filer d'un côté du quai. Par contre, quand Nanette s'était mise à courir de l'autre, en direction du pont, il n'avait pas eu la force de la suivre... *Essuie-moi ça, salopard!* Le type de la voiture sur laquelle il avait vomi voulait l'obliger à nettoyer la portière... *Lâchez-moi!* Rémi se débat. Cet abruti l'empêche de penser au geste de Nanette... La robe relevée sur son ventre nu... *T'essuies, oui ou merde?...* Ce sera merde.

*

— Je me suis mis en accord avec mes arrière-pensées, monsieur le Premier ministre.

Georges Pompidou allume une cigarette. Il a l'impression que de Gaulle lui parle de ses « arrière-pensées » comme Jeanne d'Arc parlait de ses « voix ». C'est Baden-Baden à Domrémy et Massu en archange saint Michel... *J'ai failli. Je ne suis pas fier de moi.* Là, c'est Pompidou qui entend des voix. Il n'est pas certain de la formule du Général, mais ne peut tout de même pas lui faire répéter son acte de contrition. Pompidou écoute. Le téléphone bien calé contre l'oreille, il attend. Rien ne vient sur l'inadmissible : le chef de l'Etat quitte le territoire national sans en informer son Premier ministre. Rien. Mais qu'importe, déjà on vaque aux contingences... *Je crois que nous allons devoir changer de ministre de l'Information.* Pompidou est songeur. Si c'est tout ce que le Général rapporte de Baden-Baden : virer Gorce ! il n'y a plus qu'à tirer l'échelle. Pompidou écrase sa cigarette... *Vous avez gagné, mon Général.* Il ne voit rien d'autre à ajouter. Rien d'autre à faire. La partie est perdue ou... gagnée. C'est selon.

*

— Merci, jeune homme. Vous avez de bons réflexes.

Françoise Verny me regarde. J'attends la suite de sa phrase. Je viens de rattraper au vol son verre de whisky avant qu'il n'inonde le manuscrit ouvert devant elle. Il y a des dégâts, mais c'est un moindre mal si l'on considère son embardée alors qu'elle téléphonait. Françoise Verny avait bondi sur place.

— De Gaulle !... Aujourd'hui !... Chez Massu ! Rapplique, Jean-Claude. Ça peut être drôle... Oui, j'attends, je te dis !

La cigarette de Françoise Verny était tombée quelque part sur sa robe, mais elle semblait s'en moquer... *Merci, jeune homme. Vous avez de bons réflexes.* Rien n'était venu derrière. Normalement elle aurait dû dire... *Tu sais que toi, mon chéri, t'as une gueule d'écrivain.* C'est ce que « Mademoiselle de » m'avait prédit. Elle la connaissait, paraît-il, sa mère et elle ont le même confesseur. Françoise Verny continue de téléphoner pendant que j'éponge le manuscrit. J'en profite pour jeter un œil. « *Les filles, je vous ai évité la corvée de dépucelage.* » La phrase est soulignée et accompagnée d'une tribu de points d'exclamation dans la marge.

— Voilà ! c'est comme ça qu'elle aurait dû écrire tout son livre, la mère Massu.

Françoise Verny s'adresse à moi comme si on se connaissait depuis toujours.

— Mais c'est une militaire. Chez elle, le cul c'est pour monter à cheval. Ça parle cru mais ça écrit mou. Quand t'as la chance de croiser l'Histoire, faut la violer. Lui faire des gosses. Il a raison, Alexandre Dumas. T'es quoi, toi ? Quarteron ! comme lui. Alors, il faut violer, mon gars. Qu'est-ce que tu bois ? C'est dégueulasse, ton truc !... Apporte-lui du champagne, Paul. Cordon Rouge ! Et ta copine ? Dis-lui de venir. Dis donc ! elle a l'air coincé. Je parie que vous n'avez pas encore baisé tous les deux.

*

Le Jeunot n'a pas vu venir la furie rouge qui lui est tombée dessus alors qu'il avait saisi au col Rémi qui se débattait. Nanette le lui avait arraché des mains avec une force incroyable... *Laisse-le, connard !* Il allait lui montrer à cette harpie, mais son chef avait déboulé en courant... *Tu crois qu'on est là pour se faire remarquer ?... Ce salopard a dégobillé sur la portière... Rentre dans la voiture !...* Le Jeunot avait obéi, mais que son chef compte pas sur lui pour nettoyer. Si c'est ça le renseignement, merci ! il va retourner dans la gendarmerie, illico.

*

De Gaulle relit le brouillon de son allocution de demain. « ... Je ne me retirerai pas. J'ai un mandat du peuple, je le remplirai. J'ai pris mes résolutions. Je ne changerai pas le Gouvernement. Il est capable, cohérent, dévoué à l'intérêt public. Il comporte un

Premier ministre dont la valeur... » De Gaulle s'interrompt. Il entend la voix de Pompidou... *Vous avez gagné, mon Général.* Il raie un membre de phrase et reprend sa lecture. « Je ne changerai pas le Premier ministre dont la valeur, la solidité, la capacité, méritent l'hommage de tous. » De Gaulle s'offre une pause après de tels éloges. Il regarde autour de lui. Ce bureau octogonal de La Boisserie l'emplit et l'apaise. Rien ne vient rompre sa réclusion de plain-pied avec le dehors. Il n'envisage rien de plus délicieux ni de mieux accompli que de finir ses jours ici, à écrire ses Mémoires. « En écrivant » ses Mémoires serait plus juste. De Gaulle relit le début de son allocution : « Je suis le détenteur de la légitimité nationale et républicaine... » Il raie et écrit : « Etant détenteur de la légitimité... » Le présent revendique ce que l'on craint de perdre. Le participe présent affirme la continuité de ce que l'on détient. De Gaulle sourit. Jeune homme, quand l'écrivain avait encore chez lui un avenir d'avance sur le soldat, il aimait « trousser des aphorismes ». L'aphorisme, une sorte de versification laïque. Le balancement sans la rime. L'illusion que la grâce donne au geste. La forme qui touche le fond. Le vol de l'esprit qui fiente. Il avait couvert des pages et des pages de ce genre de formules en ribambelles jusqu'à en épuiser la vanité de l'exercice. Le goût pour l'aphorisme est un désir de fiançailles éternelles avec la langue. Mais un jour, il faut bien se décider à consommer, à être déçu, à raturer et à recommencer. Tremper sa plume. Renoncer au désir de sublime. Accepter d'être somptueusement médiocre. Bref, à écrire.

En matière d'écriture, de Gaulle avait très tôt décidé de consommer : quinze ans *« Une mauvaise rencontre, Saynette comique par Charles de Gaulle, Imprimerie-Librairie de Montligeon* ». Il doit bien y en avoir un exemplaire quelque part dans un recoin de son bureau. Le gamin qu'il était impressionne le Général, encore aujourd'hui. A quinze ans, il se trouvait bien vieux, à vingt, définitivement trop jeune. Il écrivait les amours impossibles d'un jeune officier et d'une esclave, en Nouvelle-Calédonie, pour oublier. Pour oublier quoi, d'ailleurs ? De Gaulle n'en était pas à l'heure de ce genre de confidences. Son roman s'appelait « Zalaïna ». Le nom sonnait joliment... Zalaïna !... De Gaulle songe à sa prostate, « la maladie des chastes ». Il sourit. En littérature, il n'y a pas de chasteté, seulement de l'impuissance. Voilà une formule qu'il aura quelques difficultés à glisser dans son discours de demain.

*

Valéry Giscard d'Estaing et Michel Poniatowski se sourient. Les événements tournent au mieux de ce qu'ils avaient espéré. Demain, Giscard communiquera à la presse le texte qu'ils ont arrêté : maintien du Général, éviction de Pompidou... *Tu crois vraiment, Valéry, que le Général prendrait Couve de Murville comme Premier ministre ?... Après le trop-plein, le trop-vide, ce serait logique... Couve le Trop-Vide, pas mal trouvé !* Ce-brave-Jacques leur rapporte le texte dactylographié... *J'ai juste apporté des modifications de détail. Des virgules sinon c'était parfait.* Il reste en suspension. On ne lui demande rien. Il disparaît... *Valéry, est-ce que tu as remarqué, que Ce-brave-Jacques te copie jusqu'à porter les mêmes chemises que les tiennes ?... J'espère que ce n'est pas tout ce qui restera de moi, plus tard...*

*

Saint-Mexan va mourir. C'est ce que se disent les acacias du quai d'Orléans qui le regardent passer. De la graine de suicidé. Ils savent de quoi ils parlent. Du désespéré, ils en ont vu. Et de toutes sortes. De l'esthète filandreux à la recherche d'un décor digne de sa douleur à l'étourdi qui se brûle la cervelle sur un banc en oubliant les bienfaits du fleuve. Mais jamais ils n'ont eu à se pencher sur pareille machine humaine. Un engin déterminé à se perdre dans la première brèche que le parapet ouvrira sur le vide. Tant d'énergie pour disparaître... *Septième péché capital : l'orgueil (superbia). Un pur-sang en liberté, qui saute les haies, se cabre, rue, hennit dans les herbages et part au galop crinière au vent, la longue foulée souple et gracieuse...* Ne vous foutez pas de mes jambes ! Saint-Mexan écume et rage. Il s'arc-boute sur les roues de son fauteuil, le corps en sueur, luisant, le voilà pareil au soutier d'un steamer riveté de rouille lancé à pleine vapeur. Il fuit on ne sait quel monstre marin à ses trousses. Le mouvement s'emballe, il balance en vrac des pelletées de poussier dans la gueule insatiable de la chaudière... *La salope ! elle en veut encore !...* Ses mains brûlent, ses poumons se consument d'un air trop libre. Saint-Mexan n'est plus qu'une torchère. Il faudrait une pouffiasse humide et débordante pour l'éteindre. Une Seine délurée de l'embouchure cannibale, à la source offerte. Mais elle se refuse à lui, cette mijorée retranchée derrière un muret de pierre distingué. Qu'elle s'ouvre ! Qu'elle s'ouvre, la garce ! Qu'il plonge son fer à vif dans le laiteux de ses cuisses. Il veut la flétrir, entendre son cri, respirer son odeur roussie de truie vautrée dans la braise chaude des mâles. Pourquoi Nanette lui a-t-elle montré son ventre à nu ? Qu'y a-t-il à l'intérieur qui vaille ? Quoi d'autre que des litres de foutre qu'ils ont enfournés ensemble, à deux, à trois, à mille ? Pourquoi l'exposer ainsi ? Le ventre de Nanette doit demeurer un tombeau.

*

Le Physionomiste renonce à poursuivre la fille rouge qui court en direction du pont Marie. Elle lui a dit s'appeler Nanette, mais il ne la croit pas. C'est une menteuse, on le voit tout de suite. Le genre de fille qui a compris très tôt que les hommes ne préfèrent pas les blondes, mais le mensonge. De là à lui monter cette histoire d'ami tombé à la Seine. Quel intérêt ? Pourquoi inventer ce Rémi, qui, entre nous, a une sacrée foulée pour un noyé ? Les deux détalent côte à côte en amoureux. On se demande lequel enlève l'autre. Le Physionomiste se sent comme un cocu sans filature. Et dire qu'il est allé jusqu'à faire téléphoner à la brigade fluviale !... *Merde !...* Le Physionomiste se palpe. Il a oublié l'enveloppe jaune à la boutique de pêche.

*

Georges Pompidou plie la feuille de papier sur laquelle il vient de rédiger sa démission et la glisse dans une enveloppe. Il en avisera Bernard Tricot demain matin avant de la remettre en main propre au Général. Il est agacé d'offrir ce plaisir à Tricot. C'est secondaire. De Gaulle tentera de le dissuader, mais il restera inflexible. Pour rendre son geste irréversible, il avait été tenté de téléphoner à sa femme pour l'informer de sa décision. Mais il avait préféré la laisser profiter de ce moment privilégié avec leur fils et sa fiancée. Il n'a pas besoin de ce genre d'irréversible pour rester inflexible. Au simple regard des institutions, la façon dont le Président s'est comporté aujourd'hui avec son Premier ministre est inadmissible. Rien de personnel, même si ce qui s'est déchiré en lui est d'ordre filial. Du bêtement filial. Georges, n'oublie pas : tu fais de la politique. De la politique ! Ne sois pas si sentimental. On lui apporte une nouvelle note des RG sur le déroulement de la manifestation. Elle commence à se disperser dans l'ordre. « Tous risques de débordement de la part d'éléments incontrôlés semblent écartés. » Une journée bien ordinaire, en somme.

*

Georges Pompidou prend l'enveloppe entre ses doigts et souffle dessus pour la faire tourner comme un moulin. Il admire le talent qu'a une enveloppe blanche pour contenir tour à tour, dans la même journée, des résultats médicaux ou une lettre de démission.

*

Assis à son bureau, le stylo appliqué sur la feuille, le général de Gaulle laisse venir à lui les bruits familiers de La Boisserie tandis qu'il rédige... *Ces moyens ce sont l'intimidation, l'intoxication et la tyrannie exercées par des groupes organisés de longue main...* Le Général a faim. Il aimerait qu'on vienne lui annoncer que le repas est servi. Il grognerait pour signifier qu'on l'interrompt de façon bien inopportune, mais qu'il vient puisqu'il faut venir. Non sans avoir pris le temps de terminer sa phrase... *La France est en effet menacée de dictature...* De Gaulle repose son stylo et se lève. Il déploie sa longue carcasse jusqu'à intercepter là-haut un parfum réjouissant : le fumet d'une potée de légumes... Ce que c'est tout de même que d'avoir un grand nez !

*

Le quai s'ouvre enfin devant Saint-Mexan. Une descente pavée vers la Seine. La tour Saint-Jacques l'observe, Notre-Dame se tient à l'écart. La pente lui semble raide à souhait. Saint-Mexan immobilise son fauteuil. Il pose la chaîne de WC et son livre sur une borne de pierre « *Bourlinguer*, Blaise Cendrars, Livre de Poche 437-438 ». A l'intérieur, il a souligné un passage que Nanette lira quand elle le retrouvera... *Et la tristesse (tristitia), ce huitième péché capital et le seul mortel... On entre dans une éclipse totale... La jeunesse meurt par asphyxie... La révolte noire... Une congestion par manque de lumière... La révolution ou amen... La vie n'est pas un dilemme. C'est un acte gratuit...*

*

— Alors comme ça, tu écris.

« Mademoiselle de » n'avait pas pu se taire. C'était la deuxième fois qu'elle me trahissait.

— Tu écris quoi ?

Françoise Verny n'écoute pas. Elle me regarde en plissant les yeux. On pourrait la croire gênée par la fumée de cigarette. Mais elle ne fume pas, elle observe, le regard retranché derrière un voile imaginaire. Un regard sombre rassemblé sur lui-même qui donne l'impression d'attendre pour prendre son élan. Mais ce n'est pas bondir qui l'intéresse mais attendre. Guetter. Pour Mme Verny, la barre est placée à

2 m 24 ! L'idée m'amuse. Françoise Verny dans les airs comme une mariée de Chagall.

— T'as un beau sourire. Ça peut toujours servir.

« Mademoiselle de » me donne un coup de pied de jalouse sous la table. Je la comprends. Devant Françoise Verny, on a souvent dû se dire : Comme elle devait être belle quand elle était jeune ! pour ajouter : Il en reste encore et terminer par : Mais il faut qu'elle se dépêche d'en profiter. La conjugaison aime prendre sa revanche sur la beauté. Le temps est mesquin. Je continue de raconter ce que j'écris à Françoise Verny. Elle ne trouve toujours pas que j'ai une gueule d'écrivain.

*

Saint-Mexan se redresse sur son fauteuil. Du haut de la rampe, il défie la Seine. Le fleuve paresse en boucles comme un saurien repu et coquet... *T'es qu'une grosse couleuvre !* Les flots restent indifférents à ses provocations... *On va bien voir si tu es si forte, ma vieille.* Saint-Mexan sort du coffre sous son siège la paire de menottes. En deux cliquetis secs il est prisonnier de son engin... *Nous voilà mariés.* Il évite de penser à Nanette. A son regard quand il l'attache pour l'offrir aux hommes de passage. Au veineux tremblé de sa peau, à ses râles sombres et profonds.

Soudain Saint-Mexan se débat violemment pour se libérer des menottes. Il a changé d'avis. Il ne veut plus. Il ne veut pas... Regarde ! Tu n'as réussi qu'à t'entailler les poignets. C'est ce que tu veux comme fin ? Mourir comme dans *Nous Deux.* Allez mon vieux. On va y aller. C'est ce qu'il y a de mieux à faire. Saint-Mexan lance son fauteuil dans la rampe.

*

Nanette croit avoir aperçu Saint-Mexan à hauteur du pont Marie... *Amour, attends!* Quand elle y arrive avec Rémi, il a disparu. Par où? Rémi regarde du côté de la Seine. Nanette veut s'en tenir à la berge. Seulement, la berge. C'est vrai qu'elle a montré son ventre à Saint-Mexan. Elle ne savait plus comment lui dire : Il y a un enfant dedans! On s'en foutait de savoir comment il y était venu. Des conneries tout ça. C'était lui le père, un point c'est tout. Il avait juste son ventre à adopter. Et ses seins, et ses hanches, tout! Mais elle lui plaisait comme ça, non? Allez, Amour, sors de ta cachette... Et Rémi?... Quoi, Rémi?... Qu'est-ce qu'on en fait?... On verra, Amour, mais d'abord, sors de ta cachette...

Là!... Rémi montre du doigt un point au loin dans la Seine. Le ventre de Nanette se remplit soudain d'une eau sale.

*

« *Eh bien! non! La République n'abdiquera pas. Le peuple se ressaisira. Le Progrès, l'indépendance et la paix l'emporteront avec la liberté.* » De Gaulle relit sa phrase. Ce sera certainement la dernière de son discours, mais il lui reste encore beaucoup de travail sur le texte. Encore quelques formules à aiguiser. Il les reprendra ce soir quand La Boisserie sera endormie. De Gaulle aime cette quiétude assassine. Celle qui précède le coup de grâce.

*

Le fauteuil de Saint-Mexan dévale la pente et plonge dans la Seine. Les acacias le savaient. Mais l'engin n'a pas pris assez de vitesse. Il percute la masse du fleuve qui l'intercepte, le plaque et l'immobilise à demi submergé. Le voilà désemparé et ridicule, englué dans un bain de siège public.

*

Saint-Mexan a compris. La Seine le nargue. Ne veut pas de lui... *Salope !...* Il pousse un rugissement et bascule le fauteuil dans le fleuve, plonge sous l'eau, tente d'entraîner la masse de l'engin avec lui, elle résiste. ... *Non, pas toi, ma vieille...* Il tire sur ses bras, les menottes lui arrachent les chairs... *On va pas y arriver comme ça.* Il lui faudrait un plein d'air, reprendre des forces. Ses jambes sont incapables de le lester. Jamais là quand il faut celles-là. Saint-Mexan étreint son fauteuil comme une gueuse de fonte. ... *Allez, ma vieille, aide-moi !...* Il y a une plongée soudaine... *Voilà, c'est ça !...* Un choc derrière le crâne... *Merde ! déjà le fond.* Un violent hoquet, la mâchoire éclate, l'eau s'engouffre, le cœur cogne. Tout ça c'est normal. Le voile rouge. Les tempes qui battent. Ça aussi... *Mes poumons ! Merde, il me faut de l'air.* Calme-toi. Tu savais ce qui t'attendait. Tu as fait des exercices. Tu voulais être plongeur de combat. Alors bats-toi pour couler... *Je m'en fous. Ta gueule ! Ça, c'était quand j'avais des jambes. Maintenant, je veux juste un peu d'air.* Non ! ... *Une bouffée, seulement.* Non, je te dis. Tu as fait le plus gros. Ce serait trop bête. Tu vas bientôt t'engourdir. C'est le meilleur moment. Tu vas voir, ce sera bon. Paisible. Regarde, ça commence. Tu sens ? C'est comme dormir... *Mais sans Nanette.* Ne pense pas à elle... *D'accord, mais une dernière fois. De l'air, le ciel, les feuilles des arbres.* Chut ! Tu te fais du mal... *Et Nanette, qu'est-ce qu'elle va devenir ?* Elle en aime un autre... *Salaud! Je veux remonter. Je vais te péter la gueule.* C'est trop tard. Tu n'as plus de force. Tu as coulé. Tu sens cette odeur?... *Putain la vase!* C'est chez toi maintenant. Ton fauteuil t'écrase au fond. Ça y est! Tu es un noyé. Tu as réussi... *Tu crois?* Bien sûr... *Alors dis-moi pourquoi je sens ces picotements.* Quels picotements?... *Là, je te dis.* Où ça?... *Dans mes jambes.* Tu es sûr?... *Certain. Elles bougent! Ces salopes, elles bougent!* Qu'est-ce que tu racontes?... *Je meurs et mes jambes revivent.* Des conneries!... *Dommage, j'aurais voulu pouvoir le dire à Nanette.* Tu as raison, c'est dommage, surtout qu'elle n'est pas loin.

*

Nanette regarde en direction du quai, mais elle n'aperçoit pas Saint-Mexan... *Tu es sûr, Rémi, de l'avoir vu par là?* Rémi n'est plus sûr de rien. Ils ont tellement couru, cherché, fait des allers et retours entre le quai et la berge... *Je crois qu'il est loin, maintenant. On ne le rattrapera pas.* Nanette se rassure. Qu'est-ce qu'elle peut faire d'autre? Rémi l'a aidée tant qu'il a pu. C'était courageux d'arracher la grenade à Saint-Mexan. Courageux et risqué. Saint-Mexan aurait massacré Rémi s'il avait mis la main dessus. Nanette est soulagée de ne pas avoir fait sauter la gosse. Toute cette chair blanche et ce sang à la surface de l'eau lui avait fait comprendre. Ça aurait été ça, la gosse, ses socquettes, son sourire et sa barrette dorée dans les cheveux. Nanette et Rémi s'assoient sur le muret du quai, dos à Notre-Dame. *... On le retrouvera là-bas, quand il se sera calmé...* Nanette se ment. Tant pis. Elle est heureuse de toute cette vie dans la rue autour d'elle et de Rémi. Un souffle d'air sur la façade de cet hôtel particulier abandonné, ce reflet dans la vitre, cette ombre en corniche, ce balcon rouillé.

Nanette a envie d'empoigner son ventre à deux mains et de le secouer comme une tirelire en porcelaine. Il en tomberait un sou d'or, une pièce au profil d'enfant joufflu. Elle dégringolerait d'entre ses jambes le long du muret, rebondirait contre la pierre du sol, et roulerait fière et ronde sur le pavé de la pente qui mène à la Seine. Elle s'étourdirait de sa vitesse... *Ting!* Un pavé disjoint en tremplin, un dernier envol dans le soleil rasant, un ricochet et la pièce d'or plonge au cœur d'une eau d'un vert apaisé. Elle descend lentement, lentement, le profil en médaille, bien droit, tel un hippocampe songeur, jusqu'à être recueillie dans la paume d'une main d'un blanc translucide. La main se referme doucement sur la pièce d'or. Saint-Mexan savait bien que Nanette n'était pas loin.

*

Le Physionomiste fixe le marchand d'articles de pêche dans les yeux. Difficile de savoir si le type a ouvert l'enveloppe jaune qu'il vient de récupérer. Il l'avait oubliée sur une vitrine. Impardonnable! Il avait fait comprendre au vendeur qui il était... *Désolé! mais la maison n'accorde pas de remise, même à la police...* Le Physionomiste avait été rassuré. Si le type avait vu, il aurait eu la trouille, et lui aurait offert son pantalon. Ou alors, il est très fort... *Vous voulez voir des leurres?* Peut-être très fort, mais le Physionomiste choisit de sortir du magasin... *Je reviendrai.* Il enfouit l'enveloppe sous sa ceinture. Ça lui rappelle quand il fauchait des quarante-cinq tours à Monoprix. C'était quoi, le dernier disque qu'il avait volé ?... Danyel Gérard ! « D'où viens-tu Billy Boy ? » Pas de quoi se vanter.

*

« *A table !* » Bien sûr ce n'est pas de cette manière. que l'on annonce le souper à La Boisserie, mais le général de Gaulle aime l'entendre ainsi. Parfois, même, il y ajoute le tintement métallique d'un triangle d'alarme éraillé comme celui qu'il avait pu connaître au camp de Szuszyn quand il était prisonnier en Lituanie. 1916 ! La mémoire opère de soudaines et vertigineuses contractions du temps, comme pour nous préparer à son ultime spasme. Il s'en approche avec la seule crainte de ne pas s'être assuré de tous les replis que forme une existence. Ecrire lui donne l'impression de défroisser patiemment, la main bien à plat, de grandes feuilles de papier plus ou moins jaunies sur lesquelles tout est déjà tracé. Que pourra bien figurer cette journée quand il la défroissera ?

*

Georges Pompidou confirme que les services techniques de l'ORTF peuvent disposer à leur guise du car de retransmission garé dans la cour. Il n'en aura pas besoin. Pour s'adresser à qui, grand Dieu ? Le Général est de retour. Cela se sait, cela se sent jusque dans les couloirs de Matignon. Les parquets ne grincent plus de la même façon. Georges Pompidou a hâte de rentrer chez lui, d'être auprès de sa femme, en famille, de boire un whisky en regardant la Seine par la fenêtre. Là, il se faisait l'effet d'être une vigie. Le premier à apercevoir un danger quand il approche.

*

Nanette et Rémi descendent du muret.

— On va aller à Notre-Dame, Rémi. Peut-être que Saint-Mexan y sera.

— Sûrement.

— Là-bas, il faudra que tu m'expliques pour la statue.

— La Synagogue ?

— C'est important pour moi. Pour nous.

— Je n'en sais pas plus que ce que je t'ai dit, à l'atelier.

— On trouvera.

Rémi ne prend pas la main de Nanette. Il sent que c'est ce qu'il doit faire.

*

— Les souvenirs d'enfance, ce n'est pas un sport de jeunesse.

L'élocution de Françoise Verny s'empâte au scotch, mais le propos est clair, de plus en plus clair... *Il faut que tu attendes pour les écrire. T'es encore trop vert, jeune homme, trop chaud, trop révolté. Crois-moi, si tu veux tuer, tue ! Ecris des histoires horribles. Des polars, avec des meurtres, des viols, des rats, des chiens, ça te calmera. Je suis sûre que tu es doué pour la violence. Ça se voit. Tu parais trop gentil. Quand tu auras bien tué, tu pourras te souvenir. C'est là que tout commence. Je te préviens, c'est coton. La violence c'est à la portée de n'importe quel connard. On est tous des connards ! Mais la tendresse, ça fuit sous la plume. Si tu es trop pressé pour attendre, il y a une autre solution...* (Elle boit une gorgée de scotch)... *Le chagrin d'amour !...* (Son verre est vide)... *Avec un bon chagrin d'amour, t'es paré pour un premier roman.*

Là, je peux t'aider. Le chagrin, je connais. Mais un conseil : pour le chagrin d'amour change de copine. Elle, c'est le chagrin, sans l'amour. Elle agite son verre à l'attention du serveur... *Tiens, voilà mon Jean-Claude !...* Arrive un Solex minuscule monté par un chat altier et impavide habillé d'un loden. Il range son Solex à la diable le long de la terrasse.

— Alors, Jean-Claude, c'est quoi ton histoire avec de Gaulle ?

*

A La Boisserie, le général de Gaulle passe à table.

CHAPITRE 13

La treizième heure

Le Général se laisserait volontiers tenter par un nouveau morceau de macreuse. Le pot-au-feu préparé par Honorine a été comme il l'attendait, du fumet au bouillon. Il s'était senti un Ulysse de retour à Ithaque. On lui lavait les pieds à l'eau de rose, tandis que sa Pénélope tricotait un point paisible. Se faire servir de nouveau ne serait pas raisonnable. Il doit achever son discours, ce soir, avant de se coucher. Il lui faut garder la plume allante... *Non merci.* Demain, après avoir renoncé à démissionner, Pompidou proposera quelques griffures à son texte, par principe et par conviction. De Gaulle sait exactement à quel endroit il a posé des collets dans son brouillon. Il lui faut braconner avec l'orgueil blessé de son Premier ministre. Une ou deux échappatoires devraient suffire à le faire cicatriser. Tout d'abord, il y aura le passage sur le Gouvernement... *capable, cohérent, dévoué,* qui lui fera lever les sourcils au ciel. Un vrai lever de rideau. Pour celui concernant le Parlement... *qui n'a pas voté la censure...* ce sera une moue dubitative et un dodelinement de la tête... *Qu'avons-nous de prévu pour le dessert, madame ?... Parfait !...* De Gaulle détend légèrement ses jambes sous la table.

*

Les derniers coups de sifflet des gardes retombent sur le jardin du Luxembourg. Les treize portes sont closes. Gaston Monnerville monte l'escalier qui mène à la terrasse. Il va rendre visite aux Dames et Reines. Il en a des choses à leur raconter. Etrange journée dont il ne sait trop que penser. Il préfère se laisser le temps. Gaston Monnerville commence à converser avec Eléonor d'Aquitaine quand il entend des coups métalliques et des voix toutes proches. Encore un couple d'étudiants qui se prépare une nuit folâtre... *Qu'est-ce que vous faites, messieurs ?... Bonsoir, monsieur le Président !...* Les deux hommes en bleus de travail ôtent leurs casquettes comme des paysans aux champs devant leur maître... *Ce matin, on avait déposé le Lion de l'Est, monsieur le Président... Pourquoi ?... Il avait un problème de crinière... On en a tous. Les deux hommes ne relèvent pas... Et ça, qu'est-ce que c'est ?... Une flèche, monsieur le Président. C'est bizarre, le lion avait une flèche plantée dans la patte. Sûrement un gamin...* Gaston Monnerville se retourne vers la statue de Diane chasseresse. Il fronce les sourcils. Elle baisse les yeux. C'est promis, elle ne s'attaquera plus au Lion de l'Est. Gaston Monnerville n'en croit rien, mais il est soulagé. C'était donc ça, qui manquait à la perspective du jardin : un lion de pierre.

*

— Tu es sûr de toi, Jean-Claude ? C'est chez Massu que de Gaulle est allé se planquer aujourd'hui ! Comment tu le sais ?... Nos amis ? Si c'est vrai, c'est énorme, Jean-Claude. Faut vérifier ça tout de suite...

Françoise Verny plonge dans son sac à fourre-tout, comme un bull-terrier boudeur. Je propose à « Mademoiselle de » de nous éclipser... *Je l'ai !...* Françoise Verny brandit un élégant répertoire téléphonique à tranche dorée. On dirait une gamine avec une pochette-surprise à la main.

*

Nanette et Rémi quadrillent le parvis de Notre-Dame à la recherche de Saint-Mexan... Tu crois qu'il pourrait être à l'intérieur... Lui ! Dans une église ! Jamais ! Pas une fois, il n'a voulu m'y accompagner... C'est pour ça, qu'il est resté dehors, dans l'île Saint-Louis, Nanette ?... Il a eu une histoire quand il était môme, mais ça me regarde pas... Je n'ai toujours pas compris ce que vous vouliez faire, là-bas, avec une grenade... Moi, non plus. Mais tu as fait ce qu'il fallait. On n'en reparlera plus, Rémi. D'accord ?... Tu veux qu'on aille chercher du côté du square... Laisse. Saint-Mexan, ce n'est pas un gars qu'on cherche, c'est lui qui nous trouvera., s'il a envie. On va l'attendre devant le Portail de la Vierge. Il avait aimé. Il avait trouvé que ça ressemblait à une partouze...

*

Le Physionomiste remercie le vendeur de la boutique de pêche, pour le téléphone et relit l'adresse qu'il vient d'écrire sur son carnet. C'est celle de sa fille. Son informateur n'a pas pu lui dire si elle vivait seule, dans quel genre d'immeuble, si ça lui paraissait correct... *Tu n'as qu'à aller voir...* Ce n'est pas si simple. Il y a tellement longtemps... *La canne ? Qu'est-ce que vous faites pour la canne, monsieur ?... Je la prends !... Et le moulinet ?... Aussi...* Le Physionomiste n'a pas vraiment réfléchi avant de répondre. Il la veut, cette canne. Elle n'est pas donnée, il est un peu à court, en ce moment, mais elle le vaut, rien que pour ce qu'il a ressenti, tout à l'heure, sur le pont quand il pêchait dans la vague de traîne laissée par une péniche.

— Je peux vous faire un chèque ?...

*

Nous, il faut qu'on y aille, madame Verny... Prenez encore une coupe, les tourtereaux... Non merci, madame, c'est très gentil, mais ça commence à bouger... Faut apprendre à boire, mon gars, si tu veux écrire !... Je note le conseil... Et occupe-toi de la petite, elle a besoin de se décoincer. Un petit coup, ça ne lui ferait pas de mal... « Mademoiselle de » ne réagit pas. Le champagne lui a donné une immobilité énigmatique et consentante... Bon ! tirez-vous, les tourtereaux, puisque vous devez aller retrouver vos copains... Françoise Verny retourne à son répertoire à tranche dorée, mais décidément ses doigts et le papier bible sont fâchés... Tiens ! Jean-Claude, ça m'agace, ce truc, trouve-moi le numéro de la mère Massu... J'aide « Mademoiselle de » à se lever de sa chaise... Eh ! attends, gamin. Approche !... Françoise Verny m'adresse un moulinet mou, mais impératif. Enfin, elle va se décider à me parler de ma gueule... Vous allez à Notre-Dame ? Alors, allume un cierge pour moi. Attends ! Je te donne des sous... Son porte-monnaie est du modèle de celui de ma mère, les jours de marché. Le fermoir résiste... Laissez, madame... D'accord, gamin, mais je te rembourserai. C'est à valoir sur le prochain verre qu'on boira ensemble. A valoir ! tu comprends ?... Non, désolé, madame... D'un coup, Françoise Verny se met à rire toutes les gitanes sans filtre du monde. Ses poumons n'en finissent pas de se déchirer. Chez mon père, cette toux m'inquiète, chez Françoise Verny, elle m'attendrit. Si j'allume un cierge, à Notre-Dame, ce sera d'abord pour ses poumons.

*

— Je peux conduire ?

Le Physionomiste n'a aucune envie de prendre le volant du sous-marin. Il accepte avec juste assez de réticences pour que le Jeunot se sente flatté. Ils ont fait le point sur la journée de planque. Rien de spécial. Georges Pompidou n'était pas rentré de Matignon. La petite famille était réunie là-haut. Le Jeunot n'est pas certain de ne pas avoir manqué un mouvement chez les Pompidou, au moment où il s'est colleté avec l'abruti qui a vomi sur la voiture. Non, ce n'est pas la peine de rédiger un rapport sur cet incident. La grenade encore moins. D'ailleurs, on n'était pas sûr que c'était une grenade.

— T'as déjà conduit une 2CV ?

— Ça doit pas être sorcier.

Pas sorcier, mais particulier.

— Fais pivoter avant de pousser, pour la première.

Le Physionomiste s'inquiète pour son matériel de pêche, à l'arrière. Il aurait dû l'arrimer sur la galerie. Il palpe dans la poche de son pantalon, le papier sur lequel est écrit l'adresse de sa fille. Il n'a pas encore décidé ce qu'il allait faire.

— Non ! tu pivotes, avant de pousser.

*

La Rolls-Royce Silver Wraith, vert olive et vert tilleul à liseré or, roule sur le quai de Bourbon comme sur un chemin de ronde, autour de l'île Saint-Louis. Dormez en paix. Elle veille. Le chauffeur a la casquette vissée à l'horizontale et les gants chamois paisibles sur le volant. A l'arrière, la petite fille semble regarder le fleuve, mais ses yeux sont fermés. Elle craint de voir surgir, derrière la vitre, le visage de ce garçon qui l'avait regardée si méchamment, à la sortie de l'école. Il lui avait fait peur. Il avait les yeux bleus. D'un bleu qu'elle n'avait jamais vu auparavant. Elle ne veut pas que la voiture s'arrête... Encore un tour, je vous prie... Comme vous voudrez, Mademoiselle...

*

Mme de Gaulle regarde autour d'elle. Comme La Boisserie est calme ! Apaisée. Comment une telle quiétude n'incite-t-elle pas Charles à renoncer ? La France, bien entendu, la France ! Mais que vaut-elle en regard de ces instants ? Le dîner a été des plus agréables. Flohic a su, comme à son habitude, agrémenter la conversation, la relancer quand il voyait Charles songeur et lui laisser tout le champ libre quand il le sentait dans l'élan... *Honorine, connaissez-vous la recette du veau Monnerville ?* Les événements de la journée n'avaient pas même été évoqués. Une journée ordinaire. Charles avait repris du fromage. Plus que de raison. Elle n'avait rien dit, gagnée par ce sentiment étrange que leur vie ne leur appartenait déjà plus. Un jour, des gens défileront dans leur salle à manger, leur salon, leur chambre, même, ils paieront pour visiter. On saura tout, jusqu'au motif du carrelage. On croira avoir été un intime parce qu'on pourra citer la marque de leur poste de télévision, le nom de leur fromager, décrire la table sur laquelle Charles aime faire une patience, et, pourquoi pas, la boutique où elle achète sa laine pour tricoter auprès de lui. Cette accumulation de détails lui fait penser aux tombes abandonnées qui croulent sous un monceau de plaques commémoratives convenues. Elles ne racontent rien de celui qui repose, sinon qu'il a été « Fils affectionné », « Tonton aimant » ou « Cher collègue ». Charles et elle ont choisi une pierre nue. Ils reposeront auprès d'Anne. Est-ce qu'on visitera sa chambre ?... *C'est là qu'elle est morte, la fille du Général ?... Celle qui était trisomique ?...*

*

Suzanne Massu s'est enfermée dans son bureau pour recouvrer un peu de calme et mettre ses idées en ordre de marche... *Qu'on ne me dérange pas, pendant une heure !* Elle a décidé de prendre le temps de rédiger des notes à chaud sur ce qui vient de se passer à la résidence. Jacques et elle regrettent encore aujourd'hui de ne pas l'avoir fait à Alger pendant les événements... *La mémoire est une chienne. Elle se donne à qui la couvre...* Jacques a raison. Alors couvrons. Pour ce qui est des horaires, des acteurs et des paroles échangées, elle peut compter sur la précision maniaque de son mari. Elle doit se concentrer sur les coulisses de l'événement. Raconter le domestique des choses, le coucher, le manger, les frigos vides, la porte dans la figure, le bonneteau des chambres. Elle dira l'écrin et Jacques le joyau : l'entretien avec de Gaulle dans son bureau. De l'autre côté de la porte, c'est son affaire. Ça concerne l'Histoire. A elle, le reste de la maison. Ce qui est du ressort de l'intendance. Est-ce qu'elle parle des photos prises par le cuisinier ? On verra. Sujet sensible. Ce que se sont dit en allemand le jardinier et une cuisinière ? Non ça laisserait entendre que les autorités locales savaient les choses avant nous. Pas très diplomatique. Par contre, Jacques à poil dans le salon d'hiver. Ça peut être drôle. Quant aux saillies crues de Mme de Gaulle, de Flohic ou de son mari : prudence. De toute façon, il faudra raboter la langue. On ne raconte pas comme on parle. Suzanne Massu note pour la mémoire. Il sera toujours temps de tailler pour les souvenirs. Le téléphone sonne sur son bureau. Elle avait pourtant demandé qu'on ne lui passe aucune communication.

— Françoise Verny en ligne, pour vous, madame Massu.

*

— La salope ! Tu as vu ça, Jean-Claude, elle n'a pas voulu me prendre. Je suis sûre qu'elle est là. « Rappelez plus tard. » Et puis quoi, encore ?

Le serveur du café observe la conversation entre Françoise Verny et Jean-Claude Fasquelle. Elle parle et il lui répond avec des petits mouvements de bouche muets qui suffisent amplement... Je sais pourquoi elle ne me répond pas, la mère Massu. A cause de son bouquin. Qu'est-ce que tu veux que j'y fasse ? il est chiant, son bouquin. Si ! Jean-Claude, reconnais, il est chiant... Toi-même, tu m'as dit... Alors, on est d'accord. C'est bien ça, si on lui fait son bouquin, c'est pour faire plaisir à... Mais si, Jean-Claude, arrête !... Avoue. Si elle nous racontait que de Gaulle s'est fait Jackie Kennedy et Brigitte Bardot, ou que Pompidou culbute Françoise Sagan, ce serait différent ! Mais là, qui veux-tu que ça intéresse l'histoire d'une bande de bourgeoises en folie qui traverse la guerre au milieu de troufions en chaleur sans arriver à se faire sauter ?... Tu as raison, Jean-Claude, moi aussi, je vais reprendre un scotch... A la littérature !

*

Le Physionomiste est inquiet, le Jeunot conduit le sous-marin comme un manche. Après avoir emprunté un sens interdit, il remonte la rue Saint-Louis-en-l'Ile avec le même goût pour la contradiction et tourne brusquement à gauche, comme dans un trou de mémoire. C'est décidé, de l'autre côté de la Seine, le Physionomiste lui reprend le volant.

*

... *Le dernier tour de l'île, Mademoiselle. Il nous faut aller garer l'automobile, maintenant... C'est d'accord...* La petite fille à l'arrière de la Rolls-Royce ouvre les yeux. Elle n'a plus peur de voir surgir, derrière la vitre, le regard terrifiant de bleu du garçon... *Oh! la fusée de Tintin!...* Elle montre le monument qui jaillit sur le pont de la Tournelle. Le chauffeur trouve qu'elle a raison, on dirait la fusée à damier d'*Objectif Lune* prête à envoyer la sainte patronne de Paris dans l'espace. Sainte Geneviève en orbite! L'image l'empêche de voir l'étrange engin têtu qui surgit sur sa gauche. C'est une 2CV camionnette.

*

Le Jeunot se raidit. Si cette Rolls prétentieuse croit qu'il va couper son élan pour lui. Priorité à droite, mon cul! Aujourd'hui, c'est tout à gauche. Les aristos à la lanterne! Il enfonce l'accélérateur comme une juste revendication.

*

Ils sont partis, les tourtereaux, Jean-Claude? Je ne m'en suis même pas aperçue... C'est à cause de la mère Massu, elle m'a énervée... Je vais la rappeler... Non, pas tout de suite... Je suis pas à sa botte... Moi aussi, j'ai envie de savoir pour de Gaulle et Massu, mais on va attendre. Question de principe... Tu crois que ce sera terminé, ce merdier, d'ici la rentrée ?... Ça peut changer quelque chose pour le Goncourt ?... Clavel !... Pourquoi Clavel ? Il est chez Laffont !... Pourquoi faudrait-il que ça change, cette année ?... 68 ?... 68, mon cul !... Qu'est-ce que tu as pensé du gamin, Jean-Claude ?... Ça dépend si je veux lui faire avoir un prix, ou si je veux me le faire à tout prix ?... T'es con quand tu t'y mets. Je veux rien. Je trouve qu'il a quelque chose. C'est tout... Fallait lui dire ?... T'es drôle, toi... Ça lui aurait fait gagner du temps... Vous me faites marrer, les hommes. Faut que vous tombiez amoureux, pour faire... Et quand je ferai cent vingt kilos, qu'est-ce qu'il leur restera à tous ces gamins ?... La branlette ?... Si ça donnait du talent... On serait déjà Prix Nobel... Rigole pas, Jean-Claude. Je rappelle la mère Massu. On ne va pas se laisser emmerder par une femme de général, en mai 68... T'es d'accord ?... Alors, fais-moi le numéro.

*

La 2CV camionnette surgit de la gauche, dans le champ de vision du chauffeur de la Rolls-Royce. Trop vite. Trop près. Trop tard. Impossible de l'éviter. Le Jeunot braque bâbord toute. Merde ! le volant est mou comme celui d'une autotamponneuse. Ça va être guimauve et pralines ! Il y a des jurons, des crissements de pneus et un choc à l'abordage. On éperonne. De la tôle gémit, un panache chuinte au milieu d'un silence éparpillé.

— C'est quoi ce bordel ?

*

La façade de Notre-Dame attend la nuit avec impatience. Elle aimerait bien envelopper d'un peu d'intimité cette gamine rousse prostrée devant elle. Ce n'est pas la première fois qu'elle vient aujourd'hui. Qu'est-ce qu'elle cherche ? Pourquoi se tourner du côté de la pierre noircie, alors qu'un garçon est à ses côtés ? Rémi regarde Nanette. Elle pleure sans larmes. Elle a éclaté d'un étrange sanglot pétrifié. Rémi pense à une rose des sables. Un chagrin aride. Sans issue. Il sait qu'il ne peut prendre Nanette par les épaules, lui tendre un mouchoir, apaiser sa peine. Que pourrait-il lui dire ?... *Si je comprends bien, Rémi, la Synagogue est condamnée à avoir les yeux bandés, toute sa vie, parce qu'un jour, un seul, elle n'a pas reconnu l'homme qu'elle aurait dû reconnaître ?... C'est ça... Mais c'est injuste, Rémi. Un jour, un homme ! C'était ma vie avant de rencontrer Saint-Mexan. Je ne veux pas retourner à ça...* Rémi reste silencieux. C'est de sa faute si Nanette est troublée. Pourquoi lui avoir montré cette statue ? Pour faire le malin, glisser entre eux une petite complicité amoureuse, sans espoir... *Les filles comme elle ne vont pas avec les garçons comme lui.* Menteur ! Dès la première seconde tu as voulu, tu as rêvé, tu as espéré te perdre dans les replis de sa robe. Mais maintenant tu crains qu'elle ne se transforme en statue de sel.

Qu'est-ce qu'on fait, Nanette, maintenant ?... Moi, je rentre dans ma cité, Rémi. Saint-Mexan doit y être déjà... Comment tu vas faire ?... Les filles comme moi trouvent toujours quelqu'un pour les raccompagner... Tu ne veux pas... Non, Rémi. Je sais ce que tu vas me proposer. Dormir cette nuit dans ta chambre en promettant de ne pas me toucher. Je sais que tu tiendras ta promesse... Alors, pourquoi Nanette ?... Parce que ça risque de me plaire...

*

En attendant d'allumer le poste de télévision, le général de Gaulle a décidé de faire une patience tandis que Flohic discute avec Yvonne d'on ne sait quel bouturage. Il a choisi une patience simple. De celle qui fait faussement battre le cœur quand on retourne la dernière carte. Ce soir, le Général ne souhaite pas jouer, il veut gagner.

*

Sur le buvard de son sous-main, Suzanne Massu dessine des méandres en écoutant Françoise Verny au téléphone... *Oui, bien sûr ! Je suis d'accord...* Elle ajoute une ligne de points d'exclamation... *C'est une très bonne nouvelle...* et un énorme point d'interrogation. Quand Françoise Verny va-t-elle enfin aborder le véritable objet de son appel ?... *Le titre vous convient tel qu'il est. J'en suis ravie... Le sous-titre, aussi : « De New York à Berchtesgaden ». Vous pensez que tout le monde va comprendre de quoi il s'agit ?... Parfait !...* Suzanne Massu entoure les points d'exclamation... *La photo de couverture ? vous trouvez ?... Merci !... Non, ce n'est pas moi, au premier plan... Des illustrations à l'intérieur ! Ce serait intéressant, effectivement... Oui, j'en possède, mais la qualité est médiocre... Bien, je vous fais confiance... Une dédicace ? Non, je n'en ai pas prévu... Pour ce genre d'ouvrage... Vous croyez ?... A qui ? Mon mari !...* Suzanne Massu sourit. Françoise Verny en a mis du temps à lui parler du général Massu ! Mais elle y est parvenue. Suzanne lui concède un certain talent d'approche de l'objectif. Françoise Verny aurait fait un bon commando.

*

C'est quoi ce bordel? Un accident d'automobiles, un simple accident à l'entrée du pont de la Tournelle impliquant une 2CV camionnette et une Rolls-Royce Silver Wraith. Même si le degré d'implication ne semble pas le même. La Rolls reste à l'écart, tandis que la 2CV a embouti le parapet de manière déterminée. Le Jeunot et le Physionomiste se sont extraits de la carcasse, vaguement groggy. Ils recouvrent instantanément leurs esprits devant le chauffeur de la Rolls, planté droit au milieu de la chaussée, le corps inanimé d'une petite fille dans les bras.

— Merde! on a tué une gosse!

*

— Vous êtes là?

On ne sait qui de Nanette, Rémi, « Mademoiselle de » ou moi a posé la question. Le fait est qu'on est là, réunis de nouveau, sur le parvis de Notre-Dame comme si on venait de terminer notre circuit touristique : un jour à Paris, en mai 68... Il faudra payer un supplément pour la capture du petit CRS, ce n'était pas inclus dans le forfait... La surprise passée, c'est l'appel aux morts... Hans et Willy?... Ils ont demandé l'asile artistique à l'atelier comme modèles consentants... Saint-Mexan?... Rentré à la cité... Moi aussi, je rentre à la cité... Moi aussi... C'est comme une traînée qui fait long feu aux pieds de Rémi et « Mademoiselle de ». Eux restent... Avec Nanette, on va essayer d'attraper la benne de Sergio... C'est le mari de ma sœur. Il doit nous attendre en haut de Gay-Lussac.

Bon... Salut ! A demain à la fac. Rémi si un jour tu veux t'inscrire dans un club d'athlétisme... Tu viens Nanette ?... Personne ne bouge. On se regarde en carré, deux à deux. On épuise vite toutes les combinaisons en silence, pourtant personne ne bouge. Il y a alors, penché sur nous, un moment immobile posé sur la tranche qui ne sait de quel côté il va tomber. Face ! C'est le profil de médaille de Nanette... *Je reste avec Rémi*... « Mademoiselle de » fait écho en me regardant droit dans les yeux... *Moi, je reste avec toi*... Pour couper court au moindre étonnement elle s'est déjà mise en mouvement vers Gay-Lussac...

— Attends ! Je dois d'abord aller allumer un cierge à Notre-Dame.

*

— Ce n'est rien, jeune homme ! Elle n'est qu'évanouie. Elle a eu peur, c'est tout.

Le chauffeur de la Rolls qui porte la gamine est livide, mais c'est lui qui rassure le Jeunot pris de tremblements... Et votre Rolls ?... Je n'ai pas regardé, mais je ne crois pas que vous m'ayez touché... Le Jeunot essaie de se calmer en parlant à toute vitesse... On va faire un constat, monsieur. On prend tous les torts. Vous aviez la priorité. On ne voudrait pas que vous ayez des ennuis avec vos patrons. Nous, c'est seulement une voiture de service. On s'en fout. C'était une poubelle. La gosse ne va pas vous faire des ennuis ? C'est le genre sournois, ces filles à papa. On va voir les dégâts sur la Rolls. C'est quel modèle ? Je peux monter dedans ?... Le Jeunot a déjà la main sur la poignée de la portière. Le Physionomiste l'intercepte... Tu crois que c'est le moment ?... Le Physionomiste a parlé un peu fort. La petite fille ouvre les yeux. Regarde autour d'elle, affolée. Ne comprend pas. Elle jette ses bras autour du cou du chauffeur et l'étreint comme une naufragée.

— Papa !

*

J'hésite à payer le cierge que je viens d'allumer pour sauver les poumons de Françoise Verny... *Ça porte malheur, sinon...* « Mademoiselle de » me fait penser à ma mère. Pas seulement à cause de cette menace, mais surtout pour le foulard dont elle s'est couvert la tête en entrant dans Notre-Dame. Quand ma mère fait ce geste, j'ai l'impression qu'il va pleuvoir dans l'église ou qu'elle veut cacher ses bigoudis. Je laisse tinter une pièce dans le tronc. Pour le même prix, j'offre un cierge au p'pa et à notre dispute... *Si c'est pour ça qu'on te paie des études !...* Je me demande si, un jour, mes parents seront satisfaits de leur investissement. Parfois, je me fais l'impression d'être de l'emprunt russe... *Ce n'est pas ton copain curé, là ?...* Je le montre à « Mademoiselle de ». Il est agenouillé sur un prie-dieu, dans une chapelle écrasée par une immense Descente de croix calcinée. Nanette avait remarqué le petit curé dans son trou. Elle avait eu envie de s'agenouiller auprès de lui. Silencieuse. Il n'aurait pas ouvert les yeux, mais il aurait senti sa sueur, reconnu son odeur, enfoui son visage dans ses mains. Petit curé, c'est toi, la Synagogue. Tu te bandes les yeux pour ne pas me regarder, pour ne pas voir les femmes. Cette engeance de chairs vives. Mais leur parfum te poursuivra jusque sur la planche rugueuse de ta cellule. Tu empoigneras ta lance, petit curé, pour te percer le flanc, te punir, mais il ne te viendra que des images enluminées et chaudes que tu glisseras secrètement dans ton missel.

Ne te retourne pas, ne me regarde pas, petit curé. Ce n'est plus la peine. Nanette relève d'un rien son chapeau sur ses yeux avec un geste ourlé de la main qui devrait faire penser à Errol Flynn dans *Robin des Bois* si on n'avait l'esprit entièrement occupé par cette découverte troublante : Nanette n'a pas les yeux verts !

*

Valet de pique !... Le général de Gaulle hésite devant la carte qu'il vient de retourner. Une figure sombre essaie de gâcher sa patience, au dernier moment. Une figure embusquée. S'agit-il de Georges Pompidou ou de Gaston Monnerville ? Valet de carreau. Valet rouge ! Georges Séguy ? De Gaulle sourit. Valet de cœur. Flohic ! Allons concentre-toi. Tu peux encore perdre la partie. Il fixe les cartes alignées devant lui. Personne ne peut imaginer combien il a appris des hommes, en essayant de décrypter cet ordonnancement mystérieux, de visages découverts et de dos retournés.

*

... La salope, cette mère Massu ! Elle n'a rien lâché sur de Gaulle. C'est pas faute de l'avoir travaillée au corps. Tu as entendu, Jean-Claude ? Mais c'est une coriace, la générale. Pourtant, ça s'entendait dans sa voix qu'il était passé chez eux, de Gaulle, et qu'il avait vu Massu. Tu te rends compte de l'histoire, Jean-Claude ? Elle va vendre ça chez Plon, c'est couru. En tout cas, elle m'a bien eue ! Résultat, je me retrouve avec son bouquin sur les bras. Je me suis fait avoir jusqu'au trognon. J'ai tout accepté pour « Les Rochambelles ». On va en vendre trois cents. Dommage : une bande de pucelles de bonnes familles, lâchées en pleine guerre, au milieu d'un régiment de troufions en chaleur, c'est trois cent mille ! Mais par la mère Massu, ce sera « Martine va au régiment ». Y'aura plus qu'à colorier ! Rigole pas, Jean-Claude. Je sais que je me répète, mais c'est parce que c'est toujours pareil, il n'y a pas d'histoires, il n'y a que des façons de les raconter. Et si on mettait un nègre là-dessus, Jean-Claude. Qu'est-ce que tu en penses ? Un nègre sur la mère Massu ! Tu as raison, Jean-Claude, il est temps qu'on rentre...

*

Bien sûr que c'est ma fille. Ça vous étonne ? Je suis chauffeur, au service d'une comtesse suédoise qui habite dans l'île Saint-Louis. Elle m'autorise à emmener ma fille à l'école dans sa Rolls-Royce. Elle n'a pas d'enfant. La comtesse a même promis à ma fille de lui prêter la Rolls pour son mariage. En voiture, avec ma fille, nous jouons à « James ». Elle est ma petite maîtresse, un peu pimbêche, pas mal autoritaire, et moi son chauffeur dévoué. Je lui dis « Oui, Mademoiselle » et elle me vouvoie. Elle ne m'appelle jamais James, sinon elle a un gage et je ne l'appelle jamais par son prénom... Le prénom de ma fille ?... Ça, messieurs, c'est notre secret.

*

— Ça va ?

« Mademoiselle de » fait un signe du menton pour dire que, oui-oui, bien sûr, évidemment, pourquoi je lui pose cette question ? Simplement parce qu'elle ne ressemble pas à quelqu'un qui va. Pas du tout. Depuis qu'elle est sortie de Notre-Dame, « Mademoiselle de » reste silencieuse. Pourtant j'ai payé mon cierge. A l'intérieur, elle a longuement parlé avec son copain curé. Le fichu sur la tête, elle semblait en confession, alors que c'est lui qui parlait. Qui parlait beaucoup, le visage tendu. Je n'entendais pas. Je ne voulais pas entendre.

Sur le Petit-Pont, Nanette et Rémi nous attendent, adossés à la rambarde. Rémi parle à Nanette sans la regarder. « Mademoiselle de » a la tête baissée silencieuse. Elle a peut-être changé d'avis... Si tu n'as plus envie de nous accompagner, ne t'inquiète pas, je leur expliquerai, ils comprendront... Ce n'est pas ça... Alors, qu'est-ce que c'est ?... Tu me jures que tu ne le répéteras à personne ?... Elle me saisit les mains. Je crois que c'est la première fois qu'elle me touche volontairement. Elle a une poigne effilée de pianiste... Tu me jures ?... Je hoche la tête pour dire que, oui, oui, bien sûr, évidemment... Mon « copain curé », comme tu dis... Eh bien ?... Il aime les femmes !...

*

De Gaulle a aligné sans difficulté. Les rois, les reines et les valets. Mais il sait d'expérience, que c'est souvent la piétaille qui lui donne le plus de fil à retordre. Un simple 9 de trêfle peut tout gâcher. Sur la table, les cartes retournées et les deux paquets formant le talon lui font penser à une photo militaire oubliée. Il est lieutenant-colonel au 507e régiment de chars de combat. 1937. Il pose avec une trentaine d'officiers. Il est au centre, dans sa vareuse à col ouvert et porte d'interminables gants blancs qui n'en finissent pas de lui faire pendre les bras. Pourquoi cette photographie lui revient-elle en mémoire à ce moment précis ? Peut-être pour en cacher une autre, de la même époque. Il est en tenue de campagne et porte un casque dont la jugulaire évoque ces linges avec lesquels on entoure le visage des morts pour maintenir les mâchoires fermées. Cette mentonnière qui leur donne un air de gisant. Charles croise le regard inquiet d'Yvonne. Elle a toujours su lire dans ses yeux. Il la rassure d'une moue qui veut dire : ne vous alarmez pas, madame, je réussirai cette patience. Yvonne n'est pas dupe. Elle lui sourit... Bien sûr, Charles, comme d'habitude... Et vous-même, madame, ce tricot ?... Il avance, Charles. Il avance...

*

Ton copain curé aime les femmes ?... Oui... Tu m'en avais déjà parlé... Ce n'était qu'une crainte, aujourd'hui, c'est une réalité... Et alors ?... Comment ça ? Mais c'est un homme d'Eglise !... Donc, un homme. Il aura une bonne, et ils feront des fils d'archevêque !... Comment peux-tu dire des choses pareilles ?... Ça n'existe pas, les fils d'archevêque ?... Si ! il y en a même dans ma famille. Ce n'est pas la question. Tu es pour le mariage des prêtres, toi ?... Non, pour celui des bonnes... Imbécile !... Pourquoi tu te mets dans cet état ? Il est amoureux de toi, ton copain curé ? C'est de ta faute si sa vocation flanche ?... Non, de la sienne... Nanette !... Du menton « Mademoiselle de » me montre Nanette adossée à la rembarde du pont à côté de Rémi. Il lui parle avec les mains. C'est peut-être ça dont le petit curé a eu peur. Avec Nanette, il faut avoir des mains.

*

Nanette n'écoute pas Rémi. Les yeux clos, elle laisse monter l'odeur fade de la Seine. Nanette pense à Saint-Mexan. Elle lui expliquera pour Rémi. La première chose qu'elle fera en arrivant à la cité, c'est de monter sur le toit du bâtiment. Ils avaient eu tort de renoncer à cette terrasse. Elle allait se choper le gardien dans le local à poubelles et le laissera se servir. Ce sera son haleine le plus difficile.

Rémi sait que Nanette ne l'écoute pas, mais ça n'a pas d'importance. Nanette va partir, rentrer chez elle, alors il parle. Dès qu'ils seront arrivés là-haut, rue Gay-Lussac, elle remontera dans le camion-poubelles. Il se souvient de son arrivée, ce matin. Elle avait dégouliné de la benne comme une bille de flipper, en poussant des cris de toboggan. Le fauteuil roulant étincelait. Nanette était assise sur les genoux de Saint-Mexan. Il semblait impossible de les séparer. Pourtant, elle est à côté de lui. Elle ne l'écoute pas, mais elle est là. Ça lui suffit. Rémi tourne la tête vers Nanette. Il aperçoit Gersende, devant l'entrée du square. Elle les fixe. Qu'est-ce qu'ils ont fait de mal ? Rémi se détourne. Il prend la Seine à témoin... « Brigade fluviale »... Un bateau trapu taille le fleuve. Il approche du pont. Un homme est droit debout à sa proue comme à la parade. La casquette, une marinière sombre. L'air grave. Il tient une écoute. A ses pieds, une bâche de toile cirée noire et luisante recouvre une forme allongée. Le bruit du moteur tape comme un cœur impatient. On dirait que le bateau a un rendez-vous amoureux. A l'arrière de la cabine, un amoncellement de chromes est avachi parmi les cordages, un fauteuil roulant couché sur le flanc. Il étincelle de rouge. Le bateau s'engage sous le pont. Le tablier terrible. Rémi a froid. Nanette le sent... Tu pourrais au moins regarder, Rémi. Ne le torture pas, celui-là, ou alors, ne le suis pas... Nanette se tourne vers Rémi. Elle va voir le bateau amoureux. Il ne faut pas. Rémi doit empêcher ça.

Rémi embrasse Nanette.

C'est tout, il l'embrasse. L'embrasse vraiment. Et l'embrasse encore. Sous eux, gronde le bateau trapu qui passe sans forcer son allure.

*

— Regarde comment Nanette et Rémi s'embrassent. Et en public.

« Mademoiselle de » est d'un rouge de poupée russe aux joues. Un de ces rouges dont on se demande combien il a de couches... Et son fiancé, Nanette y pense à son fiancé ?... Tu parles de Saint-Mexan ?... Imagine qu'il arrive sur ces entrefaites ?... « Sur ces entrefaites » ! Ce n'est pas son genre... Ne finasse pas. Même s'il arrivait « tout court » ce serait embarrassant pour nous... Pour nous ?... Il pourrait nous croire complices... Dénonce-les !... Ne sois pas idiot. Regarde, ils continuent. C'est... Beau ! c'est bien le mot que tu cherchais ?... Mais qu'est-ce qui se passe ? On dirait que tout le monde ne pense qu'à ça... Tu veux parler de toi... Ne recommence pas... Alors, de qui ? De ton copain curé ? Pourquoi tu m'as dit que c'était Nanette la responsable de ce qui lui arrivait... Je dois à la vérité de dire que mon ami lui est parfaitement reconnaissant de lui avoir ouvert les yeux sur les femmes, pour la première fois... Les premières fois, c'est la spécialité de Nanette... Pour toi, aussi ?... « Mademoiselle de » a remis une couche de rouge à ses joues. Il ne reste plus de place pour ma réponse.

*

C'est étrange un baiser. Un baiser nouveau. Un baiser avec une personne nouvelle. Un premier baiser, en somme. C'est étrangement anatomique. Il y a de la langue, des lèvres, des dents, de la salive, du souffle et du sang. Du sel, aussi. Avant que tout cela ne se mette en place, ne disparaisse et ne se fonde, il en faudra des baisers et des baisers. On ne sait, de Nanette ou de Rémi, qui pense cela, mais ils sont tous les deux d'accord : il en faudra.

*

Le chauffeur de la Rolls est du genre silencieux. Sa fille aussi, calée à l'arrière. Elle sait que son père et elle ne peuvent pas jouer à James quand ils ne sont pas seuls dans la voiture. Elle avait boudé un peu, quand son père avait proposé « d'avancer » le Jeunot et le Physionomiste. Même si elle avait bien vu que la 2CV était « ratatinée comme le museau d'un vieux chien ». Le Physionomiste avait récupéré sa canne et son moulinet intacts, et s'était débarrassé du Jeunot près de Montparnasse. Maintenant qu'il approche de chez sa fille, il se demande s'il a raison d'y aller. Non! il est même certain que c'est une bêtise. Il va tout gâcher. Gâcher quoi ? Il faut que le chauffeur arrête la voiture, le laisse là... *Nous y sommes, monsieur*... Trop tard! Le Physionomiste vérifie sur son morceau de papier : c'est bien l'adresse de sa fille. Celle qu'un copain du service lui a récupérée... « La dernière connue »... L'immeuble est correct, mais sans plus. Pour elle, il aurait voulu plus. Il aurait voulu tout... *Je suis très heureuse comme ça !*... C'était la façon qu'avait sa fille de lui demander de ne pas se mêler de ses affaires. Il ne lui en voulait pas. De quel droit pourrait-il lui faire des reproches ? Il avait fait quoi de sa vie, des filatures ?...

*

De Gaulle se sent nerveux. Pourquoi attend-il avec autant d'impatience les actualités télévisées ? Une impatience gourmande. Comment va-t-on rendre compte de cette journée ? « *Le chef de l'Etat, accompagné de son épouse, est apparu souriant et détendu aux curieux massés devant l'entrée de La Boisserie.* » C'est un peu comme s'inviter à ses propres funérailles, pour écouter la litanie des déplorations feintes et la retenue du chagrin sincère. C'est de l'orgueil, Charles. Peut-être, et alors ? De Gaulle range les cartes... Dites-moi, Flohic, savez-vous si la finale de la Coupe d'Europe des Clubs sera retransmise ce soir, à la télévision ou à la radio ?... Je ne pense pas, mon Général... C'est dommage. C'eût été de bonne politique, en ce moment... *Panem et circenses*, mon Général ! Vous avez raison, Flohic, du pain et des jeux. On n'en sort toujours pas. C'est désolant, mais l'Europe des clubs de football se fera avant celle des nations. Les prochaines guerres auront lieu au Parc des Princes... Le Général est songeur... Les princes... Il aurait certainement aimé que son fils Philippe lui succédât mais la France aime trop les échafauds.

*

Qu'est-ce que son père fait dans une pareille voiture de rupins ? De la fenêtre du deuxième étage, retranchée derrière le rideau, Dominique regarde la Rolls-Royce garée le long du trottoir. Encore ses combines ! Et il a le culot de venir avec sa fille ! Elle a bien dix ans cette gamine. Bien propre, bien nette. On dirait un mot d'excuse.

*

Jean-Claude, tu me raccompagnes sur ton Solex ?... Sur mon Solex ! Je crains, Françoise, qu'il n'ait pas assez bu pour ça.. Tant pis pour lui... Et pour de Gaulle, Françoise ?... Charlot, on s'en fout ! Peut-être qu'il n'est même pas allé à Baden-Baden, chez Massu. Tout ça, c'est du flan ! Si ça se trouve, il n'est jamais parti. Il est resté peinard à Colombey avec Yvonne à faire des confitures... Alors, on y va, Françoise ?... Dis-moi, Jean-Claude, est-ce que je t'ai déjà fait goûter ma confiture d'oranges amères ?...

*

La Rolls-Royce aux deux verts et liseré d'or s'éloigne... Cette fois, on rentre pour de bon, Mademoiselle... Parfait, James... Ah ! vous m'avez appelé James, Mademoiselle : un gage !... Zut ! Quel gage, monsieur ?... La table des 7... Oh, non ! pas la table des 7, papa... Par une fenêtre entrouverte de la voiture s'échappent des petits bouts de rire de toutes les couleurs qui lui font comme une traîne... Vive la mariée !...

*

Le Physionomiste se trouve l'air bête, planté sur le trottoir, sa canne à pêche à la main. Si sa fille le voyait ! Elle ne risque pas. Dominique a descendu l'escalier quatre à quatre, pour ôter son nom de la boîte aux lettres.

*

Josette, je te préviens, si ton frangin n'arrive pas dans cinq minutes, on se tire ! Ça fait une plombe qu'on attend... N'exagère pas, Serge. Et puis, c'est pas mal, par ici, on peut se promener un peu. C'est pas tous les jours qu'on monte à Paris en amoureux... Sergio la voit venir sa Josette. Il la connaît. Elle se verrait bien dans le quartier. Un petit appartement sur cour, un gentil boulot de sténo-dactylo, chez un notaire, ou un truc comme ça, le cinoche à pied, les balades au bord de la Seine : la belle vie ! Et lui ? Où est-ce qu'il rangerait son fourbi, sa collection de disques, ses armes ? Où qu'on désosse une voiture quand on a besoin ? Sur le trottoir de Gay-Lussac ? Pas question. On reste à Noisy. Il a toujours rêvé d'un pavillon, à lui, avec un bout de jardin et un garage. Il l'a, il le garde. C'est quand même mieux que quand ils étaient au bord de la voie ferrée, à Villemomble ! Sans compter qu'elle est gironde, sa Josette, et que même par ici, elle passerait pas inaperçue à la boulangerie. Y'aurait tôt fait de voir un rupin tourner autour avec sa belle bagnole. A Noisy, c'est tranquille. Il a pas envie qu'il lui pousse des cornes. Un cornard, dans le Ve c'est toujours un cornard... Viens voir, Serge, comme elle est jolie cette impasse... Impasse Royer-Collard ! Tu te mouches pas du coude, ma Josette. Tu sais combien ça coûte, un trois-pièces, ici ?... Ça coûte rien, Serge, puisqu'on fait juste regarder...

*

Flohic, je vous prie, pouvez-vous vérifier si le poste de télévision fonctionne correctement. Il a toujours besoin de chauffer un peu.

*

C'est pas trop tôt, Grand, on allait mettre les bouts, avec Josette !... Sergio a la voix éraillée d'un retour de manifestation. Ma sœur me rassure d'un clin d'œil : elle l'aurait fait attendre, son bougon... Il est pas là, ton copain en fauteuil roulant ? On peut pas l'attendre... Il est rentré tout seul, Saint-Mexan...

Et lui, c'est le remplaçant ?... Non, c'est Rémi... Bon, alors on s'organise, les jeunes. Qui monte dans la cabine avec Josette et moi et qui va dans la benne ?... Nous, on reste !... Rémi n'a pas osé regarder Nanette. « Nous on reste ! » Il lui fallait le temps d'être certain que Nanette n'avait pas dit « Moi, je reste » mais bien « Nous ». Soit, deux secondes environ. Qu'elle l'avait dit sur le ton de l'évidence. Il ne restait plus qu'une seconde à Rémi pour se décider : soit il hurlait à briser les vitres du quartier, soit il prenait un air niais. Il avait choisi l'air niais. Moi, je n'avais pas eu à choisir. « Mademoiselle de » m'avait informé en chemin qu'elle souhaitait m'accompagner jusqu'à la cité « pour des raisons qui ne regardaient qu'elle »... Allez, en route, la jeunesse !... Nanette me prend à l'écart... Quand tu arriveras à la cité, va voir Saint-Mexan et dis-lui que je reviens demain, chez nous, avec Rémi... Dans le rétroviseur du camion qui s'éloigne, Nanette et Rémi s'encadrent en amoureux comme sur un buffet de salle à manger.

*

Le camion-poubelles roule dans l'avenue de Choisy. On tourne le dos à Paris. J'ai l'impression qu'on nous repasse le film de ce matin en plus fatigué avec des groupes qui marchent, des vélos qui jouent de la sonnette, et des camions bâchés qui débordent. Au hasard, des types sautent à la volée sur les marchepieds, s'accrochent et descendent en marche un peu plus loin... Merci, camarade !...

— Sergio, c'était comment votre manif, cet après-midi ?

— On y a cru ! Je te jure, Grand, on y a cru. Quand on a su que Charlot s'était sauvé, t'aurais vu ça.

On s'embrassait ! Je te jure, on s'embrassait et on chantait... Au revoir Charlot ! Au revoir Charlot ! Au revoir !... J'avais plus de voix. J'ai rajeuni de dix piges. On s'est vus beaux. On s'est dit que cette fois, c'était la bonne. Qu'on allait tous leur botter le cul à ces profiteurs.

— Il y avait du monde ?

— Cinq cent mille, un million.

— N'exagère pas, Serge.

— Quand même, Josette, on était beaucoup. Ils n'avaient qu'un mot à dire, et on y allait. Les gars étaient décidés. Ça se sentait. D'ailleurs, tes petits copains gauchistes, ils s'y sont pas frottés. On en a pas vu la queue d'un. Quand je dis la queue...

— Serge !

— Excusez-moi, mademoiselle.

— Et après, Sergio ?

— Après, on a appris que Charlot était rentré. Un vrai coup de bambou. On a continué à gueuler, mais le cœur n'y était plus.

— Moi, je continue à dire qu'on aurait dû y aller, à l'Elysée, et pas baisser sa culotte !

— Josette !

— Désolée, mademoiselle.

« Mademoiselle de » sourit, serrée entre ma sœur et moi, pas le moins du monde gênée. Je l'écoute discuter en fille avec Josette. Un geste de « Mademoiselle de » me revient. Juste avant de monter dans le camion : elle caresse le ventre de Nanette en la regardant dans les yeux... *Les femmes sont la véritable Internationale...* Sergio aurait pu écrire des slogans. Il se contente de retricoter le monde pendant que « Mademoiselle de » nettoie le rétroviseur avec son mouchoir... *Merci, ma poule !...* A croire que « Mademoiselle de » a passé son enfance dans un camion-poubelles.

— Hé ! Grand, vérifie. J'ai bien l'impression qu'une bagnole nous file le train depuis Gay-Lussac.

— Où ça, Sergio ?

— Mate dans le rétro, une Triumph Herald bordeaux.

— C'est peut-être un hasard.

— Non, c'est mon fiancé.

*

Le Physionomiste lève les yeux vers la fenêtre du deuxième étage. Peut-être que sa fille l'observe. Qu'est-ce qu'elle voit ? Un type empâté assis sur un banc avec une canne à pêche et le crâne qui se dégarnit sur le dessus. Pas de quoi se précipiter en criant... Papa ! En entrant dans l'immeuble, il n'avait pas trouvé son nom sur les boîtes aux lettres. Son copain lui avait donné un tuyau pourri. C'est peut-être mieux comme ça. Il sort l'enveloppe jaune de sous sa chemise et regarde les photographies. De la merde. Aller les jeter à l'égout ? Se prendre une cuite ? Gueuler Dominique ! sous les fenêtres de sa fille pour se faire pardonner ? Le Physionomiste range les photos. Ainsi va le monde. Une boule de pus. Ce n'est pas toi qui vas le changer. Contente-toi d'y tremper ta ligne et de surveiller ton bouchon. Le Physionomiste se demande quelle bagnole pourrie ils vont encore lui donner pour la planque de demain.

*

De sa fenêtre, Claude Pompidou regarde la Seine prendre ses teintes du soir, sans fantaisies particulières. Georges va démissionner demain. Elle le sent. Il ne lui a rien dit, mais elle en est convaincue. Soulagée ? Elle devrait l'être, pourtant, cette lumière qui s'affaisse lui donne le sentiment que l'on rôde autour d'elle et de Georges. Ressaisis-toi, Claude. Tu n'es qu'une maman qui vient de voir son fils unique s'éloigner d'elle encore un peu plus. Sur la Seine passe une péniche chargée d'un sable doré. Un enfant joue dedans. Il fait des pâtés.

*

Sergio pile net. On manque s'écraser contre le pare-brise... Quoi ! Ton fiancé te suit ? Je vais descendre lui apprendre les bonnes manières, moi !... « Mademoiselle de » retient Sergio... Ne lui donnez pas ce plaisir, s'il vous plaît. Faisons comme si nous ne l'avions pas remarqué... Bien, patronne !... Sergio est vexé. Il tient à son humeur sicilienne. Honneur et coup de boule. Josette lui caresse la main... Calme, mon Zorro ! On rit... Ne vous payez pas ma fiole, en plus... Qu'est-ce que c'est que ça, encore ?... Une volée de tracts vient de s'abattre sur le pare-brise. J'en récupère un... Alors, Grand ?... Ce sont les gaullistes. Ils appellent à une manifestation demain 30 mai... Où ça ?... Concorde et Champs-Elysées... Je pense au type du SAC qui était venu m'aborder près du jeu de croquet au Luxembourg... On leur prépare « une jolie surprise » « demain ou après-demain »... C'était donc ça... Merde ! Merde ! Merde !... Sergio frappe son volant... C'est foutu ! J'en étais sûr. Le Charlot a mis les foies à tout le monde, et maintenant il revient en sauveur !... Sergio actionne les essuie-glaces qui balaient les tracts... Comment ils ont fait pour les balancer ? Quand même pas par avion ? Ça m'écœure. Allez, on rentre à la cité... Hé ! regardez ça. C'est pas croyable. Un camion-citerne ! Alors là, si les autres ressortent l'essence, on est vraiment foutus !...

*

Tu ne m'avais pas dit que tu avais une terrasse, Rémi... Ce n'est pas une terrasse, Nanette, pas même un balcon, juste un rebord de fenêtre... Mais tu as un jardin... Mon jardin japonais ? Il est minuscule, mais je l'aime bien. Surtout le miroir qui joue à la rivière. Quand on se regarde dedans, on a l'impression qu'on pourrait se noyer... Tu as beaucoup de livres !... Trop, je sais... T'écoutes les Doors !... Hendrix, et Schumann, aussi. Je peux te faire du thé. Il doit me rester du pain braisé, mais j'ai juste à descendre pour faire des courses... C'est quoi, ça ?... Un jeu africain. J'ai oublié le nom. J'étais nul. C'était un cadeau... Une fille ?... Une matheuse. Ça n'a pas duré... Et lui, sur le mur, c'est qui ?... *Le Désespéré* de Courbet... Pourquoi tu l'as mis là, Rémi ?... Il me rassure. Ce type ne se tuera jamais... Il a de beaux yeux, non ?... Dis-moi, Nanette, pour... pour cette nuit, il y a... mon lit. Je changerai les draps. Pas de problème. Il y a aussi ce truc en mousse ou le tapis, si tu préfères. Moi, j'ai un sac de couchage, je me débrouillerai. Tu veux dormir où Nanette ?... Avec toi...

*

Quand on arrive dans la cité, la grappe de mouettes qui s'étaient accrochées à la moindre aspérité de la benne pour voyager s'égaille en sautant en marche. Je pense au camion dans *Les Raisins de la colère* de Steinbeck. Ça aurait pu être l'histoire de notre famille. Sauf que ma mère ne serait pas morte. J'évite de penser au p'pa. Dans la rue du Docteur-

Calmette on sent que les gens ont du mal à entrer chez eux. Partout, on refait la manif, mais surtout on se demande ce que le Grand Charles prépare encore comme coup de Jarnac. Les copains qui étaient montés à Paris pour faire leurs courses sont déçus. Pas la moindre vitrine descendue, aujourd'hui, ils n'ont pas récupéré la moindre paire de Spring Court ou le plus petit Levi's pendant la manif. Chez moi, au numéro 29, l'armoire des Masset est abandonnée toujours coincée au deuxième étage de la cage d'escalier. Abandonnée. La Triumph Herald bordeaux est allée se garer discrètement devant la loge du gardien. Sergio et Josette passent à la maison embrasser la m'am, déposent un jerrican d'essence et repartent à Noisy... Désolé, mon pote, je prends plus personne. On rentre à la maison... Mon père n'est toujours pas revenu... Il m'a fait téléphoner. Il sera là pour la soupe... La m'am me rassure. J'ai encore le temps de me préparer... Où tu vas, encore ?... Chez Nanette... Comment ça s'est passé pour ton devoir, à l'école ?... Bien, m'am ! Bien... Mich est venu avec ton copain Alain, le cuistot. Ils m'ont laissé un de ces chantiers avec leur plâtre !... Je n'ai pas le temps d'essayer de comprendre. « Mademoiselle de » est allée rejoindre son fiancé dans la Triumph. Il fume chic et nerveux. Elle a baissé sa vitre... Ne vous inquiétez pas, Edouard-Clément, ils ne vont pas abîmer votre belle auto... C'est vous qui m'inquiétez, Gersende... Saint-Mexan n'est pas chez Nanette dont le père m'accueille, ébouriffé, avec une clé anglaise, l'œil noir et l'haleine fleurie... Dégage ! ma fille, elle est pas pour toi, salopard !... Il y avait aussi de l'italien. Plus cru... Je repasserai... Du parking, j'observe « Mademoiselle de » et son fiancé qui discutent dans la

Triumph. Je les vois derrière le pare-brise. Ils se font face. Lui, plus beau que prévu, elle, plus amoureuse. Le plafonnier allumé les éclaire comme une crèche. On dirait une vitrine de Noël. Je n'essaie pas de reconstituer leur conversation. Je vais attendre en bas de chez moi. Le temps de respirer cet air de la cité qui prend si bien le printemps, le soir. Alain le cuistot passe me dire qu'il part sur un bateau pour Tahiti. Il a encore les mains pleines de plâtre. Je planterais bien des palmiers dans la cité, moi.

« Mademoiselle de » sort de la voiture avec un claquement de portière décidé... Je voudrais que tu me montres ton bureau... Et ton fiancé ?... Justement... Nous descendons à la cave. Miracle, la minuterie fonctionne... C'est ici !... Son regard balaie l'espace... Je t'en prie, ne regarde pas comme si tu étais venue pour louer... Elle sourit. « Mademoiselle de » semble avoir définitivement opté pour le visage qu'elle avait sous le plafonnier... Qu'est-ce que c'est que ça ?... Une main de plâtre !... Elle est posée sur le buvard du bureau de Mich. On s'était déjà essayés au moulage. Une copine infirmière m'avait appris... La mienne ? Elle est sur l'étagère... Pourquoi des mains de plâtre ?... Pour être immortels sans rien faire... Comme nous ?... Ton fiancé t'attend... Justement, c'est le cadeau que je lui ai demandé de m'offrir... Je ne comprends pas... Toi et moi nous allons refaire une « folie »... Je comprends encore moins... C'est pourtant simple. Je reste ici avec toi, pendant quelques minutes. Il se passera ou il ne se passera pas, mais mon fiancé accepte de ne jamais me poser la question... C'est cruel, pour lui... Je l'ai lu dans un livre et j'avais trouvé au contraire que c'était une belle preuve d'amour... Soit. Alors, que faisons-nous maintenant?... Tu vas éteindre la lumière. Il se passera ou il ne se passera pas. Comme pendant notre nuit dans la folie du Luxembourg. Tu te souviens?... Je croyais qu'il ne fallait pas se souvenir... Tu peux éteindre maintenant... J'éteins.

*

« Mademoiselle de » s'assoit à côté de son fiancé et plaque ses mains sur le tableau de bord... Ecoutez-moi bien, Edouard-Clément : nous nous fiançons en octobre, notre mariage aura lieu au printemps, je tiens à exercer une activité professionnelle, je serai avocate, et je ferai Sciences-Po également. Je ne souhaite pas que nous habitions l'appartement de la rue Guynemer et nous n'aurons pas cinq enfants, mais deux. Etes-vous d'accord, Edouard-Clément?... Je le suis, Gersende... Alors, rentrons... Puis-je allumer la radio, Gersende, j'aimerais écouter les informations à propos du Général... Je vous en prie... Merci... Une dernière chose, Edouard-Clément : quand nous serons mariés, comptez-vous fumer au lit?... Pardon?... Comptez-vous fumer au lit?... Je vous promets de l'éviter, Gersende... Je vous en remercie... A mon tour de vous faire une demande, Gersende, quant aux enfants... J'ai dit deux!... Pourrions-nous convenir de trois?... D'accord, mais le plus rapprochés possible et j'ai le choix du prénom du premier garçon...

*

Non! tu ne téléphones pas à ton frère de la maison. Ton père peut appeler. Va à la cabine, chez le gardien... Serge? Non, rien de spécial, aujourd'hui... Charlot? Il est revenu... Et le temps à La Baule?... Veinard!... Et pour la finale de ce soir, tu vois qui?...

Liverpool? moi, aussi. Wembley, pour eux, c'est comme jouer à domicile... T'as raison, il faut quand même se méfier d'Eusebio... Tu pourras voir le match?... Dommage. Il reste la radio... D'accord, demain à la même heure... De la maison, promis. Il y aura tout le monde. La m'am? bien sûr. Le p'pa aussi, cette idée!... Promis, demain je te raconte de Gaulle, mais là, je te laisse, Serge, j'ai plus de pièces.

*

A la maison, le salon est dans l'obscurité. La télévision est allumée. Je ne sais pas combien nous sommes, mais le père est là, dans son fauteuil habituel. La lumière du poste éclaire son visage. La m'am est debout près de la porte de la cuisine. Elle m'envoie des coups de menton... Vas-y!... Vas-y! Qu'est-ce que t'attends?... J'y vais. J'enjambe dans l'obscurité et je m'assois par terre à côté de son fauteuil. Je fixe l'écran. Il fixe l'écran. On est deux vieux face à la mer. Il se penche vers moi... De Gaulle a été très content de sa moustache... Celle qui était sur le mur de ta chambre, p'pa?... Il y a un grognement... Tu sais, de Gaulle trouve que son fils est trop gaulliste... C'est toujours trop gaulliste, un fils... Un père jamais assez, pour son fils... Pas toi, p'pa... Il me pose la main sur l'épaule. Du moins, je crois. J'en sais rien, il fait noir et je pleure. Ils peuvent bien mettre ce qu'ils veulent, sur l'écran de la télévision, je m'en fous, je ne vois plus rien.

*

— Ça y est, mon Général, ça commence.

— Merci, Flohic. Voyons donc ce qui s'est passé ce 29 mai 1968, pour le général de Gaulle. L'histoire m'intéresse.

TABLE

Cet ouvrage a été composé et imprimé par

FIRMIN DIDOT

GROUPE CPI

Mesnil-sur-l'Estrée

pour le compte des Éditions Grasset
en mars 2008

Imprimé en France
Dépôt légal : mars 2008
N° d'édition : 15225 – N° d'impression : 88393